Für

Randall R. Henderson

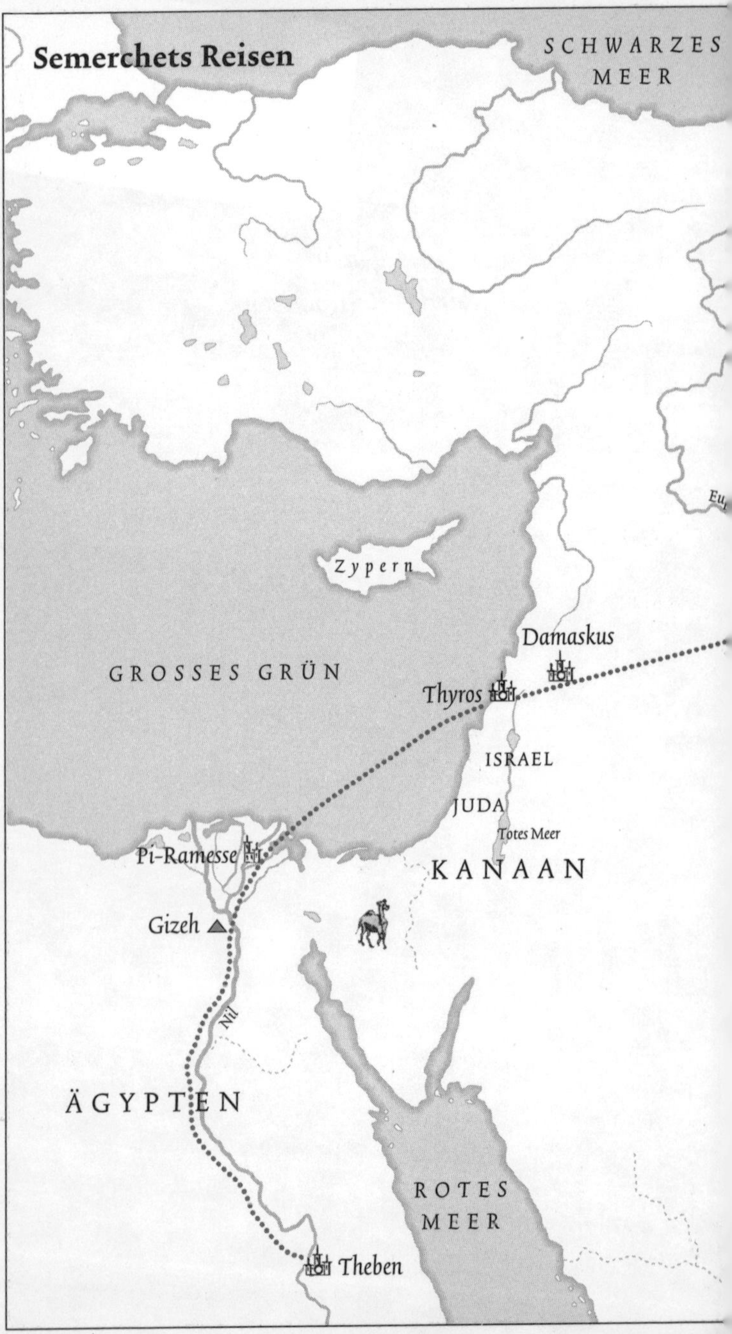
Semerchets Reisen
SCHWARZES MEER
Zypern
GROSSES GRÜN
Damaskus
Thyros
ISRAEL
JUDA
Totes Meer
KANAAN
Pi-Ramesse
Gizeh
Nil
ÄGYPTEN
ROTES MEER
Theben

KASPISCHES MEER
Vansee
Urmiasee
Tigris
Ninive
MESOPOTAMIEN
Mari
Is
Babylon
Susa
Tigris
Euphrat
ELAM
PERSISCHER GOLF
0
100
200
300 km

ro
ro
ro

«Ein historischer Kriminalroman der ungewöhnlichen Art, mit einem Detektiv, den man nur langsam lieben lernt, und einer geheimnisvollen Geschichte, die man so schnell nicht vergisst.» So urteilte der WDR über Brad Geagleys ersten Roman, «Das Jahr der Hyänen» (rororo 24198). Der zweite Fall des altägyptischen Ermittlers Semerchet führt ins Herz der faszinierenden Großstadt Babylon.

Als Strafe für ihre Verwicklung in eine Palastverschwörung ist Semerchets Exfrau Naia nach Babylonien verbannt worden. Semerchet erhält schließlich die Erlaubnis, nach ihr zu suchen, während er als offizieller Gesandter bei den Marduk-Priestern um die Gnade bitten soll, die wundertätige Statue des Gottes an den Nil zu holen. Pharao Ramses ist nämlich todkrank. Babylons prächtige Türme reichen bis in den Himmel, aber in seinen Straßen regieren Chaos, Sittenlosigkeit und Gewalt. Semerchet trifft auf Krieger und Tempelhuren, Priester in Frauenkleidern und sternenkundige Nonnen. Er gerät zwischen die Fronten sich bekämpfender Völkerschaften, erlebt grausige Rituale und schafft sich bei seiner Mission Feinde, aber auch Freunde. Die braucht er auch, denn die Gegner Ägyptens sind mächtig …

Brad Geagley ist seit vielen Jahren Experte für das Alte Ägypten und zugleich als Produzent und Drehbuchautor in Hollywood tätig. Heute lebt er in Palm Springs, Kalifornien.

Brad Geagley

Der Narrenkönig

Kriminalroman
aus dem alten Babylon

Deutsch von Joachim Peters

Rowohlt Taschenbuch Verlag

Die Originalausgabe erschien 2006 unter dem Titel
«Day of the False King» bei Simon & Schuster, New York

Deutsche Erstausgabe
Veröffentlicht im Rowohlt Taschenbuch Verlag,
Reinbek bei Hamburg, Juni 2007

Redaktion Werner Irro
Umschlaggestaltung any.way, Barbara Hanke / Cordula Schmidt
(Foto: Kazuyoshi Nomachi / Corbis)
Satz Stone Print PostScript, InDesign
Gesamtherstellung Clausen & Bosse, Leck
Printed in Germany
ISBN 978 3 499 24330 1

Einleitung

Der Narrenkönig ist eine neue Geschichte um Semerchet, den ägyptischen Sonderermittler im Dienst des Pharaos. Die Handlung spielt um das Jahr 1150 v. Chr. Die Verschwörer, die Ramses III. hatten stürzen wollen, sind verurteilt und hingerichtet, doch der alte Pharao ist den Verletzungen erlegen, die Königin Tija, seine thebanische Frau, ihm zugefügt hatte. Zuvor hatte er seinen erstgeborenen Sohn, der nun als Ramses IV. Ägypten regiert, zu seinem Nachfolger ernannt.

Der Narrenkönig spielt hauptsächlich in der im heutigen Irak gelegenen Stadt Babylon. Durch seine Lage im Zentrum der Alten Welt sowie am Schnittpunkt zwischen Ost und West war Babylon mehr als nur eine wichtige Etappe für siegreiche Armeen und abenteuerlustige Kaufleute. Ständig umkämpft, sah die Stadt im Verlauf ihrer wechselvollen Geschichte die unterschiedlichsten Herrscher kommen und gehen, von grausamen Tyrannen bis hin zu weitsichtigen Visionären. Diese Machthaber wurden jedoch nicht als Gottkönige betrachtet wie in Ägypten; nicht einmal für das Wort «König» findet sich in den babylonischen Sprachen eine Entsprechung. Stattdessen nannte man den jeweiligen Herrscher schlicht «starker Mann» oder «großer Mann». Damals wie heute bestimmte allein militärische Stärke darüber, wer an die Macht gelangte. Dass ausgerechnet in diesem Teil der Welt die Rechte des Einzelnen erstmals in Form einer Gesetzessammlung schriftlich niedergelegt wurden, mag dem einen merkwürdig, dem anderen dagegen nur folgerichtig erscheinen.

In der Zeit, in der *Der Narrenkönig* spielt, befindet sich der Vordere Orient in einer ähnlich schmerzhaften und langwierigen Phase des Umbruchs wie heute. Die alten Regime sind untergegangen und haben ein Vakuum hinterlassen, in das die aufstrebenden Völker der Phönizier, der Israeliten und der Philister mit aller Macht hineinzustoßen versuchen, bis schließlich die vierte dieser Volksgruppen, die Assyrer, beim Kampf um die Vorherrschaft die Oberhand behalten wird.

Vor allem Babylonien hat eine Reihe tiefgreifender politischer Umwälzungen hinter sich. Die alte Dynastie der Kassiten, selbst einstmals aus dem Norden eingedrungen, musste die Macht abtreten. Elam, das spätere Persien, versucht mit allen ihm zur Verfügung stehenden militärischen Mitteln, von Südosten her Babylonien zu erobern. Doch auch einheimische Volksgruppen sehen nun ihre Chance gekommen, durch eine Vertreibung der Fremden selbst an die Herrschaft zu gelangen.

Mitten in diese machtpolitischen Auseinandersetzungen wird nun Semerchets geliebte Frau Naia gestoßen. Sie und Rami, der Sohn des Vorarbeiters der Grabhandwerker im Tal der Könige, waren als Strafe für ihre eher zufällige Verwicklung in die Haremsverschwörung gegen Ramses III. als Dienstboten in die babylonische Verbannung geschickt worden.

Wie im ersten Roman sind auch im *Narrenkönig* zahlreiche Ereignisse historisch belegt, und viele der im Buch vorkommenden Personen haben wirklich gelebt. So stritten beispielsweise der elamische Eindringling König Kutir und der einheimische Marduk tatsächlich um die Macht in Babylon. Auch ein Fest, das man den «Tag des Narrenkönigs» nannte, gab es wirklich. An diesem einen Tag stand die Welt kopf: Die Sklaven herrschten über ihre Herren, und der lächerlichste Mann Babylons wurde zum König ausgerufen.

Brad Geagley

Ach, mein Haus! Ach, meine Stadt!
Bitterlich wehklaget Ur,
Das geschändet worden,
Seine Bewohner versprengt.

Wehklage um Ur,
altes sumerisches Gedicht

Buch eins

Nachricht aus Babylon

Er erwachte mit einem schrillen Schrei. Sein Herz klopfte wie wild, bis er merkte, dass er auf einer Pritsche im Haus seines Bruders lag. Wieder einmal war seine Frau Naia vor den Augen seines ruhelos umherschweifenden Geistes ermordet worden. Er setzte sich im Dunkeln auf und rieb sich die Stirn. Jedes Mal, wenn ihn dieser Albtraum plagte, ging von seiner alten Wunde ein stechender Schmerz aus.

Er warf sich den Mantel über die Schultern und schlüpfte durch das Hoftor. Mittlerweile streifte er beinahe jede Nacht durch die Straßen Thebens, so unruhig war sein Schlaf geworden. Aus der Chnum-Allee, wo die Feuer von Amuns Großem Tempel loderten, bog er in eine modrige Gasse ein, die sich hinter einem am Fluss gelegenen Lagerhaus zwischen ärmlichen Hütten hindurchschlängelte. Inmitten von Abfallbergen steuerte er auf eine Taverne zu. Das Schild über der Tür zeigte ein von Jägern in die Enge getriebenes Flusspferd.

Zu dieser späten Stunde schnarchten viele Gäste bereits über ihren Bechern. Die Lehmwände des Verwundeten Nilpferds, eines jahrhundertealten Wirtshauses im Hafenviertel, zerfielen nach und nach zu Staub. Leider war der Wein, den der Wirt ausschenkte, nicht annähernd so alt wie die Spelunke selbst.

Wortlos ging er in dieselbe Ecke wie immer und gab dem Wirt ein Zeichen. «Wein», sagte er. «Roten.»

An der Feuerstelle füllte der Wirt eine Tonschale und gab sie seinem Schankmädchen. «Siehst du den Mann da drüben?», fragte er leise mit rauer Stimme. Die junge Frau arbeitete erst seit kurzem hier und war mit den jeweiligen Vorlieben der Stammgäste noch nicht vertraut.

Sie blickte sich vorsichtig um. «Das ist aber ein feiner Herr!», flüsterte sie und streckte sich, um ihre Brüste unter der enganliegenden Leinenbluse besser zur Geltung zu bringen. «Was macht der denn ausgerechnet hier?»

Der Wirt ging auf die unbeabsichtigte Herabwürdigung seiner Taverne nicht weiter ein. «Er kommt jede Nacht und will immer dasselbe.»

«Kein Wunder – so groß ist die Auswahl ja nicht», merkte das Mädchen lachend an. Es lachte viel in letzter Zeit, sichtlich stolz auf seine neuen Zähne aus Elfenbein, die man ihm mit Kupferstreifen im Mund befestigt hatte. «Schließlich gibt's nur Roten oder Weißen.»

«Darum geht es nicht», erwiderte der Mann im Flüsterton. «Der Witz ist, dass er ihn gar nicht trinkt. Nie.»

Das Lachen der Frau erstarb. Ein Mann, der ins Wirtshaus ging, ohne etwas zu trinken – das kam ihr ausgesprochen merkwürdig, ja fast schon obszön vor. «Das ist nicht Euer Ernst.»

«Möge schon morgen der Tag des Schmerzes für mich kommen, wenn ich nicht die Wahrheit spreche», entgegnete der Wirt. «Er starrt die Schale die ganze Nacht über an, ohne sie auch nur einmal an die Lippen zu führen.»

Die Frau musterte den Mann misstrauisch. «Er ist doch hoffentlich kein Geist, der weder essen noch trinken kann, obwohl er es schrecklich gern möchte?» Ein Schaudern ergriff sie, und sie fügte gleich entschieden hinzu: «Geister bediene ich nicht.»

«Keine Angst, der gute Mann weilt noch unter den Lebenden – auch wenn es andersherum besser wäre für Ägypten. Er ist nämlich ein Jünger des Seth. Der Mann, der letztes Jahr die Verschwörer vor Gericht gebracht hat.»

«Das ist *Semerchet*?»

Der Wirt nickte, und beide starrten wortlos zu dem Gast hinüber, bis Semerchets verärgerte Stimme sie plötzlich aus ihren Gedanken riss. «Soll ich vielleicht bis zur nächsten Weinlese warten?»

Der Wirt schaute auf die Schale hinab, die sein Schankmädchen noch immer in der Hand hielt. «Schnell, bring sie ihm. Ich will schließlich nicht, dass mein Name auf einer seiner schwarzen Listen erscheint.»

Das Mädchen wischte sich seine Locken aus dem Gesicht und wiegte seine üppigen Hüften, als es zu Semerchet hinüberging. Sie stellte die Schale vor ihn hin.

«Euer Wein, mein Herr.»

Ihre ihm unbekannte Stimme ließ ihn auffahren. Der plötzliche Ansturm von Gefühlen, der sich auf seinem schmalen Gesicht abzeichnete, traf sie wie ein Blitz. Seine im Feuerschein gefährlich funkelnden Augen waren die schwärzesten, die sie je gesehen hatte. Er war nicht unbedingt attraktiv, aber auch keineswegs hässlich. Unter der Macht seines Blickes breitete sich zur Verblüffung der jungen Frau eine unerwartete wohlige Wärme in ihrem Bauch aus.

«Du bist neu hier», stellte Semerchet fest und gab ihr ein kleines Kupferstück.

Das Mädchen nickte, und die in die Enden ihrer Locken verwobenen Wachsperlen schlugen sanft aneinander.

Semerchet wandte den Blick ab, und seine schwarzen Augen trübten sich. Die junge Frau hielt sich noch eine Weile in seiner Nähe auf, um die auf der Matte verstreuten leeren

Schalen einzusammeln, doch er schien sie gar nicht zu bemerken.

«Darf ich Euch etwas fragen, mein Herr?», flüsterte sie schließlich.

Er blickte auf, verwundert darüber, dass sie noch immer da war. «Was ist denn?»

«Ich will ja nicht neugierig sein, aber ... mein Herr da drüben behauptet, Ihr würdet jede Nacht Wein bestellen, aber ...»

«Ich trinke ihn nie.» Semerchet warf dem Wirt einen verärgerten Blick zu. «Ich wusste gar nicht, dass er mich so außerordentlich interessant findet.»

Trotz der Kälte in seiner Stimme ließ die Frau nicht locker. «Ich dachte schon, Ihr wärt so eine Art Gespenst, der bedauernswerte Geist eines Verstorbenen. Aber wie ich sehe, seid Ihr ein gesunder, kräftiger Mann und alles andere als tot. Warum trinkt Ihr dann nicht?» Sie lächelte ihn auffordernd an.

«Meine Frau möchte das nicht», sagte er ausdruckslos. «Und ich musste ihr versprechen ...»

«Also wenn Ihr mich fragt, braucht Ihr dringend eine weniger strenge Frau.»

Ihre Worte mündeten in einen leisen Aufschrei, als er sie am Handgelenk packte. Sein Griff war so fest, dass sie nach Luft rang, während er sie nach unten zog, bis ihrer beider Augen auf gleicher Höhe waren. Im Schein des Feuers machte sein hageres, verzerrtes Gesicht einen gequälten Eindruck.

«Ich brauche den Wein, weil ich weiß, dass in dem Augenblick, in dem ich mit meinem Leben nicht mehr fertig werde, schon ein kleiner Schluck genügt, damit mir die gnädigen Götter Erlösung gewähren. Verstehst du's jetzt? Der Wein ist ein Ausweg.»

Sie nickte ängstlich mit weit aufgerissenen Augen, während das Elfenbein in ihrem Mund aufblitzte. «Jawohl, mein Herr, ich verstehe schon. Es tut schließlich jedem gut, ab und zu mal auszugehen.»

Schlagartig erlosch das merkwürdige Funkeln in Semerchets Blick, und er ließ den Arm der Frau los. Sie begriff rein gar nichts.

Sie rieb sich das Handgelenk, zog sich zur Feuerstelle zurück und wagte sich die ganze Nacht über nicht mehr in seine Nähe. Semerchet nahm kaum von ihr Notiz. Stattdessen starrte er in die Dunkelheit, als suche er nach etwas Bestimmtem. Das, was ihn in seinen Bann zog, war jetzt ganz nahe. Er kam sich vor wie das Kaninchen vor der Schlange, hilflos und starr vor Schrecken.

Es hatte schon vor einem Jahr angefangen und war in letzter Zeit immer schlimmer geworden. Mittlerweile gelang es ihm kaum mehr, eine ganze Nacht durchzuschlafen, ohne dass ihm seine in die Verbannung geschickte Frau im Traum erschien. Naia, getötet durch einen Lanzenstoß. Er begriff diese Träume als eine Art Warnung, als intuitiven Versuch von ihr, mit ihm in Verbindung zu treten. Vielleicht war sie in Babylon irgendwie in Gefahr und brauchte ihn. Vielleicht war sie …

Er kniff die Augen zusammen und rieb sich die Stirn. An diese schreckliche Möglichkeit wollte er keinen Gedanken verschwenden.

Schließlich sah er die Morgendämmerung durch die offene Tür hereinbrechen. Er stand auf. Wieder eine Nacht überstanden. Aus dem Schilf am Ufer des Nils drang schrilles Vogelgezwitscher zu ihm herüber, während im Tempel des Thot die Schreie der heiligen Paviane das baldige Erscheinen von Res

Sonnenbarke ankündigten. Am Flussufer schloss Semerchet die Augen und atmete tief ein.

Die Luft am Fluss war klar. Der Nil hatte sich erst kürzlich zurückgezogen und auf dem Land sein alljährliches fruchtbares Geschenk zurückgelassen. Der Geruch nährstoffreicher schwarzer Erde stieg Semerchet in die Nase. Sprießender Emmerweizen und Flachs überzogen die fernen Felder mit einem zarten Grün. Das sieht nach einer guten Ernte aus, dachte er, sofern die Götter nicht die Felder mit Heuschrecken oder Schnecken heimsuchen.

Schon kamen die ersten Essensverkäufer aus den dunklen Gassen, um ihre Stände aufzubauen. Als der Duft nach gebratenen Zwiebeln und würzigem Fisch durch die Straße zog, wandte Semerchet sich um und ging zum Haus seines Bruders zurück. Nenri, der Bürgermeister von Ost-Theben, bewohnte ein Anwesen unweit des Maat-Tempels. Tief in Gedanken versunken, war Semerchet ganz und gar nicht auf den Anblick gefasst, der ihn am Tor des Hauses erwartete.

Auf der Straße stand eine Kohorte von Schardana-Wachen. Die Elitetruppe der Schardana, bestehend aus Angehörigen der ehemals mit Ägypten verfeindeten Seevölker, bildete die unterägyptische Leibwache des Pharaos. Die Soldaten warteten bei einer leeren, höchst luxuriös ausgestatteten Sänfte, die von acht in den königlichen Farben gekleideten Bediensteten getragen wurde.

Am Tor erblickte Semerchet Nenri und dessen Frau Keeja. Ihre besorgten Mienen ließen ihn nichts Gutes ahnen. Keeja drückte Huni an die Brust – das Kind, das Naia in Ägypten zurückgelassen hatte, wo es in Semerchets Obhut aufwachsen sollte. Sogar die dunklen Augen des Kleinen wirkten verängstigt.

«Da ist mein Bruder ja endlich», stieß Nenri unter nervösem Zucken seines Gesichts hervor.

Der Hauptmann der Schardana drehte sich zu Semerchet um. «Der ehrwürdige Semerchet?»

Der Angesprochene nickte nur wortlos.

«Der Pharao möchte Euch im Djeme-Tempel sprechen.»

Semerchet schluckte. «Darf ich fragen, warum?»

«Wie ich vernommen habe, wartet eine Nachricht auf Euch, und zwar aus Babylon. Der Pharao möchte, dass Ihr so schnell wie möglich zu ihm kommt.»

Semerchet wäre zu Boden gesunken, hätten ihn die Wachen nicht aufgefangen. Als sie ihm in die Sänfte halfen, warf er Nenri und Keeja besorgte Blicke zu. Er spürte Nenris Hand auf seiner Schulter, während die Träger die Sänfte anhoben.

Als Keeja ihm Huni hinhielt, damit er ihm einen Abschiedskuss geben konnte, flüsterte sie Semerchet ins Ohr: «Die Götter seien mit dir, Schwager.»

Doch die Götter konnten ihm nicht mehr helfen; das, was er befürchtet hatte, war eingetreten. Entschlossen wandte er den Blick zum Djeme-Tempel.

Semerchet stand an einem vergitterten Fenster in den Privatgemächern des Pharaos und versuchte, die auf ein brüchiges Stück Palmrinde geschriebenen und von Wasserflecken verwaschenen Worte zu entziffern. Das Erste, das er eindeutig identifizieren konnte, verhieß Unheil:

… überfallen von Isin.

Er hatte keine Ahnung, wer oder was Isin war oder wer den Brief geschrieben hatte. Die nächsten bis zur Unkenntlichkeit verwischten Schriftzeichen halfen ihm auch nicht weiter. Erst weiter unten stieß er wieder auf lesbare Fragmente:

... im Haus des Menef ... Prinz von Elam ... Naia ...

Ihm stockte der Atem, als er den geliebten Namen las. Das nächste Schriftzeichen, das zu entziffern ihm nur mit größter Mühe gelang, war das schrecklichste von allen: *getötet*.

Und dann am Ende die Unterschrift, verschmiert und kaum lesbar: *Rami*.

Er hob den Kopf. Umgeben von Schreibern und Dienern saß Ramses IV. auf einem thronartigen Sessel am Ende des Raums. Neben ihm erblickte Semerchet einen ihm unbekannten Mann, offenbar einen Ausländer. Obwohl der Winter fast vorüber war und die Temperatur täglich stieg, hatte sich der König einen schweren, kunstvoll bestickten Umhang aus roter Wolle um die Schultern gelegt, und im ganzen Raum standen Kohlepfannen verteilt.

«Kennen Eure Majestät den Inhalt dieses Briefes?», fragte Semerchet.

Der Pharao nickte und zeigte auf den Fremden neben ihm. «Mein Vetter Elibar hat ihn mir letzte Nacht gebracht. Wir haben ihn gemeinsam gelesen – soweit wir ihn entziffern konnten.»

Als der überraschte Semerchet den anderen Mann näher in Augenschein nahm, stellte er in der Tat eine gewisse Ähnlichkeit fest, die ihm zunächst nicht aufgefallen war: Der Fremde hatte dieselbe schmale, vorstehende Nase, ebenso helle Augen und eine ähnlich blasse Haut wie der Pharao. Sein langes Haupt- und Barthaar war zwar mittlerweile ergraut, musste einst aber ebenso rotbraun gewesen sein wie das aller Ramessiden. Der Mann war offensichtlich mit der kanaanitischen Mutter des Königs verwandt.

Ramses holte Luft und wollte weitersprechen, brachte aber nur ein Hüsteln heraus. Schweißperlen traten ihm auf die

Stirn, während er sich ein Taschentuch gegen den Mund drückte. Semerchet entgingen nicht die besorgten Blicke, mit denen Elibar seinen Vetter musterte. Mit einer stummen Geste wies der Kämmerer einen Diener an, das befleckte Tuch durch ein frisches zu ersetzen. Trotz des gedämpften Lichts glaubte Semerchet eine Spur hellroten Schaums auf dem Tuch zu erkennen, bevor der Sklave es hastig zusammenknüllte. Elibar füllte derweil einen Pokal mit Wein und hielt ihn dem Pharao an die Lippen.

Als er getrunken hatte, lehnte sich Ramses auf seinem vergoldeten Stuhl zurück und wischte sich kraftlos mit einem frischen Taschentuch über die Stirn. «Ihr möchtet jetzt bestimmt meinem Vetter ein paar Fragen stellen bezüglich des Briefes, den Ihr in Euren Händen haltet», sagte der Pharao, nun wieder mit kräftigerer Stimme.

Semerchet nickte und antwortete ohne Umschweife. «Wie seid Ihr an diesen Brief gekommen, mein Herr? Und wann?»

Elibar antwortete langsam und mit Bedacht. «Vor vierzehn Tagen traf eine Karawane aus Babylon in Kanaan ein. Euer Rami hatte dem Führer der Karawane den Brief übergeben und ihn gebeten, das Schreiben entweder persönlich oder über einen anderen Kaufmann nach Ägypten zu bringen.»

Obgleich Elibar ein hervorragendes Ägyptisch sprach, modulierte er die Worte mit seiner tiefen Stimme auf so merkwürdige Weise, dass Semerchet den Bewegungen seiner Lippen folgen musste, um ihn zu verstehen.

«Bei mir zu Hause ist allgemein bekannt, dass ich der Cousin des Pharaos bin – was mir übrigens keineswegs immer nur zum Vorteil gereicht –, und so überbrachte man mir den Brief. Euer Name war mir natürlich sofort ein Begriff, da meine Tante, die Mutter des Königs, mir schriftlich berichtet hatte, wie Ihr meinen Vetter vor den Verschwörern beschützt habt. Also bin ich auf dem schnellsten Weg hierhergeeilt, weil ich wusste, welch hohe Meinung Seine Majestät von Euch hat.»

Semerchet konnte seine Enttäuschung nicht verbergen. «Dann habt Ihr den Jungen also gar nicht selbst gesehen?»

Elibar schüttelte den Kopf.

«Ist er noch am Leben? Hat dieser Mann gesagt, ob –?»

«Er meinte nur, es ginge ihm nicht gut und er sei irgendwie am Kopf verletzt.»

«Hat er wenigstens gesagt, wo Rami zu finden ist?»

«In diesem Punkt kann ich Euch schon eher behilflich sein. Der Mann erklärte mir, er habe den Jungen unweit von Babylon angetroffen, in einer Oase bei einem zerstörten Landgut. Er zeichnete mit einem Stock die Umrisse von Etemenanki in den Staub und zog einen Kreis darum –»

Semerchet hielt den Kopf schräg. Hatte er richtig gehört? «Etemenanki, sagtet Ihr?»

Elibar unterbrach seine Geschichte. «Ja, der Wohnort des Teufels Bel-Marduk – der Zikkurat mitten in Babylon. Der Mann nahm einen Stock und –»

«Teufel?», stieß Semerchet überrascht aus.

Bel-Marduk war der babylonische Name des Gottes, den die Ägypter Amun-Re nannten. Noch nie hatte jemand in Semerchets Beisein den Weltenschöpfer als Teufel bezeichnet, und so empfand der ansonsten ganz und gar nicht abergläubische Semerchet Elibars beiläufig geäußerte Blasphemie fast schon als beleidigend. Rasch schlug er in der Luft das heilige Zeichen.

«Elibar verehrt eine namenlose Wüstengottheit, die so eifersüchtig ist, dass sie alle anderen Götter als Dämonen oder Scharlatane betrachtet», erklärte der Pharao. «Aber nehmt meinen Cousin nicht allzu ernst; seine Religion ist lediglich eine der Familienkrankheiten, mit denen ich mich herumschlagen muss.»

Elibar bedachte ihn mit einem nachsichtigen Lächeln, das Semerchet zeigte, dass die beiden ihre Meinungsverschiedenheiten auf religiösem Gebiet wohl schon seit Jahren auf durchaus freundschaftliche Weise austrugen. Dann fuhr der Kanaaniter mit seinem Bericht fort.

«Wie ich schon sagte, zeichnete der Mann die Umrisse des Zikkurat in den Sand. Dann zog er um das Ganze einen Kreis, der, wie ich annehme, die Stadtmauer darstellen sollte. Die Wellenlinien zu beiden Seiten der Stadt standen natürlich für den Euphrat und den Tigris. Anschließend nahm er den Stock und deutete auf den linken oberen Teil von Etemenanki – außerhalb des Kreises, aber zwischen den beiden Flüssen. Er wollte damit wohl andeuten, dass Euer Rami irgendwo nordwestlich von Babylon in der Flussebene zu finden ist.»

«Hat der Anführer der Karawane Euch auch gesagt ... ob er eine Frau dabeihatte?»

«Er berichtete von vielen Frauen – und auch vielen Männern –, die aber leider alle von Banditen umgebracht worden seien.»

Semerchet war auf einmal, als würde ihm der Boden unter den Füßen weggezogen. Ihm wurde schwarz vor Augen.

«Holt ihm einen Stuhl!», befahl der Pharao, und die Diener beeilten sich, seinem Befehl Folge zu leisten.

«Nicht nötig», erklärte Semerchet und zwang sich, gleichmäßig zu atmen und aufrecht zu stehen. Er hatte sich schnell wieder gefasst und wandte sich erneut an Elibar. «Und diese Isin – wer oder was ist das?»

«Ein babylonischer Volksstamm», antwortete der Pharao an Elibars Stelle. «Ägypten unterhält sehr enge Beziehungen zu ihnen, weil mein Vater meinte, sie hätten gute Chancen, die nächsten Herrscher Babylons zu stellen. Aber das war natürlich vor der Invasion der Elamer.»

Semerchet fragte weiter. «Und wer ist Menef? Das ist doch ein ägyptischer Name, oder?»

Der Pharao nickte. «Er ist unser Botschafter bei den Elamern; mein Vater hat ihn noch kurz vor seinem Tod eingesetzt.» Er blickte Semerchet auf seltsame Weise an. «Ich habe ihm eine eilige Nachricht geschickt mit der Anweisung, Euch bei der Suche nach Euren Freunden nach Kräften behilflich zu sein.»

Erst Sekunden später drangen Ramses' Worte in Semerchets von Besorgnis umnebeltes Bewusstsein. Überrascht hob er den Kopf.

Mit einem Nicken bekräftigte Ramses das Gesagte. «Außerdem habe ich Euch zu meinem Sondergesandten bei ihrem neuen König ernannt und Dokumente erstellen lassen, die die Freilassung Eurer Freunde bestätigen. Eure Frau und der Knabe dürfen jederzeit nach Ägypten zurückkehren.»

Zu seiner Verblüffung glaubte Semerchet in Ramses' Miene eine für einen Pharao gänzlich untypische Spur von Schuldbewusstsein zu erkennen.

«Ich hätte die beiden natürlich schon gleich nach dem Tod meines Vaters begnadigen sollen», seufzte Ramses. «Schließlich war das die einzige Belohnung, die Ihr erbeten hattet. Aber dann kamen die Prozesse dazwischen, das Begräbnis meines Vaters …, ich dachte, die Sache hätte noch ein wenig Zeit. Das war leider ein Irrtum. Jetzt kann ich nur hoffen, dass die Ärmsten noch am Leben sind und bald wieder ihre Freiheit genießen können.»

Ramses spürte, wie sehr das alles Semerchet mitnahm.

«Wenn Elibar nach Kanaan zurückkehrt», fuhr er fort, «zieht Ihr mit ihm unter seinem Schutz nach Norden. Vom Wohnort seiner Familie aus ist es nicht mehr allzu weit nach Babylon.»

«Darf ich fragen –», Semerchet musste schlucken, bevor er weitersprechen konnte. «Darf ich fragen, wann der ehrwürdige Elibar aufzubrechen gedenkt?»

«Übermorgen», erwiderte Elibar, «gleich bei Tagesanbruch. Ein Ruderschiff des Königs wird uns nach Pi-Ramesse bringen, und von dort aus segeln wir auf einem meiner eigenen Schiffe auf dem Großen Grün nach Tyros.»

Mehr gab es nicht zu sagen. Semerchet streckte zum Abschiedsgruß die Arme in Kniehöhe nach vorn und begann sich rückwärts zu entfernen. Vor seiner Abreise gab es noch tausend Dinge zu tun. Der Pharao aber gebot ihm mit erhobener Hand Einhalt. «Semerchet und ich müssen noch unter vier Augen miteinander sprechen», verkündete er knapp.

Ohne nachzufragen, führte Elibar die Finger an die Lippen und küsste mit einer Geste den Boden. Dann verabschiedete er sich mit der traditionellen Segensformel «Hundert Jahre» vom Pharao, bevor auch er den Raum rückwärts gehend verließ.

Während sich die Dienerschaft zurückzog, erhob sich Ramses mühsam aus seinem Sessel. «Folgt mir», forderte er Semerchet auf.

Mit einer Öllampe in der Hand ging Ramses durch die labyrinthartigen Flure des Djeme-Tempels voraus. Bald öffneten die Wachen ihnen die Tür zu einem Raum, der fast vollständig von einem riesigen, auf einem Gestell stehenden Modell einer neuen Stadt eingenommen wurde.

«Seht es Euch an, Semerchet.» Liebevoll ließ der Pharao den Blick über den Entwurf schweifen. «Das wird die neue

Hauptstadt Ägyptens. Meine Baumeister preisen den Plan als das größte Bauvorhaben seit den Pyramiden – das Vermächtnis Ramses' IV.»

Semerchet kniete nieder, um sich das Modell genauer anzusehen. Tempel, erhöhte Fußwege, Paläste, Werkstätten – alles war als Miniatur derart detailgetreu ausgearbeitet, dass er selbst die rundlichen Backöfen in den Tempelbäckereien erkennen konnte. Die Architekten des Pharaos hatten an alles gedacht, bis hin zu den letzten Gassen und Plätzen der neuen Hauptstadt.

«Die Fertigstellung wird Generationen in Anspruch nehmen», ergänzte Semerchet, während er sich die ungeheuren Ausmaße der Stadt vorzustellen versuchte.

Ramses sah ihn so durchdringend an, dass Semerchet rot wurde. Unvermittelt ging der Pharao zur Tür und spähte in beide Richtungen des Flurs. Dann wies er die Wachen an, in einiger Entfernung von der Tür Aufstellung zu nehmen. Als er sich vergewissert hatte, dass sich niemand mehr in der Nähe aufhielt, winkte er Semerchet zu sich heran.

«Wenn es nach meinen Ärzten geht, werde ich hundert Jahre oder gar noch älter», flüsterte er Semerchet ins Ohr. «Aber das heißt nur, dass sie in Wirklichkeit keine Ahnung haben, wie lange ich noch zu leben habe. Die Priester haben mein Horoskop erstellt, doch das ist so vage formuliert, dass man es sehr unterschiedlich auslegen kann. Und obwohl ich sämtlichen Göttern und Göttinnen im Land Opfer dargebracht, ihnen neue Kleider aus erlesenster Seide geschenkt und ihre Priester mit Gold und Elfenbein überhäuft habe, verweigern mir die Gottheiten ihren Beistand.» Wieder blickte er um sich, als könnten sich überall unerwünschte Zuhörer verbergen. «Und jetzt erkläre ich Euch den anderen, eigentlichen

Grund für Eure Reise nach Babylon, Semerchet – eine Angelegenheit, die höchster Geheimhaltung unterliegt. Ihr müsst dort etwas für mich, nein, für Ägypten tun.» Erneut sah er sich misstrauisch im Raum um.

Semerchet blickte Ramses in gespannter Erwartung an.

«In Babylon werdet Ihr bei dem neuen König Kutir vorsprechen. Ihr entbietet ihm meine Grüße und erklärt, dass Ägypten seine Herrschaft offiziell anerkennt. Des Weiteren lasst Ihr ihn wissen, dass ich bereit bin, ihm mit Waffen und Gold dabei zu helfen, seine Herrschaft über das Land zu festigen.»

Semerchets schwarze Augen funkelten. «Und was ist der Preis für Ägyptens Unterstützung?»

Der Blick des Pharaos nahm einen träumerischen Ausdruck an. «Der babylonische Gott Bel-Marduk muss zu einem Staatsbesuch nach Ägypten kommen. Bei seiner Ankunft werde ich die goldene Hand des Standbilds ergreifen und ihm in die Augen schauen. Es heißt, das vertreibe jeden Dämon und jeden Schmerz aus dem Körper.»

Plötzlich begann Ramses erneut zu husten, und in seinem Blick spiegelte sich entsetzliche Angst. «Ich brauche Zeit, Semerchet», flehte er, als er wieder zu Atem kam. «Bringt mir das Standbild, damit ich erleben kann, wie sich diese neue Stadt aus dem Delta erhebt, größer und prächtiger als jede andere vor ihr. Ich spüre den Tod in mir, Semerchet. Er nagt an meinen Eingeweiden wie eine Ratte am Korn.»

Semerchet riss entsetzt die Augen auf.

Der Pharao legte ihm die Hände auf die Schultern. «Mein Sohn ist erst sechs Jahre alt. Im Falle meines Todes setzen die Priester des Amun Stellvertreter ein, welche die Regierungsgeschäfte für ihn übernehmen. Und wer käme dafür wohl am ehesten infrage?»

Semerchet überlegte kurz. Hauslehrer? Die Mutter des Kindes? Beides war in der Vergangenheit schon mehrfach der Fall gewesen. Doch solche Personen konnten dem Prinzen, so nahe sie ihm auch stehen mochten, in diesen unsicheren Zeiten nicht den nötigen Schutz gewähren. Zweifellos würden die Priester deshalb für diese Funktion mächtigere Männer aus der königlichen Familie bevorzugen …

«Tijas Söhne», entfuhr es Semerchet.

Der Pharao nickte mit düsterer Miene. «Genau. Meine Halbbrüder, die Söhne dieser Mörderin, die meinen Vater auf dem Gewissen hat. Wie lange würde mein eigener Sohn unter diesen Umständen wohl noch leben, was meint Ihr? Es wäre sicher nicht sonderlich schwer, dafür zu sorgen, dass ihn eine ‹unheilbare Krankheit› befällt. Wie der Vater, so der Sohn, wird es dann heißen, beide gestorben an ein und demselben Leiden.» Ramses' Finger bohrten sich so tief in Semerchets Arme, dass seine Nägel halbmondförmige Druckstellen hinterließen. «Und nach meinem Sohn – über wen würden sie wohl als Nächstes herfallen?»

Semerchet kannte auch die Antwort auf diese Frage. Sie würden sich an demjenigen rächen, der die von ihrer Mutter und ihrem Bruder ausgeheckte Verschwörung aufgedeckt und Schande über ihren Teil der Königsfamilie gebracht hatte.

«Über mich», stieß Semerchet hervor.

«Genau, zunächst über Euch selbst, und wenn Ihr erst einmal tot seid, wird keiner aus Eurer Familie mehr sicher sein. Versteht Ihr jetzt, warum ich ausgerechnet Euch für diese Aufgabe ausgewählt habe? Weil Ihr ebenso viel zu verlieren habt wie ich.»

Semerchet schluckte. Nicht nur der Pharao brauchte die Jahre, die das Götterstandbild ihm schenken konnte; er selbst benötigte diese Zeit ebenso – so viel zumindest, bis der Sohn des Pharaos erwachsen war. Und obgleich er wenig Vertrauen in die heilende Kraft fremdländischer Götzen hatte, blieb ihm keine andere Wahl, als gemeinsam mit seinem König an die magische Wirkung von Bel-Marduks Statue zu glauben. Sie schien ihre einzige Chance zu sein.

«Verlasst Euch auf mich», sagte Semerchet entschlossen. «Ich bringe Euch diesen Gott.»

Bei Semerchets Ankunft im Djeme-Tempel hatte dieser noch im Halbschlaf gelegen. Als er nun aber aus der Tür trat, die den Palast mit dem eigentlichen Tempel verband, wimmelte es in den Fluren und Heiligtümern von Priestern, Sängern, Adligen und Wachen. Er fluchte leise vor sich hin, denn er wusste genau, was jetzt kommen würde. Auf seinem Weg durch die gewaltige Säulenhalle hörte er die Umstehenden nervös seinen Namen flüstern. «Semerchet ... Semerchet!», ertönte es wie das Geflatter von Wachtelflügeln. Vermutlich gingen sie davon aus, dass er mit dem Pharao darüber beraten hatte, wie noch unentdeckte Verschwörer, von denen viele diese heiligen Hallen bevölkerten, dingfest gemacht werden konnten.

Semerchets Laune besserte sich auch nicht, als er in einer Gruppe am Eingang Prinz Majatum entdeckte. Der Halbbruder des Pharaos und jüngste Sohn von Königin Tija würde, falls das Undenkbare eintrat, zu einem der Reichsverweser ernannt werden, die dann anstelle von Pharaos Sohn regierten. Obgleich Majatum, der über die Stadt On herrschte, die Gewänder eines Priesters trug, strahlte er dieselbe Überheblichkeit aus, die allen aus Tijas Brut zu eigen war.

Semerchet versuchte, dem Prinzen auszuweichen und den

Tempel so schnell wie möglich durch das große Tor zu verlassen. Was immer sie einander zu sagen hatten, würde nicht allzu freundlich sein für Semerchet, der persönlich die Hinrichtung von Majatums älterem Bruder, Prinz Pentwere, beaufsichtigt hatte. Semerchet hatte dem Prinzen sogar eigenhändig den weißen Seidenstrick überreicht, mit dem dieser sich dann erhängt hatte. Königin Tija, die alte Hexe und Mutter der Prinzen, die mit ihrer Verschwörung die ganze Tragödie erst ausgelöst hatte, war aus dem Königspalast verschwunden und heimlich an einen unbekannten Ort gebracht worden. Einige meinten, auch an ihr habe sich Ramses III. vor seinem Tod noch gerächt. In jedem Fall konnte Semerchet kein Interesse daran haben, dem Prinzen zu begegnen und alte Wunden wieder aufzureißen. Dann aber machte einer von Majatums Dienern seinen Herrn auf Semerchet aufmerksam.

«Na so was, Semerchet!», rief Majatum mit gespielter Herzlichkeit. «Wie geht es dem großen Helden Ägyptens – dem Mann, der um ein Haar meinen Vater gerettet hätte?»

Trotz der vordergründig schmeichlerischen Worte des Prinzen entging Semerchet nicht der abfällige Unterton. Er hielt den Kopf gesenkt und starrte unverwandt auf die schwarzen Basaltplatten.

«Dem geht es gut, Hoheit.»

«Ihr wart bestimmt bei meinem Bruder?»

«Ja, Hoheit.»

«Und wie steht es heute mit seiner werten Gesundheit?» Die lauten Worte des Prinzen wirkten künstlich besorgt. «Hat sein Husten endlich nachgelassen? Spuckt er immer noch Blut?»

«Der Zustand des Pharaos wird sich zweifellos auf der Stelle bessern, wenn er Eure Hoheit wieder zu Gesicht bekommt», antwortete Semerchet mit leiser Stimme ausweichend.

Majatum schlug mit seinem Wedel aus Rosshaar nach einer imaginären Fliege. «Ich war außer Landes, um mich mit unseren Verbündeten im Osten zu treffen. Streng geheim, Ihr wisst schon. Und jetzt bin ich auf dem Weg, dem Pharao Bericht zu erstatten.»

Semerchet fühlte sich, als sei sein Mund völlig ausgedörrt. Was erwartete der Prinz von ihm? Was sollte er, Semerchet, zu ihm sagen, wo es doch weit unter Majatums Würde war, ihm überhaupt Beachtung zu schenken? «Ich … ich bin mir sicher, dass der König schon sehnlichst auf Euren Bericht wartet.»

«Ihr geht mir doch nicht etwa aus dem Weg?», fragte der Prinz lächelnd. «Ihr wart doch sonst immer so direkt, so ehrlich – nicht unbedingt zu Eurem Vorteil, wie manche meinen, aber das ist keinesfalls meine Einschätzung.»

Der Prinz entließ Semerchet mit einer Bewegung seines Fliegenwedels und wandte ihm scheinbar gleichgültig den Rücken zu.

Semerchet verließ fluchtartig den Tempel in Richtung Fährhafen. Seit den Prozessen gegen die Verschwörer hatte er Tijas verbliebene Söhne so gut es ging gemieden. Das hätte schlechter laufen können, dachte er; vielleicht hatte der Prinz ja eingesehen, dass es besser war, alte Feindseligkeiten zu begraben und sich mit den Veränderungen abzufinden, die die Herrschaft des neuen Pharaos nun einmal mit sich brachte.

Als Semerchet auf dem Weg nach Ost-Theben über den Nil setzte, ließ er vom Bug des Fährboots aus seinen Blick über die Stadt schweifen. An unzähligen Stangen, deren Spitzen mit Edelsteinen besetzt waren, flatterten bunte Fähnchen, und vom Großen Amun-Tempel drangen die vertrauten Gesänge des Tempelchors zu ihm.

Semerchet konnte die Abreise kaum erwarten. Die Nachrichten aus Babylon waren zwar ebenso verheerend wie das, was er soeben über den Gesundheitszustand des Pharaos erfahren hatte; nun aber, da seine Befürchtungen sich bewahrheitet hatten, war er wenigstens nicht mehr hilflos seinen Albträumen ausgeliefert. Endlich konnte er etwas dagegen unternehmen.

In seinem tiefsten Innern war er davon überzeugt, dass Naia noch lebte und irgendwo hinter dem östlichen Horizont auf ihn wartete. Nichts konnte ihn daran hindern, seine Frau und Rami nach Ägypten zurückzuholen. Ihm war, als führe der warme Ostwind, der ihm ins Gesicht blies, den Geruch Babylons mit sich.

Bei den ersten Anzeichen der Morgenröte holte die Schiffsbesatzung den Ankerstein ein. Viele Stunden später streckte Semerchet zittrig und mit einem flauen Gefühl im Magen den Kopf über das strohgeflochtene Schanzdeck. Wohin er auch schaute, überall bot sich derselbe Anblick auf das «Große Grün», wie die Seeleute das endlos scheinende Meer nannten; kein Land weit und breit, keine Vögel, nur Wellen über Wellen.

Vom beständigen Schwanken des Schiffes ganz unsicher auf den Beinen, zog Semerchet sich hoch. Die Seeleute setzten gerade das riesige Einzelsegel mit seinem leuchtend rotgelben Karomuster. Als der Wind es sofort mit einem heftigen Knall füllte, schoss das Schiff so ruckartig vorwärts, dass Semerchet, ohnehin schon aus dem Gleichgewicht gebracht, rückwärts aufs Deck geschleudert wurde.

Zumindest geht es wieder voran, dachte er mürrisch.

Am Vortag hatte die Mannschaft nicht rudern dürfen, denn es war der Sabbat von Elibars seltsamem, einzigem Gott. Selbst essen war an diesem Tag verboten. Aber Semerchet hätte ohnehin nichts hinuntergebracht; schon seit Beginn ihrer Fahrt drei Tage zuvor war ihm so speiübel, dass er fürchtete, die Reise nicht lebend zu überstehen. Merkwürdigerweise schien er als Einziger von der Krankheit befallen. Falls er wider Erwarten doch überlebte, so schwor er sich, würde er sich nie wieder auf dieses Salzmeer begeben, und wenn er noch so viel Zeit damit sparte.

Unerbittlich hob und senkte sich das Schiff wieder und wieder, während es, zusätzlich angetrieben von zehn Paar Ruderern, über die weißgekrönten Wellen glitt. Erneut verkrampfte sich Semerchets Magen. Dem Kapitän war sein Zustand offenbar nicht verborgen geblieben, denn er kam zu ihm nach hinten und redete beruhigend auf ihn ein.

«Macht doch nicht so ein Gesicht. Wir nähern uns bald der Küste und werden noch vor Einbruch der Dunkelheit in Tyros vor Anker gehen.»

Semerchet brachte kein Wort heraus. Er nickte nur und versuchte noch einmal, aufzustehen, diesmal mit Erfolg. Ein Blick in Richtung Bug zeigte ihm, dass Elibar und seine vier Söhne sich bereits um den bronzenen Kochtopf versammelt hatten.

Als Elibar ihn entdeckte, rief er ihm fröhlich auf Ägyptisch zu: «Könnt Ihr mittlerweile etwas essen, Semerchet? Wir haben zum Fastenbrechen ein Lamm geschlachtet.»

Auf Semerchets kraftloses Kopfschütteln hin brachen Elibars Söhne in leises Gekicher aus. Sie waren in der unterägyptischen Hauptstadt Pi-Ramesse zu ihnen gestoßen, wo sie ihre Tante Ese, die Mutter des Pharaos, besucht hatten. Auch wenn dem Jüngsten von ihnen noch nicht einmal ein Bart spross, waren sie allesamt kräftige und tüchtige junge Männer, hochgewachsen und augenscheinlich alles andere als verweichlicht. Ihre Augen glichen mit ihrer bronzenen Färbung denen von Falken, und ihre Haut hatte vom wochenlangen Aufenthalt im Freien, während sie die riesigen Schafherden ihres Vaters hüteten, eine dunkle Tönung angenommen. Obwohl ihre Ahnen sich in Kanaan niedergelassen hatten, machten sie keinen Hehl daraus, dass sie sich eher als Angehörige des Stammes – oder besser der Stämme (es gab, wie Semerchet erfuhr, anscheinend mehr als einen) – der Habiru fühlten. Sie nannten ihr neues Land Israel, oder vielleicht auch Judäa; Semerchet war sich da nicht ganz sicher, denn sie sprachen sehr schnell und mit starkem Akzent. In jedem Fall handelte es sich dabei offenbar um ein Volk, das nicht von einem König regiert wurde, sondern von Richtern, die als Vertreter ihres grimmigen Wüstengottes über die Menschen herrschten.

Als sie sahen, dass er wach war, traten die jungen Männer zu Semerchet, um ihn auszufragen und auch ein wenig zu necken. «Stimmt es, dass Ihr nach Babylon geht, um für Vetter Ramses das Standbild des Teufels nach Ägypten zu holen?», fragte der Jüngste.

«Ich suche nach meiner Frau», erwiderte Semerchet einsilbig, während er verzweifelt gegen den Brechreiz ankämpfte. Dass dieser Jüngling von seinem Auftrag wusste, gefiel ihm gar nicht. Ramses hatte Elibar anscheinend in sein Geheimnis eingeweiht.

«Die ägyptischen Frauen sind doch alle Huren», meinte der Älteste.

«Meine Frau nicht», entgegnete Semerchet entschieden.

«Aber unser Vater hat uns erzählt, dass sie gar nicht wirklich Eure Frau ist», mischte sich der größte Sohn ein. «Er sagte, sie habe sich von Euch scheiden lassen, um einen anderen zu heiraten – einen Verräter, der die Hand gegen unseren toten Onkel Ramses erhob. Stimmt das?»

Semerchets Magen rebellierte. «Sie wollte ein Kind», brachte er mühsam hervor, «und ich war nicht in der Lage, ihr eines zu schenken. Sie konnte nicht ahnen, dass er ein Verräter war, als sie ihn heiratete.»

«Gestattet ihr Ägypter deswegen euren Frauen, nach Lust und Laune mit jedem ins Bett zu steigen? Müssen sie überall nach Männern suchen, die ihnen Söhne schenken können?»

«Das ist nicht der Grund dafür, dass wir unseren Frauen gewisse Freiheiten einräumen –»

«Nehmen wir nur, was mit Onkel Ramses geschehen ist. Er wurde von seinen eigenen Ehefrauen ermordet. Ist das nicht eine Schande? In unserem Land könnte so etwas nie und nimmer geschehen. Frauen sollen ihr Heim hüten, Kinder großziehen und Wolle spinnen.»

Obwohl Semerchet ganz und gar nicht nach einer solchen Diskussion zumute war, versuchte er, dem Jungen halbwegs vernünftige Antworten zu geben. «Die Männer und Frauen Ägyptens nehmen sich ein Beispiel an der Ehe von Isis und Osiris», erklärte er. «Osiris könnte ohne die Hilfe seiner Gattin niemals König des Totenreichs sein.»

Auf diese Bemerkung hin brachen Elibars Söhne in verächtliches Gelächter aus. «Aber das sind doch falsche Götter», sagte der Drittälteste. «Sie existieren gar nicht wirklich! Wie könnt Ihr es wagen, sie uns gegenüber auch nur zu erwähnen!»

Nun fielen die jungen Männer wieder in ihre Muttersprache zurück, während sie Semerchet den Rücken kehrten und unter weit ausholenden Gesten alle wild durcheinanderschrien. Semerchet nutzte die Gelegenheit, sich unbemerkt zu dem am Bug stehenden Elibar davonzumachen.

Plötzlich schlingerte das Schiff, und verblüfft registrierte Semerchet, dass er dabei zum ersten Mal keine Übelkeit mehr verspürte. Er empfand sogar den Geruch des Hammeleintopfs, der im schwankenden Kessel garte, beinahe schon als verführerisch. Vielleicht hatte er ja endlich seine – wie nannte es der Kapitän? – «Meerbeine» bekommen.

Im Bug des Schiffes verrichtete Elibar, ein Umschlagtuch um den Kopf, unter einem Sonnenschutz seine Gebete. Semerchet wartete das Ende des Gemurmels ab, bevor er ihn ansprach.

«Eure Söhne sind ja ganz schön leidenschaftlich», begann Semerchet, als Elibar die Augen öffnete.

Elibar betrachtete die vier jungen Männer. «Es ist immer gut, wenn Menschen leidenschaftlich ihren Glauben verteidigen», erklärte er mit seiner üblichen Bedachtsamkeit. «Mitunter verschafft uns nur eine tiefere Überzeugung einen Vorteil gegenüber unseren Feinden. Manchmal ist das alles, was wir haben.»

«Ich dachte, es wäre Euer Gott, der Euch diesen Vorteil verschafft.»

Elibar zuckte nur mit den Achseln.

«Jedenfalls haben sie für die Ägypter nur Verachtung übrig», meinte Semerchet mit Blick auf die jungen Männer.

«Vielleicht wusstet Ihr nicht, dass die Habiru einst von den Ägyptern versklavt worden sind», erklärte Elibar. «Zumindest heißt es so in unserer Überlieferung. Aber wir beteten zu unserem Gott, und er schickte uns einen Helden namens Moses, um uns zu erretten.»

Semerchet, der noch nie von dieser Geschichte gehört hatte, schüttelte skeptisch den Kopf. «Aber Moses ist doch ein ägyptischer Name, zumindest zur Hälfte.»

«Moses war ein Habiru, der als Säugling auf dem Nil ausgesetzt, gerettet und dann im Goldenen Haus des Pharaos aufgezogen worden ist. Somit könnte man in der Tat sagen, dass er ein Ägypter war – oder zumindest ein halber.»

«Und wie kommt es, dass ich noch nie von Eurem ‹Helden› gehört habe?»

«Vielleicht weil er schon vor über dreihundert Jahren gelebt hat.»

«Mein lieber Elibar», sagte Semerchet in leicht herablassendem Tonfall, «in Ägypten ist das fast so, als spräche man von gestern.»

Elibar warf ihm einen skeptischen Blick zu; dann lächelte er, sagte aber nichts.

«Glaubt Ihr die Geschichte wirklich?», fragte Semerchet.

In diesem Augenblick durchbrach ein Schwarm Fische die plötzlich aufschäumende Wasseroberfläche, und ihre silbernen Flanken schimmerten im Licht der Sonne. Einige der Seeleute warfen Angelschnüre ins Meer, in der Hoffnung, auf diese Weise eine Mahlzeit zu ergattern.

Elibar antwortete Semerchet so leise, dass der Wind seine Worte nicht zu seinen Söhnen tragen konnte. «Ich sage Euch jetzt, was mein Vetter Ramses glaubt, denn er hat die unter Verschluss gehaltenen Schriftrollen gelesen.»

Semerchet trat unruhig von einem Bein auf das andere. Das Wissen um die Wahrheit brachte, wie er hatte erfahren müssen, nicht immer nur Gutes mit sich. Dennoch bedeutete er Elibar mit einem Nicken fortzufahren.

Elibar beugte sich zu Semerchet vor. «Ramses zufolge fielen die Habiru zusammen mit den Hyksos in Ägypten ein. Einer von ihnen, ein Mann namens Youssef, stieg sogar zum Großwesir des Hyksos-Königs auf. Er bekam den Auftrag, sämtliche Ägypter im Nildelta auszurotten, und vertrieb die Überlebenden nach Theben. Ramses zufolge verdreht die Habiru-Legende die Wahrheit. In Wirklichkeit seien die Ägypter von den Eindringlingen unterdrückt worden.»

Semerchet zuckte mit den Schultern. Die Hyksos waren in Ägypten jedem Kind ein Begriff. Ihre Invasion wurde als nationale Schande empfunden, ihre Vertreibung als Ägyptens größter Triumph.

«Als die südägyptischen Könige schließlich die Oberhand gewannen», fuhr Elibar fort, «versklavten sie die zurückgebliebenen Habiru und töteten jedes männliche Kind.»

«Das war die übliche Strafe für Feinde, die es wagten, auf ägyptisches Territorium vorzudringen», erklärte Semerchet nüchtern. «So soll es auch den Libyern, den Schardana, den Daniten und den Seevölkern ergangen sein.»

«Aber nur die Habiru brachten einen Erlöser hervor.»

«Ach ja, natürlich – der in einem Palast aufgezogene Sklavenkönig», kommentierte Semerchet in ironischem Tonfall.

Elibar ließ sich davon nicht provozieren. «Wollt Ihr mehr darüber hören?»

«Na schön.»

«Ramses ist davon überzeugt, dass Moses einer seiner Vorfahren war – ein gewisser Prinz Thut-moses und Neffe von Königin Hatschepsut. Mein Vetter glaubt, dieser Prinz Thut-moses habe gemeinsame Sache mit den Habiru gemacht und die Absicht gehabt, mit Hilfe von deren Kriegern den Thron zu erobern. Doch der Putsch schlug fehl, und nur aufgrund der Intervention Hatschepsuts durfte Thut-moses zusammen mit einer Handvoll Habiru Ägypten verlassen. Erst danach begann er, einen einzigen Gott anzubeten – einen Gott der Wüste, durch die er viele Jahre irrte, als habe er den Verstand verloren.»

Semerchet schwieg für ein paar Sekunden. «Warum erzählt Ihr mir das alles?», fragte er schließlich.

«Vielleicht um zu zeigen, dass alles nur eine Frage des Standpunkts ist und nichts so ist, wie es scheint.»

«Und das erklärt Ihr mir, dem Sekretär für Strafverfolgung und Geheimes?», lachte Semerchet auf.

«Ich wollte Euch damit nur eine gutgemeinte Warnung mit auf den Weg geben, Semerchet. Ihr müsst Euch darüber im Klaren sein, dass Mesopotamien eine völlig andere Welt ist als Ägypten. Dort herrscht ein derartiges Durcheinander, dass man oft nicht auf den ersten Blick erkennen kann, was Recht und was Unrecht ist, und häufig etwas zu sehen glaubt, das gar nicht wirklich existiert.»

Einer der Seeleute schrie plötzlich begeistert auf; er hatte einen fetten Fisch an der Leine, groß genug, um sie alle satt zu machen. Einige seiner Kameraden eilten ihm zu Hilfe, um seine Beute an Bord zu hieven.

Elibar deutete auf den Fisch. «So wird es auch Euch ergehen, Semerchet; Ihr werdet aus der einzigen Welt gerissen, die Ihr je gekannt habt, und in eine neue geworfen, die Ihr Euch in Euren kühnsten Träumen nicht vorstellen könnt. Selbst die Luft, die Ihr atmet, wird eine andere sein.»

«Ich bin nicht ganz so naiv, wie Ihr vielleicht annehmt», murmelte Semerchet. «Ich war schon einmal in Babylonien, wenn auch nicht in der Hauptstadt, und kann sogar ihre Sprache entziffern, wenn auch nur mühsam.»

«Das wird vielleicht nicht reichen», wandte Elibar skeptisch ein.

Sie sahen zu, wie der große Fisch nach Luft schnappend auf dem Deck herumschnellte und vergeblich gegen sein Schicksal ankämpfte. Schließlich stürzten sich die Seeleute lachend auf ihn und erschlugen ihn mit ihren Ruderblättern.

Eine Spur von Angst schlich sich in Semerchets Seele. Er hätte gerne noch länger über Elibars Worte nachgedacht, doch dann ertönte plötzlich im Ausguck über dem Segel der Schrei:

«Land in Sicht!»

Sie hatten die Küste Asiens gesichtet. Semerchet sprach ein kurzes Dankgebet. Sollte das Schiff jetzt noch sinken, hatten sie zumindest die Chance, es schwimmend bis ans Ufer zu schaffen.

Um die Mittagszeit hatte sich das Schiff zwischen all die anderen im neugebauten Hafen von Tyros eingereiht. Als sich die Seeleute auf das Entladen vorbereiteten, ging Semerchet zu seinem Seesack. In ihm befand sich das funkelnde Amtszeichen, das der Pharao ihm gegeben hatte und das ihn als ägyptischen Sondergesandten auswies. Es war ein schweres, ehrfurchtgebietendes Stück: ein Falke, dessen ausgestreckte Schwingen den größten Teil seiner Brust bedeckten. Semerchet legte es ganz bewusst noch nicht an. Die ersten Landstriche, die er zu durchqueren hatte, waren einst ägyptische Kolonien gewesen, und ihre Bewohner empfanden noch immer einen abgrundtiefen Hass gegen ihre früheren Herren. Hin und wieder kam es vor, dass sie einen ägyptischen Reisenden töteten, um alte Rechnungen zu begleichen. «Das Böse hat eine ägyptische Mutter», pflegte man in diesem Teil Asiens zu sagen.

Neben den Briefen, die Ramis und Naias Freilassung bestätigten, hatte ihm der Pharao auch noch fünf Lehmtafeln mit auf den Weg gegeben. Die mit den seltsamen, keilförmigen babylonischen Schriftzeichen beschriebenen Tafeln berechtigten ihn, sich von den Buchhaltern der Tempel in ganz Babylonien Geld auszahlen zu lassen. Auf jeder der fünf Tafeln befand sich Semerchets Daumenabdruck, denn die Babylonier glaubten, dass die gewundenen Linien auf jedem Daumen absolut einzigartig und mit denen keines anderen Menschen identisch waren. Die Tempelpriester waren fest davon überzeugt, auf diese Weise überprüfen zu können, ob es sich bei demjenigen, der im Besitz der Tafeln war, tatsächlich um die Person handelte, der die Gelder zustanden. Semerchet fand das alles reichlich absurd, doch wenn sein Daumenabdruck ausreichte, um an das Gold des Pharaos zu kommen, sollte es ihm recht sein.

In dem Beutel mit den Lehmtafeln befanden sich auch die einzigen weiteren Gegenstände, die er bei sich trug. Der erste war das brüchige Stück Palmrinde, das Rami ihm geschickt hatte, der zweite ein anderer Brief – Naias einzige Nachricht an ihn aus Babylon, geschrieben auf ein Stück Papyrus, das sie aus dem Abfalleimer des Botschafters gefischt hatte. Vielleicht zum hundertsten Mal entfaltete Semerchet das längst spröde gewordene Stück Papyrus, um es noch einmal zu lesen:

Mein Geliebter,

ich bin in Babylon angekommen, wo der Botschafter mich als Dienstmagd in sein Haus aufgenommen hat. Mir geht es gut, und Rami ist bei mir. Wir können uns hier nicht beklagen, auch wenn alle vom bevorstehenden Krieg gegen Elam reden. Ein Kaufmann, der eine Karawane nach Theben führt, hat mir versprochen, dir diesen Brief auszuhändigen. Tausend Küsse für dich und Huni. Mach dir um mich keine Sorgen.

Naia

Semerchets Herz begann zu pochen, als der Ankerstein ins Wasser fiel. Nun trennten ihn nur noch wenige hundert Meilen von seiner großen Liebe.

«Ich bin hier, Naia», flüsterte er. «Spürst du es nicht? Schau nur, du siehst mich!»

Shaul, der älteste Sohn Elibars, begleitete Semerchet zusammen mit einigen der kräftigeren Schafhirten seines Vaters bis an die babylonische Grenze. Obgleich das Land sich in keiner Weise von der Hügellandschaft unterschied, die sie seit einer guten Woche durchquerten, erkannte Semerchet an dem hohen, schmalen Grenzstein, dass er nun babylonisches Gebiet betrat. Er stieg von Shauls vierrädrigem Wagen herab, küsste ehrerbietig die Erde und dankte den Göttern für seine sichere Ankunft.

Der graue Grenzstein stand an der Kreuzung zweier Straßen. In ihn waren die Namen und bildlichen Darstellungen der babylonischen Gottheiten eingemeißelt, die jeden verfluchten, der die Gastfreundschaft der Einheimischen missbrauchte. Zu beiden Seiten des Steins wachten grimmige Greifen mit bedrohlichen Klauen, die deutlich machten, dass all denen, die diese Warnung missachteten, sofortige Bestrafung drohte.

Semerchet verfolgte, wie Shaul und seine Leute ihre Wagen wendeten und in westlicher Richtung davonfuhren. Er wartete, bis sie hinter dem nächsten Hügel verschwunden waren. Als er dann die Straße Richtung Süden einschlug, überfiel ihn fast panikartig ein Gefühl von Einsamkeit.

Er brauchte den ganzen Nachmittag, um die nächste Ortschaft zu erreichen. Unterwegs traf er keine Menschenseele, und so atmete er erleichtert auf, als er die altehrwürdigen

Mauern von Mari erspähte, noch bevor die Sonne hinter den Bergen im Westen unterging. Über der Stadt hing jedoch schwarzer Rauch, der so dicht war, dass er nicht von Herdfeuern stammen konnte. An den Stadtmauern die Spuren von Belagerungsmaschinen, die offenbar erst vor kurzem eingesetzt worden waren. In der braunen Ziegelmauer klafften Löcher, und die Brustwehren waren rußgeschwärzt.

In all den anderen Städten des Zweistromlands, die er mit Shaul und seinen Männern durchquert hatte, war ihnen schon von weitem der Lärm menschlichen Treibens entgegengeschlagen. In Mari jedoch hörte er nur die gelegentlichen Schreie der Aasgeier, die hoch über der Stadt kreisten. Als er näher kam, erblickte er auf den Feldern zu beiden Seiten der Straße Berge von Leichen. Die Temperatur war im Lauf des Tages rasch angestiegen, und die aufgedunsenen Toten schienen zusammenzuschmelzen wie Fett in der Sonne. Verwesungsgeruch stieg ihm in die Nase, überlagert vom durchdringenden Gestank menschlicher Ausscheidungen.

Gänzlich unerwartet drangen aus der Stadt durch die beschädigten Mauern aufgeregte Männerstimmen zu ihm. Urplötzlich kamen elamische Krieger aus dem zerstörten Stadttor gestürmt; sie rannten hinter einer Lederkugel her, die sie mit den Füßen vom einen zum anderen stießen.

Die Soldaten blieben abrupt stehen, als sie Semerchet auf der Straße erblickten. Die Kugel rollte zu ihm herüber, und er wollte sie schon aufheben und zu ihnen zurückwerfen, als er erkannte, dass sich unter der ledernen Umhüllung ein menschlicher Kopf verbarg. Semerchet zuckte zurück und ließ den Schädel in das Feld mit den Leichen rollen.

«Wer du bist?», fragte einer der Männer in holprigem Babylonisch.

«Mein Name ist Semerchet. Ich komme aus Ägypten», erklärte Semerchet stockend. «Ich bin auf dem Weg zu eurem König Kutir, um ihm die Grüße des Pharaos zu überbringen.» Nun, da er die ehemaligen ägyptischen Kolonien hinter sich gelassen hatte, wagte er wieder, sich unter seinem richtigen Namen vorzustellen.

Als der Leutnant Semerchets Worte übersetzt hatte, nickten die Elamer und lächelten ihm freundlich zu. «Willkommen im Königreich Babylon, Ägypter – oder in dem, was davon noch übrig ist», erklärte der Leutnant mit seinem merkwürdigen Akzent.

Semerchets Blick schweifte zu den Ruinen hinter dem Stadttor. «Was ist mit dieser Stadt geschehen?»

«Seine Bewohner geben – wie sagt man? Geben Versteck? Schutz …?»

«Unterschlupf?»

«Genau! Sie geben diesen Isin-Verrätern Unterschlupf. Unsere Einheit wurde hierhergeschickt, um …» Der Mann suchte erneut nach dem richtigen Wort. «… um zu *verlangen*, dass sie uns diese Isin ausliefern oder wir die Stadt zerstören.»

Semerchet blickte sich um. Offenbar hatten die Bürger von Mari sich der Forderung der Elamer widersetzt.

«Dann sind also alle tot?»

Der Leutnant zuckte gleichgültig mit den Achseln. «Die meisten fliehen in die Sümpfe. Sehr enttäuschend. Mari ist eine arme Stadt. Keine Gold für Soldaten, keine Beute.»

Semerchet stieg über herabgestürzte Lehmziegel und verkohlte Balken und fragte den Leutnant: «Gibt es hier irgendwo ein Gasthaus, wo ich übernachten kann? Ich bin fast den ganzen Tag gelaufen und brauche dringend ein Nachtlager.»

«Die Priester von Bel-Marduk haben eine Herberge für Reisende – aber auch sie fliehen in die Sümpfe.»

«Und wo bekomme ich etwas zu essen?»

Der Leutnant schüttelte den Kopf, doch dann leuchteten seine Augen auf. «Du isst mit uns! Mit den Offizieren! Wir teilen unsere Rationen mit dir, und du erzählst uns Geschichten aus Ägypten. Komm ... komm.»

Mit den letzten Strahlen der untergehenden Sonne erreichten sie das elamische Hauptquartier. Aus einem halb ausgebrannten Gebäude drang wildes Stimmengewirr in elamischer Sprache.

«Hierher», sagte der Leutnant und wies ihm den Weg. «Wir essen im Kochschuppen, dort drüben.»

Als Semerchet die halb eingefallene Hütte betrat, starrten alle dort versammelten Soldaten ihn an. Sie waren zu zwölft, und seine alten Instinkte sagten ihm, dass es nicht schaden konnte, sich vorsichtshalber schon einmal sämtliche Fluchtwege einzuprägen. Danach wandte er sich wieder den Männern zu. Sie saßen auf einem Teppich auf dem Boden um einen großen, dampfenden Kochtopf herum.

Der Leutnant wechselte in seiner Muttersprache ein paar Worte mit den Soldaten. Er redete so schnell, dass Semerchet kaum etwas verstand – abgesehen von *per-ah*, dem elamischen Wort für «Pharao», und *Rah-maj-seeju*, das er als «Ramses» interpretierte.

Der Kommandant war ein kleiner, dicker Mann mit muskulösen, von zahlreichen Narben gezeichneten Armen. Ohne aufzustehen, begrüßte er Semerchet vom Teppich aus.

«Ägypter!», rief er mit seiner kehligen Stimme in einem noch schwerer verständlichen Babylonisch. «Komm hierher! Komm!» Er deutete auf den Ehrenplatz an seiner Seite.

Semerchet ging vorsichtig um die Soldaten herum und ließ sich neben dem Kommandanten nieder. Ein Sklave an den Feuerstellen – er war ungefähr in Semerchets Alter – schleppte sich mit einem Wasserkrug und einer Schüssel zu ihm. Seine Beine waren zusammengekettet.

Der Sklave stellte Semerchet die Schüssel in den Schoß. In fehlerfreiem Ägyptisch sagte er: «Ich wasche Euch jetzt die Hände, Herr.»

Semerchets Kopf schnellte nach oben. Er musste wohl ziemlich schockiert ausgesehen haben, denn die elamischen Offiziere sprangen unter wildem Gebrüll auf, griffen nach ihren Schwertern und stürzten sich auf den Sklaven, als wollten sie ihn auf der Stelle in Stücke hacken.

«Nicht!», rief Semerchet schnell. «Ich war nur überrascht, dass er Ägyptisch spricht. Er wollte mir doch nur die Hände waschen!»

Der Kommandeur zögerte einen Augenblick, als wäre er unschlüssig, ob er Semerchet glauben sollte, und schüttelte dann den Kopf. Seine Offiziere setzten sich wieder auf den Teppich, doch jeder behielt die Hand auf dem Heft seines Schwerts. Ihre Mienen wirkten bedrohlich.

«Der Sklave ist nichts», erklärte der Kommandant. «Nur Schwarzkopf wir fangen im Kampf. Wir töten später», fügte er lachend hinzu und fuhr sich mit dem Zeigefinger über die Kehle.

Hastig trocknete der Sklave Semerchet mit einem Tuch die Hände. Den Rücken zu den Elamern gewandt, flüsterte er, wieder auf Ägyptisch, so leise, dass nur Semerchet ihn hören konnte. «Helft mir, Herr», flehte er. «Ich bin so gut wie tot, wenn Ihr es nicht verhindert.»

Semerchets Miene verriet keinerlei Gefühlsregung. Der

Soldat neben ihm reichte ihm den Brotkorb. Semerchet nahm sich ein Stück und tunkte es in den überraschend schmackhaften Eintopf. Von welchem Tier das Fleisch stammte, wusste er nicht; er konnte nur hoffen, dass es nicht das eines «Schwarzkopf»-Sklaven war.

«So, Ägypter!», sagte der Kommandant zwischen zwei herzhaften Bissen. «Du bist Botschafter und ein Freund des großen Rah-may-seeyu. Das heißt, du bist ein reicher Mann.»

«Ich bin sein Diener, nicht sein Freund», entgegnete Semerchet und nahm mit seinem Brot ein weiteres Stück Fleisch auf. Aller Augen waren auf ihn gerichtet.

«Ist ein langer Weg nach Babylon», fuhr der Kommandant lächelnd fort. «Viele Isin-Verräter verstecken sich hinter Felsen. Ich schicke morgen Männer mit dir. Schutz für dich. In Babylon musst du zu meinem Freund gehen, General Kidin. Oberkommandierender aller elamischen Streitkräfte. Viele Hilfe für dich!»

«Kidin», murmelte Semerchet und prägte sich den Namen ein.

Dann sagte der Kommandant grinsend etwas zu seinen Soldaten, woraufhin alle lachten und Semerchet mit undurchschaubaren Mienen musterten. Der Sklave ging von Soldat zu Soldat und wischte einem nach dem anderen die Hände ab. Als er Semerchet erreichte, flüsterte er: «Habt acht, Herr. Er hat seinen Leuten soeben gesagt, dass Ihr niemals in Babylon ankommen werdet.»

Semerchet war wie gelähmt vor Angst. Diese Barbaren hatten die Absicht, ihn wegen des Goldes zu ermorden, das sie bei ihm vermuteten, um sich für die entgangene Kriegsbeute schadlos zu halten! Er dachte verzweifelt darüber nach, wie er ihnen entkommen konnte. Er kannte weder die Gegend noch den Grundriss der Stadt. Automatisch trafen sich Semerchets Augen mit denen des Sklaven am hinteren Ende der Hütte, und in ihren Blicken lag gegenseitiges Einvernehmen.

Semerchet streckte ausgiebig die Beine und dankte den Soldaten herzlich dafür, dass sie ihr Mahl mit ihm geteilt hatten. Dann gähnte er, als sei er unendlich müde, und verkündete, er werde sich im Zikkurat von Bel-Marduk einen Schlafplatz suchen, auch wenn der Tempel verlassen sein sollte. Ob er den Begleitschutz, den der Kommandeur ihm dankenswerterweise versprochen hatte, wohl schon früh am Morgen in Anspruch nehmen könne?

Die Elamer nickten eifrig. Bis dahin werde die Eskorte ganz sicher zur Verfügung stehen. Semerchet aber entgingen nicht die verstohlenen Blicke, die die Männer untereinander wechselten.

Er stand auf und nickte ihnen dankend zu. Auf dem Weg zur Tür drehte er sich noch einmal um, als wäre ihm soeben ein Gedanke gekommen. «Mir fällt gerade ein, dass ich wohl einen Dolmetscher brauchen werde. Mein Babylonisch ist miserabel, wie ihr gemerkt habt. Würdet ihr mir vielleicht euren Sklaven verkaufen?» Er zeigte auf den Mann in Ketten an der Feuerstelle. «Ich gebe euch drei, nein, sagen wir fünf Goldstücke für ihn. Ägyptisches Gold.» Er wollte damit andeuten, dass dieses Gold für sie wertvoller war als das minderwertige Metall, das sie seit ihrem Einfall in Babylon gefunden hatten. Als er die fünf glitzernden Stücke aus seinem Gürtel zog, sah er die nackte Gier in ihren Augen aufblitzen. «Tut mir den Gefallen, und ich werde euch vor eurem König Kutir loben!»

Wieder sprach der Kommandant auf Elamisch mit seinen Männern, die sofort einverstanden waren, sich von dem Sklaven zu trennen. Er sei für sie ohnehin nicht mehr von Nutzen, erklärte der Kommandant, da sie beabsichtigten, sich wieder ihrem auf dem Rückmarsch befindlichen Hauptheer anzuschließen.

Semerchet nickte freundlich.

Sie holten den Sklaven und schlugen ihm die Ketten von den Knöcheln. Semerchet verabschiedete sich fröhlich von den elamischen Soldaten und versprach, sie am frühen Morgen aufzusuchen. Rasch verließen die beiden Männer die Küche und traten in die dunklen Straßen von Mari hinaus.

Als sie außer Hörweite waren, murmelte Semerchet dem Sklaven auf Ägyptisch zu: «Kennst du dich in der Stadt aus? Kannst du uns hier herausführen, ohne dass uns einer sieht?»

Der Sklave nickte. «Die östliche Stadtmauer ist zerstört. Dort schlüpfen wir hinaus und gehen dann zum Fluss. In dieser Richtung vermuten sie uns am wenigsten. Wenn sie merken, dass wir weg sind, suchen sie uns zuerst auf der Straße nach Süden.»

Semerchet fand den Plan gut und stimmte zu. «Wie heißt du?», fragte er.

«Marduk.»

«Wie der Gott?»

Der Sklave nickte, und Semerchet fasste den Namen als gutes Omen auf.

Viele Stunden später, als es allmählich hell wurde, erreichten Semerchet und Marduk eine kleine Stadt im Schilf an einer weiten Ausbuchtung des Euphrat. Die Bewohner begrüßten Marduk freundlich, und er eilte zu ihnen, um sich in einem Dialekt, der Semerchet fremd war, mit ihnen zu unterhalten. Nach einem sehr lebhaften Gespräch kam Marduk zu Semerchet zurück.

«Gebt mir ein Goldstück», forderte er mit Nachdruck.

«Und wozu?», fragte Semerchet überrascht.

«Ich habe ein Boot für uns gekauft, damit wir flussabwärts nach Babylon fahren können. Das ist sicherer als auf der Straße und geht außerdem schneller.»

Bereitwillig händigte ihm Semerchet das Goldstück aus. Wieder musste er sich eingestehen, dass Marduks Plan gut war.

«Das war ein echter Glückstag, als wir einander kennenlernten», sagte Semerchet laut. «Wenn ich nur daran denke, was passiert wäre, wenn du kein Elamisch verstanden hättest ... Grauenhaft.»

Marduk zog verblüfft die Augenbrauen hoch. «Wovon redet Ihr? Ich verstehe kein Elamisch.»

Semerchet blickte ihn verständnislos an. «Aber gestern Nacht in der Küche – wie konntest du da wissen, dass die Soldaten die Absicht hatten, mich heute zu töten?»

«Das habe ich nie behauptet.»

«Doch, das hast du!»

«Nein, Herr. Ich habe lediglich gesagt, dass der Kommandant meinte, Ihr würdet nie nach Babylon kommen. Aber wenn ich es mir recht überlege, könnte er auch etwas ganz anderes gesagt haben.»

Semerchet protestierte gegen diese Auslegung, doch Marduk brachte ihn mit einer herrischen Geste zum Schweigen.

«Ich habe nur gesagt, was ich sagen musste», erklärte der Sklave unbekümmert. «Den Rest habt Ihr Euch selbst zusammengereimt. Aber lasst uns doch dieses kleine Missverständnis vergessen, und danken wir lieber dem Goldenen, dessen Namen ich trage, denn nun habe ich einen neuen Herrn, und alles ist gut.»

Semerchet musterte Marduk mit zusammengekniffenen Augen. «Ich hätte für den ganzen Weg nach Babylon eine bewaffnete Eskorte haben können.»

«Dafür habt Ihr jetzt mich. Außerdem bin ich mit Sicherheit weitaus klüger als sie. Ihr werdet es nicht bereuen, Herr. Ich kann besser für Eure Sicherheit sorgen als jeder Elamer.»

Als Marduk noch einmal zu den Dorfbewohnern hinüberging, nahm Semerchet sich fest vor, in diesem Land von Lügnern und Betrügern niemandem mehr zu trauen – am allerwenigsten Sklaven, die ihre Herren zum Narren hielten.

Buch zwei

Das Tor Gottes

In Wahrheit hatte Marduk gar kein Boot gekauft, sondern nur eines gemietet. Dass Semerchet schon wieder hereingelegt worden war, fand er am nächsten Morgen heraus, als Marduk ihn am Flussufer einem Kaufmann vorstellte. Der Mann, ein Weinhändler, habe sich einverstanden erklärt, sie nach Babylon zu bringen.

«Und hier ist unser Transportmittel», verkündete er großsprecherisch und deutete auf ein Boot, das wenige Ellen entfernt im Sumpfwasser lag.

Semerchet riss die Augen auf.

Das Ding – man konnte es kaum als Boot bezeichnen – bestand aus Häuten, die über Äste gespannt worden waren. Es war vollkommen rund, wies weder Bug noch Heck auf und ähnelte einer riesigen, auf dem Wasser treibenden Scheibe. Innen war es mit Stroh ausgepolstert, auf dem der Kaufmann Hunderte von Tonkrügen mit Wein gestapelt hatte. Der zweite Passagier war ein Esel, der selbstzufrieden am Stroh knabberte.

«Das ist doch wohl nicht dein Ernst!», ereiferte sich Semerchet. «Ich soll für mein gutes Gold dieses *Ding* da besteigen?»

«Was habt Ihr gegen das Boot einzuwenden?», fragte Marduk verwundert.

«Erstens, dass ein Esel drin liegt!»

«Es ist äußerst unhöflich, mein Herr», flüsterte Marduk ihm zu, «in einem fremden Land über die Gepflogenheiten der Einheimischen zu spotten.»

«Was heißt hier unhöflich? Ich weigere mich lediglich, mit einem Esel ein Boot zu teilen!», protestierte Semerchet lautstark.

«Das mit dem Esel hat seinen guten Grund», erklärte Marduk. «Auf dem Euphrat fließt der Bootsverkehr ausschließlich von Norden nach Süden – *mit* der Strömung. Wenn dieser Mann mit seinem Sohn Babylon erreicht, zerlegen sie das Boot und verkaufen die Häute. Wie sollen sie da ohne Esel wieder in ihr Dorf zurückkommen?»

Semerchet holte tief Luft, bevor er antwortete. «Ich mache mich ja gar nicht über die hiesigen Gepflogenheiten lustig. Ich meine nur, wir sollten unser eigenes Boot kaufen, und zwar eines ohne Vieh.»

«Unsinn», wies Marduk Semerchets Vorschlag von sich. «Ich habe nicht die geringste Ahnung von der Flussschifffahrt. Ihr etwa?»

Semerchet holte noch einmal tief Luft. «Nein», räumte er widerwillig ein.

Mit einem resignierten Seufzer bestieg er vorsichtig das Boot und ließ sich an der einzigen freien Stelle unmittelbar neben dem Esel nieder. Das Tier schien an ihm Gefallen zu finden, denn seine Lippen verzogen sich zu einem freudig wirkenden Grinsen, bevor es mit dem Kopf heftig gegen Semerchets Oberschenkel stieß.

Semerchet zuckte zurück, doch das Biest ließ nicht von ihm ab, bis er es zwischen den Ohren kraulte. Der Atem des Tieres stank grässlich nach vergorenem Heu, als es sich auf den Rücken wälzte und die Hufe in den Himmel reckte, damit Semerchet auch seinen übrigen Körper besser erreichen konnte.

«Jetzt bin ich also der Stallknecht eines Esels», murmelte Semerchet gequält.

Am Ufer hatte sich um Marduk eine kleine Menschenansammlung gebildet. Die Umstehenden ließen ihn hochleben, als er auf das runde Boot zuging, und einige Mütter hielten ihm sogar ihre Kinder hin, damit er sie küsste.

Was soll denn das jetzt wieder, dachte Semerchet.

Hastig breiteten der Kaufmann und sein Sohn Teppiche aus, um für Marduk an Bord eine weiche Unterlage zu schaffen. Der verärgerte Semerchet wollte den Platz schon für sich in Anspruch nehmen; schließlich war er der Herr und hatte mit seinem Gold für ihre Annehmlichkeiten bezahlt. Doch der Esel war ihm so sehr zugetan, dass er sich nicht von der Stelle rührte und Semerchet keine Chance hatte, sich aus seiner Lage zu befreien.

Erst jetzt bemerkte er, dass sie sich bereits mitten im Sumpfgebiet befanden; ihm war gar nicht bewusst gewesen, dass sie schon abgelegt hatten. Verblüfft registrierte er, wie stabil ihr Gefährt im Wasser lag.

Mit dem Weinhändler und seinem Sohn an den Rudern fanden sie problemlos ihren Weg durchs Schilf zum Hauptkanal des Euphrat. Die sengende Sonne ermüdete Semerchet. Da er die ganze Nacht kein Auge zugetan hatte, nickte er bald ein.

Als der Esel zu schreien begann, wachte Semerchet fluchend wieder auf. Das Vieh stand auf, und beinahe zu spät bemerkte Semerchet, dass der Esel die Absicht hatte, seinen Darm zu entleeren. Er konnte gerade noch zur Seite springen, um nicht unter dem Kot des Tieres begraben zu werden. Als er aber versuchte, das Hinterteil des Esels über den Rand des Bootes zu schieben, damit dieser nicht noch mehr Mist in ihr Gefährt fallen ließ, wich das Gelächter der anderen purer Entrüstung.

«Nicht doch, mein Herr», sagte Marduk freundlich von

seinem Ehrenplatz aus, «wir müssen den Dung sammeln und in der Sonne trocknen. Auf diese Weise bekommen wir Brennstoff für ein Feuer, wenn wir in ein paar Tagen an Land gehen. In Babylonien ist selbst das Holz von Gestrüpp zu wertvoll, um es zu verbrennen.»

Da der Esel eine so tiefe Zuneigung zu Semerchet gefasst hatte, beschlossen seine Mitreisenden, dass es fortan Semerchets Aufgabe sein sollte, den Dung einzusammeln und zu einer Art Ziegel zu formen. Geduldig wies der Sohn des Kaufmanns ihn in diese verantwortungsvolle Tätigkeit ein.

Als sich Semerchets Laune wieder ein wenig gebessert hatte, begann er, seinen neuen Sklaven vorsichtig auszufragen.

«Wie kommt es eigentlich, dass du so gut Ägyptisch sprichst?», wollte er wissen.

Marduk überlegte einen Augenblick, bevor er antwortete. «Ich habe eine Zeitlang in Eurem Land gelebt», erwiderte er schließlich. «In meiner Jugend.»

«Aufgrund deines Akzents nehme ich an, dass du in Unterägypten gewesen bist.»

«Ja, in Pi-Ramesse.»

«Ah! Und wer war dein Herr? Kenne ich ihn vielleicht?»

«Wohl kaum.»

«Es muss ein gütiger Mann gewesen sein, wenn er dir eine so gute Ausbildung hat zukommen lassen.»

Marduk wandte sich ab und blickte mit unergründlicher Miene auf den Fluss.

«Lebt dein Herr noch?», setzte Semerchet seine Befragung fort.

«Nein.»

«Bist du vor ihm geflohen?»

Marduk schüttelte den Kopf, den Blick noch immer auf die mit Lavendel bewachsenen Hügel am östlichen Horizont gewandt. «Als mein Herr erfuhr, dass der kassitische König sich nicht mehr lange auf Babylons Thron würde halten können, weil eine Invasion der Elamer bevorstand, ließ er mich frei. Mein Land brauche mich dringender als er, meinte er.»

«Aber dann haben die Elamer dich gefangen genommen.»

«Ja.»

«Also warst du wieder Sklave.»

Marduk wandte sich zu Semerchet um und blickte ihm voll ins Gesicht. Erst jetzt fiel Semerchet auf, wie ebenmäßig seine Gesichtszüge waren. Marduks weit auseinanderstehende, tiefgründige und intelligente braune Augen unter der hohen Stirn standen in angenehmem Kontrast zu seiner hellen Haut. Seine Nase war groß, aber nicht hakenförmig gebogen, seine Lippen unter dem Oberlippenbart voll. Wie die meisten Babylonier trug er sein dunkles Haar lang, auch wenn es jetzt aufgrund längerer Vernachlässigung zottig geworden war. Auch Marduks aufrechte Haltung und seine kräftigen Schultern waren nicht zu übersehen.

Dieser «Schwarzkopf», wie die gebürtigen Babylonier genannt wurden, war, wie Semerchet nun erkannte, niemandes Sklave und niemals Sklave gewesen. Schon die Tatsache, dass Marduk wie selbstverständlich das Kommando übernommen hatte, zeugte davon, dass er nichts anderes gewohnt war. Doch aus welchem Grund, so fragte sich Semerchet, sollte er sich dann als Sklave ausgeben? Irgendetwas stimmte nicht.

«Ich glaube nicht, dass Ihr ein Sklave seid oder jemals einer wart», erklärte Semerchet schließlich.

«Und doch habt Ihr fünf Goldstücke für mich gezahlt», entgegnete Marduk nüchtern.

Semerchet schüttelte traurig den Kopf. «Die hätte ich wohl besser dem Flussgott geopfert, denn Ihr plant doch bestimmt schon Eure Flucht.»

Marduk lachte laut auf, ging aber auf Semerchets Unterstellung nicht weiter ein.

«Ich möchte Euch trotzdem um eine kleine Gegenleistung bitten», sagte Semerchet. «Würdet Ihr bei mir bleiben, wenn wir in Babylon angekommen sind? Es wäre auch nur für ein paar Tage. Ich brauche jemanden, der sich gut in der Stadt auskennt. Ich suche nach einer bestimmten Person – genau genommen nach zweien. Eine davon ist meine Frau.»

Marduk wandte den Blick von den fernen Bergen ab und musterte Semerchet ungläubig. «Was hat sie ausgerechnet in Babylon zu suchen?»

Sei es, weil Marduk ein Fremder war oder weil Semerchet ihn für einen mitfühlenden Zuhörer hielt – jedenfalls erzählte er ihm seine ganze Geschichte und erklärte, warum Naia in die Verbannung geschickt worden war. Nur einmal unterbrach Marduk ihn, als Semerchet ihm von der merkwürdigen Notiz berichtete, die er von Rami erhalten hatte und in der unweit des Wortes *getötet* der Ausdruck *überfallen von Isin* zu finden war.

«Isin?», fragte Marduk scharf. «Seid Ihr sicher, dass es so in der Nachricht stand?»

«Warum? Sind Euch diese Isin ein Begriff?»

Marduk zuckte mit den Achseln und blickte wieder zum Ufer. «Der Stamm der Isin stellte die Könige, bevor die Kassiten von Norden her einfielen. Jetzt kämpfen sie gegen die Elamer. Aber Mörder sind sie kaum, Semerchet; wir Babylonier betrachten sie eher als Patrioten.»

Semerchet schnaubte verächtlich. «Mögen die Götter mich

vor den Patrioten bewahren, denn hinter ihren Verbrechen stecken immer die edelsten Motive.»

Den Rest des Nachmittags brachten sie schweigend zu. Semerchet ließ den Blick über die weiten braunen Ebenen schweifen, die den Fluss säumten, ein endloses Meer von Ackerfurchen, durchzogen von Bewässerungskanälen und übersät von Wasserrädern. Unmerklich gingen die Felder in Hügel über, die wiederum abrupt von hohen Felsen abgelöst wurden, durch die sich der Euphrat schlängelte. In diesem Flussabschnitt wurde die Strömung merklich stärker, doch ihr kleines Rundboot erwies sich auch hier als ebenso stabil wie im träge dahinfließenden Gewässer bei den Sümpfen. Otter sprangen durch das Schilf, und einmal erblickte Semerchet am Ufer sogar einen Geparden, der sich rasch in eine Schlucht zurückzog, als er sie kommen sah. Bald wichen die Felsen wieder mit Riedgras bestandenen Sumpfgebieten. Das zunächst niedrige Schilf hing schon kurze Zeit später baumhoch über dem Fluss, was den Euphrat wie einen Tunnel aus grünem Licht erscheinen ließ.

«Wie die himmlischen Gefilde von Iaru», murmelte Semerchet.

Von Zeit zu Zeit fielen Semerchet schwarze, zähflüssige Pfützen blubbernden Schlicks am Flussufer auf, und einmal trieb ein solcher schwarzer Fleck sogar auf ihr Boot zu. Semerchet deutete darauf und fragte Marduk, was das sei.

«Erdpech», antwortete Marduk. «Die Plage der babylonischen Bauern. Es dringt aus der Tiefe nach oben wie eine Seuche aus der Hölle, die die Ernte vernichtet und den Boden vergiftet.»

«Erdpech? Ich habe Statuen und Möbel gesehen, die daraus geschnitzt waren. Ich dachte, das wäre eine Art Gestein.»

«Ja, getrocknet ist es erstaunlich hart. Hier seht Ihr es in seinem natürlichen, zähflüssigen Zustand. Das einzig Gute an dem Zeug ist, dass es stundenlang brennt.»

Als Semerchet den Finger in das vorbeifließende Wasser tauchte, war dieser sofort von einem klebrigen, schwach nach Schwefel riechenden schwarzen Film überzogen. Er konnte sich kaum vorstellen, dass diese schmierige, feuchte Masse brennbar sein sollte.

«Und das soll zur Beleuchtung oder als Brennmaterial verwendet werden?»

Marduk zuckte mit den Achseln. «Es erzeugt einen dermaßen stinkenden, rußigen Rauch, dass wir es nur im äußersten Notfall einsetzen, wenn wir keinen getrockneten Dung haben. Wenn Ihr mich fragt, ist das Zeug von der Erdgöttin ausgespien worden und wartet nur darauf, wieder begraben zu werden. Aber ich habe gehört, dass die Frauen des Gagu sich die Genehmigung eingeholt haben, so viel Erdpech abzubauen, wie sie finden können.»

«Die Frauen des Gagu?»

«Ja, eine Gemeinschaft von Frauen, eine Art Orden, dessen Religion der Handel ist. Wenn wir uns Babylon nähern, werdet Ihr wahrscheinlich einige ihrer Karawanen sehen. Ihr erkennt sie daran, dass alle ihre Treiber Frauen sind, ebenso wie die Wachen ihres Begleitschutzes.»

«Und sie haben eine Verwendung für Erdpech gefunden?»

Marduk zuckte nur ein weiteres Mal mit den Achseln und verstummte.

Der Fluss wälzte sich nun träge in östlicher Richtung dahin. Nachdem sie ein Vorgebirge umschifft hatten, erblickte Semerchet in der Ferne die Mauern einer Stadt. Wie in Mari wiesen die Mauern auch hier die Spuren von nicht allzu lange zurückliegenden kriegerischen Auseinandersetzungen auf, doch offenbar hatten die Angreifer sie nicht überwinden können. Wie in allen babylonischen Städten, die Semerchet gesehen hatte, überragte auch hier die vergoldete Spitze eines Zikkurat die übrigen Gebäude. Als sie sich näherten, drangen ihnen die Geräusche einer geschäftigen Stadt entgegen. Bald gelangten sie an einen langen, flachen Strand vor den Stadtmauern, an dem schon zahlreiche Kaufleute ihr Lager aufgeschlagen hatten.

«Wo sind wir hier?»

«An dem Ort, wo wir die Nacht verbringen werden», antwortete Marduk. «In der Stadt Is.»

Semerchet hob den Kopf. «*Is?* Wie in *Isin*?»

Marduk nickte. «Die Heimat ihrer Ahnen», erklärte er.

Die Elamer hatten im Jahr zuvor die Stadt Is belagert, waren aber von ihren Verteidigern zurückgeschlagen worden. Seither hatte sich Is zu einem Sammelbecken für alle möglichen Aufständischen entwickelt, die gegen die Elamer kämpften, und so war der Ort gewissermaßen zur inoffiziellen Hauptstadt des babylonischen Widerstands geworden. Der Strom von Söldnern und Flüchtlingen aus Osten und Süden wollte einfach nicht abreißen. Da im Prinzip jeder von ihnen ein elamischer Spion oder ein babylonischer Überläufer sein konnte, traute man in Is, wie Marduk Semerchet erklärte, keinem Fremden über den Weg.

Kurz nachdem sie am Ufer ihr Lager aufgeschlagen und ihre Dungfeuer entfacht hatten, kündigte Semerchet an, in die Stadt gehen zu wollen. «Ich will versuchen, einen Söldner der Isin zu finden», erklärte er Marduk. «Jemand, der von irgendwelchen Überfällen in jüngerer Zeit auf...»

Er verstummte. Überfälle auf wen eigentlich? Das Einzige, was er mit Sicherheit wusste, war, dass Naia und Rami im Haushalt des ägyptischen Botschafters gearbeitet hatten. Wenn der Botschafter angegriffen worden wäre, hätte Semerchet bestimmt davon erfahren.

«Wie auch immer», sagte er, «ich gehe auf jeden Fall in die Stadt.»

Marduk hielt davon gar nichts. «Wenn Ihr da reinstolpert und Fragen nach Überfällen stellt, habt Ihr schon nach kürzester Zeit ein Messer zwischen den Rippen.»

Semerchet schob widerspenstig das Kinn vor, sagte aber nichts.

Marduk meinte, er wolle lieber selbst in die Stadt gehen. «Vielleicht sehe ich ja jemanden, den ich kenne und der bereit ist, mit Euch zu reden, sofern er etwas über irgendwelche Angriffe der Isin weiß.» Er stand auf und wischte sich den Staub von seinem Umhang. «Geht auf keinen Fall allein in die Stadt. Ihr würdet es nicht überleben.»

Obwohl Semerchet wenig von arrangierten Begegnungen hielt, weil er immer fürchtete, dabei könnte allzu viel arrangiert sein, beschloss er, Marduks Rat zu befolgen. Er lehnte sich an die Stadtmauer. Seine Augen brannten vom stinkenden braunen Rauch der Dungfeuer, die überall um ihn herum loderten. Das Atmen fiel ihm schwer, und so ging er zum Flussufer, wo die Luft klarer war. Mit zunehmender Dunkelheit stiegen aus dem abgestandenen Wasser jedoch ganze Schwärme aggressiver Stechmücken auf, die ihm keine Ruhe ließen. Semerchet fluchte so erbärmlich, dass der Sohn des Weinhändlers Mitleid mit ihm hatte und ihm eine übel aussehende schwarze Paste brachte, mit der er sich einreiben sollte. Als Semerchet daran schnupperte, stieg ihm der scharfe Geruch von Erdpech in die Nase. Offenbar war das Zeug doch zu etwas nütze, denn als er sich damit im Gesicht und an Armen und Beinen eingerieben hatte, schienen die Mücken nicht mehr ganz so erpicht darauf, ihn bis auf den letzten Blutstropfen auszusaugen.

Plötzlich merkte er, wie Wasserskorpione und langbeinige, ekelhaft haarige Spinnen ihn vom Flussufer aus finster anstarrten. Die Skorpione klickten mit ihren Greifscheren, während sie sich an ihn heranmachten. Die Insekten Babyloniens waren riesig – die größten, die er je gesehen hatte. Als er sich umsah, fand er sich von Spinnen, Käfern und anderem Krabbelgetier umzingelt. Mit einem leisen Schrei sprang er auf. Seine Bewegungen veranlassten das Insektenheer zum vorübergehenden Rückzug, doch kaum stand er still, rückte es auch schon wieder erbarmungslos gegen ihn vor.

Schließlich blieb ihm nichts anderes übrig, als zu den Dungfeuern zurückzukehren, wo die Kaufleute schliefen. Auch wenn die Insekten ihm nicht bis zu den lodernden Flammen folgten, hatte er ständig das Gefühl, dass sie ihn aus dem Gras heraus anstarrten, und so schlug er hin und wieder um sich, um den Biestern klarzumachen, dass er noch lange nicht eingeschlafen war.

Der Mond stand tief über dem Horizont, als Marduk zurückkam. Er tippte Semerchet auf die Schulter und deutete mit einem Kopfnicken zum Stadttor. Semerchet stand auf und folgte ihm wortlos ins Innere von Is.

Kurz vor dem zentralen Platz öffnete Marduk die Tür zu einer kleinen Taverne. Ihre Gewölbedecke war schwarz vom Ruß, den die Kochfeuer in Ermangelung eines Rauchabzugs über die Jahrhunderte hinterlassen hatten, und die alten Wandmalereien waren von Fettablagerungen überdeckt. Marduk führte ihn in den hinteren Bereich der Schänke, wo zwei Männer auf sie warteten. Die schwarzen Halstücher, die sie sich ums Gesicht geschlungen hatten, wiesen sie als Isin-Rebellen aus. Semerchet setzte sich auf die Bank ihnen gegenüber, während Marduk sich an einer Wand ein Stück entfernt niederließ.

Semerchet dankte den Männern, dass sie sich bereiterklärt hatten, mit ihm zu sprechen, und bedeutete dem Wirt, ihnen Bier zu bringen. Auf dem dickflüssigen, ungefilterten Gebräu, das in einer großen Schale serviert wurde, schwamm eine schaumige Schicht gärender Spreu. Der Wirt brachte ihnen lange, biegsame Schilfhalme, mit deren Hilfe sie die klarere Flüssigkeit aus dem unteren Teil der Schale saugen konnten.

«Ich heiße Semerchet», stellte er sich vor, nachdem sie von dem Bier getrunken hatten.

«Wissen wir», erwiderte der Größere von beiden knapp.

«Darf ich vielleicht auch eure Namen erfahren?», fragte Semerchet nach kurzem Zögern.

«Wozu? Damit Ihr den elamischen Besatzern verraten könnt, wer wir sind?», fragte der Größere der beiden mit verächtlichem Grinsen.

«Natürlich nicht. Ich wollte nur –»

Der Kleinere schnitt ihm das Wort ab. «Was genau wollt Ihr von uns?»

«Ich suche eine Frau und einen jungen Mann, beide Ägypter. Die Isin sollen sie überfallen haben, der Junge wurde dabei anscheinend verwundet. Über den Zustand der Frau weiß ich nichts. Könnt ihr mir verraten, ob ihr in letzter Zeit irgendwelche Überfälle durchgeführt habt?»

«Nicht annähernd so viele, wie die Elamer Euch weismachen wollen», antwortete der Größere vorsichtig.

«Nicht halb so oft, wie wir möchten», bestätigte sein Kamerad.

Semerchet rechnete noch einmal nach. «Der Überfall, um den es mir geht, müsste vor etwa zehn oder zwölf Wochen stattgefunden haben.»

«Und wo?»

«Nordwestlich von Babylon.»

Die Männer schauten einander an. «Nein», antworteten sie wie mit einer Stimme.

«Wie könnt ihr euch so sicher sein?»

«Weil die Elamer sich dorthin zurückgezogen haben, um die Hauptstadt zu verteidigen. Sie sind so viele, dass Überfälle in diesem Gebiet viel zu riskant wären.»

Semerchets Stimme nahm plötzlich einen harten Tonfall an. «Habt ihr bei euren Angriffen jemals Frauen getötet?»

«Schon möglich», sagte der Größere.

«Und wenn, dann nur elamische Frauen», stellte der andere klar.

«Keine Ägypterin?», hakte Semerchet nach.

«Wie sollen wir die im Einzelfall auseinanderhalten?», fragte der größere Mann mit einem kurzen Lachen.

«Wir hatten nie Probleme mit Ägypten – das heißt, bevor wir Euch kennengelernt haben.»

Semerchet blinzelte. «Wieso? Was habe ich denn getan?»

Nun sprudelte es aus den Männern nur so heraus. «Wie wir gehört haben, sollt Ihr Kutir die Grüße des Pharaos überbringen. Ihr werdet über Verträge sprechen –»

«Und über ‹Freundschaft zwischen Völkern› –»

«Der Pharao wird ihm Gold schicken –»

Ungeduldig unterbrach Semerchet ihre Litanei von Vorwürfen. «Babylon und Ägypten sind schon seit Hunderten von Jahren miteinander verbündet, und bislang haben beide Seiten davon profitiert, unabhängig davon, wer gerade an der Macht war.»

«Euer Pharao sollte aber nicht mit einem Eindringling und Verbrecher verhandeln», erklärte der größere Krieger und schlug mit der Faust auf den Tisch.

«Mit wem sollte er denn verhandeln?»

Die Frage schien die beiden in Verlegenheit zu bringen, sie warfen sich verunsicherte Blicke zu. «Mit dem Erben der Isin», antwortete der Kleinere schließlich. «Dem wahren König hier in Babylon.»

«Also gut», erwiderte Semerchet sachlich, «dann bringt mich zu ihm. Zeigt mir seine Hauptstadt, damit ich mich vor seinem Thron verbeugen kann. Lasst seine Armeen vor mir vorbeiziehen, damit ich seine Macht mit eigenen Augen sehen kann.»

Die Männer wollten ihm schon harsche Worte entgegenschleudern, als Semerchet aus den Augenwinkeln sah, wie Marduk leicht den Kopf schüttelte. Dennoch fiel es den beiden sichtlich schwer, sich zurückzuhalten.

«Die Zeit wird kommen», flüsterte der Kleinere durch zusammengebissene Zähne, «wenn Ihr genau das tun werdet.»

«Schon möglich», erwiderte Semerchet. «Aber bis dahin ist eben Kutir der starke Mann in Babylon. Das ist doch euer Wort für König, nicht wahr – ‹starker Mann›? Wir Ägypter sind Pragmatiker. Wenn dieser Erbe der Isin erst einmal auf dem Greifenthron sitzt, wird der Pharao mit Sicherheit mit ihm verhandeln. Aber bis es so weit ist …»

Da er von den Isin-Rebellen keine weitergehenden Informationen erwarten konnte, stand Semerchet auf und ging zur Tür, während Marduk mit den Männern noch ein paar Worte wechselte. Die beiden warfen Semerchet finstere Blicke zu, doch dieser erkannte an Marduks beruhigendem Tonfall, dass er sie zu beschwichtigen versuchte. Er ging auf die Straße hinaus, um auf seinen «Sklaven» zu warten. Als Marduk wenige Augenblicke später in die Dunkelheit hinaustrat, machten sie sich wortlos auf den Rückweg zum Flussufer.

Obwohl sie noch gut fünfzehn Meilen von Babylon entfernt waren, füllte sich der Fluss bald mit jeder Menge kleiner Rundboote, die alle zur Hauptstadt unterwegs waren. Als ihre große Zahl Semerchet einen Ausruf des Erstaunens entlockte, bemerkte Marduk, dass der Euphrat ihm ziemlich leer vorkomme.

«Der Handel hat sich seit der Invasion noch nicht wieder erholt», erklärte er Semerchet. «Die Kaufleute begegnen den Elamern noch immer mit Misstrauen; die meisten haben dieses Jahr ihre Dörfer gar nicht verlassen.»

Semerchet wusste nicht recht, was er davon halten sollte, denn um sie herum trieben Hunderte der runden Lederboote dahin, beladen mit den unterschiedlichsten Waren. In einem lag ein Stapel Felle, in einem anderen kurz zuvor geschlachtete und gehäutete, von Fliegen bedeckte Schafe. Wieder andere transportierten süßlich duftende Gewürze, Schnittblumen oder Berge von Saatgut. In Babylon und seinen Nachbarstädten lebten über eine Million Menschen, deren Versorgung einen gewaltigen organisatorischen Aufwand erforderte.

«Wenn Ihr das schon als schlechtes Jahr für den Handel bezeichnet», meinte Semerchet, «wundert es mich nicht, dass die Elamer so begierig auf dieses Land waren.»

In diesem Augenblick fuhr ein anderes Boot an ihrem vorbei. Es hatte zehn oder zwölf riesige Tonkrüge geladen, an denen dunkle Honigtropfen herabliefen. Der würzige Honiggeruch, der Semerchet in die Nase stieg, erinnerte ihn an Wildblumen. Er erfüllte die Luft mit seiner Süße und war so intensiv, dass Semerchet ihn schon beinahe als stechend empfand. Aus den Augenwinkeln sah er, wie Marduk und der Weinhändler sich verbeugten und ein heiliges Zeichen schlugen. Erst dann fielen ihm die seltsamen Gewänder der Bootsinsassen auf, die ihn an die Kleidung von Priestern erinnerten.

«Kleiden sich so eure Imker?», fragte Semerchet.

«Wie bitte?», lachte Marduk verwundert auf.

«Da drüben, auf dem Boot, das gerade vorbeigefahren ist.»

«Das sind Einbalsamierer, Semerchet», erklärte Marduk. «In jedem dieser Krüge befindet sich ein Verstorbener. Die Toten sind vermutlich auf dem Weg zu ihrer Familiengruft.»

Semerchet hatte schon gehört, dass Honig zum Konservieren von Toten fast so gut geeignet sein sollte wie das in Ägypten verwendete Natron, doch die damit verbundenen merkwürdigen Begräbnissitten waren ihm fremd. Ihm lief es eiskalt den Rücken hinunter. Er konnte sich der Bilder, die ihm plötzlich durch den Kopf schossen, nicht erwehren.

Würde er Naias oder Ramis Leichnam in einem solchen Krug vorfinden? Er stellte sich vor, wie es sich anfühlte, in die dunkle, zähflüssige Masse im Krug zu greifen und zu spüren, wie der kühle, klebrige Honig sich um seine Finger und seinen ganzen Arm legte, während er nach einem Haarbüschel tastete ... wie er es zu fassen bekam und den Leichnam ans Licht zerrte ... wie ihr der Honig über die Stirn lief –

Mit einem Aufschrei zuckte er zusammen.

Die anderen im Boot warfen ihm besorgte Blicke zu, doch er sah sie nicht, so sehr nahm ihn seine Schreckensvision gefangen. Streng ermahnte er sich, die Bilder zu verdrängen.

Naia *lebte*. Wäre sie tot, hätte er es *gespürt*. Er würde sie *nicht* in einem dieser schrecklichen Krüge finden. Plötzlich empfand er einen starken Schmerz an der Stirn. Sein Magen drehte sich um, und in seiner Kehle stieg die Galle hoch. Marduk hielt ihn fest, während er sich kraftlos in den Euphrat übergab.

Nur ein Anflug von Flussfieber, redete Marduk beruhigend auf ihn ein; so gehe es den meisten Fremden, die Babylon besuchten. Dankend nahm Semerchet einen Schluck von dem magenreinigenden Elixier, das der Weinhändler aus seinem Gepäck holte. Er wusste, dass kein Fieber, sondern seine Schreckensvision ihn hatte erbrechen lassen. Still betete er zu sämtlichen ägyptischen Gottheiten, immer in der Hoffnung, dass er nicht einen Blick in die Zukunft geworfen hatte.

Am Nachmittag des darauffolgenden Tages kamen die Mauern von Babylon in Sicht. Schon seit Stunden hatten Semerchet und Marduk am Horizont eine immer größer werdende Rauchwolke beobachtet, die so dicht war, dass sie die Sicht auf die Stadt versperrte. Zunächst hielt Semerchet den Qualm für das Zeichen eines Überfalls, und er fürchtete schon, Babylon in Trümmern vorzufinden. Marduk aber versicherte ihm, der Rauch stamme lediglich von den Feuern in Tausenden von Kochstellen und Altären.

«Babylon wird niemals zerstört werden», murmelte Marduk gereizt. «Die Stadt wird ewig fortbestehen.»

Die plötzliche Verbitterung in Marduks ansonsten so ruhiger Stimme überraschte Semerchet. Marduk merkte nicht, wie Semerchet ihn musterte, und fuhr leise im selben scharfen Tonfall fort:

«Babylon ist wie eine verwelkte Hure, die für jeden prahlerischen Fremden die Beine breit macht. Diesmal bilden die

Elamer sich ein, sie erobert zu haben, aber am Ende werden sie genauso verweichlicht und verdorben sein wie die Kassiten vor ihnen. Wollt Ihr den wahren Grund dafür erfahren, warum Babylons Mauern immer stehen bleiben? Die Stadt gibt sich bereitwillig jedem hin, der mit einer Armee anrückt. Aber am Ende bleibt nur sie allein bestehen.»

«Ihr klingt ganz wie ein abgewiesener Liebhaber», stichelte Semerchet.

«Wirklich?»

«Was ist los, Marduk? Seid Ihr verbittert darüber, dass Ihr nicht über ein eigenes Heer verfügt? Erzählt mir, was ich noch nicht weiß.»

«Vielleicht tue ich das eines Nachts im Mondschein vor dem Lagerfeuer», erwiderte Marduk resigniert.

Rauch und Dunst wurden weniger, je mehr sie sich Babylon näherten, und Semerchet stellte fest, dass der Euphrat tatsächlich mitten durch die Stadt floss. Auf der Seite rechts vom Fluss beherrschte, groß wie eine Pyramide, der Zikkurat Etemenanki das flache Land. Als Marduk Semerchets ehrfürchtiges Staunen sah, fand er wieder ein Stück weit zu seiner guten Laune zurück. Etemenanki, erklärte er, bedeute wörtlich «Eckpfeiler des Himmels». Der Turm sei in Wahrheit kein Tempel, sondern vielmehr ein Observatorium, gewidmet allen sechzigtausend Gottheiten im babylonischen Pantheon.

«Und ich dachte immer, dies sei der Zikkurat des Bel-Marduk», sagte Semerchet.

«Sein Tempel liegt auf der anderen Seite des Flusses. Seht Ihr das Gebäude mit den goldenen Ziegeln? Dort wird er angebetet. Aber es stimmt, dass der Goldene jede Nacht in einem Raum ganz oben im Etemenanki verbringt.»

Semerchet reckte den Kopf. Die höchste, in leuchtendem

Azurblau angemalte Stufe des Etemenanki schien unendlich weit entfernt und wirkte, als wolle sie nahtlos mit dem Himmel verschmelzen. Es war kein Wunder, dass der Herr des Universums diesen Ort, wo die Erde in den Himmel überging, zu seiner Schlafstatt gemacht hatte.

«Dort paart er sich jede Nacht mit einer anderen Jungfrau», fügte Marduk beiläufig hinzu.

Semerchet riss sich vom Zikkurat los und schaute Marduk entgeistert an. In Ägypten waren die unsichtbaren Gottheiten riesig, was auch der Grund dafür war, dass man ihnen so gewaltige Tempel errichtete.

«Und das überleben die Jungfrauen?», fragte Semerchet ungläubig.

«Aber natürlich», erwiderte Marduk. «Sie sind hinterher bei den heiratswilligen Männern sogar besonders begehrt. Aber das kommt bestimmt auch daher, dass sie sehr schön sind, wie Ihr Euch denken könnt; für den Goldenen kommt natürlich nur das Beste vom Besten infrage.»

«Hat jemals eine von ihnen … äh … über ihre Nacht mit dem Gott berichtet?»

Nun war es an Marduk, entgeistert zu sein. «Das wäre nicht nur ein Sakrileg, Semerchet, sondern auch reichlich geschmacklos. Eure Frage überrascht mich. Wie könnte unsere armselige menschliche Sprache jemals ein solches Erlebnis in angemessene Worte fassen?»

«In der Tat», murmelte Semerchet ironisch. Das kollektive Schweigen der Jungfrauen hatte zweifellos seine Vorteile. Plötzlich aber fragte er sich erschrocken, ob Bel-Marduk auch auf seiner Reise nach Ägypten die Tröstungen von Jungfrauen benötigen würde. Er hoffte inständig, dass dies nicht der Fall war; er hatte überhaupt keine Lust, sich als Zuhälter zu betätigen, nicht einmal für eine Gottheit. Und wenn den Herrn der Welt nun doch nach solchen Gespielinnen verlangte – wo sollte er sie auf den staubigen Straßen Mesopotamiens hernehmen? Er seufzte und beschloss, sich mit dem Problem erst dann zu befassen, wenn es konkret wurde.

Mittlerweile waren sie dermaßen zwischen anderen Booten eingekeilt, dass an ein rasches Vorwärtskommen nicht mehr zu denken war. Als Semerchet aufstand, um nachzusehen, was den Stau verursachte, erblickte er ein weiteres Wunderwerk: eine massive Steinbrücke, die sich über den Euphrat spannte. Beim Anblick des anhaltenden Stroms von Fuhrwerken und Fußgängern, die über das Bauwerk von der einen Seite der Stadt in die andere gelangten, blieb ihm der Mund offen stehen. Die Brücke war mit ihrer Länge von fast einer ganzen Achtelmeile die erstaunlichste architektonische Leistung, die er je zu Gesicht bekommen hatte. In ihrer Mitte verbanden gewaltige Holzplanken die beiden steinernen Pfeiler miteinander, und durch die relativ schmale Lücke darunter zwängte sich der gesamte Bootsverkehr. Daher also die Verzögerung.

Während der erzwungenen Wartezeit betrachtete Semerchet staunend die öffentlichen Gebäude am Fluss. Als Marduk sah, wie Semerchet die mächtigen Stadtmauern bewunderte, fragte er mit einem Anflug von Stolz in der Stimme: «Sind sie nicht eindrucksvoll, Semerchet? Sie sind so breit, dass vier Streitwagen nebeneinander darauf fahren können!»

Semerchet hätte gern gewusst, wie es denn möglich war, dass eine Stadt mit so dicken Mauern derart leicht von den Elamern eingenommen werden konnte. Er hoffte noch immer, Marduk den Grund für seine Verbitterung entlocken zu können. Doch bevor er etwas sagen konnte, nahm fernes Glockengebimmel seine Aufmerksamkeit in Anspruch, und er schaute, woher das Läuten kam.

Eine Eselskarawane verließ die Stadt in nördlicher Richtung. Die Tiere schleppten Körbe, die mit glänzend schwarzen Felsbrocken gefüllt schienen. Semerchet fiel auf, dass die Eselstreiberinnen Frauen waren – zweifellos Angehörige jenes geheimnisvollen Gagu-Ordens, den Marduk zuvor erwähnt hatte. Obgleich die Frauen von Kopf bis Fuß in leichentuchartige wollene Umhänge gehüllt und nur ihre Augen zu sehen waren, konnte man sie unmöglich für Männer halten. Selbst die Bewacher der Karawane waren Frauen, auch wenn sie zweckmäßige lederne Rüstungen trugen.

«Leben diese Gagu-Frauen gut von ihrem Handel?», erkundigte sich Semerchet.

«Sie sind so reich, dass sich seit Jahrhunderten jeder König und jeder Fürst in Asien Geld von ihnen leiht. Würden die Frauen morgen bankrottgehen, bräche die Wirtschaft der gesamten Region zusammen, so mächtig sind sie.»

«Und das alles haben sie durch den Handel mit Erdpech erreicht?»

«Wohl kaum. Erdpech ist nur eines ihrer Geschäftsfelder. Nein, sie sind so reich geworden, weil sie Wissenschaftlerinnen sind, Semerchet – Meisterinnen der Astrologie.»

Die Voraussagen des Gagu waren, wie Marduk erklärte, so erstaunlich genau, dass Könige und Fürsten aus aller Welt ihren Rat einholten. Niemand konnte besser die Zukunft voraussagen als die Frauen des Gagu, schwor Marduk. Vor jeder geschäftlichen Entscheidung, jedem Darlehen und jedem Kauf holten sie das Urteil des Himmels ein, was der wahre Grund für ihren Erfolg sei.

Während Marduk das alles erklärte, hob Semerchet plötzlich den Kopf. Er hatte etwas gesehen, das ihm vertraut vorgekommen war. Aber was? Noch einmal suchte er die lange Reihe von Eseln ab sowie die der Frauen, die sie antrieben.

Da ...!

Eine Frau lief neben einem zweirädrigen Karren her, der mit Stücken von Erdpech beladen war. Auch wenn sie ebenso verschleiert war wie die anderen, kam ihm vieles an ihr bekannt vor – ihr Gang, die Haltung ihres Kopfes, die Form des Beins, das sich unter dem Umhang abzeichnete. Die Frau war größer als die anderen und weniger kompakt gebaut (ihm war aufgefallen, dass die Babylonier, Männer wie Frauen, zu einer gewissen Stämmigkeit neigten), und ihre ganze Haltung wirkte irgendwie ägyptisch.

Semerchet starrte ihr mit trockenem Mund und pochendem Herzen nach. Seine Lippen öffneten sich, und er wollte schon ihren Namen hinausbrüllen: «Naia!»

Die Kehle schmerzte ihm vor Anstrengung, den Aufschrei zu unterdrücken. Er wandte sich ab und ermahnte sich selbst, nicht gleich in jeder Frau, die auch nur eine entfernte Ähnlichkeit aufwies, Naia zu sehen. Wenn er so weitermachte, bestand die Gefahr, dass er sie nicht erkannte, wenn er ihr eines Tages tatsächlich begegnete.

«Was fasziniert Euch denn so?», fragte Marduk.

«Die ... die Körbe auf den Eseln. Sie sind voller Erdpech, nicht wahr? Das Zeug muss doch verdammt schwer sein.»

«Im Gegenteil, es ist sehr leicht. Deswegen ist es für die Gagu auch so praktisch – selbst eine Frau kommt mit dem Gewicht gut zurecht.»

Semerchet blickte Marduk scharf an. Hatte er nicht gesehen, wie schwer die Packsäcke auf den Rücken der Esel lasteten? Die kleinen Tiere schienen unter ihrem Gewicht fast zusammenzubrechen.

«Aber ...» Semerchet verkniff sich weitere Fragen. Die Gagu-Frauen verdienten sich ihr Geld also auch mit ein wenig Schmuggel. Aber welche Kaufleute taten das nicht? Das alles ging ihn nichts an, und wozu sollte er sich mit Dingen belasten, die für ihn ohne Bedeutung waren? Vielleicht hatte er sich auch alles nur eingebildet. Er musste wieder daran denken, wie Elibar ihn mit seiner sonoren Stimme vor den Tücken Mesopotamiens gewarnt hatte. Er würde Dinge sehen, die es gar nicht gab, und zugleich blind werden gegenüber dem Offensichtlichen ...

Es war schon spät am Nachmittag, als ihr kleines Rundboot sich endlich unter der Brücke hindurchzwängte, bevor es ein gutes Stück weiter flussabwärts einen Ankerplatz fand. Nur der Esel schien den Abschied zu bedauern. Er streckte noch einmal den Kopf vor, um ein letztes Mal das Maul an seiner Hand zu reiben. Derweil verabschiedeten sich der Weinhändler und sein Sohn unter lautem Wehklagen, tiefen Verbeugungen und Handküssen von Marduk und baten ihn inständig um seinen Segen. Nachdem es Marduk endlich gelungen war, sich ihren Umarmungen zu entziehen, führte er Semerchet in die Stadt.

Babylon verfügte über acht Stadttore, die jeweils nach einer der bedeutendsten Gottheiten der Stadt benannt waren. Schon der Name Babylon bedeutete, wie Marduk erklärte, «Das Tor Gottes». Semerchet und Marduk betraten die Stadt durch das Ischtar-Tor, das prächtigste von allen. Es zählte zu den wenigen Lehmziegelbauten Babylons, die mit teuren Keramikfliesen verkleidet waren, sein dunkles Blau war der Göttin geweiht, deren Namen es trug. Semerchet tat sein Möglichstes, um nicht zu staunen wie ein Bauerntölpel, der mit weit aufgerissenen Augen zum ersten Mal eine größere Stadt betritt. Ergeben reihte er sich in die Schlange vor der Zollkontrolle ein.

«Ihr müsst für uns beide sprechen», flüsterte er Marduk zu. «Aber nennt ihnen nicht meinen Namen, keiner darf wissen, dass ich der Abgesandte des Pharaos bin. Gebt mich meinetwegen als Kaufmann aus, der Gewürze oder Ähnliches erwerben möchte, aber bedauerlicherweise kein Babylonisch spricht. Ich will mich auf eigene Faust in der Stadt umsehen, bevor die Behörden von meiner Anwesenheit Wind bekommen.»

Er hatte beschlossen, sich erst nach Beendigung seiner persönlichen Mission beim neuen König zu melden, um über die Überführung von Bel-Marduks Statue nach Ägypten zu verhandeln. Bis dahin wollte er vermeiden, dass die Mächtigen auf ihn aufmerksam wurden. Angesichts der geschwächten Position der Elamer befürchtete er, dass eine allzu große Nähe zu Kutir ihm bei den einheimischen Babyloniern mehr Türen verschließen als öffnen würde.

Marduk gab ihm keine Antwort, sondern wandte sich nur ab und folgte ihm im Abstand von wenigen Schritten, gekrümmt und glotzend wie ein Einfaltspinsel. Marduks schier grenzenlose Wandlungsfähigkeit entlockte Semerchet ein anerkennendes Lächeln; der Mann konnte offenbar jede Rolle spielen und unauffällig in jede Menschenmenge eintauchen.

Als sie jedoch zu den elamischen Grenzbeamten und Steuereintreibern kamen, blieb Marduk stumm und starrte noch immer ins Leere. Er ließ den Kopf hängen und tat so, als sei er verwirrt und eingeschüchtert von den scharfen Fragen der Elamer.

«Was ist denn los mit Euch?», fragte Semerchet auf Ägyptisch. «Antwortet ihnen endlich.»

Marduk aber blieb hinter Semerchet stehen und bedachte die Männer mit dem Blick eines Schwachsinnigen. Als ihm dann auch noch Speichel aus dem Mund lief, wandte sich der Vertreter der Zollbehörde angewidert ab und richtete fortan seine Fragen nur noch an Semerchet, ohne Marduk auch nur eines weiteren Blickes zu würdigen.

Schließlich musste Semerchet doch seine wahre Identität preisgeben, nachdem man sein Gepäck durchsucht und die Tafeln mit seinem Namen gefunden hatte. Unter tiefen Verbeugungen zeigten die Zöllner ihm, dass er auf einer Liste ausländischer Würdenträger, die man in Babylon erwartete, ganz oben stand. Auf der Stelle erschien ein Palastdiener, der Semerchet und Marduk von den anderen wegführte und in einen separaten Raum innerhalb des Tores brachte.

«Herzlich willkommen, ehrwürdiger Herr», sprudelte es aus dem Diener in perfektem Babylonisch hervor. «Wir schicken gleich einen Kurier auf den Weg, um den Palast über Eure Ankunft in Kenntnis zu setzen.»

Semerchet war entgeistert. «Auf gar keinen Fall!», stieß er hervor, bevor er Zeit zum Nachdenken hatte.

Der elamische Palastdiener war fassungslos. «Aber ... aber was soll ich denn dem König sagen, wenn er fragt, warum Ihr nicht bei ihm vorstellig werdet?»

Von Marduk im Stich gelassen, musste Semerchet blitzschnell improvisieren. «Ihr dürft dem König selbstverständlich von meiner Ankunft berichten. Aber erklärt ihm ... erklärt ihm bitte, dass ich mich zuerst durch Gebete reinigen und den ägyptischen Gottheiten für meine sichere Ankunft danken muss, bevor ich mich bei Hofe zeigen kann.»

Semerchet wusste, dass die Mesopotamier sich gern über die ihrer Ansicht nach übertriebene Religiosität der Ägypter lustig machten, und hoffte deshalb, dass die Elamer seine Ausrede akzeptieren würden, auch wenn diese nicht sonderlich überzeugend klang. Der Palastdiener aber schüttelte nur unschlüssig den Kopf.

«Oder sollte ich besser gleich nach Ägypten zurückkehren?», fragte Semerchet vieldeutig.

«Nicht doch, mein Herr!», wehrte der Diener mit flehend erhobenen Händen ab. «König Kutir wäre tief enttäuscht – um nicht zu sagen, wütend –, falls Ihr sofort wieder aus Babylon abreisen würdet. Seine Truppen würden Euch ohnehin finden, denn er freut sich schon darauf, die Grüße des Pharaos aus Eurem Munde zu hören.»

Entweder unterhielt Kutir ein ausnehmend gut organisiertes Spionagenetz, überlegte Semerchet, oder der Pharao hatte seinem Botschafter Menef sehr präzise Anweisungen zukommen lassen. In jedem Fall aber musste er eine Möglichkeit finden, Zeit zu gewinnen.

«Bevor ich vor seinem Thron niederknie», beteuerte er beharrlich, «muss ich erst vor meinen Göttern auf die Knie fallen.»

«Und wann werdet Ihr voraussichtlich bereit sein, Euch im Palast zu präsentieren?», fragte der Palastdiener resigniert.

«Ich gebe rechtzeitig Bescheid», erwiderte Semerchet ausweichend. «Aber jetzt suche ich erst einmal im Ägypterviertel eine Unterkunft für meinen Sklaven und mich», fügte er hinzu und schulterte entschlossen sein Gepäck.

«Aber wir haben doch eigens für Euch Räumlichkeiten in der Herberge von Bel-Marduks Tempel reserviert, ehrwürdiger Herr! Es wird mir eine Freude sein, Euch persönlich dorthin zu begleiten.»

«Wir benötigen diese Räume nicht.»

Der Palastdiener verlor nun vollständig die Nerven, auf seinem Gesicht zeichnete sich nackte Panik ab. Er gestand, dass ihn ein quälend langsamer Tod in der Insektenkammer erwarte, falls Semerchet in der Stadt auf Nimmerwiedersehen verschwand, und flehte Semerchet an, er möge doch vernünftig sein und ihm ein solch schreckliches Schicksal ersparen.

Innerlich fluchend und wütend auf Marduk, weil dieser ihn so schmählich im Stich ließ, erklärte Semerchet sich schließlich einverstanden, dem Ärmsten in die Herberge zu folgen, auch wenn er damit rechnen musste, dass die dortigen Priester ihn nicht aus den Augen lassen und jede seiner Bewegungen an den Palast melden würden. Genau das hatte er vermeiden wollen.

Erleichtert wischte sich der Palastdiener über die Stirn. «Und falls Ihr es wünscht, können die Priester Euch bestimmt auch einen richtigen Kammerdiener besorgen.»

«Ich habe bereits einen Diener», erklärte Semerchet mit einer Geste in Richtung Marduk, der gerade mit dem größten Entzücken eine Fliege zu fangen versuchte.

«Verzeiht mir, ehrwürdiger Herr, aber ... seid Ihr ganz sicher, dass er bei Sinnen ist?»

«Er ist noch unerfahren», entgegnete Semerchet, der nur mühsam seinen Zorn zu unterdrücken konnte. «Ich habe ihn gerade erst gekauft und noch nicht ordentlich abgerichtet.»

Der Palastbedienstete nickte verständnisvoll. «Wir in Elam haben da ein Sprichwort, ehrwürdiger Herr: Man muss einen Sklaven erst ordentlich durchprügeln, bevor er zu einem brauchbaren Diener wird.»

«Ein weiser Ratschlag», räumte Semerchet mit drohendem Unterton ein, während er Marduk mit zusammengekniffenen Augen musterte. «Ich werde ihn ganz gewiss beherzigen.»

Vom Ischtar-Tor gingen die drei die Prozessionsstraße entlang, eine breite gepflasterte Prachtstraße, auf der die bedeutendsten Festlichkeiten Babylons stattfanden. Semerchet versuchte im Flüsterton, auf Ägyptisch von Marduk zu erfahren, was denn in ihn gefahren sei, doch sein Sklave äffte unverändert den schleppenden Gang eines Schwachsinnigen nach und verweigerte jede Antwort. Semerchet wurde immer wütender, denn dieser sture Kerl hatte seinen Plan, Naia und Rami aus dem Verborgenen heraus zu suchen, gründlich zunichte gemacht. Verärgert kehrte er Marduk den Rücken und lauschte dem elamischen Palastdiener, der ihm voller Stolz die Wunder der Stadt vorstellte.

«Und ihre Mauern sind so dick», fügte der Mann prahlerisch hinzu, «dass vier Streitwagen auf ihnen fahren können! Nebeneinander!»

Murmelnd brachte Semerchet seine Bewunderung zum Ausdruck.

Die Herberge – ein wuchtiges, sechsstöckiges Gebäude – lag unmittelbar an der Prozessionsstraße. Semerchets Zimmer im fünften Stock waren nicht weniger prächtig ausgestattet als alles, was er im Palast des Pharaos je gesehen hatte. Felle bedeckten den gefliesten Boden, und eine große Tür führte auf eine Terrasse mit herrlichem Blick auf die Stadt hinaus. Als Semerchet von ihrem Rand auf die Menschen in den Straßen hinabschaute, wurde ihm plötzlich schwindlig. Er war noch nie so hoch über dem Boden gewesen und musste nun verblüfft feststellen, wie schnell und wie heftig ihn die Höhenangst überkam. Rasch zog er sich ins Haus zurück, um die Terrasse so weit wie möglich hinter sich zu lassen. In diesem Augenblick vernahm er einen Schrei des elamischen Dieners, der gerade auf den erstaunlichsten Luxus gestoßen war, den die Zimmer aufzuweisen hatten: Rohre, durch die heißes und kaltes Wasser in das im Innern der Räumlichkeiten gelegene Badezimmer geleitet wurde. Fasziniert betätigte Semerchet zunächst ängstlich, aber bald schon mit größtem Vergnügen die silbernen Wasserhähne, von denen das kostbare Nass in bronzene Becken rann.

«Sieh dir das mal an, Marduk», rief Semerchet, der seine Verärgerung ganz vergessen hatte. «Du musst uns unbedingt erklären, wie sie das gemacht haben!»

Er wartete jedoch vergeblich auf eine Antwort. Semerchet wurde erneut wütend. Er hatte es gründlich satt, dass Marduk den Idioten mimte. Mit einem finsteren Stirnrunzeln drehte er sich um, aber von Marduk keine Spur.

Nach einem kurzen Gang durch die Zimmer war Semerchet alles klar. Marduk hatte sich abgesetzt, während Semerchet und der Palastdiener das aus den Rohren sprudelnde Wasser bestaunt hatten. Selbst die Priester auf den Fluren hatten ihn nicht weggehen sehen.

Semerchet rang sich ein wehmütiges Lächeln ab. Er hätte es wissen müssen. Marduk hatte schließlich nie versprochen, bei ihm zu bleiben.

Zum ersten Mal seit Mari war Semerchet allein. Als er – sorgfältig darauf bedacht, dem Rand der Terrasse nicht zu nahe zu kommen – bei Einbruch der Dunkelheit den Blick über die Stadt schweifen ließ, sah er, wie die unzähligen Kochfeuer Babylons den Himmel erhellten. Erst jetzt konnte er sich die gewaltigen Ausmaße der Stadt vorstellen, die sich wie eine endlos scheinende, mit Tausenden von Rubinen durchwirkte Decke vor ihm ausbreitete.

Guter Osiris, dachte er, wie soll ich an einem solchen Ort jemals Naia und Rami finden?

Bei Tagesanbruch machte sich Semerchet auf den Weg zum Ägypterviertel von Babylon. Bald merkte er, dass ihm ein Mann folgte – ein nicht gerade vertrauenerweckender Bursche mit dünnem Bart und dickem Bauch. Als Semerchet sich umdrehte und ihn mit seinem Blick fixierte, blieb der Mann stehen, als verspüre er plötzlich den unwiderstehlichen Drang, das Angebot eines nahen Gemüsestands genauer in Augenschein zu nehmen. Um ein Haar hätte Semerchet laut losgelacht. Glaubte sein Verfolger tatsächlich, er könnte ihn täuschen?

Er beschloss, seinen Beschatter zu stellen, und trat geradewegs auf ihn zu. «Da wir anscheinend in dieselbe Richtung unterwegs sind, Fremder», sagte er, ganz dicht vor seinem Gegenüber stehend, «könnt Ihr mir vielleicht sagen, ob das der richtige Weg zum ägyptischen Viertel ist?»

Sein Verfolger tat zunächst so, als würde er Semerchets nicht gerade perfekt ausgesprochenes Babylonisch nicht verstehen, und wandte den Blick ab. Als Semerchet nicht lockerließ, drehte sich der Mann einfach um und rannte davon. In seiner Eile, von Semerchet wegzukommen, beging er aber den Fehler, den Blick nach oben zu richten.

Semerchet schaute ebenfalls zu den Dächern hoch und war keineswegs überrascht, als er hinter einer Balustrade einen weiteren Spion entdeckte, der zu ihm herabstarrte. Der Mann – hagerer, aber ansonsten kein bisschen vertrauenerweckender als der erste – ging hastig in Deckung.

Semerchet eilte eine Seitenstraße hinunter. Er konnte kaum fassen, wie ungeschickt sich seine Beschatter angestellt hatten. Er hielt sich in östlicher Richtung, wo sich nach Angaben der Priester seiner Herberge das Ägypterviertel befand. Dort wollte er sich unter seine Landsleute mischen, um herauszufinden, ob einer von ihnen von Naia oder Rami gehört hatte oder von Überfällen, die irgendwelche Isin in jüngster Zeit auf Ägypter verübt hatten. Außerdem wollte er herausfinden, wo sich die Residenz von Botschafter Menef befand, in der Naia und Rami gelebt hatten.

Als er sich seinen Weg zwischen den Babyloniern hindurchbahnte, die schon zu so früher Stunde unterwegs waren, um ihre zahlreichen Läden zu öffnen, hörte er, wie sein Verfolger über ihm unter lautem Gepolter von Dach zu Dach sprang. Die Gassen waren so schmal, dass dies nicht allzu schwierig war, doch selbst diese einfache Aufgabe schien seinen tölpelhaften Beschatter zu überfordern. Plötzlich hörte Semerchet einen fürchterlichen Schrei. Als er nach oben blickte, sah er, wie sich der Mann verzweifelt an eine Brüstung klammerte. Semerchet überlegte schon, ob er ihn retten sollte, doch dann trat der dicke Freund des Mannes auf den Plan und zog seinen Kameraden aufs Dach zurück. Unter großem Getöse zerschellten mehrere abgebrochene Lehmziegel auf der schmalen Straße. Semerchet konnte sich geistesgegenwärtig mit einem Sprung zur Seite retten, während eine ältere Blumenverkäuferin von mehreren Brocken getroffen wurde und benommen inmitten ihrer Lupinen zu Boden sank.

«Ihr dürft gerne wissen, wohin ich will», rief Semerchet nach oben. «Ich bin auf dem Weg zum Amun-Tempel im ägyptischen Viertel.» Statt zu antworten, duckten sich seine Verfolger hinter das Dachgesims.

«Trottel», murmelte Semerchet. Wenn die Elamer nichts Besseres zu bieten hatten als diese beiden, konnte ihre Besetzung Babyloniens nicht von allzu langer Dauer sein.

Die Straßen Babylons schienen wie die Speichen eines Wagenrads von mehreren Plätzen strahlenförmig in alle Richtungen zu verlaufen, aber niemals dahin, wohin Semerchet wollte. Bald hatte er jede Orientierung verloren und fand sich in einem Stadtteil wieder, wo Kaufleute Lehmziegel, Töpfe, Krüge und Tonstatuen feilboten. Semerchet fragte einen Verkäufer kleiner tönerner Götterbilder nach dem Weg.

«Das was?»

«Das ägyptische Viertel. Die Priester von Bel-Marduks Tempel haben mir erklärt, es läge östlich des Flusses.»

«An Eurer Stelle würde ich ihnen glauben.»

«Darum geht es nicht. Ich habe mich verlaufen.»

«Östlich des Flusses, sagt Ihr?»

«Ja.»

Der Mann schüttelte den Kopf und wandte sich an den Töpfer auf der anderen Seite des Hofes.

«Das Ägypterviertel – schon mal was davon gehört?», rief er ihm zu.

«Das was?»

Semerchet war entnervt. Er hasste es, nicht zu wissen, wo er sich befand. Während des Wortwechsels der beiden Männer wurde ihm nur eines klar: Sie kannten ihre Stadt nicht sonderlich gut. Normalerweise hätte er einen der elamischen Fußsoldaten, die in kleinen Gruppen überall durch die Straßen patrouillierten, nach dem Weg gefragt, doch das kam aus naheliegenden Gründen nicht infrage; schließlich tat er alles, um den Elamern aus dem Weg zu gehen. Was gar nicht so einfach war, da der größte Teil der elamischen Armee in der Hauptstadt stationiert schien und ihre bedrohlich wirkende Gegenwart ihm an fast jeder Straßenecke vor Augen geführt wurde.

Es war schon beinahe Mittag, als Semerchet bemerkte, dass die Aufschriften auf den Lehmwänden nicht mehr in Keilschrift, sondern in Hieroglyphen verfasst waren. Endlich war er im ägyptischen Viertel angelangt. Plötzlich erblickte er über den Hausdächern die oberen Stockwerke seiner eigenen Herberge, die, wie er verwundert feststellte, höchstens eine Achtelmeile entfernt war. Er war im Kreis gegangen.

Lautstark fluchte er vor sich hin.

Obgleich die unauffälligen Lehmziegelfassaden des Viertels denen in allen anderen Stadtteilen ähnelten, durch die er im Lauf des Morgens gekommen war, fiel sein Blick hin und wieder auf dekorative Elemente, die im Ansatz ägyptisch waren. Eine einzelne Lotossäule stützte ein durchhängendes Dach, die umgefallene Statue eines früheren Pharaos lag unter einer dicken Schicht von Vogelkot begraben. Das Viertel erwies sich als ärmliche, staubige Zufluchtsstätte für Menschen, die aus der ägyptischen Gesellschaft ausgestoßen worden waren.

Die Menschen trafen sich auf dem Platz oder standen in Hauseingängen und Stallungen herum. Keiner schien etwas Sinnvolles zu tun zu haben, und alle erwiderten seinen Blick mit leeren Augen und griesgrämiger Miene. Semerchet fragte eine im Schatten einer verkümmerten Palme sitzende Frau nach dem Weg zum Tempel. Träge deutete sie auf eine schmale Gasse.

«Ganz am Ende», nuschelte sie, während sie mit schlaffer Hand die Fliegen verscheuchte, die sich auf ihrer schmierigen Kleidung tummelten.

Seine beiden Verfolger warteten hinter der Tempelmauer auf ihn und versteckten sich, als er näher kam. Er freute sich sogar, sie zu sehen, denn nun konnten sie König Kutir berichten, dass Semerchet genau das getan hatte, was er angekündigt hatte: Er war zum Tempel gegangen, um zu seinen Göttern zu beten. Die beiden Männer wären nie auf die Idee gekommen, dass er die Absicht hatte, sich auf kürzestem Weg in den hinteren Bereich des Tempels zu begeben und gleich wieder über die Außenmauer zu steigen, um unbehelligt seine Nachforschungen betreiben zu können.

Im Tempelbezirk angekommen, war Semerchet jedoch erst einmal ziemlich verwirrt. Es gab weder eine Säulenhalle noch Altäre, noch einen heiligen See. Überhaupt ähnelte das alles keinem der ägyptischen Tempel, die er kannte. Verunsichert betrat er den ungepflegten Innenhof, dessen einzigen Schmuck zwei vertrocknete Feigenbäume darstellten.

Auf seinem Weg in das verdunkelte Heiligtum kam er an einer erbärmlichen Ansammlung von Schreinen vorbei, in denen keine einzige Götterstatue zu finden war. Auch die Wandmalereien waren von äußerst bescheidener Qualität. Im Raum hing der schwache Duft nach abgestandenem Weihrauch, obwohl hier offenbar schon seit längerem kein Ritual mehr stattgefunden hatte. Vergeblich suchte Semerchet die Umgebung nach einem Priester oder Altardiener ab.

Achselzuckend betrat er den Tempel und ging auf den Bereich zu, den er für den hinteren hielt, als er aus einem der finsteren Korridore Schritte hörte.

«Mein Herr!», sprach ihn auf Ägyptisch eine dünne, brüchige Stimme aus der Dunkelheit an.

Ein gebeugter Priester undefinierbaren Alters kam langsam auf ihn zu, während er sich bemühte, seine abgenutzte Perücke zu glätten. Hinter ihm schlurfte eine ältere Frau, deren Lippen vor Beunruhigung bebten.

«Ihr dürft da nicht hin, mein Herr», erklärte der Priester. «Nur ein geweihter Priester darf hier weitergehen.»

«Ich bin Priester zweiten Grades», erwiderte Semerchet beinahe wahrheitsgemäß. Jeder, der in einem Lebenshaus die 770 heiligen Schriftzeichen Ägyptens erlernt hatte, wurde nach Abschluss seines Studiums zum Priester zweiten Grades ernannt. Semerchet hatte sein Studium allerdings nie abgeschlossen.

«Trotzdem seid Ihr hier ein Fremder und noch nicht der Reinigung unterzogen worden ...» Die Stimme des alten Priesters nahm einen verunsicherten Klang an. «Ihr seid doch ein Fremder, oder sind wir uns schon einmal begegnet?»

«Nein.»

Der alte Priester schien erleichtert, dass sein Verstand noch so weit funktionierte, und nahm eine aufrechtere Haltung an. «Dann muss ich Euch leider bitten, den Tempel auf dem selben Weg zu verlassen, auf dem Ihr gekommen seid.»

Semerchet überlegte rasch. «Aber ich wollte doch Amun ein Dankgebet zukommen lassen dafür, dass er mich heil nach Babylon geleitet hat.»

Der alte Priester blickte ihn scharf an. «Ein Gebet? Wollt Ihr eine Opfergabe darbringen?»

Auch wenn dies mehr war, als Semerchet beabsichtigt hatte, erklärte er schulterzuckend: «Ja, in Ordnung. Warum eigentlich nicht?»

«Ihr wollt tatsächlich Zwiebeln und Brot für den Altar kaufen?», fragte der Priester freudig überrascht. Lächelnd wandte er sich zu der Priesterin hinter ihm um. «Mutter, heute ist ein wahrer Freudentag für uns!»

Semerchet konnte kaum mit ansehen, wie der alten Frau

die Tränen über die Wangen kullerten. Spontan nahm sie seine Hand und küsste sie.

«So selten kann das doch nicht vorkommen», meinte Semerchet verlegen, «dass Reisende den Göttern ihren Dank abstatten?»

«Hier schon», erklärte die alte Frau ohne Umschweife. «Die meisten Ägypter, die hier leben, sind nicht freiwillig nach Babylon gekommen. Sie haben wenig Grund, dankbar zu sein, und machen die Götter für ihr Unglück verantwortlich. Heutzutage bringt kaum mehr einer Opfergaben dar.»

Wie Semerchet wusste, lebten die ägyptischen Priester und Priesterinnen überwiegend von dem Brot, dem Gemüse, dem Öl und anderen Nahrungsmitteln, die den Göttern geopfert wurden. Besorgt betrachtete er die glänzenden Augen in den eingefallenen Gesichtern der beiden Alten.

«Wann habt Ihr das letzte Mal gegessen?»

«Das ist nicht weiter wichtig. Wir dienen den Göttern mit Freuden.»

«Wann?», hakte Semerchet schroffer als beabsichtigt nach.

«Vorgestern», antwortete die Frau bereitwillig.

«Hat Botschafter Menef Euch denn keine Verpflegung oder Arbeitskräfte geschickt? Gehört es nicht zu seinen Pflichten, diesen Tempel zu unterhalten?»

Die dünne, kleine Frau kniff die Augen zusammen. «Er hat sein privates Heiligtum in seinem Anwesen und seine eigenen Priester. Er kommt nicht mehr zu unseren Gottesdiensten. Er hat gesagt –»

«Mutter.»

Die Alte verstummte und senkte beschämt den Blick. Semerchet fiel auf, dass ihr Gewand zwar makellos sauber, aber mit so vielen Flicken ausgebessert war, dass es mehr aus babylonischer Wolle als aus gutem ägyptischem Leinen bestand. Er bückte sich zu den müden Augen der Frau herab.

«Ihr könnt es mir ruhig erzählen.»

Mit angsterfülltem Blick auf ihren Mann flüsterte sie: «Er hat gesagt, mein Mann und ich hätten zu wenig getan, um die Leute anzulocken, genau so hat er es formuliert, ‹anlocken›, als ob dieser heilige Ort ein Zirkus wäre und –»

«Mutter!»

Doch der Redeschwall der alten Frau war nun nicht mehr zu bremsen. «Wir mussten sogar die Götterstatuen verkaufen», klagte sie, «um den Unterhalt des Tempels zu sichern. Die letzte haben wir vor einem Monat verscherbelt, und dabei haben wir gerade einmal den Materialwert für die Bronze bekommen. Was kommt wohl als Nächstes auf uns zu? Mein Mann verbietet mir das Betteln, weil er meint, wir würden uns damit allzu sehr erniedrigen, aber manchmal schmerzt der Hunger so arg, dass ich – dass ich –» Ihre übrigen Worte gingen in einem plötzlichen Weinkrampf unter.

Der alte Priester trat zwischen Semerchet und seine Frau. «Der Botschafter hat sicher gute Gründe dafür, dass er uns keine Unterstützung zukommen lässt», erklärte er entschieden. «Der Krieg gegen die Elamer hat viel Leid gebracht, und wir sind nicht die einzigen Hungernden in Babylon.»

Semerchet wandte sich abrupt um und schritt entschlossen zum Eingangstor hinaus. Die beiden Alten humpelten ihm besorgt hinterher.

«Ihr zwei da!», rief Semerchet seinen Verfolgern zu.

Die beiden lugten hinter der Mauer hervor, wo sie sich versteckt hatten. «Meint Ihr uns?»

«Ihr müsst mir ein paar Sachen besorgen. Geht auf den

Markt um die Ecke, wo ihr Brot, Zwiebeln, Honig und Öl kauft. Und eine Gans, wenn ihr eine findet.» Dann wandte er sich wieder dem Priesterpaar zu, das ihn mit weit aufgerissenen Augen anstarrte. «Was meint ihr – ob die Götter wohl Appetit auf Bier haben?»

Der alte Priester schien zu benommen, um auch nur ein Wort hervorzubringen, doch seine Frau sprang umso entschlossener in die Bresche. «O ja, bitte! Die erhabenen Götter haben schon ewig kein Bier mehr bekommen.»

Die Spitzel runzelten die Stirn. «Wer zum Teufel seid Ihr überhaupt, dass Ihr glaubt, uns herumkommandieren zu können?», schimpfte der Dünnere.

«Semerchet, Abgesandter des vierten Ramses, Pharao von Ägypten. Ich bin hier, um mit eurem König Kutir zu verhandeln – wie ihr ganz genau wisst, da ihr mir schon den ganzen Morgen nachspioniert.»

«Das ist gelogen!»

«Wir haben Euch nie –!»

Das finstere Funkeln in Semerchets Augen ließ sie augenblicklich verstummen. «Muss ich dem König wirklich erklären, was für unfähige Leute auf mich angesetzt worden sind?»

Panische Angst war den beiden anzusehen. Der Dickere schluckte und fragte, nun in weitaus demütigerem Tonfall: «Was wolltet Ihr nochmal, mein Herr? Wir stehen Euch selbstverständlich gern zu Diensten.»

Semerchet wiederholte die einzelnen Posten seiner Einkaufsliste und gab ihnen ein Goldstück. «Wenn ihr euch beeilt, bekommt ihr noch eins», versprach er, und so zogen die Elamer murrend los.

«Kauft auch etwas Weihrauch», rief er ihnen nach. «Ach was – eine große Kugel!»

«Ich fürchte, die seht Ihr nie wieder, junger Mann», meinte der Priester. «Den Einheimischen kann man nicht über den Weg trauen.»

«O doch, die kommen wieder», versicherte Semerchet.

Obwohl er so schnell wie möglich die Suche nach Naia und Rami aufnehmen wollte, half Semerchet dem alten Priesterpaar, den Altar für die Opferung zu schmücken. Sie schabten die Flechten vom Stein ab und kippten die verwelkten Blumen aus den Vasen. Früher, erzählte ihm der alte Priester, als Ägyptens östliches Reich noch in Blüte gestanden habe, sei der Amun-Tempel in Babylon sehr viel größer gewesen. Er deutete über die Mauer hinweg und erklärte, der eigentliche Tempel habe sich damals nebenan befunden, sei aber bei einem schlechten Geschäft mit einem durchtriebenen babylonischen Gauner verlorengegangen. Dieser habe den Tempel abreißen und ein Lagerhaus errichten lassen. Übrig geblieben sei nur diese merkwürdige Ansammlung von Räumen, die früher lediglich als Lagerhallen des Tempels gedient hätten.

«Kein Wunder, dass die Götter uns den Rücken gekehrt haben», lamentierte der alte Priester. «Meine Frau und ich waren wohl schlechte Verwalter ihrer Herrlichkeit.» Er seufzte, als er sich daranmachte, den Staub wegzufegen. «Auch wenn ich mir nicht vorstellen kann, dass sie je einer mehr geliebt hat als wir.»

Entgegen den Befürchtungen des alten Priesters kamen die beiden Spitzel schon bald mit ihren Einkäufen zurück, und Semerchet half ihnen, die Sachen in den Tempel zu bringen. Sie legten die Nahrungsmittel auf den Altar und füllten die Vasen mit Wildblumen. Die beiden Alten bestanden darauf, erst die erforderlichen Zeremonien durchzuführen, bevor sie sich ihren Anteil vom Essen gönnten.

Sie zündeten den Weihrauch an und verbeugten sich vor dem Altar, nachdem sie Semerchet gedrängt hatten, gemeinsam mit ihnen die Rituale durchzuführen. Wortreich dankten die Alten den Göttern für die sichere Ankunft ihres Gastes. Dann beteten sie mit großem Ernst für sein künftiges Wohlergehen und ersuchten die erhabenen Gottheiten, ihn bei all seinen Unterfangen zu beschützen.

Semerchet war nie ein großer Freund solcher Zeremonien gewesen. Er zog es vor, auf seine eigene Weise mit den Göttern zu kommunizieren, in Stille und Einsamkeit. Nun aber stimmte er an seinem ersten Tag in Babylon all die Litaneien und Hymnen an, die man ihm in seiner Kindheit beigebracht hatte. Und als das Priesterpaar mit seinen Gebeten fertig war, bat Semerchet, der sich gern für einen abgebrühten, nicht zu Gefühlsduselei neigenden Ermittler hielt, die beiden Alten, auch noch für das Leben seiner Frau und seines jungen Freundes zu beten, die zu finden er nach Babylon gekommen war.

«Naia liebt die Götter. Ganz bestimmt hat sie ihnen hier ein Opfer dargebracht, nachdem sie in Babylon angekommen war. Wie ist es möglich, dass Ihr Euch nicht an sie erinnert?»

Im weichen Abendlicht saß der Priester Senmut neben Semerchet, den Rücken an den warmen Altar aus Granit gelehnt. Senmuts Frau Wia hatte die Überreste ihres Abendessens weggeräumt und den Spitzeln vor dem Tempeltor gebracht.

«Ja, wie konnte ich nur eine solche Perle vergessen?», erwiderte der alte Priester und rezitierte dann: «Es gibt nicht ihresgleichen, schöner ist sie als jede andere, eine Sternengöttin mit Haaren aus Lapislazuli und Lippen, so süß wie Honig ...»

«Ihr kennt die Strophen aber gut.»

«Ich habe das Lied in meiner Jugend gelernt. Wenn Ihr erst einmal so alt seid wie ich, werdet Ihr merken, dass es leichter fällt, sich an ein Gedicht aus der Kindheit zu erinnern als an das, was man am Vortag getan hat.»

«Ich bin sicher, wenn Ihr versuchen würdet –»

«Semerchet», gab Senmut zu bedenken, «Ihr beschreibt eine Göttin, aber ich soll mich an eine Frau aus Fleisch und Blut erinnern. Und davon gibt es viele auf dieser Welt.»

Semerchet versuchte, seine Enttäuschung vor dem Priester zu verbergen, und verfiel in einen gespielt sorglosen Tonfall. «Na gut – aber sollte die schönste Frau von ganz Babylon tatsächlich einmal hier aufkreuzen, eine Frau mit rauchfarbener Haut und Augen wie der Nil bei Hochwasser, dann gebt Ihr mir Bescheid, einverstanden?»

«Selbstverständlich. Aber vielleicht kann ich Euch auch noch auf andere Weise helfen.» Der Priester kratzte sich an der Stirn und versuchte verzweifelt, sich zu erinnern. «Mutter?», rief er zu Wia hinüber, die wieder in den Hof gekommen war. «Mutter, wie heißt nochmal diese Sängerin?»

«Nidaba», antwortete Wia, die sofort wusste, wen ihr Mann meinte.

«Wie?»

«Nidaba. Sie trägt Balladen und Gedichte vor. Ihr müsst zu ihr gehen. In ihrem Haus findet jeder in Babylon, was er sucht.»

Semerchet war hellhörig geworden. «Zum Beispiel ...?»

Wia, offenkundig praktischer veranlagt als ihr Gatte, blickte ihn vielsagend an und tippte sich auf die Nase. «Die Art von Dingen, die man nicht in den normalen Suks oder Basaren findet, falls Ihr versteht, was ich meine.»

«Schwarzhandel?»

Wia nickte. «Ja, das natürlich auch. Aber vor allem bekommt man dort Informationen. Falls irgendjemand in der Stadt Eure Frau und Euren Freund gesehen hat, trefft Ihr ihn ganz bestimmt bei Nidaba an.»

«Und wo finde ich ihr Haus?»

«Wir sind nie da gewesen, Semerchet», erklärte Senmut. «Das ist kein ... erbaulicher Ort für einen Priester. Aber ich glaube, das Haus steht in der Altstadt.»

«Und wie habt Ihr davon erfahren?»

«Um die Götterstatuen zu verkaufen, mussten wir ein paar Erkundigungen einziehen. Und dann kam jemand aus Nidabas Haus, um sie abzuholen. Offensichtlich kannte sie jemanden, der eine Vorliebe für ägyptische Kunstgegenstände hat.»

Mittlerweile war es dunkel geworden. Semerchet erhob sich. Die Elamer hatten eine nächtliche Ausgangssperre verhängt; nur wer eine Sondergenehmigung vorweisen konnte, durfte danach noch auf die Straßen. Hastig verabschiedete sich Semerchet von dem alten Priesterpaar, zumal nur die Götter allein wussten, wie lange er brauchen würde, um den Weg zu seiner Herberge zu finden. Als Wia ihn auf Zehenspitzen umarmte, schob er ihr ein paar Goldstücke in die abgewetzte Schärpe.

«Kommt Ihr wieder, Semerchet?»

«Natürlich. Es tut mit gut, mal wieder Ägyptisch sprechen zu können. Mir war bis heute gar nicht aufgefallen, wie mir vom ständigen Babylonisch die Kehle schmerzt.»

«Wir halten nach Eurer Frau Ausschau», versprach Senmut ernsthaft. «Und nach dem Jungen auch.»

In seinem Quartier angekommen, musste Semerchet feststellen, dass jemand in seiner Abwesenheit seine Sachen durchwühlt hatte. Die Siegel auf den Briefen des Pharaos, welche die Freilassung Naias und Ramis bestätigten, waren aufgebrochen. Obwohl der Eindringling versucht hatte, die Bruchstücke wieder zusammenzufügen, fiel Semerchet der haarfeine Riss im Siegelwachs auf. In panischer Sorge suchte er nach den Lehmtafeln. Seine Erleichterung war groß, als er sie fand, denn sein Gold war fast aufgebraucht. Schon bald würde er das Tempelkontor aufsuchen müssen, um sich neues zu beschaffen. Dass sich die Tafeln noch immer in seinem Gepäck befanden, ließ den Schluss zu, dass der Einbrecher offenbar mehr an Informationen interessiert war als an Gold.

Er ärgerte sich, dass er die Sachen in der Herberge gelassen hatte. Nun wussten die Elamer nicht nur, dass er nach zwei Ägyptern suchte, sondern auch, um wen es sich bei den beiden handelte. Er hatte bei den Grenzbehörden am Ischtar-Tor nichts dergleichen angegeben, und nun würden sich die Elamer natürlich fragen, welche Bedeutung diese beiden Personen für den Pharao oder Semerchet hatten. Semerchet wollte sich aber nicht in politische Ränkespiele verwickeln lassen, zumal ihm die Zeit davonzulaufen drohte. Ihm blieben nur noch wenige Tage, bevor Kutir darauf bestehen würde, ihn zu empfangen. Er musste jetzt schnell sein – und dafür sorgen, dass kein Spitzel dem Palast über jede seiner Bewegungen Bericht erstatten konnte.

Nachdem er am nächsten Morgen die Herberge verlassen hatte, machte er zahlreiche Umwege, um seine beiden tollpatschigen Beschatter zu verwirren. Wie erwartet, vernahm er schon bald das schwere Keuchen des Dickeren hinter sich.

Er drehte sich abrupt um und wünschte den beiden einen guten Morgen.

Obwohl sie sich am Vortag entgegenkommend gezeigt hatten, waren die Männer sogleich auf der Hut. Nervös sahen sie sich auf der belebten Straße um, als fürchteten sie die Blicke der Adligen und Beamten, die die verschiedenen Regierungsgebäude und Tempel in der Nähe aufsuchten. Dann zogen sie Semerchet in einen dunklen Hauseingang, wo sie ihm entrüstet erklärten, dass sie schließlich ihn im Auge behalten sollten und nicht umgekehrt.

«Bitte, mein Herr», flüsterte der Dicke ihm zu, «es geht einfach nicht, dass Ihr uns immer wieder so offen ansprecht. Was, wenn eine hochgestellte Persönlichkeit uns zusammen sehen würde? Was sollte der Betreffende von uns denken?»

«Wir würden unsere Arbeit verlieren», fügte der andere angespannt hinzu. «Seit der Invasion ist es ohnehin schon schwer genug, eine ehrliche Beschäftigung zu finden. Geht jetzt einfach weiter. Wir werden Euch nicht belästigen, solange Ihr uns nicht belästigt. Leben und leben lassen, sage ich immer.»

«Wie wär's, wenn ihr für mich arbeiten würdet?»

Den beiden verschlug es für einen Augenblick die Sprache. Dann protestierte der Dünne ganz entschieden, ohne weiter darauf zu achten, ob ihn jemand sehen konnte; falls sie die Seiten wechselten, erklärte er, warte der Kerker oder Schlimmeres auf sie. So verzweifelt flehte der Mann die sechzigtausend Gottheiten Babylons an, dass Semerchet allmählich begriff, wie wenig Spaß die Elamer in dieser Hinsicht verstanden.

«Dann lasst es mich eben anders formulieren», sagte Semerchet. «Wie wäre es, wenn ich euch dafür bezahlen würde, dass ihr mir *nicht* folgt? Dann könntet ihr gleich von zwei Seiten Lohn einstreichen.»

Der Dünne wollte schon wieder in Wehklagen ausbrechen, doch das Gesicht seines Kompagnons nahm unter den dicken

Speckfalten einen verschlagenen Ausdruck an. «Hören wir uns doch wenigstens an, was der Herr zu sagen hat», meinte er. «Warum soll nicht auch ein Ägypter mal einen brauchbaren Vorschlag machen?»

Semerchet ließ sich nicht lange bitten. Eine Woche lang, bot er an, würde er ihnen ein Goldstück pro Tag geben, wenn sie ihn in Ruhe seiner Wege gehen ließen. Das sei fast ein ganzer Jahreslohn, betonte er, da er sie in ägyptischem Gold zu bezahlen gedenke. Außerdem, versprach er, wolle er nach Ablauf der Woche bei König Kutir vorstellig werden.

«Aber was sollen wir dem elamischen Offizier erzählen, für den wir arbeiten?», fragte der Dicke. «Wir müssen ihm doch am Ende eines jeden Tages Bericht erstatten.»

«Ganz einfach: Ihr folgt mir morgens zum ägyptischen Tempel, aus dem ihr mich erst abends wieder herauskommen seht. Dann könnt ihr berichten, dass ich offenbar den ganzen Tag lang gebetet habe. Hier glaubt sowieso jeder, wir Ägypter hätten einen religiösen Fimmel, und so dürfte es euch nicht allzu schwer fallen, euren Vorgesetzten zu überzeugen.»

Der Dickere strich sich nachdenklich über den spärlichen Bart. Selbst im Stehen klang sein Atem wie ein löchriger Blasebalg. «Ich muss gestehen, dass mir das mehr zusagt, als Euch den ganzen Tag lang durch die Stadt zu folgen, immer im Kreis herum. Wie Ihr seht, bin ich kein Leichtgewicht und mehr an die bequemen Bänke der Tavernen gewöhnt. Und der Gedanke, gleich zwei Gehälter auf einmal einzustreichen, ist in der Tat sehr verlockend.»

«Die Elamer sperren uns ein, wenn sie uns erwischen», flüsterte der andere verängstigt. «Die peitschen uns die Haut vom Körper und werfen uns in die Insektenkammer –»

«Warum sollten sie?», fragte Semerchet in beschwichtigendem Tonfall. «Sie lassen doch wohl nicht ihre eigenen Spitzel bespitzeln, oder?»

«Denen ist alles zuzutrauen», erklärte der Dünne finster. «Ihr kennt sie nicht so gut wie wir.» Er verzog das Gesicht, als male er sich schon die Bestrafung aus, die sie erwartete.

Am Ende jedoch willigten die beiden in Semerchets Plan ein – allerdings nicht ohne ihn darauf hinzuweisen, dass sie sein Verschwinden sofort ihrem Offizier melden würden, falls er nicht wie versprochen vor Sonnenuntergang wieder aus dem Tempel käme. Semerchet akzeptierte diese Bedingung, es war ihre einzige. Mit Hilfe einiger zusätzlicher Kupferstücke konnte er sie sogar überreden, ihm den kürzesten Weg zum Ägypterviertel zu zeigen. Mit ihrer Hilfe erreichte er es in einem Bruchteil der Zeit, die er noch am Vortag dafür benötigt hatte.

Im ägyptischen Tempel erklärte er Senmut und Wia, er müsse über die hintere Mauer steigen, um Babylon erkunden zu können, ohne dass jemand etwas davon merkte. Senmut aber zeigte ihm stattdessen einen langen, feuchten und übelriechenden Tunnel, der vom Tempel zu einer relativ weit entfernten Gasse führte. Wia gab ihm den alten Schlüssel zu der bronzenen Tür des Geheimgangs. Endlich konnte sich Semerchet in Babylon unbeobachtet bewegen.

«Wein», bestellte er. «Roten.»

Wie er es häufig nach seiner Ankunft in einer fremden Stadt zu tun pflegte, ging Semerchet erst einmal in eine Taverne. Kaum einer wusste besser darüber Bescheid, was sich im jeweiligen Viertel tat, als die Wirte. Zudem neigten sie in aller Regel dazu, ihr Wissen mit jedem zu teilen, der ihnen dafür ein wenig Geld gab oder auch nur eine Schale ihres eigenen Weins spendierte.

Unter den unzähligen Wirtshäusern in Babylons Ägypterviertel entschied Semerchet sich für eine Spelunke am Rand eines kleinen Platzes. Die Taverne war zur Seite hin offen, sodass jeder, der vorbeiging, die Zecher sehen konnte. Nur eine einzige zerfledderte Plane verhinderte, dass Semerchet die Sonne ungehindert auf den Rücken brannte. Trotz der frühen Stunde saß schon eine erkleckliche Anzahl von Trinkern auf dem Gehsteig, über ihre Weinschalen gebeugt wie Aasgeier über einen Leichnam.

Der Wirt brachte die Schale selbst an Semerchets Platz, und Semerchet gab ihm ein Kupferstück.

«Reicht nicht», blaffte der Mann ihn an.

«Dann importiert Ihr Euren Wein wohl direkt aus den himmlischen Gefilden, was?», erwiderte Semerchet mit einem Lächeln, um zu verdeutlichen, dass dies ein Scherz sein sollte.

Der Wirt musterte ihn mit ausdrucksloser Miene. «Aha, ein kleiner Witzbold. Dann kann der Tag ja beginnen. Drei Kupferstücke, Freundchen.»

«Drei?» Selbst in Thebens besten Wirtshäusern hatte Semerchet nie so viel für Wein bezahlt.

«Hier war Krieg, falls Ihr es noch nicht mitbekommen habt. Sinkt das Angebot, steigen die Preise. Drei Kupferstücke, oder raus mit Euch.»

Mit säuerlicher Miene, die der des Wirts in nichts nachstand, zog Semerchet zwei weitere Kupferstücke aus der Schärpe und drückte sie dem Mann in die Hand. Der Wirt wollte schon gehen, als Semerchet ihn zurückhielt, wobei er sich zwang, ein halbwegs freundliches Gesicht zu machen.

«Einen Augenblick noch. Für so viel Kupfer möchte ich aber auch einen Rat.»

«Einen Rat?»

«Oder Hilfe, wenn Ihr so wollt. Ich bin gerade erst in Babylon angekommen.»

Der Wirt verzog fast unmerklich die Unterlippe. «Wenn Ihr was umsonst wollt, dann geht zu einem Tempel.»

«Ich brauche aber eine Information.»

Der Mann musterte ihn kurz mit leerem Blick. «Und da dachtet Ihr, der Wirt könnte Euch erklären, was in unserer kleinen Welt so vor sich geht, was? Ein paar Schalen Wein, ein paar Kupferstücke, und schon erzählt er Euch alles, was Ihr wissen wollt. So habt Ihr Euch das vorgestellt, oder?»

«So ähnlich.»

«Na schön, dann gebe ich Euch jetzt einen ‹Rat›, und zwar auf Kosten des Hauses: Wir sind hier in Babylon, mein Freund, und nicht in Ägypten.»

«Das ist mir durchaus bewusst.»

«Dann sollte Euch auch bewusst sein, dass so ziemlich jedes Mal, wenn ein Fremder aus Ägypten hier nach Informationen sucht, jemand über die Klinge springt oder in den Kerker kommt oder zur Zwangsarbeit in die Bergwerke auf dem Sinai. Steckt Eure verdammte Schnüffelnase also sonst wo rein. Wir werden ziemlich schnell nervös, wenn jemand Fragen stellt; meistens erweisen sich solche Typen später als Kopfgeldjäger.»

«Ich bin aber kein Kopfgeldjäger. Ich will nur meine Freunde finden», erklärte Semerchet nachdrücklich. «Das ist ja wohl nicht –»

Der Wirt beugte sich zu Semerchet hinab. «Von dem, was Ihr wollt, interessiert mich nur eines: nämlich ob Ihr mehr Wein wollt. Also: Wollt Ihr noch welchen?»

«Nein.»

«Falls Ihr es Euch anders überlegt, findet Ihr mich da drüben.» Der Mann deutete auf die Lehmziegelbank, wo seine Weinkrüge standen, und ließ ihn allein.

Semerchet sah sich in der Taverne um. Die meisten Gäste hatten sein Gespräch mit dem Wirt mitgehört und wichen nun gezielt seinem Blick aus. Nur einer von ihnen schien ihm freundlich gesinnt – ein älterer Mann, dessen Doppelkinn aufgeregt zitterte, als Semerchet sich ihm zuwandte. Der Mann saß knapp außerhalb der Plane in der sengenden Sonne und forderte Semerchet, als der Wirt sich gerade umgedreht hatte, wild gestikulierend auf, ihn zu sich hereinzubitten.

Semerchet bedeutete dem alten Mann mit einem Nicken, zu ihm zu kommen. Doch kaum hatte der Alte sich gesetzt, bereute Semerchet seine Entscheidung auch schon. Auf dem Kinn des Mannes spross ein Stoppelbart, und seine speckigen Kleider waren voller Weinflecken.

Der alte Mann faltete seine zittrigen Hände, um Semerchet auf die ägyptische Weise zu grüßen. «Danke, junger Mann, danke», brabbelte er und nahm Platz. «Sehr freundlich von Euch, in der Tat.» Sein Atem, der nach abgestandenem Wein und Knoblauch stank, schlug Semerchet entgegen wie feuchter Flussnebel.

Der Wirt trat neben sie. «Verschwinde, Kem-weset!», fluchte er. «Du bringst mit deiner Bettelei nur mein Lokal in Verruf!»

«Da liegst du leider falsch, mein Lieber», konterte der Alte rasch und duckte sich dabei, als erwarte er jeden Augenblick Schläge. «Dieser junge Mann da –», er stieß Semerchet in die Rippen.

«Semerchet.»

«Mein Freund Semerchet hat mich eingeladen. Er möchte Babylons bedeutendsten Arzt konsultieren.» Flehend schaute er Semerchet von der Seite mit trüben Augen und einem mitleiderregenden Lächeln an. «Habe ich nicht recht, mein Sohn? Wie ich sehe, hattet Ihr in jüngster Zeit einen Anflug von Flussfieber, nicht wahr?»

Semerchet hätte den Alten leicht abweisen können, doch nach kurzem Zögern warf er dem Wirt einen trotzigen Blick zu. «Noch eine Schale Roten für Babylons besten Arzt.»

Die Zunge des Alten schnellte zu seinen krustigen Mundwinkeln. «Ein ganzer Krug wäre besser, denke ich», sagte er zu Hapi, dem Wirt. «Ist verdammt heiß heute.»

Semerchet nickte.

«Zeigt mir erst das Kupfer», forderte der Wirt.

Semerchet griff in seinen Gürtel und warf ihm die Stücke zu.

Hapi brachte den Krug mit dem für seine Taverne charakteristischen Maß an Freundlichkeit. Semerchet schenkte dem alten Mann ein, der ihm mit einem kurzen Nicken dankte und dann gierig die Schale an die Lippen führte. In seiner Hast oder weil seine Hände so zitterten, verschüttete er jedoch einen Teil des Weins. Ohne zu zögern, nahm er seine Schärpe ab und saugte damit den Wein auf, um die paar Tropfen anschließend wieder in die Schale zu wringen.

«Guten Wein zu verschwenden ist eine Sünde», erklärte der Alte entschieden. «So sagen es jedenfalls die Babylonier, und in dem Punkt muss ich ihnen recht geben.»

Diesmal nahm er den Krug gleich selbst in die Hand und goss sich seine Schale voll, die er jedoch langsamer austrank als die erste.

«Das tut gut», stieß er genüsslich hervor. «Genau das Richtige bei dieser Hitze.»

Er schloss die Augen und seufzte zufrieden. Seine Hände zitterten nun weniger, und die Farbe kehrte in sein mit Pusteln bedecktes Gesicht zurück.

«Seid Ihr wirklich Arzt?», fragte Semerchet.

«Es gibt keinen besseren in ganz Babylonien, aber das hat nicht viel zu bedeuten.» Kem-weset nahm noch einen Schluck Wein. «Hier schätzt man die ärztliche Kunst nicht sonderlich. Wird einer krank, holt man nicht etwa einen Arzt oder einen Zauberer, der die Krankheit austreibt; man trägt den Kranken mitsamt seinem Bett einfach aus dem Haus und stellt ihn auf dem Siechenplatz ab –»

«Wo?»

«Auf dem Siechenplatz. Dem Ort, wo ganz Babylon über mich lacht, über Kem-weset, den Arzt aus Ägypten.»

«Aber worum handelt es sich bei diesem Siechenplatz?»

«Wie der Name schon sagt – ein Platz, wo die Kranken und Siechen der Stadt hingebracht werden. Den Ärmsten bleibt dort nichts anderes übrig, als wildfremde Menschen anzusprechen, in der Hoffnung, dass jemand ein Heilmittel gegen ihr Leiden kennt.»

«Das klingt aber ziemlich rückständig.»

«Das ist noch gelinde ausgedrückt. Aber die Babylonier haben eine Heidenangst vor Lanzette und Wundschere, und wahre Medizin lässt sich eben nicht praktizieren, wenn die Patienten allzu zimperlich sind. Der menschliche Körper besteht aus Muskeln und Eingeweiden, Sehnen und Organen und sämtlichen Lebenssäften – Phlegma, Galle, Blut, Urin, Schweiß, Samen, Scheiße –»

Der Wein und die Entrüstung ließen Kem-wesets Stimme so stark anschwellen, dass Hapi ihm aus seiner Ecke einen scharfen Blick zuwarf.

«Was haltet Ihr von einem weiteren Krug?», fragte Semerchet rasch, um den alten Mann abzulenken.

«Großartige Idee.»

Semerchet gab dem Wirt ein Zeichen. «Das ist aber verdammt großzügig von dir, mein Junge», erklärte Kem-weset ganz gerührt. «Womit kann ich mich revanchieren?»

«Ich suche hier in Babylon ein paar Freunde, die ich nach Ägypten zurückholen möchte –»

«Zurück nach Ägypten!», unterbrach ihn der Alte in so schmachtendem Tonfall, als hätte Semerchet *Himmel* oder *Paradies* gesagt. «Wie ich mich danach sehne, wieder im Schatten der Pyramiden zu liegen und vom Wasser des Nils zu trinken. Ach, Ägypten!»

«Was hält Euch dann noch hier? Habt Ihr ein Verbrechen begangen, weshalb Euch die Rückkehr verwehrt bleibt?»

«Nein, nichts dergleichen. Ich bin freiwillig hierhergekommen, weil ich dachte, die bräuchten hier vielleicht mal einen richtigen Arzt.» Der alte Mann seufzte erneut. «Und jetzt hält mich hier nur noch meine Geliebte.»

Vergeblich versuchte Semerchet sich diese Geliebte vorzustellen. «Ihr habt eine Geliebte?»

«O ja, die habe ich. Ihr Herz ist hart wie Granit, aber ihre Umarmung macht mich glücklich. Sie ist hier in der Schale neben Euch.»

«Ach so, der Wein», begriff Semerchet.

Kem-weset nickte traurig. «Mir fehlt das Geld, um nach Ägypten zurückzukehren, Semerchet. Ich habe alles Leuten wie diesem Hapi in den Schlund geworfen. Ich bin ein Arzt ohne Patienten in einem Land ohne Ärzte, der nur noch von Schale zu Schale lebt. Die Hoffnung, jemals nach Ägypten zurückzukehren, habe ich längst aufgegeben.»

Semerchet musste an seine eigene Zeit als stadtbekannter Säufer denken, nachdem Naia sich von ihm hatte scheiden lassen. Er hätte leicht genauso enden können wie dieser mitleiderregende Alte, wenn die Götter ihm damals nicht gnädig gewesen und ihm eine ehrliche Arbeit verschafft hätten. Kem-weset aber schützte offenbar nicht einmal sein Beruf vor der Verzweiflung.

«Aber zumindest die hiesigen Ägypter sind doch auf Eure Fähigkeiten angewiesen?»

«Hin und wieder ein gebrochenes Bein, ein paar Stiche – zu mehr bin ich hier nicht nütze. Ich lebe noch immer vom Rest des Honorars, das ich vor ein paar Wochen dafür bekommen habe, dass ich ein paar junge Einheimische zusammengeflickt habe. Letztes Jahr dachte ich, es ginge aufwärts, aber daraus wurde nichts. Wie immer.» Kem-weset wischte sich mit seiner weinbefleckten Schärpe über die Augen, bevor er seine große Nase ins Tuch steckte und sich kräftig schnäuzte.

Semerchet goss ihm noch eine Schale Wein ein.

Kem-weset hob den Kopf. «Aber reden wir nicht mehr von so traurigen Dingen», schlug er vor. «Bei diesem hervorragenden Wein kann man gar nicht anders als fröhlich sein. Ihr seid also hier, um Eure Freunde zu finden?»

Semerchet nickte. «Aber die Stadt ist so unüberschaubar, dass ich gar nicht weiß, wo ich anfangen soll zu suchen. Selbst das Ägypterviertel hier ist schon viel größer, als ich erwartet hatte.»

«Allein in der Hauptstadt leben nach einer letzten Zählung um die zwanzigtausend unserer Landsleute, und im übrigen Babylonien kommen noch einige hinzu.»

Semerchet verschlug es die Sprache. «Zwanzigtausend! Wie passen die alle in dieses Viertel?»

«Wir sind über die ganze Stadt verstreut, Semerchet», erklärte Kem-weset mit einer weit ausholenden Geste. «Ägypter sind wegen ihrer guten Manieren als Diener sehr gefragt.»

Dies brachte Semerchet auf einen Gedanken. «Naia hat mir geschrieben, dass sie als Dienstmagd in der Residenz des ägyptischen Botschafters beschäftigt war –»

«Bei Menef?», erwiderte Kem-weset unerwartet scharf.

Semerchet nickte.

Das Gesicht des alten Mannes leuchtete auf. «Den kenne ich! Ich hatte Euch doch gesagt, dass ich letztes Jahr glaubte, ich hätte etwas in Aussicht – das war bei Menef. Als er nach Babylon kam, wollte ich ihn dazu bringen, mich als seinen Leibarzt einzustellen. Aber er hatte seinen eigenen Arzt schon mitgebracht, und so war ich wieder einmal vom Glück verlassen.»

«Wisst Ihr, wo er wohnt?»

«Aber natürlich.»

«Könnt Ihr mich hinbringen?»

«Ich kann noch mehr für Euch tun. Ich kann Euch sogar dem Botschafter vorstellen. Er wird sich bestimmt an mich erinnern», erklärte Kem-weset wichtigtuerisch. Dann stieß er einen Seufzer des Bedauerns aus. «Aber bevor wir uns auf den Weg machen ...»

«Ja?»

«Ihr habt ja den Wein neben Euch noch gar nicht angerührt ...?»

Semerchet reichte dem Arzt seine Schale.

Semerchet wäre am liebsten sofort aufgebrochen, doch Kem-weset beharrte darauf, erst in seine nahe gelegene Wohnung zu gehen, um sein Arztgewand mitsamt dazugehörigem Kragen anzulegen. Eine volle Stunde verging, bevor der alte Trunkenbold wieder auftauchte. Er trug nun einen plissierten Leinenrock sowie einen Schal, und selbst der wenig modebewusste Semerchet sah diesen Kleidungsstücken an, dass sie älteren Datums sein mussten.

Trotz seines unübersehbaren körperlichen Verfalls machte Kem-weset nun einen recht passablen Eindruck. «Kommt, Semerchet!», rief er und setzte seinen Gehstock entschlossen auf. Die beträchtlichen Mengen an Wein, die er am Morgen in sich hineingeschüttet hatte, schienen ihn nicht weiter zu behindern; zügig bewegte er sich durch das Gewirr aus Straßen und Gassen, ohne auch nur ein einziges Mal zu stolpern. Allein daran erkannte Semerchet, dass er einen geübten Trinker vor sich hatte.

An der Grenze des Ägypterviertels blieben sie am Kanal stehen, damit Kem-weset überlegen konnte, wie sie am schnellsten zur Residenz des Botschafters gelangten.

«Ist schon ein Weilchen her, seit ich da war», stellte er irritiert fest. «Welche Straße nehmen wir denn jetzt ... Man sollte doch meinen, die Babylonier wären fähig, eine gerade Straße zu bauen.»

Der Botschafter residierte, wie sich herausstellte, in einer von Mauern umgebenen Enklave, in der sich auch die Botschaften anderer Länder befanden. Semerchet erkannte die ägyptische Gesandtschaft auf den ersten Blick an den beiden Masten mit der roten und der blauen Fahne, die das Gebäude als offiziellen Vorposten des Königreichs Ägypten auswiesen. Das Haus war äußerst imposant, wie es sich für die Botschaft der bedeutendsten unter den Nationen ziemte, und das strahlende, offenbar erst jüngst erneuerte Weiß sowie die leuchtenden Farben seiner Verzierungen bewirkten, dass Semerchet vor Aufregung Gänsehaut bekam. Der Kontrast zu den Lehmziegelbauten der Umgebung hätte größer nicht sein können. Semerchet musste beim Anblick all dieser Pracht daran denken, wie vernachlässigt der Tempel im Ägypterviertel war und wie das alte Priesterpaar mit dem Hunger zu kämpfen hatte.

Menef war ihm schon jetzt nicht geheuer. Wie konnte jemand sein eigenes Heim zu einem solchen Palast herausputzen und zugleich zulassen, dass die Götter Ägyptens in einem Dreckloch hausten? Obwohl er voreilige Schlussfolgerungen vermeiden wollte, verzogen sich seine Lippen unweigerlich zu einem verächtlichen Ausdruck.

Als Semerchet und Kem-weset näher kamen, schlug ihnen ein Gewirr von Stimmen entgegen. Hinter der nächsten Ecke trafen sie auf vielleicht zweihundert Bittsteller, die im Schatten des Anwesens ausharrten. Sie waren allesamt Ägypter, und in jeder einzelnen Miene spiegelten sich die widersprüchlichen Gefühle von jemandem, der um die Hoffnungslosigkeit seines Unterfangens weiß, wider alle Vernunft aber dennoch auf ein Wunder hofft. Während sich die beiden Neuankömmlinge ihren Weg durch die Menge zum Wachhaus bahnten, bekam Semerchet einiges von ihrem Gemurmel mit.

«… ein Irrtum, man hätte uns niemals hierherschicken dürfen …»

«Mein Untergang war ein korrupter Richter.»

«Wenn er sich nur die Einzelheiten meines Falles anhören würde, die sprechen doch für sich …»

«Für ein so lächerliches Vergehen …, wem hat das schon geschadet?»

Semerchet holte tief Luft. Würde auch seine Geschichte so verzweifelt und so unglaubwürdig klingen? Aber im Gegensatz zu diesen Bittstellern hatte er zwei Schreiben vom ägyptischen Pharao höchstpersönlich vorzuweisen, in denen dieser Naias und Ramis Freilassung anordnete. Semerchet musste sich selbst daran erinnern, dass er dem Botschafter lediglich Fragen über den Verbleib der beiden stellen und ihn nicht etwa bitten wollte, sich für sie einzusetzen.

Nervös wandte er sich an Kem-weset. «Könntet Ihr irgendwie dafür sorgen, dass wir vor den anderen eingelassen werden? Ich meine, falls Menef Euch tatsächlich kennt ...?»

Ein Anflug von Zweifel trübte Kem-wesets Blick, und seine Zuversicht schien wie weggeblasen. «Also, ich denke ... ja, wahrscheinlich schon. Ich spreche mit dem Wachtposten da vorne. Er wird sich bestimmt an mich erinnern – auch wenn es, wie gesagt, schon ein paar Monate her ist ...»

Kem-weset trat zögernd auf das kleine Wachhäuschen neben dem Tor zu und hob die Hand zu einem unsicheren Gruß. Der Botschaftssekretär aber schien ihn gar nicht zu bemerken; ungerührt beschrieb er weiter mit seinem Griffel eine Tontafel. Kem-weset räusperte sich laut.

«Könntet Ihr einen Augenblick für mich erübrigen, Herr?»

Der picklige Schreiber musterte Kem-weset kurz unter gesenkten Lidern hindurch und verzog das Gesicht, als er sah, wen er vor sich hatte. Dann murmelte er etwas zu einem nahen Wachtposten. Dieser noch sehr junge Mann schien fest entschlossen, seinen Vorgesetzten zu beeindrucken; dienstbeflissen setzte er eine finstere Miene auf und herrschte Kem-weset an: «Stell dich gefälligst hinten an, alter Säufer!»

Man kennt Kem-weset hier also tatsächlich, dachte Semerchet, aber anders, als er gehofft hatte.

Als der alte Arzt sich nicht abwimmeln ließ und auf einem

Gespräch mit Menef beharrte – der Botschafter, beteuerte er, werde sich bestimmt an ihn erinnern, zumal er als Arzt in Ägypten einen guten Ruf genieße –, schlug ihm der junge Wachtposten mit voller Wucht den Schaft seiner Lanze an die Kehle. Kem-weset sackte wie eine geopferte Kuh zu Boden und blieb keuchend und seinen Hals umklammernd im Straßenstaub liegen.

Mit einem Aufschrei sprang Semerchet dem alten Mann zur Seite. Kem-wesets Augen quollen hervor, während er unter Tränen nach Luft rang. Semerchet betastete den Hals des Arztes und stellte zu seiner Erleichterung fest, dass seine Luftröhre nicht verletzt war. Als der Alte wieder Luft bekam, hob Semerchet den Kopf und schaute dem jungen Wachtposten geradewegs ins Gesicht.

Was der Wachtposten in Semerchets schwarzen Augen sah, ließ seinen eigenen Blick gleich nicht mehr so wild entschlossen wirken. Der junge Mann blinzelte und schluckte verunsichert. «Das gilt auch für dich», erklärte er mit einem weiteren, wenig überzeugenden Versuch, einen möglichst bedrohlichen Eindruck zu machen. «Du stellst dich hinten an wie alle anderen.»

Semerchet aber starrte ihn nur an. Plötzlich fand der junge Mann seinen Mut wieder und versuchte, durch eine Finte mit seiner Lanze Semerchet zum Rückzug zu bewegen, doch dieser entriss ihm die Waffe und brach sie über dem Knie in zwei Stücke.

Als er dann die beiden Enden der Lanze in einen nahen Kanal warf, brandete in der Menge der Bittsteller Jubel auf. Der schockierte junge Soldat rannte zum Wachhaus und redete aufgeregt auf den Schreiber ein. Ängstlich fixierten die beiden Semerchet, der nun auf sie zukam.

Doch bevor er sie erreichte, öffnete sich plötzlich von innen das Tor der Botschaft. Die Menge stürmte nach vorn, und Semerchet konnte nur mit Mühe verhindern, dass die Leute über den noch immer am Boden liegenden Kem-weset hinwegtrampelten.

Dann erschien ein Ausrufer in einer prächtigen Uniform und stellte sich auf einen Stein. Laut verkündete er, dass der Botschafter an diesem Tag niemanden mehr empfangen werde, da er zum Königspalast bestellt worden sei. Enttäuscht und wütend zugleich stöhnte die Menge wie aus einer Kehle auf.

Im nächsten Augenblick strömte eine ganze Kohorte von Wachen aus dem Tor und begann, sich unter rüdem Einsatz ihrer Lanzenschäfte einen Weg durch die Bittsteller zu bahnen. Semerchet versuchte, über ihre Köpfe hinweg einen Blick in das Anwesen zu erhaschen. An der Tür des Hauptgebäudes sah er eine Sänfte bereitstehen.

Ein kleiner, untersetzter Mann, wohlgenährt und verwöhnt wie eine Tempelkatze, trat ins Sonnenlicht und bestieg die Sänfte. Sein prächtiges Gewand und der Schimmer echten Goldes in seiner zu kunstvollen Zöpfen geflochtenen Perücke verrieten Semerchet, dass es sich nur um Menef handeln konnte. Er hielt seinen von einem Falken gekrönten Amtsstab fest umklammert, während seine livrierten Träger die Sänfte auf ihre Schultern hievten.

Kopfschüttelnd verfolgte Semerchet, wie Menef sich von nicht weniger als vierzig Mann tragen ließ. Fast hätte er bei dem Anblick laut aufgelacht, denn nicht einmal der große Ramses III. hatte so viele Träger gehabt. Die Prunksucht dieses Mannes war unglaublich! Semerchet bedauerte schon fast, dass er sein vom Pharao verliehenes Amtszeichen nicht dabeihatte, mit dem er Menef zweifellos gebührend hätte beeindrucken können.

Als die Sänfte sich allmählich in Bewegung setzte, trat ein schlanker, drahtiger Mann aus dem Tor. Beim Anblick der Menge verzogen sich seine herunterhängenden Mundwinkel zu einem breiten Grinsen, das so gar nicht zu seinen bedrohlich wirkenden, schlangenartig starrenden Augen passen wollte – ein Lächeln wie eine gespenstische Parodie guter Laune, eine Grimasse voller Menschenverachtung und Boshaftigkeit. Mit tiefer Stimme wies der Mann die Wachen an, ihre Peitschen gegen die Menge zu erheben, um den Weg für die Sänfte des Botschafters frei zu machen. Unaufhaltsam drangen die Wachen vor, während sie ihre kurzen Peitschen aus Flusspferdleder auf die Bittsteller niederkrachen ließen. Erste Schreie ertönten, doch die störrische Menge wich nicht zurück. Semerchet spürte den Luftzug, als eine der Peitschen unmittelbar neben seiner Wange knallte. Er wurde allmählich wütend.

Der Ausrufer brüllte seine Befehle heraus. «Auf den Boden!», schrie er. «Auf den Boden vor Pharaos Geliebtem Freund!»

Semerchet konnte es kaum glauben. «Geliebter Freund» war ein Rang, den üblicherweise nur Blutsverwandte des Pharaos innehatten.

Trotz dieses königlichen Titels ignorierte die Menge auch weiterhin den Ausrufer. Als der grinsende Mann merkte, dass sich die Leute von den Peitschen nicht beeindrucken ließen, rief er seinen Männern neue Befehle zu. Nur mit vorgestreckten Lanzen konnten die Soldaten verhindern, dass der Pöbel den Botschafter in seine Gewalt brachte.

Als Menefs Sänfte vorbeigetragen wurde, rief Semerchet: «Botschafter, wo sind Eure Diener Naia und Rami?»

Ruckartig drehte sich Menef in Semerchets Richtung um, und seine Äuglein wirkten plötzlich verängstigt. Er befahl seinen Trägern anzuhalten. «Wer ist das? Was willst du?», rief Menef mit dünner, verdrießlicher Stimme.

«Der Pharao will sie wiederhaben, Menef, und erwartet Euren Gehorsam.»

«Wer bist du? Soll ich mich vielleicht um jede Hure und jeden Verbrecher kümmern, die man zu mir schickt? Ich bin doch kein Kindermädchen. Komm meinetwegen später wieder oder morgen, wenn es so wichtig ist, und stell dich in die Warteschlange, wie alle anderen auch.» Menef wandte den Blick wieder nach vorn und wies seine Träger mit einer nervösen Geste an weiterzugehen.

Semerchet wäre weiter neben der Sänfte hergelaufen und hätte dem Botschafter keine Ruhe gelassen, wäre nicht plötzlich der Kommandeur der Wache mit seinem eiskalten Lächeln vor ihm aufgetaucht. Der Mann hatte in einem Augenwinkel eine winzige Tätowierung – eine kleine Uräusschlange, die wie eine schmutzige Träne wirkte.

Semerchet versuchte, sich an ihm vorbeizudrängen, doch der Mann mit der Schlange versperrte ihm wie ein unverrückbarer Felsblock den Weg. Er stieß Semerchet so rüde beiseite, dass dieser fast zu Boden ging. Dabei grinste er, als wolle er Semerchet zu einem weiteren Versuch auffordern, sich Menef zu nähern.

Mittlerweile aber war der Botschafter schon ein gutes Stück voraus, gefolgt von der Horde verzweifelter, ihn noch immer bestürmender Bittsteller. Als der Mann mit dem Grinsen sah, dass Menef umzingelt war, drehte er sich fast widerwillig um und rannte los, um seinem Herrn zu Hilfe zu eilen.

Semerchet und Kem-weset blieben fast allein in der Straße

zurück, die nun wieder ruhig war. Als der Ermittler sich zu dem Arzt hinabbeugte, um ihm aufzuhelfen, zuckte der alte Mann vor ihm zurück, als rechne er mit Schlägen.

«Keine Angst.» Semerchet redete beruhigend auf ihn ein wie auf ein Kind. «Ich will Euch doch nur auf die Beine helfen. Wie kommt Ihr dazu, etwas anderes anzunehmen? Na los, stützt Euch auf mich. Seid Ihr bereit?»

Der Alte, der noch immer kein Wort herausbrachte, nickte fast unmerklich, und Semerchet zog ihn hoch. Kem-weset schwankte kurz, konnte sich aber auf den Beinen halten. Semerchet hielt ihn an der knochigen Schulter fest und führte ihn langsam zum Ägypterviertel zurück.

Er wollte dem Arzt etwas Tröstliches sagen, doch die Zunge lag ihm wie ein Holzklotz im Mund. Als sie das ägyptische Wohnviertel erreicht hatten, brachte ihn ein plötzlicher stechender Schmerz, der von der Narbe auf seiner Stirn ausging, auf eine Idee.

«Würdet Ihr mir den Gefallen tun und Euch eine alte Verletzung von mir anschauen?», fragte er und rieb sich die Stirn.

Der Arzt schwieg und gab nicht einmal zu verstehen, dass er Semerchet gehört hatte. Er trottete nur weiter die Straße entlang, nach vorn gebeugt, als sei sein Kopf zu schwer, um ihn aufrecht zu halten.

«Ich habe diese alte Wunde auf der Stirn.» Semerchet beschleunigte seinen Schritt und baute sich vor dem Alten auf, sodass dieser stehenbleiben musste. Er hielt ihm seinen Kopf hin, damit Kem-weset die tiefe, gezackte Narbe sehen konnte. «Manchmal brennt sie wie Feuer, und dann dröhnt mir der Schädel wie eine Tempeltrommel. Könnt Ihr etwas dagegen tun?»

In der nun folgenden Stille fürchtete Semerchet schon, der Schlag des Wachtpostens habe den alten Mann um den Verstand gebracht. Dann aber drang in dem langen Schatten der Nachmittagssonne neben dem Kanal, der das Ägypterviertel begrenzte, endlich Kem-wesets unsichere Stimme zu ihm. «Ihr fragt *mich* um ärztlichen Rat?»

«Seid Ihr nicht der beste Arzt in ganz Babylon?»

Kem-weset erwiderte zunächst nichts, doch dann musterte er Semerchets Narbe mit fachmännischem Blick. Fast unmerklich straffte er die Schultern und sprach die rituellen Worte.

«Ich werde Euch heilen. Kommt zu mir, wenn Ihr das nächste Mal Schmerzen habt.»

Im roten Licht der untergehenden Sonne leuchtete der Zikkurat Etemenanki auf wie eine Flamme. Den Blick immer auf diesen Orientierungspunkt gerichtet, kam Semerchet in den gewundenen Straßen der Stadt schnell voran. Bald schon überquerte er den Euphrat auf der großen Brücke und erreichte die andere Flussseite, wo sich der Tempelturm erhob. Kem-wesets Angaben zufolge musste irgendwo in der Nähe der Siechenplatz sein, den Semerchet noch vor Beginn der Ausgangssperre erreichen wollte.

Er war natürlich ebenso neugierig auf den Platz wie alle Reisenden, die das Exotische suchen, doch das war nicht der einzige Grund für sein Kommen. Falls Rami tatsächlich verwundet war, wie Elibar behauptet hatte, würde Semerchet ihn möglicherweise dort finden. Und falls nicht, konnte ihm vielleicht einer der Kranken sagen, ob unter ihnen auch ein ägyptischer Junge gewesen war.

Semerchet roch den Platz schon, bevor er ihn sah. Der für

Kranke so charakteristische süßliche Geruch körperlichen Verfalls und menschlicher Ausscheidungen schlug ihm entgegen. Kurz darauf trat Semerchet aus einer Seitengasse auf den Platz.

Selbst für ägyptische Verhältnisse war der Siechenplatz riesig. Zu Tausenden lagen die Kranken und Verwundeten Seite an Seite im Freien – eine gewaltige Masse sich windenden, lebendigen Fleisches, die sich vom einen Ende des Platzes bis zum anderen erstreckte. Viele lagen auf dem nackten Boden, während die Wohlhabenderen in großen, mit Schnitzereien verzierten hölzernen Betten ruhten. Ihr verzweifeltes Stöhnen und Seufzen mischte sich in Semerchets Ohren mit dem Jammern von Angehörigen, die den nahen Tod ihrer Lieben beklagten.

Als Semerchet sich auf dem Platz umsah, hielt er den Kopf gesenkt, um den flehenden Blicken all derer zu entgehen, die ihn um Hilfe ersuchten. Plötzlich aber fuhr er hoch, als ihm ein merkwürdig gekleideter Priester ins Auge fiel, dessen kupferfarbenes Gewand fischschuppenartig gemustert war.

Dunkel erinnerte er sich daran, dass die Babylonier eine Wassergottheit namens Ea verehrten, die gegen die Dämonen kämpfte, welche für ihre Krankheiten verantwortlich waren. Auch die babylonischen Bestatter, die er irrtümlich für Imker gehalten hatte, waren auf dem Platz tätig. Sie sonderten die Toten aus den Reihen der Kranken aus und brachten sie auf einer Bahre in ein Zelt, wo Krüge voller Honig für ihre sterblichen Überreste bereitstanden. Wieder andere waren mit Wasserkrügen, Binden und Salben unterwegs.

Nach und nach merkte Semerchet, dass die Kranken der Stadt keineswegs so schmählich im Stich gelassen wurden, wie

Kem-weset es unterstellt hatte, sondern von den Priestern in ihren Fischgewändern und deren Helfern durchaus gut verpflegt wurden. Während er weiter zur Mitte des Platzes hin vordrang, fiel ihm auch auf, dass die Priester ihre Patienten entsprechend der Art ihrer Erkrankung gruppiert hatten – ein wohldurchdachtes System, das es sowohl Babyloniern als auch Fremden erlaubte, sich unmittelbar an die Stelle zu begeben, wo sie am wirksamsten helfen konnten.

Semerchet fasste den Mut, einen der Priester anzusprechen. «Könnt Ihr mir vielleicht sagen, wo ich die Kranken mit Kopfverletzungen finde?»

Der Priester deutete in die hinterste Ecke des Platzes, während seine kupferroten Fischschuppen in den letzten Sonnenstrahlen funkelten. Wortlos begab Semerchet sich in den Bereich, den man ihm gezeigt hatte. Einige der Kranken sahen so fürchterlich aus, dass sich ihm bei ihrem Anblick fast der Magen umdrehte. Grauenhafte Wunden, abscheuliche Schwellungen und Missbildungen aller Art boten sich seinem entsetzten Auge dar. Er musste sich zwingen, stieren Blicks zwischen ihnen hindurchzugehen und seine Ohren vor ihrem Flehen zu verschließen, wenn er überhaupt eine Chance haben wollte, sein Ziel zu erreichen.

Als er in der fraglichen Ecke angekommen war, blickte er sich nach Rami um. Die meisten Verletzten in diesem Teil des Platzes waren, nach ihren Wunden zu urteilen, erst in jüngerer Zeit zu Opfern des Krieges geworden. Ein Mann starrte ihn unter einem Kopfverband an, der nur ein einziges, grimmig dreinblickendes Auge freiließ. Dieses Auge wirkte jedoch intelligent genug, sodass Semerchet ihn anzusprechen beschloss.

«Verzeiht mir, wenn ich störe …», begann Semerchet.

Ohne den Kopf zu bewegen, schleuderte der Verwundete mit seinem offenen Auge Semerchet einen wütenden Blick entgegen.

«Ich suche nach einem jungen Ägypter, Rami heißt er. Er würde am Kopf verletzt. Habt Ihr ihn vielleicht zufällig gesehen?»

Doch der Mann mit dem grimmigen Blick starrte ihn nur weiter wortlos an.

«Nach meiner Schätzung muss es vor etwa zwölf Wochen geschehen sein», fuhr Semerchet fort, hielt aber sofort inne, als er die Träne sah, die dem Mann über die Wange kullerte und aufs Pflaster tropfte.

«Von dem bekommt Ihr keine Antwort», sagte eine Stimme hinter Semerchets Rücken.

Semerchet drehte sich erschrocken um. Ein Junge mit einem Wassereimer trat auf ihn zu, kniete nieder, tauchte seinen Schöpflöffel ein und führte ihn an die Lippen des Kranken. Der größte Teil des Wassers rann dem Kranken übers Kinn und sammelte sich in seinem Schoß, doch ein Teil gelangte tatsächlich in seinen Mund.

«Er kann nicht sprechen», erklärte der Junge, während er den Schöpflöffel erneut zum Mund des Mannes führte. «Die Götter haben seinen Verstand verwirrt, und jetzt kann er keinen Finger mehr rühren. Was wolltet Ihr denn von ihm wissen?»

Semerchet wiederholte seine Frage.

«Ein ägyptischer Junge?», überlegte der Knabe. «Soweit ich mich erinnern kann, war hier schon lange kein Ägypter mehr; die Leute aus Eurem Volk haben keine allzu hohe Meinung von unserer Art, mit Kranken umzugehen.»

Semerchet kniete neben dem Jungen nieder und blickte

dem Verwundeten ins Gesicht. «In Ägypten hätten wir einen Arzt, der ihm den Schädel öffnen könnte.»

Der Junge erschauderte. «Wie ich gehört habe, überlebt das keiner wirklich lange.»

Semerchet zuckte mit den Achseln. «Zumindest müssen sie nicht leiden wie dieser Mann hier. Ist das nicht ein schreckliches Leben?»

«Ach, ich weiß nicht», meinte der Knabe nachdenklich und wischte seinem grimmig dreinblickenden Schützling mit einem Lappen über den Mund. «Immerhin füttere ich ihn jeden Tag und kümmere mich um ihn wie um einen Adligen. So gesehen hat er es wahrscheinlich noch nie im Leben besser gehabt.»

«Trotzdem ...» Semerchet stand auf und schüttelte skeptisch den Kopf. Er hoffte, dass die Götter, wenn auch für ihn der Tag des Schmerzes kam, ihm die Gnade eines schnellen Todes erweisen würden. Dann blickte er sich auf dem Platz weiter nach Rami um, auch wenn er im Dämmerlicht die Kranken kaum mehr voneinander unterscheiden konnte.

«Habt Ihr keine andere Behandlung vorzuschlagen, als ihm den Schädel zu öffnen?», fragte der Junge.

«Nein», gestand Semerchet, noch immer die Gesichter der Kranken studierend. «Das ist die einzige Möglichkeit, die ich kenne –»

Die Worte erstarben ihm auf den Lippen, als er den Blick zurück zu jemandem lenkte, der ihm soeben aufgefallen war. Das Gesicht kannte er doch!

«Marduk?», sagte er in seiner Verwunderung laut, bevor er den Namen regelrecht herausschrie: «Marduk!»

Keine fünfzig Schritte von ihm entfernt unterhielt sich sein einstiger Sklave mit einem der Kranken. Marduk fuhr hoch, als er seinen Namen hörte. Selbst im Halbdunkel erkannte Semerchet noch, wie er überrascht die Augen aufriss, bevor er auf eine nahe Gasse zurannte.

Semerchet machte sich sofort an die Verfolgung. Es war nicht einfach, sich den Weg durch die vielen Kranken zu bahnen, doch er wand sich wie ein Aal durchs Schilf. Er sprang über Köpfe hinweg, ohne sich um Schreie und Verwünschungen zu kümmern. Familienangehörige von Kranken duckten sich und starrten ihm nach wie einem Verrückten auf der Flucht, während die Priester in ihren Fischgewändern stirnrunzelnd den Aufruhr beobachteten.

Semerchet erreichte die Gasse nur wenige Augenblicke nachdem Marduk in ihr verschwunden war. Der Mann schien wie vom Erdboden verschluckt. Keuchend blieb Semerchet stehen. Dann rannte er weiter zu einer Stelle, an der sich die Gasse in zwei breitere Straßen teilte. Kein Mensch weit und breit; Semerchet sah auch keine Türen, durch die Marduk hätte verschwinden können.

«Marduk!», rief er wieder und wartete auf eine Antwort. «Marduk!»

Als er sicher war, in der Gasse ganz allein zu sein, wandte Semerchet sich entmutigt um. Er begann schon, an seinen Augen zu zweifeln, aber warum hätte der Mann weglaufen sollen, wenn es nicht Marduk gewesen wäre? Semerchet setzte sich auf den Rand einer nahen Zisterne, des einzigen Bauwerks, in dem Marduk sich versteckt haben konnte. Die Zisterne war jedoch mit einem bronzenen Gitter abgedeckt, dessen Stäbe viel zu dicht beieinanderstanden, als dass ein Mann sich hätte hindurchzwängen können. Um ganz sicherzugehen, rüttelte Semerchet dennoch am Gitter; wie er schon vermutet hatte, war es verschlossen.

Semerchet kehrte auf den Siechenplatz zurück. Ohne auf die wütenden Blicke derer zu achten, über die er so rücksichtslos gesprungen war, suchte er nach dem Mann, mit dem Marduk sich unterhalten hatte. Schließlich fand er ihn unter den Menschen, die an Hautkrankheiten litten. Das Gesicht des Mannes war mit eitrigen Pusteln übersät, und Semerchet musste sich zwingen, nicht auf die großen Hautfetzen zu starren, die sich von seinen Wangen und seinem Kinn schälten.

«Kennt Ihr den Mann von eben?», fragte Semerchet den Kranken unverblümt.

«Wie bitte, mein Herr?», entgegnete der Angesprochene verblüfft.

«Ob Ihr den Mann kennt, mit dem Ihr gerade gesprochen habt und der davongerannt ist, als ich ihn gerufen habe. Marduk heißt er.»

«Nein … nein, mein Herr, tut mir leid.»

«Und worüber habt Ihr Euch unterhalten?»

«Ich – ich habe ihn gefragt, ob er ein Mittel gegen mein Leiden weiß», erklärte der Mann widerwillig. «Das ist hier so üblich.»

Semerchet glaubte ihm kein Wort und schaute ihm aus nächster Nähe tief in die Augen. Dabei stieg ihm der unverkennbare Geruch von Honig in die Nase. Semerchet lächelte; er hatte es sich doch gleich gedacht.

Doch bevor er etwas sagen konnte, drangen plötzlich die tiefen Töne einer Glocke vom Fluss her zu ihnen. Auf dem gesamten Platz lauschten die Menschen ihrem sonoren, trauervollen Klang. Ganze Familien erhoben sich, packten ihre Sachen ein und verabschiedeten sich von ihren Verwandten.

«Was hat das zu bedeuten?», fragte Semerchet.

«Das ist die Glocke an der Brücke. In wenigen Minuten werden die Planken weggezogen, damit nicht irgendwelche Übeltäter sie in der Nacht überqueren können.»

Semerchet musste auf die andere Seite der Flusses zurück. Wenn er nicht rechtzeitig wieder aus dem ägyptischen Tempel kam, gerieten seine beiden Beschatter womöglich in Panik und erstatteten den elamischen Behörden Meldung. Er ärgerte sich, weil er diesen Mann gern weiter ausgefragt hätte – zumal er sich nun ganz sicher war, dass der Kranke nicht die Wahrheit über Marduk gesagt hatte.

«Richtet ihm aus, dass ich ihn gern wiedersehen möchte», sagte Semerchet über die Schulter, während er sich rasch entfernte.

«Glaubt mir doch, mein Herr, ich bin diesem Mann nie zuvor begegnet!»

«Sagt es ihm einfach.»

An der Straße zur Brücke drehte sich Semerchet noch einmal um. «Ich wüsste übrigens etwas gegen Euer Hautleiden!», rief er dem Kranken zu.

Der Mann antwortete nicht, während zahlreiche Köpfe sich in der Dunkelheit zu Semerchet umwandten.

«Wascht Euch das Gesicht ganz einfach mit Wasser!», brüllte Semerchet, dessen Stimme auf dem mittlerweile dunklen Platz widerhallte.

«Wir haben uns schon große Sorgen gemacht, Herr», erklärte der dünnere der beiden Spitzel vorwurfsvoll, als sie vom ägyptischen Tempel durch die Gasse zurückgingen.

«Das tut mir aber leid.»

«Um ein Haar wären wir zu unserem Offizier gegangen.»

«Ich werde versuchen, morgen früher herauszukommen.»

«Wir dachten schon, Euch wäre etwas zugestoßen.»

Schweigend ging Semerchet weiter mit großen Schritten auf seine Herberge zu.

Da es längst dunkel war, mussten seine Beschatter nicht mehr fürchten, mit ihm zusammen gesehen zu werden. Der Dicke keuchte und schnaufte nun hemmungslos. «Und, wo wart Ihr heute, mein Herr?», fragte er leutselig.

«Das wisst ihr doch», erklärte Semerchet.

«Woher denn? Wir haben wie vereinbart den ganzen Tag über vor dem Tempel gewartet; schließlich bezahlt Ihr uns dafür.»

Semerchet lächelte. «Und ich habe gebetet.»

«Euren Daumen bitte.»

Der Priester drückte Semerchets Daumen unter einer rollenden Bewegung sanft in ein Bett aus weichem Lehm. Dann hielt er den Abdruck in das Licht, das durch eine Öffnung im Dach hereinströmte, und verglich ihn mit dem, den Semerchet vor so vielen Wochen auf der Tontafel des Pharaos hinterlassen hatte.

Es war früh am Morgen im Tempel des Marduk, den die Babylonier Esangila nannten. Der Große Amun-Tempel in Theben war zwar von den Dimensionen her weitaus beeindruckender, aber nicht annähernd so opulent ausgestattet wie das Marduk-Heiligtum. Säulen aus Alabaster stützten mit Blattgold überzogene Kassettendecken, und purpurrote, an Silberringen befestigte Vorhänge fielen mit üppigem Faltenwurf auf Mosaikböden aus Malachit, Türkis und Perlmutt. In dem nur durch kleine Öffnungen im Dach erhellten Esangila herrschte ein ständiges heiliges Dämmerlicht vor. Ebenso wie die in die Gewänder der Priester eingewobenen Gold- und Silberfäden schien alles in diesem Tempel für den Schimmer von Öllampen und Fackeln geschaffen.

«Scheint alles in Ordnung zu sein, mein Herr.»

Der Priester bedeutete Semerchet, ihm in den hinteren Bereich des Gebäudes zu folgen. Bald erreichten sie die kühlen Gewölbe, in denen die Priester ihre Schätze aufbewahrten.

«Wenn Ihr bitte hier an dieser Stelle in Keilschrift unterschreiben würdet ...?», sagte der Priester leise und schob Semerchet eine unbenutzte Tontafel zu. Auf einem mit Einlegearbeiten verzierten Tisch aus Zitrusholz standen bereits mehrere Säcke bereit, jeder randvoll mit Gold.

Semerchet blinzelte überrascht. «Aber das kann doch gar nicht alles für mich sein.»

«Ich versichere Euch, mein Herr, das ist genau der Betrag auf der Tafel, die Ihr eingereicht habt. Wollt Ihr nicht nachzählen ...?»

«Ich kann das ja nicht einmal alles tragen!»

«Vielleicht könnten Eure Diener ...?»

«Habe ich nicht.»

In den Augen des Priesters funkelte eine Spur von Misstrauen auf. Ein Mann, der sich nicht einmal Diener leisten konnte, beanspruchte das Gold des Pharaos für sich? Dann schlug der Priester vor, Semerchet solle doch erst einmal nur so viel mitnehmen, wie er tragen könne, und den Rest später abholen. Er glättete die Zahlen, die er zuvor in die tönerne Empfangsbestätigung gekritzelt hatte, und ersetzte sie kurzerhand durch den neuen Betrag.

«Keine Angst, mein Herr; Euer Gold ist bei uns in besten Händen.»

Semerchet drückte noch einmal seinen Daumen in den Lehm. Als er den Raum verließ, war sein Gürtel voll mit goldenen Ringen. Nie zuvor hatte er derartige Werte mit sich herumgeschleppt. Und dabei lagen in seiner Herberge noch vier weitere Tafeln des Pharaos …

Als Semerchet an seinen König dachte, überkamen ihn plötzlich Schuldgefühle. Seit seiner Ankunft in Babylon hatte ihn die Rettung Naias und Ramis so sehr beschäftigt, dass er nicht einen Gedanken an seinen eigentlichen Auftrag verschwendet hatte: dem Pharao Bel-Marduks Standbild zu bringen. Aber da ich nun schon einmal im Esangila bin, dachte Semerchet, kann ich mir die Statue auch gleich anschauen – und sei es nur, um besser abschätzen zu können, welchen Aufwand ihr Transport nach Ägypten erfordert.

Er reihte sich in die Schlange ein, die sich über eine lange Rampe hinab in das unterirdische Heiligtum bewegte. Erst nach über einer Stunde Wartezeit gewährten die Tempelwächter ihm Einlass zu Babylons meistverehrtem Götterstandbild.

Der sanfte Singsang von Frauen erfüllte die Hallen, während ihn das überwältigende Aroma von Myrrhenrauch einhüllte. Semerchet reckte sich, um einen Blick auf das Götterbild zu erhaschen, doch die Masse von Gläubigen vor ihm versperrte ihm die Sicht. Auch wenn er keine bestimmten Erwartungen hegte, war er zunächst eher enttäuscht, als er die Statue unter ihrem Baldachin aus Goldstoff erblickte. Das Standbild war nicht größer als er selbst und nicht einmal sonderlich kunstvoll gearbeitet. Bei genauerem Hinsehen konnte er an einem abgebrochenen Zeh sogar das hölzerne Innenleben der Statue erkennen.

Der in grobschlächtigem, archaischem Stil modellierte bärtige Gott trug eine hohe Krone und einen Gürtel aus sternförmigen Rosetten um die Taille. Sein sanftes Lächeln wirkte auf Semerchet unvorteilhaft wie das eines Schwachsinnigen. In der linken Hand hielt der Gott ein Zepter vor der Brust, während er die rechte zum Gruß nach vorn streckte.

Wie der Pharao Semerchet erklärt hatte, ergriff jeder neue König von Babylon zu Beginn seiner Herrschaft die ausgestreckte Hand der Statue, um sich die göttliche Zustimmung einzuholen. Mittlerweile waren die Finger fast vollständig abgewetzt und die Hand kaum mehr als solche zu erkennen. Wie viele Könige, fragte sich Semerchet, und wie viele Jahrtausende hatten diese Hand wohl so schmal werden lassen?

Als Semerchet sich vor Augen führte, welches Maß an Verehrung dem Gott über die Jahrhunderte zuteil geworden sein musste, wuchs sein Respekt vor ihm. Er hatte das vielleicht älteste Götterstandbild der Welt vor sich. Plötzlich fiel ihm wieder ein, was der Pharao ihm zugeflüstert hatte: «Ich werde die Hand der Gottheit ergreifen und von jeglicher Krankheit geheilt.» Beim Anblick der goldenen Hand, die so vielen Königen erst ihre Macht verliehen hatte, konnte Semerchet sich zum ersten Mal vorstellen, dass der dem Standbild innewohnende Zauber dem Pharao vielleicht tatsächlich helfen könnte, wieder gesund zu werden.

Semerchet blieb in die Betrachtung der Statue versunken, bis ein Tempelwächter ihm zuflüsterte, er müsse nun den Raum verlassen, damit auch andere Gläubige der Gottheit ihre Aufwartung machen könnten. Wieder in der Vorhalle angelangt, stellte er zu seiner Überraschung fest, dass er bereits von einem jungen Priester erwartet wurde.

«Seid Ihr der ehrwürdige Semerchet?», fragte der Mann.

Semerchet nickte.

«Der ehrwürdige Großmagus Adad würde gerne mit Euch sprechen.»

«Mit mir?», fragte Semerchet verblüfft.

Der junge Priester nickte und deutete auf eine kleine, unscheinbare und vor den Blicken der Öffentlichkeit verborgene Tür am Ende der Halle, hinter der eine schmale Treppe in das zweite Stockwerk des Tempels hinaufführte.

Die Räume des Großmagus waren ebenso dunkel und still wie das Heiligtum des Gottes. Der junge Priester legte den Zeigefinger an die Lippen und deutete mit einem Kopfnicken in Richtung des hinteren Bereichs. Semerchet erblickte schließlich im Dämmerlicht den Rücken eines Mannes, der an einem steinernen Altar mit irgendetwas beschäftigt war. Der junge Priester schloss die Tür leise hinter sich, und Semerchet war mit Adad allein. Im selben Augenblick stieg ihm der eisenhaltige, salzige Geruch frischvergossenen Blutes in die Nase.

«Ich bin gleich fertig, ehrenwerter Semerchet», rief Adad ihm in beruhigendem Tonfall zu, der so gar nicht zu seinen nächsten Worten passen wollte. «Ich habe gerade Eure Leber gedeutet.»

Semerchet sah zu den Füßen des Magus den Kadaver eines geopferten Zickleins mit halbgeschlossenen Augen und heraushängender Zunge liegen. Als Adad sich vom Opfertisch abwandte, waren seine Hände grün von Galle. Er wusch sie in einem Wasserbecken und wandte sich dann an Semerchet.

«Ich bin enttäuscht», meinte Adad beiläufig, während er sich an einem Tuch die Hände trocknete. «Die Leber des Zickleins war heute nicht eindeutig und hat mir recht unterschiedliche Dinge gesagt. Ich hatte gehofft, mehr über Euch in Erfahrung zu bringen.»

«Wenn der ehrenwerte Großmagus etwas über mich erfahren möchte, braucht er mich nur zu fragen.»

Adad musterte Semerchet abschätzig. Der Magus war ein hochgewachsener, kräftiger Mann mit dem Bart eines Gottes.

«Worte wurden erfunden, um die Wahrheit zu verschleiern», erklärte er. «Nur eine Leber lügt nie. Aber so verschwommen ihre Aussagen auch waren, konnte ich ihr doch das eine oder andere Interessante über Euch entnehmen.»

Semerchet lauschte seinem Gastgeber mit dem Ausdruck höflicher Neugierde.

«So hat sie mir beispielsweise erzählt, dass Ihr hier auf der Suche nach jemandem seid. Genau genommen sogar nach zwei Personen.»

Semerchets Miene blieb ausdruckslos.

«Des Weiteren hat sie mir verraten, dass Ihr und Euer Pharao hier in Babylon einen geheimen Plan verfolgt.»

Semerchet starrte den Magus weiter unverwandt an.

«Und dass Ägyptens Reichtum für dieses Unterfangen in die Waagschale geworfen wurde.» Semerchets Schweigen irritierte Adad so sehr, dass er plötzlich die Geduld verlor. «Was ist denn mit Euch los – seid Ihr stumm? Habt Ihr zu alldem gar nichts zu sagen?»

Semerchet zuckte mit den Achseln. «Ich würde sagen, dass Euch die Leber auch nicht mehr erzählt als das, was Ihr bei der Durchsuchung meines Gepäcks gestern Nacht herausgefunden habt.»

Adad sog kurz und scharf die Luft ein. «Zweifelt Ihr etwa an meiner Fähigkeit, Lebern zu lesen?»

«Allmählich schon.»

Adad biss mehrmals die Zähne aufeinander, bevor er antwortete. Kaum einer hatte je so respektlos zu ihm gesprochen. Nervös lief der Großmagus im Raum umher, ohne Semerchet auch nur eines Blickes zu würdigen. Als er sich dann auf seinen Stuhl setzte, trommelten seine Finger auf die Armlehne aus Elfenbein. «Da der Herr über Alles uns die Gabe der göttlichen

Prophezeiung verliehen hat, sind Bel-Marduks Magi auf gemeines Herumschnüffeln nicht angewiesen», erklärte er entschieden. «Aber wenn Ihr tatsächlich so ehrlich seid, wie Ihr zu sein vorgebt – warum gesteht Ihr dann nicht einfach, dass Ihr gekommen seid, um unser heiliges Götterbild nach Ägypten zu entführen?»

«Hat Euch das die Leber erzählt?»

«Ich will Euch nichts vormachen, Semerchet. Botschafter Menef hat mich sofort darüber informiert, dass der Pharao an unserem Gott interessiert ist, kaum dass Ramses' Kurier in Babylon eingetroffen war.»

Semerchet enthielt sich erneut jeglicher Reaktion. Stattdessen überlegte er, was Menef veranlasst haben könnte, Adad mit derart vertraulichen Informationen zu versorgen – ein Vorgehen, das man ohne weiteres als Geheimnisverrat einstufen konnte. Hatte der Botschafter etwa die Absicht, Semerchet auszustechen und das Standbild selbst nach Ägypten zu schicken, um sich die Gunst des Pharaos zu sichern? Im Grunde war es Semerchet mehr oder weniger egal, wem es letztlich gelang, den Besuch der Statue in Ägypten zu arrangieren. Falls Menef bereits entsprechende Vorkehrungen getroffen hatte, sollte ihm das recht sein, weil er sich dann voll und ganz auf die Suche nach Naia und Rami konzentrieren konnte.

Doch falls dem so war – was bezweckte dann dieser Hohepriester Adad damit, dass er ihn ausspionierte? Wenn der Besuch des Götterstandbilds in Ägypten ohnehin bereits arrangiert war, wozu dann das ganze Gerede?

«Und hat Botschafter Menef sein Ziel erreicht?», fragte Semerchet. «Habt Ihr ihm erlaubt, das Standbild zu einem Besuch nach Ägypten mitzunehmen?»

«Ich bin nicht befugt, eine solche Erlaubnis zu erteilen. Das liegt ganz allein in König Kutirs Macht.»

Semerchet gab laut seinen Zweifeln Ausdruck. «Aber warum hat sich Menef dann an Euch gewandt statt an ihn?»

Adad senkte den Blick. Er betrachtete seine Hände und zupfte nervös an den Quasten seines Brustschmucks herum. «Weil die Magi in einer solchen Angelegenheit selbstverständlich konsultiert werden müssen.» Dann hob er den Kopf und schaute Semerchet wieder in die Augen. «Weil nur wir beurteilen können, wie der Gott dazu steht.»

«Dann hoffe ich, dass Ihr in dieser Angelegenheit eine bessere Figur macht als bei der Leber», meinte Semerchet geringschätzig. Da er sich von dem Gespräch nichts mehr erwartete, beschloss er, sich zurückzuziehen; er streckte die Hände in Kniehöhe zum Gruß und wandte sich um. Als er zur Tür kam, gebot Adad ihm mit schneidender Stimme Einhalt.

«Einen Augenblick noch, Semerchet.»

Der Angesprochene drehte sich noch einmal zum Großmagus um.

«Vor langer Zeit marschierte schon einmal ein König von Elam in Babylon ein. Er legte seine unheiligen Hände an das Standbild und ließ es in Ketten nach Susa schaffen.» Adad legte eine künstliche Pause ein, um seine Worte wirken zu lassen. «Danach gab es zunächst eine Missernte, dann kam die Pest. Die elamischen Armeen blieben sieglos. Ihre Könige starben einer nach dem anderen. Am Ende brachten sie das Standbild freiwillig zurück und bezahlten uns in purem Gold dafür, dass wir den Fluch der Gottheit wieder von ihrem Land nahmen.»

Semerchet begriff, dass der Hohepriester ihn warnen wollte, fragte aber dennoch: «Und warum erzählt Ihr mir das alles, ehrenwerter Großmagus?»

«Weil unweigerlich solche Dinge geschehen, wenn der Herr über Alles gegen seinen Willen aus Babylon entfernt wird.»

«Seht mich an», erwiderte Semerchet. «Habe ich etwa Armeen bei mir? Oder Waffen? Ich trage nicht einmal ein Messer.»

«Das nicht», räumte Adad ein, «aber dafür verströmt Ihr den Geruch von Gewalt und Chaos. Wie ich gehört habe, geltet Ihr in Ägypten als ‹Jünger des Seth›; man sagt, Ihr könntet eine ganze Nation ins Unglück stürzen, wenn Ihr nur durch sie hindurchschreitet.»

Semerchet zuckte mit den Schultern. «Ich bin nicht Euer Feind. Es stimmt, dass ich meinem König zuliebe dieses Standbild nach Ägypten bringen möchte, aber Ihr entscheidet, ob es dazu kommt. Aus meiner Sicht besteht meine Aufgabe lediglich darin, Euch – und König Kutir – von den Vorteilen zu überzeugen, die ein solcher Besuch für unsere beiden Völker mit sich bringen würde.»

«Und wenn die Magi beschließen, dass Bel-Marduks Standbild in Babylon bleiben muss, selbst wenn der König Euch seine Zustimmung erteilen sollte?»

Endlich begriff Semerchet, warum man ihn zu Adad gerufen hatte. Die Statue war zum Symbol eines Machtkampfes zwischen dem Eroberer Kutir und dem babylonischen Klerus geworden. Die Priester fürchteten, der elamische Eroberer könnte das Götterstandbild gegen ihren Willen ins Ausland schicken und sie damit ihrer Macht berauben. Adad wollte Semerchet offenbar mit allem Nachdruck darauf aufmerksam machen, dass es letztlich auf die Zustimmung der Magi ankam.

«Ich würde nie zulassen, dass Ägypten von den Plagen

befallen wird, die Ihr aufgezählt habt», antwortete Semerchet.

Adad spitzte den Mund. Unwillkürlich wanderte sein Blick wieder zu der Zickleinleber auf dem Tisch neben ihm, bevor er Semerchet mit einer gebieterischen Geste entließ.

Im Botschaftsviertel ging die einzige Aktivität von den energisch vorgetragenen Finten und Paraden eines jungen Wachmannes aus, der im Schatten der hohen Mauern der ägyptischen Gesandtschaft an seiner Fechtkunst feilte. Es war derselbe junge Mann, der am Vortag Kem-weset mit dem Schaft seiner Lanze niedergeschlagen hatte.

Entschlossen stieß er unter lautem Stöhnen mit seiner Waffe ins Leere. In Gedanken hackte er den Mann in Stücke, der seine Lanze zerbrochen und ihn damit unendlich gedemütigt hatte. Noch immer klang ihm das schallende Gelächter seiner Kameraden im Ohr, die einfach nicht fassen konnten, wie mühelos Semerchet ihn entwaffnet hatte. Schlimmer noch: Sie hatten erklärt, er müsse seine neue Lanze aus eigener Tasche bezahlen. Das war der Sold eines ganzen Monats!

Er schämte sich so sehr, dass er schwor, sich nie wieder derart übertölpeln zu lassen. Er wollte im Umgang mit dem Schwert so vollkommen werden, dass er bei seiner nächsten Begegnung mit diesem misslaunigen schwarzäugigen Ägypter besser vorbereitet war. Bei jedem Stoß und jedem Schlag stellte er sich vor, wie er Semerchet aufspießte und dieser blutend vor ihm stand. Bald schon lief ihm der Schweiß in Strömen von der Stirn.

Sein Hass brannte heißer als die sengende Sonne. In seiner Rachsucht merkte der junge Mann nicht einmal, wie ihn ein Fremder aus einer angrenzenden Gasse heraus beobachtete.

Während der Wachtposten noch gegen seinen imaginären Feind ankämpfte, näherte sich der Fremde dem Tor der Botschaft. Als der Sekretär im Wachhaus ihn bemerkte, versuchte er verzweifelt, den jungen Wächter auf den Fremden aufmerksam zu machen.

«Was ist denn?», fragte der Junge, der die Grimassen des Schreibers nicht zu deuten wusste. Erschöpft stützte er sich auf sein Schwert und wischte sich den Schweiß von der Stirn.

«Hinter dir!»

Der panische Unterton in der Stimme des Schreibers ließ den jungen Wachtposten keuchend herumfahren. Der Mann, den er in seiner Phantasie so wütend bekämpft hatte, stand direkt vor ihm – und das auch noch mit einer langen, furchterregenden Lanze in der Hand. Dem Jungen drehte sich zu seiner Beschämung fast der Magen um.

«Seid Ihr …», begann der Wachmann, doch seine Stimme versagte. «Seid Ihr gekommen, mich zu töten?»

«Was?», entgegnete Semerchet entgeistert. «Natürlich nicht.»

«Warum seid Ihr dann hier?», fragte der junge Mann, noch immer mit kraftloser Stimme. «Und was wollt Ihr damit?» Er deutete auf die Lanze.

«Die wollte ich dir geben.» Der Junge zuckte zurück, als Semerchet ihm die Waffe hinhielt. «Ich hätte deine Lanze gestern nicht zerbrechen dürfen. Ich möchte mich dafür entschuldigen.»

Völlig vor den Kopf gestoßen, streckte der junge Mann zögerlich die Hand nach der Lanze aus. Als er ihr Gewicht spürte, wurde ihm klar, dass sie von weitaus besserer Qualität war als alles, was die Botschaft ihm bislang an Waffen zur Verfügung gestellt hatte.

«Trotzdem hättest du meinen Freund nicht so schlagen dürfen», fuhr Semerchet fort. «Er ist zu alt dafür. Du hättest ihn umbringen können.»

Vielleicht war es die besonnene Stimme des Mannes, die dem Jungen die Schamröte ins Gesicht trieb. «Man hat mir befohlen, dafür zu sorgen, dass er den Botschafter nicht belästigt», murmelte er entschuldigend.

«Das bezweifle ich nicht, aber man kann Befehle immer auf verschiedene Art befolgen. Das ist so ähnlich wie beim Unterschied zwischen der Jagd auf ein Nilpferd und der auf einen Hasen.»

Der Junge blickte ihn verwirrt an. «Was wollt Ihr damit sagen?»

«Kem-weset ist nur ein alter, müder Hase. Ein kleiner Pikser mit der Speerspitze in seinen Hintern hätte ausgereicht, um ihn zu verscheuchen. Du aber bist auf ihn losgegangen wie auf ein Nilpferd. Verstehst du jetzt, was ich meine?»

«Ich denke schon», murmelte der Junge. Er hob die Lanze, um ein Gefühl für ihr Gewicht und ihren Schwerpunkt zu bekommen. «Aber ... aber warum habt Ihr mir diese Lanze gebracht?»

«Ich war selber einmal ein junger Wachmann. Ich weiß noch ganz genau, wie wir bestraft wurden, wenn etwas mit unseren Waffen passiert ist.»

«Ihr wart Wachmann?»

Semerchet nickte. «Bei einer Karawane.»

In der Miene des jungen Mannes spiegelte sich das ganze Spektrum seiner gemischten Gefühle, doch schon bald hatte sich der letzte Rest von Hass auf Semerchet verflüchtigt. «Danke», brachte er verlegen hervor.

Semerchet blickte zu dem Schreiber hinüber, der noch immer mit weit aufgerissenen Augen im Wachhaus saß. «Vielleicht solltest du deinem Freund jetzt erklären, dass ich nicht gekommen bin, um dich zu töten. Ich möchte euch beiden nur ein paar Fragen stellen.»

Neues Misstrauen trübte den Blick des Jungen. «Habt Ihr mir deshalb die Lanze gegeben?»

«Du kannst sie in jedem Fall behalten.»

«Menef ist nicht da. Er hat die letzte Nacht im Palast verbracht.»

«Ich möchte sowieso lieber mit dir sprechen – und mit deinem Freund da drüben im Wachhaus.»

Der junge Wachtposten blieb einen Augenblick stumm, als müsse er sich seine Antwort erst noch überlegen. «Also gut, aber es kommt darauf an ...»

«Worauf?»

«Was Ihr uns fragen wollt.»

«Ja ... doch», räumte Nes-Amun, der Schreiber im Wachhaus, ein. «Sie war genauso schön, wie Ihr sagt – für eine Dienstmagd jedenfalls. Aber das soll nicht heißen, dass sie besonders entgegenkommend gewesen wäre; außerdem war sie für meinen Geschmack eine Spur zu alt.»

Semerchet musste sich schwer zusammennehmen, um den Schreiber nicht zu ohrfeigen. Er mochte den schlüpfrigen Unterton nicht, mit dem dieser Kerl über Naia sprach, nachdem Semerchet seinem Gedächtnis endlich auf die Sprünge geholfen hatte. Da der pickelige junge Mann aber schon seit zwei Jahren in der Gesandtschaft arbeitete und sich an viele Bedienstete erinnerte, die mit Menef aus Ägypten gekommen waren, blieb Semerchet nichts anderes übrig, als seinen fragwürdigen Charakter und seine unschönen Worte zu ertragen.

«Ja, sie war hier und der Junge auch, das kann ich Euch ja sagen – auch wenn ich mich eigentlich nur an die erinnern darf, die noch immer hier arbeiten.»

«Wisst Ihr auch noch, was aus ihnen geworden ist?»

Nes-Amun schüttelte den Kopf. «Wir haben so viele Bedienstete. Mit jeder Karawane kommen die hordenweise. Inzwischen muss halb Ägypten hier sein, vor allem nach der Verschwörung gegen den alten Ramses letztes Jahr.»

«Schickt man sie alle zu Menef?»

Nes-Amun nickte gleichgültig. «Er hat das Recht, mit ihnen nach eigenem Gutdünken zu verfahren.»

«Und was macht er mit ihnen?»

«Nun ja, einige gehen natürlich zu seinen Freunden, sofern sie halbwegs gebildet sind und gut genug aussehen. Die meisten aber schickt er weiter nach Eschnunna.»

«Wohin?»

«Auf den Sklavenmarkt von Eschnunna, rund sechs Meilen nordöstlich von hier.»

Semerchet wurde leichenblass. «Er verkauft ihre Arbeitsverträge an die Sklavenhändler weiter?»

«Klar, und dabei macht er einen satten Reibach.» Nes-Amun war wie viele der Staatsbediensteten, die Semerchet von Ägypten her kannte; voller Neid fielen sie ihren Arbeitgebern bei der erstbesten Gelegenheit in den Rücken. «Er kriegt mindestens dreißig oder vierzig Deben Silber pro Kopf. Wenn der nach Ägypten zurückkehrt, ist er stinkreich, dieser Glückspilz.»

Falls Naia und Rami tatsächlich an die Sklavenhändler übergeben worden waren, konnten sie an jeden beliebigen Ort Babyloniens verkauft worden sein – oder, schlimmer noch, sogar ins Ausland. Wie sollte er sie da finden? Die Hauptstadt war schon unüberschaubar groß; sollte er jetzt auch noch das ganze Land absuchen? Dann aber fiel ihm wieder ein, dass Rami Elibars Worten zufolge irgendwo in den nordwestlichen Außenbezirken Babylons zwischen den beiden Flüssen überfallen worden war, und sein Herzschlag beruhigte sich ein wenig.

«Rami war auf einem Landgut», erklärte er, «irgendwo im Nordwesten, außerhalb der Stadtmauern Babylons. Wisst Ihr zufällig, ob Menef in der Gegend jemanden kennt?»

«Der kennt alle möglichen Leute.»

«Aber Ihr geht davon aus, dass sie höchstwahrscheinlich auf den Sklavenmarkt geschickt worden sind?»

Nes-Amun zuckte mit den Achseln und kratzte sich sein pickliges Gesicht. «Woher soll ich das wissen? Das müsst Ihr Menef schon selber fragen.»

«Das habe ich auch vor.»

Nes-Amun versuchte vergebens, ein höhnisches Lachen zu unterdrücken. «Falls er Euch überhaupt empfängt», wandte er ein. «Was ich allerdings stark bezweifle, er empfängt nämlich *niemanden*. Ich muss es ja wohl wissen; schließlich bin ich derjenige, der darüber entscheidet, wer durch dieses Tor kommt oder geht», fügte er wichtigtuerisch hinzu.

Semerchet klärte Nes-Amun nicht darüber auf, dass er der Sondergesandte des Pharaos war und somit im Rang über dem Botschafter stand. Die beiden jungen Männer sollten ihn ruhig für einen gewöhnlichen ägyptischen Bürger halten, der nach seiner bedauernswerten Frau suchte. Als er sich von seinem Hocker erhob, fühlte er sich erschöpft. Nach Nes-Amuns Antworten musste er seine Nachforschungen mit einem Schlag auf ein sehr viel größeres Gebiet ausdehnen.

Semerchet nickte dem jungen Wachtposten zu, der in der

Ecke der Hütte sorgfältig die Klinge seiner neuen Lanze schärfte. «Viel Spaß mit der Waffe», verabschiedete er sich von dem Jungen. «Aber erst, wenn du den Unterschied zwischen einem Nilpferd und einem Hasen begriffen hast, klar?»

Lächelnd nickte der junge Wachtposten ihm zu.

Wieder in seiner Herberge, fragte Semerchet einen seiner priesterlichen Gastgeber, ob man ihm eine schnelle Transportmöglichkeit nach Eschnunna besorgen könne. Kaum hatte er seinen Wunsch geäußert, leuchteten die Augen des Priesters auf.

«Wünscht der ägyptische Herr ein Sklavenmädchen, das ihm heute das Bett wärmt?», fragte er mit lüsternem Grinsen.

«Nein danke.»

«Dann vielleicht einen Jungen? Was ist schon ein Stück Lammfleisch ohne den Knochen, nicht wahr?»

Semerchet unterbrach den Mann mit erhobener Hand. «Ich will auch keinen Jungen, sondern nur eine Sänfte mit schnellen Trägern. Noch besser wäre ein Karren, falls Ihr einen habt. Ich bezahle natürlich dafür.»

Zufällig verfügte die Herberge über einen eigenen Pferdewagen mit Fahrer, den der Gott Marduk, wie der Priester versicherte, Semerchet gern für einen Tag zur Verfügung stellen würde.

«Ist er auch wirklich schnell?»

«Ganz bestimmt, mein Herr. Die Pferde sind flink wie der Wind, und der Wagen selbst, eine Art Streitwagen, ist aus Schilfrohr und somit federleicht!»

Semerchet wartete in der sengenden Sonne auf das Gefährt. Als die Pferdeknechte es aus der Stallung brachten, fiel ihm sofort der energiegeladene Gang der beiden hellen, cremefarbenen Pferde auf. Der Kutscher deutete zwar eine kurze Verbeugung in Semerchets Richtung an, ließ die Zügel dabei aber keinen Augenblick locker; er hatte alle Mühe, die Pferde im Zaum zu halten, während sein Fahrgast auf den Wagen stieg.

Semerchet stand neben ihm, als der Fahrer in die Prozessionsstraße einbog. Wie immer war die Straße überfüllt von Fußgängern, Sänften und Karren, sodass an ein zügiges Vorwärtskommen nicht zu denken war. Semerchet kam es wie eine halbe Ewigkeit vor, bis sie endlich zu dem im Nordosten der Stadt gelegenen, nach der göttlichen Mutter des Bel-Marduk benannten Damkina-Tor gelangten. Semerchet erklärte den elamischen Wachtposten, er wolle sich einmal den Sklavenmarkt von Eschnunna ansehen. Während die Soldaten auf einer offiziellen Liste von Personen, die unter königlicher Überwachung standen, seinen Namen suchten, machten sie jede Menge schlüpfrige Anspielungen auf seine Fahrt. Schließlich ließen die Elamer sie passieren, und endlich hatten sie die Landstraße nach Nordosten erreicht. Vor ihnen breitete sich unter dem fahlen Himmel in der flirrenden Hitze die Flussebene aus. Da es Mittag war, herrschte wenig Verkehr, und sie kamen ungehindert voran. Lediglich ein paar elamische Patrouillen waren in dem Flusstal unterwegs, während die meisten Menschen sich vor der schlimmsten Tageshitze in ihre Häuser verkrochen hatten.

«Haltet Euch jetzt gut fest, Herr», murmelte der Fahrer.

Semerchet klammerte sich an den Rahmen aus Schilfrohr, der den Wagen zusammenhielt, und stemmte sich mit den Füßen gegen die hölzerne Bodenplatte. Der Kutscher redete so leise auf seine Pferde ein, dass Semerchet nicht verstand, was er sagte. Wiehernd stupsten die Pferde einander mit den Nasen an, als amüsierten sie sich über eine Verschwörung. Dann spürte Semerchet, wie die Räder vom Boden abhoben …

Semerchet schrie entsetzt auf. Er war nicht einmal mehr sicher, ob seine Füße noch den Boden des Wagens berührten. Die Pferde rasten quer über das freie Feld, ohne auf herumliegende Steine zu achten, und Semerchet rechnete jeden Augenblick damit, dass die Räder in Stücke brechen würden. Vergeblich trommelte er auf den Rücken des Kutschers ein, wenn er ausnahmsweise einmal wagte, eine Hand vom Rahmen des Wagens zu lösen, doch der Mann reagierte weder auf Zurufe noch auf Schläge. Am Ende blieb Semerchet nichts weiter übrig, als sich in sein Schicksal zu ergeben und sämtliche Gottheiten Ägyptens anzuflehen, ihn noch ein wenig am Leben zu lassen.

Schon nach kürzester Zeit erhoben sich vor ihnen die niedrigen Mauern von Eschnunna aus der Ebene, und wenige Minuten später waren sie in der Stadt. Als er endlich unter wüsten Flüchen vom Wagen springen konnte, wankte Semerchet wie ein betrunkener Seemann hin und her. Während er sich noch abmühte, das Gleichgewicht wiederzufinden, führte der Kutscher seelenruhig die schnaubenden Pferde in eine nahe Stallung. Wann immer Semerchet nach Babylon zurückzufahren gedenke, erklärte er, werde er ihn dort finden.

Als Semerchet endlich wieder einigermaßen gerade gehen konnte, ließ er den Blick über die kleine Ortschaft schweifen. Sie bestand im Wesentlichen aus niedrigen Hütten, in denen die Massen ständig neu ankommender Sklaven untergebracht wurden. Bewaffnete Wächter beaufsichtigten die weitläufigen Plätze, auf denen die Sklaven versammelt waren, deren Zahl nach dem Einfall der Elamer stark angewachsen war. Die meisten von ihnen wirkten jedoch zu Semerchets Verblüffung keineswegs unglücklich; statt lautstark ihr trauriges Schicksal zu beklagen, wie Semerchet es erwartet hatte, schienen sie sich in ihr Los zu fügen und keinerlei Hass für ihre Bewacher zu empfinden. Dann fiel sein Blick auf die Podeste, auf denen die Sklavenhändler ihre Ware anpriesen. Auf Palmstämme genagelte Schilder kündigten bevorstehende Versteigerungen an. «Kräftige, gesunde Männer aus Subartu!» hieß es auf dem einen, «Erstklassige Mädchen aus Lullu, garantiert keines über fünfzehn» auf einem anderen.

Wie es schien, fanden die Versteigerungen nur an zwei Tagen in der Woche statt, nicht aber an diesem Tag. Nur hin und wieder kam Semerchet in den engen, beinahe menschenleeren Gassen ein Kaufmann entgegen, und so erreichte er schon nach kürzester Zeit die Häuser der Sklavenhändler.

Die Händler saßen so dicht aufeinander, dass jeder über die Geschäfte seiner Konkurrenten bestens Bescheid wusste. Semerchet brauchte nur einen von ihnen zu fragen, um herauszufinden, wer das Monopol auf ägyptische Sklaven hatte. Der Mann hieß Lugal und genoss gerade seine nachmittägliche Ruhepause, als Semerchet an seiner Tür erschien. Trotz der Störung erhob er sich willig von seinen Kissen, jederzeit bereit für ein kleines Geschäft. Wie die meisten Babylonier mittleren Alters war er breitschultrig und wohlbeleibt. Allerdings trug er keinen Bart, und selbst am Körper hatte er sich sämtliche Haare abrasiert. Die Sklaven aus den barbarischen Ländern seien oft vollkommen verlaust, erklärte er. Da er im Rahmen seiner Arbeit sämtliche Neuankömmlinge aus nächster Nähe zu begutachten habe, sei es besser, unbehaart zu bleiben. Auf der Stelle verspürte Semerchet den beinahe unwiderstehlichen Drang, sich zu kratzen.

Lugar rief laut nach Bier. Sogleich stellte ein Diener eine

große Schüssel mit zwei biegsamen Schilfhalmen mitten in den Raum, worauf sich der Sklavenhändler und Semerchet niederließen. Lugals geschäftsmäßiges Lächeln erstarrte jedoch ein wenig, als Semerchet durchblicken ließ, dass er kein hübsches Mädchen – und auch keinen Knaben – zu kaufen gedenke, sondern ihm lediglich ein paar Fragen bezüglich früherer « Waren » stellen wolle.

« Natürlich bezahle ich Euch für Euren Zeitaufwand », fügte Semerchet hinzu. « Ihr seid schließlich Geschäftsmann, und ich will nichts umsonst. »

« Dann kommen wir doch gleich zur Sache », sagte Lugal überschwänglich. « Ich bin ganz Ohr. Womit kann ich Euch dienen? »

Semerchet erklärte, er suche seine Frau und einen Freund; während Naia in zweiter Ehe mit einem der Verschwörer gegen Ramses III. verheiratet gewesen sei, habe sich Rami der Beteiligung an Grabräubereien schuldig gemacht. Lugal hörte mit weit aufgerissenen Augen zu, als habe er einen Geschichtenerzähler auf der Straße vor sich, und spendete sogar Beifall, als Semerchet fertig war.

« Behaltet Euer Gold, Fremder », sagte er. « Eure Erzählung ist mir Lohn genug. Es geht doch nichts über eine gute Geschichte – zumal dann, wenn sie auch noch wahr ist. »

« Ihr wollt mir also helfen, die beiden zu finden? »

« Soweit es in meinen Kräften steht », bestätigte Lugal. « Doch leider sind unsere Aufzeichnungen nicht immer so genau, wie wir es selbst gerne hätten. Bisweilen kommen die Sklaven zu uns unter neuen Namen, die ihre Besitzer ihnen gegeben haben, und diese tragen wir dann ein. Aber Ihr braucht deswegen nicht gleich den Mut zu verlieren », fügte er hinzu, als er Semerchets enttäuschte Miene sah, « denn wenn Eure

Naia so schön ist, wie Ihr sie beschrieben habt, erinnere ich mich ganz bestimmt an sie – falls sie überhaupt jemals hier durchgekommen ist.»

«Gibt Menef seinen Sklaven neue Namen?»

«Die Mühe macht er sich zum Glück nicht – wieder ein Punkt, der zu Hoffnung Anlass gibt. Also kommt!»

Lugal führte Semerchet zu einem niedrigen Gebäude auf der anderen Seite des Hofes. Es war voller Regale, in denen ganze Körbe mit Lehmtafeln standen. Wie Lugal erklärte, notierte er bei jedem einzelnen Verkauf schon aus steuerlichen Gründen das Datum; darüber hinaus habe er von jedem veräußerten Sklaven eine ausführliche Beschreibung.

Semerchet nannte ihm den ungefähren Zeitraum, in dem Naia Menefs Anwesen verlassen haben könnte, und Lugal führte ihn zu den Regalen, in denen er die entsprechenden Lehmtafeln aufbewahrte. Gemeinsam gingen sie jede einzelne Tafel durch und überprüften Namen und Nationalität mehrerer hundert Sklaven, die Lugal in dieser Zeit ge- und verkauft hatte.

Wie Semerchet feststellte, trug der Händler von jedem Sklaven Namen, Alter sowie Nationalität oder Stammeszugehörigkeit ein. Notiert war auch, wann Lugal lediglich als Vermittler für den eigentlichen Verkäufer tätig geworden war.

Die Detailgenauigkeit der Dokumente entlockte Semerchet einen Ausruf der Verwunderung.

«Dazu bin ich per Gesetz verpflichtet, mein Freund», erklärte Lugal. «Bei uns haben Sklaven durchaus ihre Rechte, und wenn sie schlau genug sind, erlangen sie schon bald ihre Freiheit zurück. Manche Leute bieten sich uns sogar aus eigenem Antrieb an, wenn sie gerade keine Arbeit finden können oder auf der Flucht vor ihren Gläubigern sind. In Babylonien

Sklave zu sein ist keine Schande. Meist ist es nur ein vorübergehender Zustand – eine schlechte Phase, durch die man eben durchmuss.»

Semerchet war froh, dass Lugals Unterlagen so detailliert waren, denn so konnte er sie recht zügig durcharbeiten. Weitaus die meisten der nach Babylon verbannten Ägypter waren männlichen Geschlechts, da die Verbrechen, die zur Verbannung führten, im Allgemeinen eher von Männern begangen wurden. Und die wenigen Aufzeichnungen über weibliche ägyptische Sklaven, auf die er stieß, passten weder vom Alter noch von der allgemeinen Beschreibung her auf Naia – was ihn einerseits erleichterte, ihn aber nicht wirklich weiterbrachte. Was Rami betraf, so gab es zwar eine ganze Reihe von Notizen über Jungen in seinem Alter, doch keiner von ihnen trug seinen Namen. Lugal konnte aber mit Sicherheit sagen, dass kein einziger der infrage kommenden jungen Ägypter auf ein Landgut nordwestlich von Babylon verkauft worden war.

Sie arbeiteten sich weiter schweigend durch die Lehmtafeln, bis Lugal plötzlich einen Triumphschrei ausstieß. «Das sieht doch gleich viel besser aus!», kommentierte er eine der Tafeln, die er gerade aus einem Korb gefischt hatte.

Semerchet eilte sofort zu ihm. «‹Ägyptische Frau, dreiundzwanzig Jahre alt›», las Lugal vor. «‹Schlank, hübsch. Name: Aneku.› Außerdem heißt es hier, dass sie zusammen mit Menef auf dessen Schiff aus Ägypten gekommen ist.»

Semerchet traten Schweißperlen auf die Stirn. Kaum einer wusste, dass Naias Vater sie in ihrer Kindheit immer Aneku genannt hatte, was auf Ägyptisch so viel wie «Sie gehört mir» bedeutete. Ihm wurde beinahe schlecht, so sehr war er zwischen Euphorie und Angst hin und her gerissen. «Das könnte sie sein», stieß er hervor, «denn als Kind wurde sie Aneku genannt. An wen habt Ihr sie verkauft?»

Als Lugal weiterlas, verfinsterte sich seine Miene. «Ich fürchte, das ist jetzt keine gute Nachricht, vor allem für einen Ehemann. Aber es hätte noch schlimmer kommen können.»

Lugals besorgter Gesichtsausdruck gefiel Semerchet gar nicht. «Wer hat sie gekauft?», bohrte er nach.

Lugal hüstelte und tat, als falle es ihm schwer, die Schriftzeichen zu entziffern. «Die Wächter des Ischtar-Tempels», gestand er schließlich.

Semerchet atmete erleichtert auf. «Jetzt habt Ihr mir aber Angst eingejagt», lachte er. «Ihr habt so besorgt dreingeblickt, dass ich Schlimmeres erwartet hätte.»

Lugal, ebenfalls erleichtert, erwiderte sein Lächeln. «Wenn Ihr damit leben könnt, kann ich es auch. Offen gesagt habe ich schon befürchtet, Ihr würdet Euch irgendwie an mir rächen wollen – weil ich sie an die Ischtar-Eunuchen verkauft habe.»

Semerchets Besorgnis kehrte zurück. «Wie kommt Ihr denn auf die Idee?»

Auch Lugal wirkte nun wieder beunruhigt. «Der Ischtar-Tempel ist Euch kein Begriff?», fragte er. «Ich meine, Ihr habt wohl keine Ahnung, was dort … vor sich geht?»

«Ich nehme an, Naia – wenn sie es überhaupt ist – dient dort in irgendeiner Weise der Göttin.»

«Das schon», räumte Lugal ein, «aber wisst Ihr auch, in welcher Weise?»

Semerchet schüttelte den Kopf. Er fürchtete sich so sehr vor der Antwort, dass er nichts mehr herausbrachte.

«Ischtar ist in allerersten Linie eine Göttin der Fruchtbarkeit …»

«Und?»

«Man hat Aneku gekauft, um sie als Tempelprostituierte einzusetzen.»

Wie benommen stand Semerchet in der roten Abendsonne vor Lugals Anwesen. Er ging an einer ganzen Reihe mit Sklaven beladener Wagen vorbei, die erst kürzlich aus den Bergen im Norden eingetroffen waren. Der beißende Geruch nach ungewaschenen Menschen erinnerte ihn wieder daran, wo er war, und wirkte belebender auf ihn als Wacholdergeist. Er bahnte sich seinen Weg durch die Sklaven zurück zu den Stallungen, in denen sein Wagen auf ihn wartete.

«Ich möchte jetzt nach Babylon zurück», erklärte er dem Fahrer.

«Aber es wird schon dunkel, Herr. Bis wir die Stadt erreichen, hat längst die Ausgangssperre begonnen», erwiderte der Mann in der Hoffnung, Semerchet zur Vernunft zu bringen. «Wäre es nicht besser, in Eschnunna zu übernachten und gleich morgen früh loszufahren? Die Wüstennacht ist voller Dämonen ...»

«Wir fahren auf der Stelle los!», knurrte Semerchet, nahm eine aufgewickelte Peitsche von einem Haken und schwang sie drohend.

Groß und gelb ging der Mond über der Wüste auf, während die Steine und Sträucher gespenstische Schatten auf den goldenen Sand vor ihnen warfen. Obwohl die Pferde am liebsten wieder so galoppiert wären wie auf dem Hinweg, erlaubte der Fahrer ihnen lediglich einen flotten Trab. Auf den ersten paar Meilen sprach Semerchet kein Wort. Sein sorgenvoller Blick war nach vorn gerichtet, immer auf den roten Schein im Südwesten, der von Babylon ausging.

Verstohlen musterte der Streitwagenfahrer Semerchets

vom Mondlicht beschienenes, verbittertes Profil. Was hatte diesem Ägypter wohl in Eschnunna derart die Laune verdorben? Plötzlich stellte Semerchet ganz ruhig eine Frage, die der Wagenlenker in dieser Situation am allerwenigsten erwartet hätte. «Könnt Ihr mir etwas über den Tempel der Ischtar erzählen?»

Das war es also, atmete der Fahrer erleichtert auf. Der Ägypter war einfach nur liebesbedürftig und verspürte den Drang, sich auf altbewährte Weise zu entspannen. Wie der Wagenlenker immer wieder festgestellt hatte, zog es früher oder später alle Fremden unweigerlich zum Tempel der ehrwürdigen Göttin; schließlich wollte jeder sehen, ob das, was man sich über diesen Ort erzählte, auch tatsächlich der Wahrheit entsprach. Ohnehin bekam der Fahrer dafür, dass er den Gästen der Herberge von den Verlockungen des Ischtar-Tempels vorschwärmte, von den dortigen Wächtern eine nicht zu verachtende Provision zugesteckt.

Der Mann hob zu einer blumigen Beschreibung der Freuden an, die in Ischtars Mauern auf Semerchet warteten. «Ach, mein Herr! Das ist ein wahres Weltwunder –»

«Handelt es sich um ein Bordell?», unterbrach Semerchet schroff das Geplapper des Wagenlenkers.

«Es ist das Paradies auf Erden, eine Stadt für sich, ganz der Liebe geweiht, mit Gärten von so exquisiter –»

«Und was ist mit den Frauen dort?»

«Die Ischtaritu, meint Ihr?», fragte verwirrt der Fahrer, den Semerchets Zwischenfrage beim Abspulen seiner sorgsam einstudierten Lobeshymnen vorübergehend aus dem Konzept gebracht hatte. Nun aber hatte er wieder einen Anknüpfungspunkt gefunden. «Mein Herr, es sind mehr als zweitausend. Jedes neu ankommende Schiff bringt unverbrauchte Schönheiten aus der ganzen Welt mit, die in ihrem Dienst zu lebenden Manifestationen der Göttin werden. Frauen aus sechzig verschiedenen Rassen und Ländern, manche mit einer Haut wie poliertes Ebenholz, andere mit mandelförmigen Augen –»

«Sind auch Ägypterinnen darunter?»

«Ich denke schon, mein Herr», antwortete der Fahrer, um sogleich mit seiner Leier fortzufahren. «Und für den Fall, dass Ihr einmal der Frauen müde werdet – wem geht das nicht hin und wieder einmal so? –, gibt es natürlich auch männliche Ischtaritu, die für eine bescheidene Gabe –»

«Und was ist der Preis für so viel Schönheit?»

«Ach, mein Herr, der Liebesakt ist das einzige Opfer, welches die Göttin Euch abverlangt», erklärte der Wagenlenker, fügte dann aber mit einem diskreten Hüsteln hinzu: «Auch wenn die Priester ein Geschenk, das der Freude, die Euch zuteil wird, angemessen ist, natürlich nicht von sich weisen, sofern dies Euer Wunsch sein sollte.»

«Natürlich.»

Als der Fahrer während des nun eintretenden Schweigens einen weiteren Seitenblick riskierte, schien es ihm, als sei der Ägypter nicht sonderlich erpicht auf die Freuden, die ihn im Ischtar-Tempel erwarteten. Er wirkte eher noch verdrießlicher als zuvor.

Als sie dann aber die Außenbezirke Babylons erreichten, räusperte sich Semerchet, um dem Wagenlenker eine letzte Frage zu stellen. «Und in welchem Teil der Stadt finde ich diesen Tempel?»

«Unweit vom Ischtar-Tor natürlich – wo sonst?»

Der Mond hatte seinen goldenen Glanz verloren, als sie die Stadtmauer erreichten, und stand nun als bleiche Scheibe genau über ihren Köpfen. Entgegen den Vorhersagen des Fahrers ließen die elamischen Wächter sie nach Babylon hinein. Semerchet bekam auf sein Verlangen hin prompt einen Pass ausgestellt, der ihnen erlaubte, auch nach Beginn der Ausgangssperre noch auf den Straßen unterwegs zu sein.

Der Wagenlenker setzte ihn vor dem Haupteingang von Bel-Marduks Herberge ab. Semerchet wartete an der Tür im Licht der Fackeln, bis sein Fahrer die Pferde in den Stall brachte, und trat erst wieder auf die Straße hinaus, als er allein und unbeobachtet war.

Nun, da er auch während der nächtlichen Ausgangssperre unterwegs sein durfte, wollte er diese Chance nicht ungenutzt lassen, und so schlug er auf der Prozessionsstraße den kürzesten Weg zum Ischtar-Tor ein. Was für eine grausame Ironie des Schicksals, wenn er Naia keine Achtelmeile von seiner Herberge entfernt finden würde ...

Er musste sich zusammennehmen, um nicht in Schluchzen auszubrechen.

Trotz der Ausgangssperre ging es am Ischtar-Tempel hoch her. Die Menschenmenge auf der Straße vor seinem großen Tor bestand im Wesentlichen aus betrunkenen und grölenden elamischen Soldaten, die dienstfrei hatten, sowie nicht weniger betrunkenen und grölenden Ausländern, denen die gleiche Sondergenehmigung ausgehändigt worden war wie Semerchet. Während er sich dem Tor näherte, zog er für die Tempelwächter ein Silberstück hervor. Trotz der Beteuerungen des Wagenlenkers konnte Semerchet einfach nicht glauben, dass Ischtars Priester lediglich den Liebesakt als Gabe erwarteten; das allein wäre schon Grund genug gewesen, den Tempel als wahres Weltwunder zu bezeichnen.

Zufällig war ein Silberstück genau der geforderte Eintrittspreis. Semerchet musste zunächst durch einen unterirdischen Gang, um in die Gärten zu gelangen, die von unzähligen Fackeln nahezu taghell erleuchtet waren. Das Tempelgelände bestand aus einer Reihe niedriger, mit Blumen und Gehölzen bepflanzter Terrassen, die zusammen einen künstlichen Hügel bildeten. Auf dessen Gipfel befand sich der eigentliche Tempel, der tatsächlich wie das Paradies auf Erden aussah. Die nächtliche Brise wehte den Duft von Jasmin und Geißblatt zu ihm.

Eine lange Reihe von Männern zog sich im Zickzack über die Terrassen der Gartenanlage nach oben. Semerchet durchquerte den Hof, um sich einzureihen, denn der Tempel schien nur über diese Menschenschlange erreichbar. Und im Tempel, so nahm er jedenfalls an, warteten wohl die heiligen Huren auf ihre Kunden.

Doch schon nach wenigen Schritten bemerkte Semerchet, dass die Frauen sich in Nischen auf den einzelnen Terrassen befanden. Indem er die anderen Männer beobachtete, fand er schnell heraus, dass man eine Frau wählte, indem man ihr ein weiteres Silberstück in den Schoß warf. Danach führte die Ischtaritu ihren Freier in den Tempel, wo, wie Semerchet vermutete, der eigentliche Bordellbetrieb stattfand.

Um Naia zu finden, blieb Semerchet nichts anderes übrig, als jeder Frau im Vorübergehen ins Gesicht zu schauen. Tatsächlich standen Hunderte von Prostituierten zur Wahl, jede exotisch in der Art ihrer Heimat gekleidet. Der Wagenlenker hatte nicht übertrieben mit seiner Behauptung, die Frauen stammten aus mindestens sechzig verschiedenen Völkern.

Semerchet sah dunkelhäutige Mädchen von den Ufern des Ganges mit dünnen Oberlippenbärtchen, kraushaarige Afrikanerinnen mit vollen, von schweren Bronzeketten bedeckten Brüsten und gelbhäutige Schönheiten aus China, deren Haar schwärzer war als das einer jeden Ägypterin. Auch gelb- oder rothaarige Frauen mit einer Haut, die weißer leuchtete als libyscher Wüstensand, traf er zur Genüge an, doch nach einer Ägypterin suchte er vergebens.

Er war dem Eingang des Tempels schon sehr nahe und hatte nur noch denjenigen Bereich des Gartens vor sich, in dem die glutäugigen männlichen Ischtaritu auf Kundschaft warteten. Dem ersten Eindruck nach waren sie nicht weniger bunt zusammengewürfelt als die Frauen. Einige waren muskulös wie Hafenarbeiter und von geradezu aggressiver Männlichkeit, andere dagegen kaum von ihren weiblichen Gegenstücken zu unterscheiden, zumal sie Frauenkleider trugen und nicht minder kunstvoll geschminkt waren als Kurtisanen.

Semerchet, der seit seiner Scheidung von Naia mit keiner Frau mehr zusammen gewesen war, wurde allmählich unruhig. Er spürte das Pulsieren seines Blutes in den Gliedmaßen und ein Spannungsgefühl in der Stirn – ein untrügliches Zeichen dafür, dass jeden Augenblick seine Kopfschmerzen wieder einsetzen konnten.

Die ansteckend wirkende Atmosphäre hemmungsloser Sexualität verstörte ihn. Die Frauen, die sich in den Gärten so ungeniert zur Schau stellten, hatten seine lange unterdrückte Lust geweckt. Er fürchtete schon, ihr bald nicht mehr widerstehen zu können, und als er schwer atmend am Tor des Tempels stand, musste er all seinen Mut zusammennehmen.

Dann trat er in das spärlich erleuchtete, von Rauch erfüllte Innere des Tempels. Zögernd blieb er in der Eingangshalle stehen, denn er fürchtete, die priesterlichen Eunuchen würden ihn abweisen, weil keine Ischtaritu ihn begleitete. Die Priester aber schenkten ihm keinerlei Beachtung. Zischelnd wie aufgeschreckte Schlangen unterhielten sie sich miteinander in ihren Nischen, ohne ihn auch nur eines Blickes zu würdigen. Die Luft war so sehr von Weihrauch geschwängert, dass ihm das Atmen schwerfiel. Semerchet zog sich seinen Umhang übers Gesicht und trat ein paar weitere Schritte in die Dunkelheit hinein.

Der Tempel war mit Hilfe von Trennwänden aus Schilfrohr in lange Reihen türloser Zellen aufgeteilt, es waren wohl Hunderte. In diesen kopulierten Paare in sämtlichen Stellungen, die Semerchet sich nur vorstellen konnte, sowie in einigen, die ihm nicht einmal im Traum eingefallen wären. Mehrere einzelne Männer schlenderten wie er durch die Gänge, wo sie hin und wieder vor einer Zelle stehenblieben und ein besonders athletisches oder außergewöhnlich phantasievolles Paar anstarrten oder gar anfeuerten. Einige versetzte das Schauspiel fleischlicher Begierde vor ihren Augen so sehr in Verzückung, dass sie sich nicht scheuten, Hand an sich zu legen.

Semerchet spürte einen galligen Geschmack im Mund. Würde er Naia in einer solchen Zelle vorfinden? Und müsste er dann nicht alle Männer töten, die es wagten, sie anzurühren – und womöglich sogar diejenigen, die sich als Zuschauer daran ergötzten? Sein Atem ging flach und stoßweise, und die Kehle brannte ihm von den tiefhängenden Weihrauchschwaden.

Verzweifelt wandte er sich ab. Warum mussten die Eunuchen nur so viel Weihrauch verbrennen? Er kannte die Antwort: Ohne den Weihrauch wären die Gerüche sexueller Handlungen und körperlicher Ausdünstungen allzu überwältigend geworden. Nach einem Blick auf die Bodenfliesen war er froh, dass er seine harten Hanfsandalen trug, denn barfuß wäre er längst ausgerutscht …

In seiner Verzweiflung trat er an einen der Priester heran. Als dieser sah, dass Semerchet nach Luft schnappte wie ein Fisch am Haken, gab er rasch einem Tempeldiener ein Zeichen. «Wein, aber schnell!»

«Nein», keuchte Semerchet, «keinen Wein!»

Doch der Eunuch goss bereits einen Becher voll mit heißem Rotwein, den die Priester für solche Fälle immer bereithielten. Nicht selten kam es nämlich vor, dass ein Mann in ihrem Tempel an Überanstrengung starb, was viele als einen von Ischtars sarkastischen Scherzen betrachteten; die Eunuchen glaubten ohnehin, dass die Göttin die Männer in Wahrheit verachtete und daher nur Kastraten als Priester duldete.

«Wasser, einfach nur Wasser», wiederholte Semerchet.

Der Eunuch musterte ihn skeptisch, tauchte dann aber doch einen Schöpflöffel in einen nahen Brunnen. Semerchet nahm das Wasser dankbar entgegen.

Erst als er sich an eine Wand lehnte und kurz die Augen schloss, merkte Semerchet, dass sein Umhang schweißgetränkt war. Der Eunuch wollte schon gehen, doch Semerchet hielt ihn zurück. «Bitte. Ich brauche Eure Hilfe.»

Der Eunuch verzog das Gesicht und rang die Hände. Leute wie er verabscheuten jede Form körperlichen Schmerzes, und Semerchet sah ganz und gar nicht gut aus. «Nehmt es mir nicht übel, mein Herr, aber mir scheint, als hättet Ihr Euch heute Nacht ein wenig übernommen. Vielleicht solltet Ihr jetzt doch besser nach Hause gehen.»

«Ich suche hier dringend eine bestimmte Person – eine Ischtaritu. Es ist wirklich wichtig.»

«Die Göttin erlaubt nicht, dass Ihr mehr als einmal mit ein

und derselben Ischtaritu zusammen seid, mein Herr. Kommt ein andermal wieder – vielleicht schon morgen Nacht – und wählt eine der anderen.»

«Das ist aber etwas ganz anderes –»

Der Eunuch rollte die Augen und seufzte. «Ich weiß, das ist es immer.»

«Sie ist meine Frau!»

Semerchet hatte so laut gesprochen, dass mehrere Männer sich nach ihm umdrehten.

«Eure Frau?», krächzte der Eunuch.

Schnell erklärte Semerchet dem Priester, dass er nach einer Ägypterin namens Aneku suche, deren richtiger Name eigentlich Naia sei. Sie sei seine Frau und versehentlich an den Tempel verkauft worden. Er sei im Besitz spezieller Papiere, in denen der ägyptische Pharao ihre Freilassung verfüge. Semerchet zog ein Goldstück nach dem anderen aus seinem Gürtel, ohne sie auch nur zu zählen, und steckte sie dem Eunuchen in seine dicken Hände.

«Nehmt sie alle, bitte, aber bringt mich zu Naia! Ich flehe Euch an!»

Obwohl er damit gegen alle Regeln verstieß, griff der Eunuch zu, denn als echter Babylonier wusste er den Wert ägyptischen Goldes durchaus zu schätzen. Zudem war er kein Dummkopf und befürchtete einen Skandal von länderüberschreitenden Ausmaßen. Schließlich lebte sein Tempel von dem Mythos, dass alle Ischtaritu hier aus freien Stücken dienten und jede auf ihre oder seine Weise die Gottheit verkörperte. Welchen Eindruck würde es da machen, wenn sich herausstellte, dass die Frau eines ägyptischen Gesandten unter ihnen war, gegen ihren Willen in die Prostitution verkauft?

«Hier lang», murmelte der Eunuch und zog Semerchet in

dessen mittlerweile tropfnassem Gewand zu den Nischen, in denen seine Priesterkollegen standen. Auf die Wand hinter ihnen waren mit Kreide Quadrate gezeichnet, in die die Eunuchen je einen hölzernen Stift gesteckt hatten. An einigen dieser Haken hingen an Schnüren Tontäfelchen mit dem Namen der jeweiligen Ischtaritu. Mit Hilfe dieses genialen Systems wussten die Priester immer, welche Zelle gerade von welcher Ischtaritu belegt war.

Mit ein paar schnellen Blicken überflog der Eunuch im Licht einer nahen Fackel die Schilder. «Aneku, Aneku, Aneku», murmelte er und nickte dann: «Nummer sechsundneunzig.» Er packte Semerchet am Ärmel und zerrte ihn durch den dunklen Gang zwischen den einzelnen Zellen. Semerchet hielt den Blick geradeaus gerichtet; er wollte gar nicht sehen, was in den Nischen vor sich ging. Dem Keuchen und Stöhnen und den erstickten Geräuschen, die von allen Seiten auf ihn eindrangen, konnte er aber nicht entkommen. Seine Beine gaben nach, und er hatte das Gefühl, als berühre er mit den Füßen gar nicht mehr den Boden.

Der Eunuch blieb im hinteren Teil des Tempels stehen und warf einen Blick in eine der mit Schilfrohr abgetrennten Kabinen. Auch wenn er Semerchet mit erhobener Hand davon abhielt, näher zu treten, konnte er doch nicht verhindern, dass dieser die Geräusche eines leidenschaftlichen Liebesakts mitbekam, die aus der Zelle zu ihm drangen. Semerchet hielt sich mit schmerzverzerrtem Gesicht die Ohren zu.

Wie lange er in der Dunkelheit wartete, wusste er nicht. Irgendwann kam ein großer, blasser Mann mit hellen Augen und langem dunklem Haar aus dem Raum und zupfte seine Kleidung zurecht. Als er Semerchets stechenden, finsteren Blick sah, schlug er hastig ein heiliges Zeichen und eilte durch den Gang davon. Mehr als einmal drehte er sich um, als fürchte er, Semerchet könnte ihm folgen.

Der Eunuch winkte Semerchet zu sich, und dieser betrat die Kabine mit gesenktem Blick, sodass er zunächst nur ihre langen, wohlgeformten Beine sah. Er erinnerte sich kaum mehr an ihren ins Olivgrüne spielenden Teint und versuchte zu übersehen, wie sie sich mit einem Tuch abwischte. Selbst diese intime Geste spiegelte ihre natürliche Anmut. Langsam hob er den Blick und sah den mit Perlen besetzten ledernen Riemen um ihre Lenden, sah ihre kleinen Brüste mit den harten braunen Brustwarzen.

Noch immer brachte er es nicht über sich, ihr ins Gesicht zu schauen, und seine Schultern begannen zu beben. «Naia … meine geliebte Naia», stöhnte er auf Ägyptisch, «was haben sie dir nur angetan?»

Naias Stimme klang, als sie antwortete, höher und kindlicher als die, an die er sich erinnerte. «Wer zum Teufel bist du denn?», fragte sie entgeistert.

Semerchet taumelte ein Stück nach vorn und spürte, wie sich der Boden auf ihn zubewegte …

Als er erwachte, lag er im Haus der Ischtar auf dem Rücken, den Kopf in Anekus Schoß. Sie wischte ihm mit einem feuchten Lappen übers Gesicht, und noch bevor er die Augen öffnete, hörte er, wie sie mit ihrer hohen, dünnen Stimme die Eunuchen beschimpfte, die sich am Eingang der Zelle eingefunden hatten.

«Könnt ihr mich nicht endlich mit meinem Mann allein lassen?», klagte sie in gekränktem Tonfall. «Selbst ihr fetten Einfaltspinsel müsstet eigentlich kapieren, was für ein Schock das gerade für ihn gewesen ist.»

Als die Eunuchen das Weite gesucht hatten, murmelte Semerchet auf Ägyptisch: «Ich bin nicht dein Mann.»

«Das wissen nur du und ich», erwiderte Aneku, «aber nicht diese Trottel.»

«Und warum sollten wir ihnen etwas vorspielen?»

«Weil du mein einziger Ausweg aus diesem Dreckloch bist.»

Semerchet setzte sich erschöpft auf. Ihm brummte der Schädel. «Und wieso sollte ich dich hier herausholen? Ich kenne dich doch gar nicht.»

«Weil sie mir erklärt haben, dass du nach Naia suchst. Und die hat rein zufällig zur selben Zeit wie ich in Menefs Haus gelebt, bevor er mich – mögen Seth und alle seine Teufel ihn blenden und kastrieren – auf den Sklavenmarkt geschickt hat. Für den Fall, dass du es immer noch wissen möchtest, kann ich dir sagen, wo du sie findest.»

Seine schwarzen Augen wurden glasklar. «Wo ist sie?», fragte er ungeduldig. «Sag schon!»

Sie aber schüttelte den Kopf. «Nicht so schnell, mein Guter. Erst bringst du mich hier raus.»

In Babylon hatte alles seinen Preis, wie Semerchet längst festgestellt hatte, und so musste er eine beträchtliche Summe Gold in die richtigen Hände legen, um Anekus Freilassung zu erkaufen. Die Eunuchen händigten ihm die Verpflichtungserklärung der Frau aus und vermerkten auf der Lehmtafel, dass Semerchet nun ihr rechtmäßiger Besitzer war. Dann wickelten sie das fast vollkommen nackte Mädchen in eine Decke und brachten sie und Semerchet durch einen unterirdischen Gang aus dem Tempel. Die beiden verließen den Tunnel unweit der Prozessionsstraße und erreichten wenige Minuten später Semerchets Herberge.

Beim Anblick der Wasserhähne und des großen Beckens in Semerchets gefliestem Badezimmer entfuhr Aneku ein Aufschrei des Entzückens. Ohne jegliche Hemmungen legte sie ihre Decke ab und stieg in das dampfende Wasser. Ihr ekstatisches Stöhnen verschlimmerte Semerchets Kopfschmerzen noch mehr, und so bat er sie inständig, sich zu beruhigen.

Sie seifte sich ausführlich mit Unmengen der parfümierten Mischung aus Schweineschmalz und Asche ein, welche die Priester der Herberge zur Verfügung gestellt hatten, und Semerchet beobachtete sie von einem in der Nähe stehenden Hocker aus.

«Erzähl mir jetzt, wo Naia ist, wie du es mir versprochen hast», forderte Semerchet.

Sie schaute ihn nur an. «Du bist also wirklich *der* Semerchet?», fragte sie ausweichend. «Nach allem, was Naia mir erzählt hat, kommt es mir fast vor, als würden wir einander kennen.»

«Sie hat von mir gesprochen?»

Aneku nahm sich noch etwas Seife, hielt sich die schaumigen Hände an die Nase und sog den Duft ein. «Die riecht wunderbar», schwärmte sie. «Ich hatte schon ganz vergessen, wie sich ein richtiges Bad anfühlt. Die Babylonier sind nämlich ziemliche Dreckschweine, trotz ihrer großartigen Wasserleitungen.»

«Hast du sie wirklich gekannt? Oder hast du das nur gesagt, damit ich dich da heraushole?»

Aneku wirkte verärgert. «Ich habe doch erklärt, dass ich sie kannte, und ich bin schließlich keine Lügnerin. Wir wurden auf demselben Schiff hierhergebracht, zusammen mit Menef, diesem Schweinehund. Danach haben wir eine Zeitlang als

Dienstmägde auf seinem Anwesen gearbeitet. Aber dann hat er uns weggeschickt.»

«Wo ist sie, Aneku?»

Sie saß reglos im Wasser und wich seinem bohrenden Blick aus.

«Antworte mir», sagte er leise. «Bitte.»

Sie schluckte. «Tut mir leid, aber Naia war meine erste echte Freundin. Sie war immer anständig zu mir – die einzige Frau, die nicht hinter meinem Rücken irgendwelche Gemeinheiten über mich verbreitet hat ...»

«Aneku –»

Als das Mädchen endlich seinen Blick erwiderte, schossen ihr die Tränen aus den schrägstehenden grünen Augen und vermischten sich mit dem Badewasser. «Oh, Semerchet. Menef kannte einen Prinzen und eine Prinzessin aus Elam. Sie waren die Schwester und der Schwager des neuen Königs oder so ähnlich, ich weiß nicht mehr genau. Jedenfalls brauchten sie Diener, als sie in Babylon eintrafen. Menef hat Naia zu ihrem Landgut außerhalb der Stadt geschickt, zusammen mit dem Jungen, der mit uns hier angekommen ist –»

«Rami?»

Aneku nickte. «Mittlerweile verlieh mich Menef an jeden, der genug Silber dafür hinlegte. Du kannst dir gar nicht vorstellen, was die alles von mir verlangt haben. Als ich mich weigerte, seinen Freunden weiterhin zu Diensten zu sein, schickte er mich auf den Sklavenmarkt mit der Anweisung, mich als ausgebildete Hure zu verkaufen. Zunächst habe ich Naia und Rami dafür verflucht, dass sie mehr Glück hatten als ich.»

Semerchet brachte nur ein wortloses Nicken zustande.

«Aber dann stellte sich heraus, dass ausnahmsweise mal ich die Glückliche war.»

«Warum? Was ist passiert?»

Sie schluckte und schüttete sich Wasser ins Gesicht, bevor sie fortfuhr. «Nur ein paar Tage nachdem die beiden auf das Landgut geschickt worden waren – das war gegen Ende des Krieges mit Elam –, wurde das Gut von Banditen überfallen.» Sie brachte kein Wort mehr heraus und starrte Semerchet an, als erwarte sie, dass er sie gleich schlagen würde.

«Erzähl weiter», forderte er sie auf.

«Oh, Semerchet», stöhnte sie leise. «Sie wurden alle ermordet. Jeder Einzelne. Das Landgut wurde niedergebrannt. Sie ist tot, Semerchet – Naia ist tot.»

In jener Nacht kam das Flussfieber über ihn. Er lag auf seinem Bett und hatte sich gegen den Schüttelfrost dicke Felle um den Körper gewickelt. Um ihn zu wärmen, kroch Aneku unter seine Decken und schmiegte sich an ihn. Er wollte sie schon von sich stoßen, doch sie drückte ihn fest an sich und brachte ihn zum Schweigen wie ein kleines Kind. In Wahrheit sehnte er sich so sehr nach menschlicher Wärme, dass er ohnehin nicht von ihr hätte lassen können.

Er drehte sich im flackernden Licht der Öllampe um und betrachtete die Frau, die da neben ihm lag. Sie erwiderte seinen Blick mit schrägen grünen Augen, die nicht die von Naia waren. Als sie das Funkeln in Semerchets schwarzem Blick sah, glitt ihre Hand ganz langsam unter die Decke.

«Lass das», fauchte er und zuckte unter ihrer Berührung zusammen.

«Warum denn? Glaubst du etwa, ich erkenne diesen Blick in den Augen eines Mannes nicht?»

«Deswegen habe ich dich nicht aus dem Tempel freigekauft. Niemand soll dich jemals mehr zu etwas zwingen.»

«Und wenn es meine freie Entscheidung wäre …?»

Er setzte sich auf, schob ihre Hand beiseite und drehte ihr wieder den Rücken zu. «Entscheide dich lieber für einen anderen.»

Sie strich ihm über die Schultern und zog die Spitzen ihrer Fingernägel über seinen schmalen, muskulösen Rücken. «Was ist denn los, Semerchet?», fragte sie. «Wieso wendest du dich ab? Liegt es an dem, was ich im Ischtar-Tempel tun musste?»

Er konnte nicht antworten, denn seine Zunge klebte reglos am Gaumen.

Sie drückte ihre Lippen auf seinen Rücken. «Ist es wegen Naia?»

Semerchet nickte.

Aneku legte die Arme um ihn. «Sie weilt nicht mehr unter den Lebenden, Semerchet. Wir beide würden sie mit dem, was wir tun, nicht entehren.»

«Ich sagte nein.»

Aneku ließ sich auf ein Kissen zurückfallen und suchte nach Erklärungen für sein mangelndes Interesse. «Ich … ich kann ja verstehen, dass du deine Zeit brauchst, bis du es akzeptieren kannst. Nachdem du den ganzen Weg von Ägypten hierhergekommen bist, muss es furchtbar für dich sein, zu erfahren, dass sie –»

Er drehte sich um, starrte sie an und unterbrach sie schroff: «Hast du gesehen, wie es geschehen ist?»

«Was?»

«Hast du mit eigenen Augen gesehen, wie Naia getötet wurde?»

«Wie denn? Ich habe dir doch erklärt, dass ich in Eschnunna war, als ich von dem Überfall erfuhr.»

«Ja. Du hast behauptet, die Banditen hätten das Landgut überfallen und alle abgeschlachtet, auch den Prinzen und die Prinzessin aus Elam. Aber wie konnte Rami mir dann eine Nachricht zukommen lassen, in der er mich um Hilfe bat? Nachdem er angeblich ums Leben gekommen war?»

Aneku setzte sich in der Dunkelheit auf. «Rami lebt?»

Er seufzte. «Warum wäre ich sonst wohl hier?»

Semerchet stand auf, wickelte sich die Wolldecke um und lehnte sich so gegen die Wand, dass er aus der Terrassentür blicken konnte. Am östlichen Horizont breitete sich bereits silbriges Licht aus, dessen schwache Wärme er auf seinem Körper zu fühlen glaubte.

«Solange ich nicht ihren Leichnam gesehen habe, glaube ich auch weiterhin daran, dass sie lebt und zusammen mit Rami entkommen ist. Ich kann einfach nicht anders.»

Kurz darauf vernahm er Anekus dünnes, bitteres Gelächter.

«Was gibt es da zu lachen?», fragte er.

«Ich denke nur darüber nach, wie verrückt das alles ist. Nach all den Männern, mit denen ich im Tempel schlafen musste, will mich nun ausgerechnet der Einzige, dem ich mich mit Freuden hingeben würde, nicht haben.» Sie seufzte und legte ihr Gesicht auf ihren ausgestreckten Arm. «Was soll jetzt nur aus mir werden?»

«Was willst du damit sagen?»

«Ich gehöre doch jetzt dir. Du hast mich von den Ischtar-Eunuchen gekauft. Du hast die schriftliche Bestätigung dafür, dass ich dein Eigentum bin.»

Er schüttelte den Kopf. «Du gehörst nur dir selbst. Ich gehe noch heute zu den Behörden und lasse dich zur freien Frau erklären. Danach kannst du tun und lassen, was du willst.»

Doch statt ihm dankbar zu sein, warf Aneku ihm entrüstete Blicke zu. «Aber wo soll ich denn hin?», fragte sie verzweifelt. «Du willst mich doch hier nicht alleinlassen? Dann hättest du mich besser gleich im Tempel gelassen, denn da war ich wenigstens zu etwas nütze.»

«Hast du denn keine Freunde oder Verwandten, zu denen du gehen kannst?»

Sie blickte ihn ungläubig an. «Klar habe ich Verwandte», sagte sie, als spreche sie mit einem Menschen mit äußerst beschränktem Verstand. «Aber in Ägypten!»

«Und zu denen kannst du nicht zurück ...?»

«Ausgeschlossen.»

Semerchet drängte sie nicht, ihm zu erzählen, weswegen sie in die Verbannung geschickt worden war. Stattdessen überlegte er, wie er ihr helfen konnte. Natürlich hätte er ihr einfach Gold vom Pharao in die Hand drücken und sie dann vergessen können, doch das erschien ihm ein wenig zu billig – zumal diese gedankenlose Art, Probleme zu lösen, seit seiner Ankunft in Babylon schon fast seine übliche Reaktion auf Schwierigkeiten aller Art geworden war. Zögerlich rang er sich zu dem Entschluss durch, dass dieses unglückliche Mädchen Besseres verdient hatte. Nach kurzem Grübeln hellte sich seine Miene auf.

«Was ist?», fragte Aneku misstrauisch.

«Nachdem du schon Erfahrungen als Tempeldienerin hast – möchtest du nicht weiter in diesem Beruf arbeiten?»

Als er Aneku Senmut und Wia vorstellte, leuchtete das Gesicht des alten Mannes sichtlich auf, während Wia das Mädchen skeptisch von Kopf bis Fuß beäugte.

Aneku trug ein schlichtes Kleid aus Leinen, das Semerchet

in einem nahen Suk für sie erstanden hatte, und ein dunkelblaues Halstuch über ihrem hennagefärbten Haar. Von beiden hatte er ihr gleich drei Stück gekauft, außerdem Mittel zur Schönheitspflege sowie Sandalen, Unterwäsche und ein paar einfache Schmuckstücke – eben alles, was sie für einen Neuanfang als freie Frau benötigte.

Semerchet erklärte dem Priesterpaar, Aneku sei mit Naia befreundet und in letzter Zeit vom Glück verlassen gewesen. Er habe sie soeben erst einem grausamen Besitzer abgekauft. Er zeigte ihnen auch die von den Priestern des Bel-Marduk in der Herberge ausgestellte Lehmtafel, in der ihre Freilassung aus der Sklaverei bestätigt wurde, und Wia ließ es sich nicht nehmen, diese sehr genau durchzulesen.

Aneku habe kein Zuhause mehr, fuhr Semerchet fort, und da sie einst in einem Tempel gedient habe (in welchem, behielt er geflissentlich für sich), habe er sich überlegt, ob nicht Aneku für sie beide arbeiten könne. Er werde für ihren Lohn aufkommen, versprach Semerchet.

«Ihr könnt doch hier bestimmt Hilfe brauchen», drängte er, «und Aneku sucht eine Bleibe.»

Semerchet blickte unruhig auf das Mädchen. Aneku betrachtete entsetzt die vertrockneten Feigenbäume und die gebrochenen Bodenplatten im Tempelhof, während sie sich bemühte, Wias scharfe Fragen zu beantworten.

«Kannst du kochen, Mädchen?»

«Ich habe es nie gelernt», erwiderte Aneku und schüttelte beschämt den Kopf.

«Kannst du unsere Litaneien singen?»

Wieder ein mattes Kopfschütteln.

«Hat man dir beigebracht, wie man den Göttern auf die korrekte Art Opfergaben darbringt?»

«Ich glaube nicht ...»

«Kannst du wenigstens Kleider stopfen? Oder Wäsche waschen?»

Aneku zuckte mit den Achseln.

«Bei Seth und all seinen Teufeln», rief Wia ungläubig aus, «welche Arbeiten hast du denn dann in diesem Tempel verrichtet?»

Bevor sie antworten konnte, beeilte Semerchet sich, ihnen zu versichern, dass Aneku ausgesprochen lernfähig sei. Er drückte Senmut mehrere Goldstücke für die Verpflegung des Mädchens in die Hand und gab Aneku noch einmal den gleichen Betrag.

Die drei starrten ihm mit offenem Mund nach, als er sich rasch entfernte. Er kämpfte gegen seine Schuldgefühle an, denn er hatte Aneku nicht ganz selbstlos in dem kleinen Tempel untergebracht. Naias Liebe zu den Göttern, so spekulierte er, würde sie früher oder später in den Tempel führen. Und wenn sie dann kam, würde Aneku die einzige Person sein, die sie erkannte.

Da Semerchet nun wusste, dass der Überfall auf das Landgut auch Mitglieder der elamischen Königsfamilie das Leben gekostet hatte, konnte er den Regierungsbehörden nicht länger aus dem Weg gehen. Er musste unbedingt herausfinden, was die Elamer wussten. Semerchet erinnerte sich daran, wie der elamische Offizier in Mari ihm empfohlen hatte, seinen Freund, General Kidin, aufzusuchen, der die Festung von Babylon unter seinem Kommando hatte; dieser wisse über alles Bescheid, was in der Stadt vorgehe, hatte der Offizier behauptet, und könne ihm helfen, seine Freunde zu finden.

Semerchet begab sich in den weitläufigen Hof der Festung,

in dem die Elamer in langen, schnurgeraden Reihen ihre Zelte aufgeschlagen hatten. Er ging geradewegs auf das kleine, niedrige Gebäude aus Lehmziegeln zu, das als Hauptquartier der Garnison diente, und fragte, ob General Kidin ein paar Minuten für ihn erübrigen könne.

«Wohl kaum», entgegnete der diensthabende Wachtmeister barsch.

«Es ist aber wirklich dringend.»

Der Wachtmeister beugte sich vor und flüsterte Semerchet ins Ohr: «Kidin wurde hingerichtet. Letzte Woche. Wegen Nichterfüllung seiner Pflichten dem König gegenüber.»

Semerchet fluchte. Jeder seiner Wege in dieser verdammten Stadt schien in eine Sackgasse zu münden. «Und welche seiner Pflichten hat er nicht erfüllt?», fragte er.

«Er konnte die Mörder des Schwagers von König Kutir nicht finden.»

Semerchet zögerte. Warum hatte der Mann soeben nur den Prinzen erwähnt, nicht aber die Prinzessin? «Aber seine Schwester soll doch ebenfalls ermordet worden sein. Stimmt das etwa nicht?»

«Das weiß kein Mensch. Sie ist wie vom Erdboden verschluckt. Kein Leichnam, keine Spuren. Der König ist wahnsinnig vor Trauer, wie man sich vorstellen kann, und jetzt lässt er seine Wut an uns aus. Und deshalb hat er, als Kidin nichts herausfinden konnte ...» Er fuhr sich mit den ausgestreckten Fingern über die Kehle.

Trotz der Nachricht von Kidins Tod regte sich in Semerchet neue Hoffnung. Wenn die Prinzessin vermisst wurde, hatten die Banditen sie bestimmt entführt, um Lösegeld zu erpressen. Und wenn dem so war, konnte es leicht sein, dass Naia mit ihr zusammen gefangen gehalten wurde. In diesem Fall würde es verhältnismäßig einfach werden, sie freizubekommen. «Dann wurde die Prinzessin also entführt?», fragte er hoffnungsvoll.

Der diensthabende Wachmann zuckte nur mit den Achseln. «Bislang hat keiner irgendwelche Forderungen gestellt, aber jeder geht davon aus, dass es nur die Isin gewesen sein können – und die scheuen sich normalerweise nicht, Lösegeld zu fordern.»

«Wer ist zum Nachfolger des Generals ernannt worden?»

«Oberst Schepak hatte die Ehre.»

«Dann möchte ich eben mit ihm sprechen.»

Die Freundlichkeit des Wachmanns war plötzlich wie weggeblasen. «Schepak hat nicht die Zeit, sich mit Ausländern herumzuschlagen! Wendet Euch an Eure Botschaft, wenn Ihr Hilfe braucht. Wir haben hier in Babylon auch so schon genug zu tun.»

Semerchet beugte sich vor und flüsterte dem Mann zu: «Mein Name ist Semerchet. Vielleicht solltet Ihr besser in Eurer offiziellen Liste vom Palast nachsehen.»

Der Wachmann stand brummend von seinem Schreibtisch auf und ging ins Hinterzimmer, um sich mit seinem Vorgesetzten zu besprechen. Schon wenige Sekunden später kam er überstürzt zurück. «Hier entlang bitte.» Er verbeugte sich tief. «Ich bringe Euch zu Oberst Schepak.»

Semerchet folgte dem Mann zum Hof hinter dem Hauptgebäude, der im Schatten des Königspalastes lag. Überrascht stellte er fest, dass auf den hohen Festungswällen jede Menge elamischer Soldaten patrouillierten, bis an die Zähne bewaffnet mit Schwertern, Wurflanzen, Bögen und Köchern voller Pfeile. Semerchet überkam eine ungute Vorahnung. Offensichtlich rechneten die Elamer mit einem Angriff, und zwar in allernächster Zeit. Bevor er jedoch den Wachmann danach fragen konnte, hatten sie bereits ein in der Nähe stehendes Zelt erreicht.

An einem Holztisch saß, das Kinn auf die Hand gestützt, ein Mann mit traurigen Augen. Trotz seiner Jugend verriet sein Gesicht ein Maß an Lebensüberdruss, das so gar nicht zu seinem Alter passen wollte. Sein Bart war bereits mit grauen Haaren durchsetzt.

«Was gibt es denn?», fragte er mit leiser, resignierter Stimme.

«Eine wichtige Persönlichkeit möchte Euch sprechen», erklärte der Wachmann. «Der ehrwürdige Semerchet, gesandt aus Ägypten vom Pharao Ramses.»

Nicht sonderlich beeindruckt bedeutete Schepak Semerchet, auf einem Hocker vor ihm Platz zu nehmen, bevor er mit einer weiteren müden Geste den Soldaten entließ.

«Meinen Glückwunsch zu Eurer Beförderung», nahm Semerchet das Gespräch auf.

Schepak starrte ihn mit blutunterlaufenen Augen an. «Ich stehe kurz vor der Insektenkammer, und Ihr findet das auch noch witzig.»

Semerchet wollte schon beteuern, dass er es nicht so gemeint hatte, überlegte es sich dann aber anders. Er hatte nun schon zum dritten Mal von dieser «Insektenkammer» gehört und wollte endlich Näheres darüber erfahren.

«Verzeiht mir die dumme Frage, aber was ist das eigentlich, diese Insektenkammer?»

«Nur der Posten, auf dem ich nächste Woche um diese Zeit Dienst tun werde», antwortete Schepak mit einer wegwerfenden Geste. «Aber jetzt zu Euch – wie kann ich meinem hohen Gast aus Ägypten behilflich sein?»

Semerchet kam gleich zur Sache. «Ich brauche Informationen über den Angriff auf das Landgut des Prinzen und der Prinzessin, der sich vor rund zwölf Wochen nordwestlich von hier zugetragen hat.»

Der Oberst durchbohrte ihn fast mit seinem Blick. «Warum sollte sich ein Ägypter für eine innere Angelegenheit Elams interessieren?»

Semerchet erklärte ihm, wie der Botschafter Naia und Rami auf das Landgut geschickt hatte. Er ließ auch das persönliche Interesse des Pharaos an den beiden nicht unerwähnt und schaffte es somit auf diskrete Art, eine fette Belohnung in Aussicht zu stellen, ohne dies ausdrücklich zu erwähnen.

Schepak aber schüttelte den Kopf. «Ihr seid umsonst gekommen», erklärte er. «Es gab keine Überlebenden. Das Gemetzel war selbst für Isin-Verhältnisse ausgesprochen gründlich.» Und das sagt ein Mann, dachte Semerchet mit Blick auf Schepaks Helm, der sich mit abgetrennten Fingern und Penissen feindlicher Schwarzköpfe schmückte.

«Eine Person haben sie trotzdem am Leben gelassen», widersprach Semerchet.

«Meint Ihr die Prinzessin?»

«Jemand anderen.»

«Ihr irrt Euch.»

«Ich kann es beweisen.»

Semerchet holte Ramis Brief aus seinem ledernen Beutel und legte das Stück Palmrinde vor den Oberst auf den Tisch.

«Dieser Brief – ein Hilferuf des jungen Rami, von dem ich Euch erzählt habe – wurde an den Pharao geschickt.» Semerchet zeigte auf die Schriftzeichen. «Der Junge wurde ‹angegriffen von Isin›, heißt es hier. Wir wissen, dass er eine Kopfverletzung davongetragen hat, und zwar auf einem Landgut nordwestlich von Babylon – am selben Ort also, wo Euer Prinz und Eure Prinzessin überfallen wurden. Vielleicht ist der Junge inzwischen tot, aber als er das schrieb, war er noch am Leben.»

«Bei den sechzigtausend Göttern Babyloniens», erwiderte Schepak ehrfurchtsvoll. «Diesen Rami würden wir liebend gern befragen! Vielleicht könnte er uns erzählen, was aus der Prinzessin geworden ist, und ...»

«Ich hatte eigentlich gehofft, ihr Elamer hättet ihn mittlerweile gefunden.»

Schepak stand angewidert auf und lief hektisch im Zelt auf und ab. «Versucht doch selber mal, in diesem verrückten Land etwas zu finden. Kaum glaubt man, sein Ziel schon vor Augen zu haben, steht man doch wieder nur mit leeren Händen da.»

«Das ist mir auch schon aufgefallen.»

«Was könnt Ihr mir sonst noch berichten?»

«Nur, dass ich selber schon mit den Isin gesprochen habe –»

Schepak unterbrach ihn mit einem üblen Fluch. «Ihr habt Euch tatsächlich mit ihnen getroffen?»

«Auf meinem Weg flussabwärts habe ich mich in Is ein wenig umgesehen und mit einigen von ihnen gesprochen.» Semerchets Instinkt riet ihm, nicht zu erwähnen, dass Marduk das Treffen arrangiert hatte. «Sie behaupten, sie hätten nichts mit dem Überfall zu tun.»

«Ihr verblüfft mich, Ägypter. Ich habe eine Belohnung ausgesetzt für jeden Isin, den man mir lebend bringt, aber offenbar interessiert sich keiner dafür – obwohl es hier in Babylon mittlerweile von Isin nur so wimmelt.»

«Was wollt Ihr damit sagen?»

«Uns liegen Informationen vor, denen zufolge der Erbe der

Isin sich vor wenigen Tagen unerkannt in die Stadt eingeschlichen haben soll, und zwar zusammen mit einer großen Zahl seiner Männer.»

Deshalb also die verstärkten Patrouillen auf den Festungswällen!

«Wir rechnen jeden Augenblick mit einem Angriff», fuhr Schepak fort. «Sie wollen verhindern, dass Kutir beim Fest nächste Woche Bel-Marduks Hand ergreift, weil das bedeuten würde, dass der Himmel seinen Anspruch auf den Thron unterstützt. Die Schwarzköpfe sind in solchen Dingen ausgesprochen rückständig und abergläubisch.» Schepak setzte sich ihm gegenüber, beugte sich vor und blickte Semerchet tief in die Augen. «Ihr habt den Isin doch wohl nicht geglaubt, als sie Euch weismachen wollten, dass sie mit dem Überfall nichts zu tun haben?»

«In meiner Lage kann ich es mir nicht leisten, irgendjemandem zu glauben.»

«Aber wie schätzt Ihr die Sache ein?»

«Keine Ahnung», erwiderte Semerchet achselzuckend. «Wenn sie es getan haben, warum sollten sie dann nicht offen damit prahlen? Und wenn sich die Prinzessin tatsächlich in ihrer Gewalt befindet, hätten sie Euch sicher schon ihre Forderungen zukommen lassen.»

Schepak schaute durch den Zelteingang auf den in der gleißenden Sonne liegenden Festungshof hinaus und biss sich auf die Lippen. «Warum wolltet Ihr mich wirklich sprechen, Ägypter? Was wollt Ihr?»

«Ich möchte zu diesem Landgut, um mit eigenen Augen zu sehen, was dort vorgefallen ist.»

Schepak schüttelte skeptisch den Kopf. «Ihr werdet nichts finden. Wir haben schon alles abgesucht.»

«Aber *ich* noch nicht.»

Schepak musterte ihn einen Augenblick, bevor er abrupt aufstand und seinen grausigen, mit Kriegstrophäen behängten Helm von seinem hölzernen Haken nahm. «Also gut. Ich bringe Euch persönlich hin. Vielleicht findet Ihr ja tatsächlich etwas, das meine Männer übersehen haben.»

Überrascht verfolgte Semerchet, wie Schepak auch seinen leuchtend roten Offiziersumhang anlegte. «Aber …», wollte er schon beginnen, sagte dann aber nichts.

«Was ist?», fragte Schepak.

«Wenn Ihr einen Angriff erwartet, macht Ihr Euch dann mit einem so auffälligen Umhang nicht selbst zu einem leichten Ziel?»

«Das will ich doch hoffen», murmelte der Oberst missmutig.

Schepak führte Semerchet zum Marstall und ließ zwei Pferde satteln. Semerchet bewunderte zwar die Schönheit von Pferden, ihre Kraft und ihre Anmut – aber vorzugsweise aus sicherer Entfernung, weit genug weg von ihrem Gebiss und ihren Hufen.

In der Regel, erklärte er Schepak, ziehe er einen netten kleinen Esel vor. Manche meinten sogar, er habe ein besonderes Talent im Umgang mit Eseln …

Schepak warf ihm einen angewiderten Blick zu. «Einen Esel? Wir haben fast zwanzig Meilen vor uns; da werden wir unsere Zeit doch nicht mit einem Esel vergeuden!»

Nervös meinte Semerchet, dass es in diesem Fall vielleicht am besten wäre, sie würden gemeinsam auf einem Pferd reiten. Doch auch davon hielt der elamische Oberst nichts. «Zu gefährlich», erklärte Schepak in einem Tonfall, der keinen Widerspruch duldete. «Wenn dann einer hinter mir her ist, tötet er Euch gleich mit.»

Widerwillig gestattete Semerchet einem Stallknecht, ihm auf einen staubigen schwarzen Klepper zu helfen, der, wie der Mann und seine Kameraden einstimmig beteuerten, so gutmütig sei wie ein Hauskaninchen. Und obgleich das Tier tatsächlich recht gemütlich durch die Straßen Babylons trottete, beunruhigte Semerchet dessen Angewohnheit, die Augen immer wieder nach hinten zu verdrehen, als wolle es nachsehen, was für ein Dummkopf da auf ihm ritt. Aber die Stute hatte schon zahlreiche Kriegszüge und noch mehr Reiter überlebt und tat nun ihr Möglichstes, um Semerchet vor dem Absturz zu bewahren. Und obwohl er sein Misstrauen ihr gegenüber nie ganz ablegte, schaffte Semerchet es doch, bald schon ein wenig aufrechter zu sitzen und gleichmäßiger zu atmen.

Den ganzen Weg zum Ischtar-Tor ritt Schepak etwa fünfzig Schritte vor Semerchet, damit ein potenzieller Isin-Attentäter gar nicht erst auf die Idee kam, dass sie zusammengehören könnten. Erst als sie weit außerhalb der Stadt die einsame Landstraße erreicht hatten, die nach Nordwesten führte, hielt Schepak sein Pferd an, bis Semerchet zu ihm aufgeschlossen hatte.

«Wollen wir uns etwas mehr beeilen?», schlug Schepak vor.

Mit einem Zungenschnalzen steigerte Schepak ihre Geschwindigkeit zu einem gemächlichen Galopp. Am frühen Nachmittag kamen sie in eine Gegend, in der fruchtbare Felder zu langen Ackerfurchen gepflügt waren. An einer Wegkreuzung trafen sie auf ein Dorf von Pachtbauern. Ihre seltsam anmutenden runden Häuser und Ställe mit Dächern aus getrocknetem Schilf, das mit Erdpech überstrichen war, wirkten auf Semerchet wie Pilze.

Die Kinder verstummten, als er und Schepak vorbeiritten, rannten zu ihren Müttern und versteckten sich hinter deren Röcken. Semerchet beobachtete, wie eine alte Frau in Schepaks Richtung das Zeichen gegen das Böse schlug. Für den Fall, dass er diese Bauern befragen musste, wollte Semerchet dies auf jeden Fall ohne einen elamischen Oberst an seiner Seite tun.

Je näher sie dem Landgut kamen, desto nervöser wurde Semerchet. Sein Mund fühlte sich staubtrocken an. Alles kam ihm so seltsam vertraut vor – das flache braune Land, der Schimmer des Euphrat in der Ferne, die unversehrten Außenmauern des Gutshauses. Schlagartig wurde ihm klar, dass dieser Ort bis ins Detail der gespenstischen Landschaft seiner Albträume glich – jenen Schreckensvisionen, in denen er wiederholt hatte zusehen müssen, wie Naia vor den Augen seines umherstreifenden Ka getötet worden war.

Dann bogen sie auf einen Weg ein, von dem Semerchet mit Sicherheit wusste, dass er ihn schon einmal gesehen hatte. Als er sich in der nachmittäglichen Stille umsah, fiel sein Blick auf die Ruinen.

Die Nebengebäude des Gutes waren bis auf die Grundmauern niedergebrannt. Ihre Asche verströmte einen geradezu obszönen Gestank, den Semerchet wohl nie vergessen würde. Einst hatte das Gut neben dem Herrenhaus auch Ställe, Schuppen, Getreidespeicher und ein eigenes Gebäude für die Bediensteten umfasst, doch von alldem war nichts mehr übrig.

Semerchet betrat die Überreste des einst prächtigen Hauptgebäudes, das mindestens drei Stockwerke hoch gewesen sein musste. Die meisten Fußböden waren eingebrochen, sodass nur noch eine leere Hülle in den Himmel ragte. Während er von Raum zu Raum ging, sah er Scherben von Töpferwaren auf dem Boden verstreut und Bruchstücke von Möbeln unter dem verkohlten Schutt.

Aus unerfindlichen Gründen hatte das eine oder andere Stück die Flammen beinahe unversehrt überstanden; ein Besen aus Palmwedeln etwa war kaum angesengt, die steinerne Statue neben ihm dagegen in tausend Stücke zerborsten. Bei seinem Gang durch die Ruine fragte sich Semerchet, welche Arbeit Naia wohl in dem Haus hatte verrichten müssen. Hatte sie diese Zimmer mit dem Palmbesen gefegt? Oder den Wasserkrug in die Vorratskammer getragen, wo er nun in Scherben lag? Vielleicht hatte sie auch die Statuette des elamischen Hausgottes auf Hochglanz poliert, die noch immer, wenn auch ohne Kopf, in ihrer Nische stand.

Semerchet verließ die Ruine durch die an Lederriemen aufgehängte Hintertür, deren Anstrich dort, wo er nicht verkohlt war, in der Hitze Blasen geworfen hatte. Nach wenigen Schritten betrat er die Küche, die man ein Stück weit vom Herrenhaus entfernt errichtet hatte, damit dieses nicht so leicht von dem Herdfeuer in Brand gesteckt werden konnte. Unweit der Küche stieß Semerchet auf einen Brunnen, in den er einen routinemäßigen Blick warf. Das Wasser roch frisch und leicht nach Zitrusfrüchten – ein Duft, der Semerchet an Naia erinnerte, die immer ein aus Zitronenblüten destilliertes Parfüm benutzt hatte.

Er kehrte um und sah sich die Küche noch einmal genauer an. Zunächst fand er lediglich Kupfertöpfe, Keramikteller und zerbrochene Becher, bis ein goldener Schimmer inmitten des Schutts seine Aufmerksamkeit erregte. Er bückte sich und hob ein flaches Serviertablett auf. Nachdem er es von Staub und Asche befreit hatte, fiel sein Blick auf das ziselierte Muster.

«Das Wappen des elamischen Königshauses», flüsterte Schepak, der ihm schweigend durch die Ruinen gefolgt war. «Das haben der Prinz und die Prinzessin bestimmt aus Susa mitgebracht.»

«Und es verrät uns etwas», fügte Semerchet hinzu.

«Was denn?»

«Wer auch immer das hier angerichtet hat, ist nicht gekommen, um Beute zu machen», erklärte Semerchet und warf das Tablett zurück in die Asche.

Dann ging er zu einer nahen Gruppe von Dattelpalmen hinüber, aus deren Schatten er die hohen Lehmziegelmauern betrachtete, die das Landgut umgaben. An ihrem oberen Rand entdeckte er die verräterischen Spuren. «Da sind sie hinübergeklettert.» Er suchte Schepaks Blick. «Seht Ihr die Stellen, wo sich die Enterhaken festgekrallt haben? Bei Tageslicht hätte man sie rechtzeitig entdeckt, aber bei Nacht und auf diese Entfernung …»

Schepak blickte nach oben. «Was meint Ihr, wie viele waren es wohl?»

Semerchet zuckte mit den Achseln. «Sicher nicht allzu viele. Sie hatten den Überraschungseffekt und die Dunkelheit auf ihrer Seite. Da brauchten sie nur ein paar Leute, die über die Mauer geklettert sind und dann für die anderen das Tor geöffnet haben. Ich denke, zehn erfahrene Männer dürften genügt haben –»

Semerchet unterbrach sich, als ein Schwarm Fliegen an ihnen vorbeischwirrte. Er blickte ihnen nach, bis sie hinter der Mauer verschwunden waren, und folgte ihnen in den hinteren

Bereich des Hofes. Je näher er kam, desto lauter und aufgeregter wurde ihr Summen.

Als er um die Ecke bog, sah er, was die Fliegen anzog – eine riesige schwarze Lache eingetrockneten Blutes auf den Kalksteinplatten eines kleinen Seitenhofes.

«Hier hat man sie getötet», erklärte er Schepak.

«Das stimmt», bestätigte Schepak. «Hier haben wir die Leichen mit gefesselten Händen gefunden. Dreiunddreißig insgesamt. Das ganze Wasser aus dem Brunnen hat nicht gereicht, um das Blut wegzuspülen.»

«Dann waren sie schon mindestens zwei Tage tot, als ihr sie gefunden habt.»

Schepak blickte ihn verblüfft an. «Woher wollt Ihr das wissen?»

«Mit Blut kenne ich mich aus. In den ersten anderthalb Tagen lässt es sich leicht abwaschen. Danach kann man schrubben, wie man will, aber es bleibt immer etwas zurück.»

Schepak schluckte. Obwohl er ein kampferprobter Krieger war, teilte er die Überempfindlichkeit aller mesopotamischen Völker gegenüber dem Tod und seinen sichtbaren Hinterlassenschaften. «Ihr Ägypter müsst eine reichlich makabre Ader haben, um euch solches Wissen anzueignen», meinte er.

Semerchet sparte sich eine Antwort und ging stattdessen um den Blutfleck herum. Obwohl das Blut schon längst eingetrocknet war, drängten sich die Fliegen noch immer auf den Platten, und der Fleck schillerte im Sonnenlicht in allen Regenbogenfarben.

«Wo sind sie eigentlich begraben?», fragte Semerchet.

«Wer?»

«Die Opfer dieses Massakers.»

«Kutir ließ ihre Leichen in seinen Palast in Babylon bringen, um sie zusammen mit dem Prinzen zu bestatten. Sie wurden in Krügen mit Honig einbalsamiert.»

«Alle?»

Schepak nickte.

Semerchet wandte sich ab, damit der Elamer nicht sah, wie in ihm Hoffnung aufglimmte. Honig würde die Gesichter der Opfer konservieren. «Und wo befinden sich diese Krüge jetzt?»

«In der Gruft der Könige unter dem Palast.»

Semerchet blickte Schepak abwesend an. Er dachte an die Vision, die er auf dem Fluss gehabt hatte – an den Tagtraum, in dem er die Krüge mit dem Honig untersucht hatte. Er musste all diese Leichen mit eigenen Augen sehen, um herauszufinden, ob Naia unter ihnen war. Er hatte nicht die Absicht, sie in Babylon zurückzulassen, weder tot noch lebendig. Irgendwie musste er Schepak überreden, ihm Einlass in die königliche Gruft zu gewähren.

«Ich muss unbedingt ihre Gesichter sehen, bevor die Verwesung zu weit fortgeschritten ist.»

Der bloße Gedanke daran widerte Schepak sichtlich an. «Sie verwesen nicht. Aber nach unseren Gesetzen ist es nicht erlaubt, die Totenruhe zu stören.»

«Und wie soll ich dann die Wahrheit herausfinden?»

«Jedenfalls nicht auf diese Weise.»

«Wenn Ihr mir nicht helft, diese Leichen zu begutachten», erklärte Semerchet lakonisch, «und herauszufinden, was aus Eurer Prinzessin geworden ist – wie soll ich Euch dann vor der Insektenkammer bewahren?»

Der elamische Oberst hob abrupt den Kopf und starrte ihn an.

Sie saßen im Schatten der äußeren Mauer unweit des zerstörten Tores. Schepak hatte einen runden Laib Brot und etwas Käse mitgebracht, aber keiner von beiden war hungrig.

«Mir bleibt nur noch eine Woche, um Pinikir zu finden», erklärte der Oberst und trank aus einem Lederbeutel einen Schluck Wein. «Wenn der Tag des Narrenkönigs anbricht und ich die Prinzessin bis dahin nicht gefunden habe, geht es mir genau wie Kidin. Kutir hat angedroht, dass ein Offizier nach dem anderen an die Reihe kommt, bis Prinzessin Pinikir wieder da ist.»

«Und die Hinrichtung findet in dieser berüchtigten Insektenkammer statt?»

Schepak schwieg. Dann nickte er. «Genau.»

«Aber worum handelt es sich bei dieser Kammer? Ich meine, auf welche Weise …?»

Schepak holte tief Luft. «Wir entdeckten den Raum im Verlies des Palastes und hielten ihn zunächst für eine ganz normale Gefängniszelle – bis wir einen unserer eigenen Leute hineinsteckten. Er hatte sich im Dienst betrunken und sollte, wie wir fanden, einen kleinen Denkzettel bekommen. Aber kaum war die Tür hinter ihm ins Schloss gefallen, begann er auch schon zu schreien. Offenbar wird beim Schließen der Tür irgendein Mechanismus ausgelöst, der mehrere Falltüren in der Kammer öffnet.»

Noch einmal spülte er sich den Mund mit Wein aus.

«Aus den ersten beiden Klapptüren kommen die Insekten mit Scheren und Zangen und Stechrüsseln, die Käfer und Fangschrecken, Skorpione und Hundertfüßer. Die fliegenden erreichen als Erste ihr Ziel. Sie reißen das Fleisch auf, kriechen zwischen die Lippen, wetteifern um die Zunge und bohren sich in Ohren, Nase und Augen. Wenn sie sich satt gefressen haben, sind die grauen Fleischfresser an der Reihe. Man hört förmlich, wie ihre Kiefer aufeinanderklacken, und das zu Tausenden. Sie tummeln sich im Bauch des Opfers und fressen sich durch sein Gehirn. Und wenn sie fertig sind, öffnet sich die dritte und letzte Tür, und die kleinen Parasiten kommen heraus – die Gefräßigsten von allen, Würmer und Maden. In nur wenigen Minuten fressen sie die Knochen so blank, bis sie strahlend weiß sind. Es heißt, die Kassiten hätten die Kammer erdacht, um sich heimlich ihrer verhasstesten Feinde zu entledigen – und zwar so, dass nichts übrig blieb, was zu ihrer Identifizierung hätte beitragen können.»

Schepak verstummte, und Semerchet wurde erst jetzt bewusst, dass er den Elamer mit offenem Mund anstarrte. «Unglaublich», brachte er schließlich hervor.

«Ihr solltet es trotzdem besser glauben. Kutir hat seine Offiziere gezwungen, mit eigenen Augen zu verfolgen, wie Kidin in die Kammer geworfen wurde.» Als Schepak Semerchets Blick erwiderte, stand auch ihm das Entsetzen ins Gesicht geschrieben. «Aber das Schlimmste kommt erst noch.»

«Was könnte noch schlimmer sein?», fragte Semerchet mit kraftloser Stimme.

«Euch ist doch sicher schon aufgefallen, wie riesig und wie angriffslustig die Insekten in diesem Land sind?»

Semerchet nickte. Die Nacht vor den Toren von Is, in der er auf Marduks Rückkehr gewartet hatte, würde er so schnell nicht vergessen.

«Und jetzt stellt sie Euch doppelt oder dreimal so groß vor», fuhr Schepak fort. «So groß werden sie nämlich, wenn sie genügend Fleisch bekommen.» Dann leerte er seinen ledernen Trinkbeutel. «Und nächste Woche wird man mich diesen Monstern zum Fraß vorwerfen.»

Betroffenes Schweigen machte sich breit. Dann sprang Semerchet entschlossen auf.

«Also bleibt uns gar nichts anderes übrig, als die Prinzessin zu finden», erklärte er mit der ganzen Selbstsicherheit, die er aufzubringen vermochte.

Schepak musste lachen, auch wenn es sehr nach Galgenhumor klang. «Und Ihr glaubt wirklich, Ihr könnt das schaffen?»

«Warum nicht? Sie ist im selben Augenblick und am selben Ort verschwunden wie meine Frau.» Semerchet ließ den Blick noch einmal über die Trümmer des Landguts schweifen. «Und wenn ich die eine finden kann, dann ganz bestimmt auch die andere.»

Bevor er nach Babylon zurückritt, ging Semerchet noch ein letztes Mal durch die Ruinen. Die elamischen Streitkräfte hatten offenbar den Ort tatsächlich mit größter Gründlichkeit nach Beweisstücken abgesucht. Als er Schepak darauf ansprach, erwiderte der Oberst, dass ohnehin nicht viel zu finden gewesen sei; die Banditen hätten bereits selbst sämtliche Spuren ihres Überfalls verwischt, um nichts zurückzulassen, was sie hätte identifizieren können – eine Tatsache, die Semerchet an sich schon merkwürdig fand.

Etwas später entdeckte Semerchet dann etwas, das sich in die Unterseite eines herabgestürzten Deckenbalkens aus Zedernholz gebohrt hatte. Bei seinem ersten Gang durch den zerstörten Raum war ihm der Gegenstand noch nicht aufgefallen, da der Balken im Schatten gelegen hatte. Nun aber, nachdem die Sonne sich weiter über den Himmel bewegt hatte, beschienen ihre Strahlen einen einzelnen Pfeil, der zwar leicht angekohlt, aber ansonsten noch gut erhalten war. Er war so tief in den Balken eingedrungen, dass er sich nicht von der Stelle rührte, als Semerchet ihn herauszuziehen versuchte.

«Schepak, helft mir mal!»

Als der Elamer den Pfeil sah, bohrte er ihn mit Hilfe seines Schwertes aus dem Holz, und Semerchet fing ihn auf.

«Komisches Ding», erklärte Schepak kopfschüttelnd. «So ein Pfeil ist mir noch nie untergekommen.»

«Mir schon», entgegnete Semerchet knapp. «Seht Ihr das hier? Der Schaft besteht nicht aus Holz, sondern aus Schilfrohr. Genauer gesagt Papyrus, getrocknet und mit Harz gehärtet. Und jetzt seht Euch diese Pfeilspitze an; sie ist aus Kupfer, das vom Sinai kommt. Und die Feder hier, grau mit weißen Spitzen – ich wette, die stammt von einer thebanischen Gans.»

Er blickte Schepak nüchtern an. «Dieser Pfeil wurde in Ägypten gefertigt.»

Es war bereits Nachmittag, als Semerchet und Schepak sich auf den Rückweg nach Babylon machten. Seit Semerchet herausgefunden hatte, dass es sich um einen ägyptischen Pfeil handelte, wirkte Schepak ihm gegenüber distanziert und wortkarg. Seltsamer Zufall, dachte Schepak, dass ausgerechnet ein Ägypter, der in einem Mordfall an einem elamischen Prinzen und bei der möglichen Entführung einer elamischen Prinzessin ermittelt, nun den Beweis für eine ägyptische Beteiligung an diesen Verbrechen findet. Das roch für ihn nach einem abgekarteten Spiel, und Schepak fragte sich schon, ob es wirklich eine gute Idee gewesen war, mit Semerchet zusammenzuarbeiten.

Schweigend, aber zügig ritten sie in die Hauptstadt zurück. Keiner von beiden wollte nach Einbruch der Dunkelheit noch auf der Straße sein. Selbst Schepak war seine Erleichterung anzumerken, als sie das Ischtar-Tor erreichten.

Vor Bel-Marduks Herberge drückte Semerchet dem Offizier die Zügel seiner Stute in die Hand. Mit knappen Worten vereinbarten sie, sich am nächsten Morgen erneut zu treffen, um ihr weiteres Vorgehen zu besprechen. Semerchet überließ Schepak den Pfeil und riet ihm, das Beweisstück an einem sicheren Ort aufzubewahren und niemandem davon zu erzählen; er wollte nicht, dass ihr einziges Indiz in der Herberge auf geheimnisvolle Weise aus seinem Gepäck verschwand.

Als er gerade hineingehen wollte, sah er, wie seine beiden Beschatter ihm von der anderen Seite der Prozessionsstraße Zeichen gaben. Obwohl sein empfindliches, schmerzendes Hinterteil dringend nach einem kalten Bad verlangte, bahnte er sich seinen Weg durch den abendlichen Verkehr zu ihnen.

Die beiden Männer ließen den Kopf hängen und blickten ihn ebenso traurig wie schicksalsergeben an. «Guten Abend, Herr», begrüßte ihn der Dicke mit einer angedeuteten Verbeugung.

«Weshalb so betrübt?», fragte Semerchet. «Ihr seht aus, als ob gerade eure Mutter gestorben wäre.»

«Danke, der geht's gut», erwiderte der Dünne, und erst jetzt begriff Semerchet, dass die beiden Brüder waren. «Sehr freundlich von Euch, sich nach ihr zu erkundigen. Wir sind einfach traurig, weil Ihr doch bestimmt bald aus Babylon abreisen werdet, nachdem Ihr jetzt Eure Frau gefunden habt.»

Semerchet war momentan sprachlos. «Was meint ihr mit ‹meine Frau gefunden›?»

«Wir wissen von der schönen Dame, die Ihr im ägyptischen Tempel versteckt, Herr.»

«Sie ist nicht meine Frau.» Semerchet musste lachen.

Die beiden Schwarzköpfe blickten einander perplex an. «Sie hat es uns aber selbst gesagt!»

«Aber sie ist wirklich nicht …», begann Semerchet, hielt dann aber inne. Aneku fürchtete wahrscheinlich immer noch, wegen ihrer falschen Angaben zur Rückkehr in den Ischtar-Tempel gezwungen zu werden, sobald ihre wahre Identität bekannt würde. Was konnte es schon schaden, dachte Semerchet, wenn es ihr half, sich als seine Frau auszugeben?

«Ich kann euch versichern, dass meine Arbeit hier in Babylon noch lange nicht abgeschlossen ist.»

«Aber warum legen die Elamer dann keinen Wert mehr darauf, dass wir Euch beschatten? Sie haben uns nämlich fristlos entlassen.»

Also spionierten die Elamer ihm nicht mehr nach. Aber wieso? Am wahrscheinlichsten wohl, weil er selbst die Festung der Elamer aufgesucht hatte, um sich mit Oberst Schepak in Verbindung zu setzen – ein Vorgehen, das sicher unverzüglich an den Palast weitergemeldet worden war.

«Aber wenn Ihr noch länger hier seid», fuhr der dicke Spitzel fort, «dann könnten wir Euch doch auch weiterhin zu Diensten sein, oder?»

Semerchet konnte es kaum fassen. «Warum sollte ich euch dafür bezahlen, dass ihr mir nicht nachspioniert, wenn ganz offenkundig sowieso niemand mehr daran interessiert ist zu erfahren, was ich treibe?»

«Weil Ihr trotzdem auf unsere Hilfe angewiesen sein werdet, Herr.»

«Das glaube ich nicht.»

«Doch. Babylon ist in diesen Tagen alles andere als ein sicheres Pflaster.»

Semerchet zuckte mit den Achseln. «Das mag ja sein, aber ihr bekommt trotzdem kein Gold mehr von mir.»

Die beiden Spitzel ließen die Köpfe hängen.

Semerchet musste innerlich noch immer lachen, als er den Hof der Herberge betrat. Aus den Augenwinkeln bemerkte er ein Kontingent elamischer Wachsoldaten, die in ihren glitzernden Uniformen bei den Stallungen herumstanden. Er war gerade auf der Außentreppe, die zu seinen Zimmern führte, als einer von ihnen auf ein Zeichen der Priester hin auf ihn zutrat.

«Der ehrenwerte Semerchet, nehme ich an?»

Semerchet nickte überrascht.

«König Kutir erwartet Euch in seinem Palast.»

«Kutir? Jetzt gleich?»

Der Soldat verschränkte die Arme und nickte.

«Aber ich ... ich bin nicht entsprechend gekleidet, wie Ihr seht. Und gebadet habe ich auch noch nicht.»

«Alles Erforderliche wird Euch bei Eurer Ankunft im Palast zur Verfügung gestellt.»

Semerchet war klar, dass er ein Zusammentreffen mit Babylons neuem Herrscher nicht mehr länger hinauszögern konnte. Dennoch bestand er darauf, wenigstens sein Amtszeichen zu holen, das ihm der Pharao mit auf den Weg gegeben hatte, und so legte er den Brustschmuck zum ersten Mal auf seiner Reise an. Auf seinen staubigen ledernen Reisekleidern glitzerte das Teil fast schon unwirklich. Schwer hing der Falke mit seinen ausgebreiteten Schwingen aus getriebenem Gold an der Kette aus tränenförmigen Karneol- und Lapislazuliperlen. Über dem Kopf des Falken blickte den Betrachter das Auge des Horus an, der mächtigste aller ägyptischen Talismane.

Auf der Prozessionsstraße erwartete ihn eine Sänfte mit zwölf Trägern. Semerchet kam sich in dem Ding ausgesprochen lächerlich vor, zumal er das Gefühl hatte, dass alle Blicke auf ihm ruhten. Er tröstete sich aber damit, dass es schon fast dunkel war, und hoffte, bei diesen Lichtverhältnissen nicht allzu sehr aufzufallen.

«Ehrenwerter Semerchet!», rief ihm plötzlich jemand von einem Marktstand aus zu.

Ein Mann hob zögernd die Hand und winkte ihm zu. Semerchet kniff die Augen zusammen und stellte verblüfft fest, dass es sich um dieselbe Person handelte, mit der Marduk auf dem Siechenplatz gesprochen hatte.

«Anhalten!», rief Semerchet seinen elamischen Begleitern zu. Als sie ihm keinerlei Beachtung schenkten, probierte er sämtliche babylonischen Wörter seines begrenzten Wortschatzes aus, die ihm in diesem Zusammenhang einfielen. «Stehenbleiben! Schluss! Ende! Ich möchte mit diesem Mann sprechen!»

Der elamische Wachsoldat an seiner Seite protestierte. «Mein Herr, ich muss Euch daran erinnern, dass Seine Majestät –»

«– nicht länger warten kann, ich weiß. Es wird auch nicht lange dauern», warf Semerchet ein. Als der Soldat keine Anstalten machte nachzugeben, legte Semerchet mit eisiger Stimme nach. «Oder muss ich mich beim König über die ausgesprochen unhöfliche Behandlung des ägyptischen Sondergesandten durch seine Untertanen beklagen?»

Der Wachmann bedeutete den Trägern auf der Stelle, die Sänfte abzusetzen. Semerchet sprang hinab und ging zu dem Mann hinüber.

«Wie ich sehe, macht Eure Haut schon einen sehr viel besseren Eindruck», kommentierte Semerchet. Tatsächlich wirkte das glatte Gesicht des Mannes, als habe er nie unter einer Hautkrankheit gelitten.

«Ich habe reines Wasser genommen, wie der Herr es mir empfohlen hat. Die Wirkung war ganz erstaunlich.»

«Woher wusstet Ihr, dass ich hier vorbeikommen würde?»

«Man hat mich beauftragt, Euch hier eine Nachricht zu übergeben.»

«Von wem?»

«Das darf ich nicht sagen, mein Herr.»

Semerchet schaute seinem Gegenüber ins Gesicht, um herauszufinden, ob sich hinter seinem höflichen Gebaren noch etwas anderes verbarg, doch die Miene des Mannes blieb ebenso unschuldig wie undurchschaubar.

«Und wie lautet die Nachricht?»

Der Mann holte tief Luft und legte los. «‹Man hat festgestellt, dass Ihr in der Festung der Elamer ein und aus geht, und wünscht aufrichtig, Ihr möget diese in Zukunft meiden.›»

«Weshalb?»

«Das war bereits die ganze Nachricht, mein Herr.» Der Mann trat unruhig von einem Fuß auf den anderen. «Aber wenn es Euch nichts ausmacht, würde *ich* noch gerne etwas wissen ...»

Semerchet nickte.

«W-woher wusstet Ihr, dass meine Krankheit allein mit Wasser zu heilen war?»

Semerchet lachte. «Glaubt Ihr etwa, ich erkenne diesen alten Bettlertrick nicht? Wenn man schlimmer aussehen möchte als ein Leprakranker, muss man sich nur mit Honig vermischtes schimmliges Brot ins Gesicht schmieren.»

Ein Lächeln huschte über das Gesicht des Babyloniers. «Vor Euch hat das noch nie einer gemerkt, mein Herr.»

Semerchet zwinkerte ihm zu, und der Mann verschwand in den Tiefen des Marktstands. Semerchet ging zu seiner Sänfte zurück und stieg wieder ein. Während des kurzen Wegs zum Palast dachte er die ganze Zeit über die Botschaft nach, die der Mann ihm übermittelt hatte. Warum sollte er die Garnison der Elamer meiden? War das eine Warnung oder eine Drohung? Wer hatte ihm die Nachricht zukommen lassen? Und zu welchem Zweck postierte man einen offensichtlich kerngesunden Mann auf dem Siechenplatz?

Falls die Nachricht von Marduk stammte (ein naheliegender Gedanke, da Semerchet ihn in Gesellschaft des Mannes gesehen oder zumindest zu sehen geglaubt hatte), musste doch gerade dieser wissen, dass Semerchet sich schon aus reinem Pflichtgefühl heraus nicht an die Empfehlung halten konnte. Aber Marduk war lediglich ein aufständischer Schwarzkopf. Nein, die Warnung musste von jemand anderem kommen. Aber von wem? Er war noch tief in Gedanken versunken, als er wahrnahm, dass er mit seiner Eskorte bereits im Königspalast angekommen war.

Der Palast war mit glänzenden Fliesen verkleidet, auf denen stilisierte blaue, grüne und goldene Bäume ihre Äste gen Himmel reckten. Vor Semerchets Sänfte öffnete sich eine mächtige Tür. Hinter ihr herrschte eine angenehme Kühle, denn die Lehmziegelmauern des Palastes waren mindestens vier Ellen dick.

Im halbdunklen Innern verbeugten sich Höflinge tief vor Semerchet, als dieser durch die gewundenen Gänge getragen wurde. Aus einem Seitengang kam der Großkämmerer herangestürmt, ein hagerer, nervöser Eunuch unbestimmten Alters.

Seine Nasenflügel zuckten, als er den von Semerchet ausgehenden Geruch nach Schweiß und Pferden wahrnahm. Der Eunuch zog ihn entschlossen aus der Sänfte und begleitete ihn durch einen langen Korridor in einen Nebenraum, wo eine Wanne mit dampfendem Wasser auf ihn wartete. Sogleich kamen Dienstmägde herein, die Semerchet entkleideten und ihn in einige Verlegenheit brachten, als sie lachend auf ihn zeigten und dabei lautstark erklärten, noch nie einen beschnittenen Mann gesehen zu haben. Einige von ihnen warfen ihm vielsagende Blicke zu, doch er tat, als merke er es nicht.

Nachdem sie ihn eingeseift und gewaschen hatten, brachte der Eunuch ihn in einen Raum, in dem ein Kammerdiener ihm eine Reihe unterschiedlicher Kleidungsstücke zur Wahl stellte. Semerchet entschied sich für das schlichteste Gewand, erlaubte es aber, ihm dünne Sandalen aus vergoldetem Ziegenleder überzustreifen. Der Kammerdiener hätte ihm auch noch goldene Ketten umgehängt, doch Semerchet bestand darauf, außer seinem Amtszeichen keinen weiteren Schmuck zu tragen. Endlich mit Semerchets Äußerem zufrieden, obgleich er weiterhin dessen fehlenden Schmuck beklagte, führte der Großkämmerer ihn zu einer schmalen Wendeltreppe, über die sie schließlich ins indigoblaue Dämmerlicht hinaustraten.

Viele Gebäude in Babylon wiesen Dachgärten auf, doch der, den Semerchet nun zu sehen bekam, verschlug ihm die Sprache. Er war in Terrassen angelegt wie ein natürlicher Hügel, und in seinen Pflanztrögen aus rosa Marmor wucherte üppiges Grün. Eingerahmt von den Zweigen blühender Bäume stand König Kutir mit dem Rücken zu Semerchet da, als bewundere er den aufgehenden Mond. Die Frau neben ihm hatte eine Hand sanft auf den Arm des jungen Königs gelegt. Die

Szene war so perfekt arrangiert, dass der König sie eigens für Semerchet ausgedacht haben musste.

Der Herold kündigte Semerchet mit klangvoller Stimme an, und der König drehte sich um, als sei er über die Ankunft seines Gastes überrascht. Semerchet verbeugte sich auf ägyptische Art tief mit ausgestreckten Armen vor ihm, während der Anhänger des Pharaos vor seiner Brust baumelte.

«Semerchet, habt Ihr endlich den Weg zu uns gefunden», begrüßte ihn der König. «Auch wenn ich Euch nur höchst ungern aus Euren Gebeten gerissen habe, zumal man mir zugetragen hat, welch überaus frommer Mann Ihr seid», fügte Kutir mit einem Zucken um die Mundwinkel hinzu.

Semerchet war ausnahmsweise einmal nicht auf den Mund gefallen. «Wie Ihr seht, wurden meine Gebete erhört. Endlich darf ich Euch inmitten all dieser Pracht meine Aufwartung machen.»

Der König lachte laut auf, doch die Dame an seiner Seite drehte sich demonstrativ um und brachte ihn damit schnell zum Schweigen. Verlegen zwang der König sie, sich erneut Semerchet zuzuwenden, wobei seine Finger weiße Abdrücke auf ihrem Arm hinterließen.

«Ich darf Euch die Königin, meine Frau Narunte, vorstellen, die sich auf die Begegnung mit Euch nicht weniger gefreut hat als ich.»

Dies war so offenkundig gelogen, dass Semerchet nichts anderes einfiel, als sich erneut zu verbeugen und sich das Lächeln zu verkneifen, das ihm auf den Lippen lag. Die Königin entwand sich dem festen Griff ihres Gatten und ließ sich auf einem Stuhl aus geschnitztem Elfenbein nieder. Dann wies sie einen Sklaven an, ihr eine Schale Bier zu bringen, und musterte Semerchet finster, während sie an ihrem Schilfrohr saugte.

Auf den ersten Blick wirkte Königin Narunte wesentlich älter als ihr junger Ehemann, ihr Gesicht war hager und ihr Nacken faltig. Sie fixierte Semerchet mit dämonisch silbrigen Augen, aus deren winzigen Pupillen ihm purer Hass entgegenfunkelte. Wäre sie ihm nicht als Königin vorgestellt worden, hätte er sie aufgrund ihrer grobschlächtigen Art eher für eine gemeine Hure gehalten.

Kutir dagegen gab einen wahren Märchenprinzen ab – ein Bild von einem Mann mit krausem Bart und langem, am Hinterkopf zu einem Knoten gebundenem Haar. Sein einziger Schönheitsfehler waren seine kleinen, eng beeinanderstehenden Augen und die winzigen Fältchen an den Augenwinkeln, die von einer gewissen Ängstlichkeit zu zeugen schienen.

Plötzlich wurde Semerchet sich der Tatsache bewusst, dass er das Königspaar musterte, als verdächtige er die beiden eines Verbrechens, und so wandte er rasch den Blick ab. Erst jetzt fiel ihm auf, dass auch Botschafter Menef auf dem Dachgarten zugegen war, unmittelbar hinter dem Stuhl der Königin. In diskreter Entfernung vom Botschafter stand Menefs Leibwächter, der Mann mit dem bemerkenswert makabren Lächeln. Als Semerchet die beiden erblickte, begrüßten sie ihn mit einer übertrieben tiefen Verbeugung.

Kutir legte Semerchet den Arm um die Schultern. «Lasst uns jetzt, da Ihr endlich hier seid, unter vier Augen miteinander reden», schlug er vor.

Kutir führte Semerchet über eine Treppe zu einer Gruppe duftender Pinien, die auf dem höchsten Punkt des Gartens standen. Auf der marmornen Bank, auf der sich der König niederlassen wollte, hatte sich allerdings ein Pfau breitgemacht. Kutir verscheuchte ihn mit einem Fußtritt, woraufhin der Vogel unter wildem Gezeter auf einen Pinienast über ihnen flatterte. Dann bot der König Semerchet einen Platz neben sich auf der Bank an. Vorsichtig achtete Semerchet darauf, sich nicht in den frischen Vogelkot zu setzen.

«Kommen wir gleich zur Sache – wie lautet Euer Angebot?», fragte Kutir unverblümt.

«Eure Majestät?»

«Für die Marduk-Statue natürlich – was bietet mir Ramses dafür?»

Der verblüffte Semerchet nahm an, dass Menef dem König ebenso von der Bitte des Pharaos berichtet hatte wie dem Hohepriester Adad. Erneut fragte er sich, was der Botschafter im Schilde führen mochte, zumal jeder seriöse Vertreter seines Landes kein Wort darüber verloren hätte, dass der Pharao gesundheitlich angeschlagen war. Wenn sich in anderen Ländern das Gerücht verbreitete, dass Ramses schwer krank sei oder gar im Sterben liege, würde in ganz Asien niemand mehr längerfristige Verträge mit Ägypten abschließen; in diesem Fall wartete man lieber auf einen Nachfolger.

Semerchet atmete einmal tief durch, bevor er aufzuzählen begann, zu welchen Zugeständnissen Ramses bereit war. «Der Pharao würde Euch als den wahren König Babylons anerkennen.»

«Und?»

«Und Euch seine Unterstützung bei der Unterwerfung Eurer inneren Feinde anbieten.»

Kutir schnaubte verächtlich. «Verglichen mit der Politik seines Vaters ist das immerhin ein gewisser Fortschritt.»

«Wie darf ich das verstehen, Eure Majestät?»

«Der Thronerbe der Isin wurde in Ägypten erzogen und von dort letztes Jahr losgeschickt, um uns die Hölle heiß zu machen. Aber das ist Euch ja nicht neu.»

Semerchet war nichts dergleichen bekannt. Obgleich es in Ägypten durchaus üblich war, Prinzen fremder Länder eine Erziehung zu gewähren und ihnen auf diese Weise ganz nebenbei die eigenen Wertvorstellungen nahezubringen, hatten weder der gegenwärtige Pharao noch dessen Vater ihm gegenüber je den Isin-Thronfolger erwähnt. Kutir aber beabsichtigte nicht, auf das Thema näher einzugehen.

«Und?», drängte er. «Was noch?»

«Und er bietet Euch Gold.»

«Und?»

«Waffen. Getreide. Proviant.»

«Und?»

«Es tut mir leid, aber mehr anzubieten bin ich nicht befugt.»

Kutir stieß einen übertriebenen Seufzer aus. «Das genügt leider nicht.»

Der König erhob sich von der Marmorbank und blickte über den Rand des Dachgartens auf die Stadt hinab. Babylon breitete sich in dunklem Purpurrot unter ihnen aus. Überall flackerten Herdfeuer auf. Kutir wandte sich erneut zu Semerchet um.

«Ramses ist nur durch Eure Hilfe Pharao geworden. Hättet Ihr nicht die Verschwörung aufgedeckt, die im Harem seines Vaters ausgeheckt worden war, säße heute ein Verräter auf dem Falkenthron. Jeder weiß das.»

Semerchet wollte protestieren. «Majestät», beteuerte er, «ich bin nur mehr oder weniger zufällig auf diese Verschwörung –»

«Auch von Eurer außergewöhnlichen Bescheidenheit hat man mir schon berichtet.»

«Der Vater des gegenwärtigen Pharaos ist durch meine

Schuld gestorben», wandte Semerchet erregt ein. «Wenn ich nicht so blind, nicht so dumm gewesen wäre ...» Dann hielt er inne. Er wollte nicht an diese Zeit erinnert werden. «Jedenfalls bin ich nicht der, für den Ihr mich haltet. Und überhaupt – was hat das alles mit Euren Forderungen zu tun, Majestät?»

Kutir holte tief Luft. «Ich stelle nur eine einzige Forderung: dass Ihr in meine Dienste tretet. Ich möchte, dass Ihr meine Schwester findet – oder zumindest in Erfahrung bringt, was mit ihr geschehen ist.»

Während der König nun auf ihn einredete, bemerkte Semerchet, wie nervös der Mann war. «Pinikir war schon immer Vaters Liebling. Wenn es mir nicht gelingt, sie zurückzubringen – sei es lebendig oder auch nur tot –, wird mein Vater gewisse Maßnahmen ergreifen.» Nun war es endlich heraus, und der König rang schwer nach Luft.

Semerchet versuchte, ihn zu beruhigen. «Wenn dem so sein sollte, wird er Euch vielleicht die Streitkräfte schicken, die Ihr benötigt, um die Aufständischen in die Schranken zu weisen –»

«Ihr versteht gar nichts», erklärte Kutir resigniert. «Er wird Maßnahmen gegen *mich* ergreifen. Ich bin für ihn jetzt nur noch ein Vasallenkönig – noch dazu einer, der seine Arbeit nicht besonders gut macht.»

Semerchet starrte den König an. Von Kutirs Vater – König Schutruk, dem Herrscher von Elam – hatte er schon gehört. Wie alle anderen hatte auch Semerchet fasziniert verfolgt, wie Schutruk durch eine Eroberung nach der anderen Elam zu einer Großmacht geformt hatte. Babylonien sollte nur der erste Sieg seines Sohnes im Westen sein, denn dahinter lagen die neuen, verlockenden Gebiete der Levante, Assyrien, Israel, Kanaan. Selbst Ägypten, mutmaßte Semerchet, würde eines

Tages unweigerlich ins Blickfeld eines so unersättlichen Monarchen geraten.

«Aber Ihr seid sein ältester Sohn», wandte Semerchet ein. «Was habt Ihr da schon zu befürchten?»

Kutir blickte ihn mit seltsam glänzenden Augen an. «Bei uns in Elam gibt es ein Sprichwort über einen Mann, der vom Glück verlassen ist: ‹Selbst wenn er Gold in die Hand nähme, würde es sich in Dreck verwandeln.› Nun, Babylon hat sich in meinen Händen in Dreck verwandelt, Semerchet. Und das alles hat mit dem Verschwinden meiner Schwester begonnen, denn erst danach kam die Wende im Krieg, kamen die Niederlagen meiner Streitkräfte – und deshalb müsst Ihr mir jetzt helfen, sie zu finden. Vielleicht kehrt dann ja mein Glück zurück, und alles, was ich berühre, wird wieder zu Gold.»

«Majestät –»

Aber Kutir fiel ihm ins Wort, bevor er Einwände erheben konnte. «Wenn Ihr das nicht für mich tut, Semerchet, wird das Götterstandbild für immer hierbleiben. Dann wird es nie einen Besuch in Ägypten abstatten und nie dem Pharao seine Gesundheit wiedergeben.» Kutirs Stimme nahm einen flehentlichen Tonfall an. «Was riskiert Ihr dabei schon? Wenn Ihr in dieser gottverdammten Stadt Eure Frau findet, dann findet Ihr doch bestimmt auch meine Schwester.»

Schon wieder wurde er mit Anekus Lüge konfrontiert. Wie es schien, ging jeder in Babylon davon aus, dass er Naia bereits gerettet hatte.

«Stimmen unsere Ziele nicht bestens überein?», fuhr der König eindringlich fort. «Meine Schwester im Tausch gegen das Götterbild.»

«Wie kommt Ihr darauf, dass ich Erfolg haben könnte, wo Eure eigene Geheimpolizei gescheitert ist?»

Kutir zwinkerte ihm zu. «Weil Ihr der große Semerchet seid.»

Das übertriebene Vertrauen, das der König in ihn setzte, erschreckte Semerchet. Wenn er freilich den Auftrag annahm und damit im Grunde nur seine bisherige Arbeit weiterführte, konnte er mit seiner Suche nach Naia und Rami ungehindert fortfahren und dabei auch noch auf die volle Unterstützung des Königs von Babylon zurückgreifen. Und zu guter Letzt würde dann auch das Standbild des Gottes nach Ägypten reisen dürfen.

Semerchet musste nicht lange nachdenken. «Und Ihr würdet mir völlige Bewegungsfreiheit in der Stadt sowie im Umland garantieren?»

«Habe ich das nicht bereits getan?»

«Werdet Ihr Eure Spitzel abziehen?»

«Sind sie nicht schon weg?»

«Ich brauche einen Passierschein für die nächtliche Ausgangssperre.»

«Den sollt Ihr haben.»

«Wie es heißt, sind die sterblichen Überreste der Opfer hier unter dem Palast begraben.»

«Ja, alle außer meiner Schwester.»

«Ich muss die Leichen untersuchen.»

Kutir schreckte hoch und ließ dabei für einen kurzen Augenblick erkennen, wie sehr der bloße Gedanke ihn empörte. «Das ist gänzlich unmöglich.»

«Majestät, es ist für mich von größter Wichtigkeit, ihre Wunden zu untersuchen, um herauszufinden, wie sie getötet wurden. So wie jedes Volk seine eigene Art zu leben hat, so hat jedes auch seine eigene Art zu morden. Ein Blick auf die Leichen könnte mir helfen herauszufinden, wer sie getötet hat.»

«Aber wir wissen doch längst, dass es die Isin waren!»

«Nein, Majestät, das wissen wir keineswegs.» Er dachte an den Pfeil, den er erst am Nachmittag gefunden hatte, und daran, wie leidenschaftlich die Isin jede Beteiligung an dem Verbrechen abgestritten hatten.

«Semerchet, Ihr als Ägypter seid mit unseren Sitten und Gebräuchen nicht vertraut. Wenn die Toten erst einmal in der Gruft liegen, sind sie nach unserem Glauben in der Unterwelt angekommen. Die Tür zur Grabkammer ist somit das Tor zu unserem nächsten Leben. Niemand kann dieses Tor vor dem nächsten Begräbnis öffnen, und auch dann erst, nachdem die Priester die Dämonen vertrieben haben, die den Eingang bewachen. Ihr könnt da nicht so mir nichts, dir nichts hineinspazieren – das gehört sich einfach nicht.»

Als Semerchet etwas entgegnen wollte, blickte Kutir herrisch und wandte sich mit hocherhobener Hand ab. «Ich habe nein gesagt. Es ist absolut unmöglich.»

Semerchet senkte enttäuscht den Kopf. «Dann brauche ich wenigstens Unterstützung durch einen Eurer Männer, der sich in der Stadt auskennt.»

«Nennt mir seinen Namen, und ich stelle ihn Euch zur Verfügung.»

«Oberst Schepak.»

Kutir zögerte. «Schepak? Wollt Ihr nicht lieber einen Fähigeren?»

«Er ist ein guter Mann und Euch gegenüber absolut loyal.»

Kutir nickte, auch wenn ihm seine Skepsis anzusehen war. «Na schön, wenn Ihr solchen Wert auf ihn legt, entlasse ich ihn auf der Stelle aus seinen gegenwärtigen Pflichten.»

Semerchet atmete erleichtert durch. Damit hatte er Schepak zwar noch nicht endgültig das Leben gerettet, es aber immerhin über den Tag des Narrenkönigs hinaus verlängert. Nun, da sie eine Übereinkunft erzielt hatten, wirkte Kutirs Miene auch längst nicht mehr so angespannt und verängstigt – bis ein unerwarteter schriller Schrei des Pfaus über ihren Köpfen ihn plötzlich hochschrecken ließ.

«Ich werde dafür sorgen, dass dem verdammten Vogel der Hals umgedreht wird», brummte der König schwer atmend und blickte voller Hass in den Baum hinauf.

Semerchet blieb nur noch eines zu sagen. «Euer Majestät, Ihr müsst wissen, dass ich das alles nur für meinen Pharao tue. Und für den Fall, dass ich mein Ziel erreichen sollte, erwarte ich, dass nicht nur Ihr in den Transport des Standbilds nach Ägypten einwilligt, sondern auch die Priester.»

Kutir nickte zuversichtlich. «Keine Angst, die werden schon zustimmen.»

«Aber werden sie es auch aus freien Stücken tun? Ich kann nicht riskieren, dass sie womöglich schwarze Magie gegen Ägypten einsetzen.»

Kutir wischte alle Zweifel beiseite. «Ich garantiere es. Denn wenn sie nicht einverstanden sind, wird ein weiteres Relikt aus Babylons Vergangenheit von unschätzbarem Wert niemals in die Stadt zurückkehren.»

«Wovon sprecht Ihr?»

«Vom Stein des Königs Hammurabi, auf dem sämtliche Gesetze Babyloniens eingemeißelt sind. Er ist fünfhundert Jahre alt und wird fast so sehr verehrt wie das Standbild des Bel-Marduk. Im Augenblick befindet er sich in Susa; ich habe ihn nach der Einnahme der Stadt meinem Vater geschenkt. Ich biete den Priestern einen Tauschhandel an: Wenn sie die Statue für ein Jahr nach Ägypten reisen lassen, sorge ich dafür, dass der Stein wieder nach Babylon kommt.»

Semerchet hätte diesen Stein nur zu gern selbst gesehen. In Ägypten waren die Gesetze über viele Generationen ausschließlich mündlich überliefert worden, und niemand wäre auch nur auf die Idee gekommen, sie schriftlich niederzulegen.

«Und die Magi werden damit einverstanden sein?»

«Wie es auf dem Stein heißt, Semerchet: ‹Auge um Auge, Zahn um Zahn›.»

«Und eine Statue für einen Stein ...?»

«So ist es.»

Als Semerchet den Palast verließ, um Schepak aufzusuchen und über die glückliche Wendung seines Schickals zu informieren, wartete eine Frau auf ihn. «Einen Augenblick bitte, mein Herr», sprach sie ihn an und legte ihm eine Hand auf den Arm. Sie trug das gleiche hochgeschlossene, mit Fransen besetzte und aufwendig bestickte bleifarbene Kleid wie Königin Narunte. «Die Königin würde Euch gerne kurz sprechen.»

Semerchet war alles andere als begeistert. Nach dem ausgesprochen feindseligen Empfang, den die Königin ihm auf der Dachterrasse bereitet hatte, hielt er wenig von einer solchen Unterhaltung. Dennoch konnte er sie schlecht ablehnen, und so versicherte er, er stünde der Königin selbstverständlich gern zur Verfügung.

Die Frau führte ihn nach draußen und dann durch eine Reihe von Höfen. Sie betraten ein niedriges Gebäude, das Semerchet als Kutirs Harem identifizierte, als er die Eunuchen vor jeder einzelnen Tür stehen sah. Es waren jedoch keine Frauen zugegen, und so musste Semerchet bedauernd feststellen, dass man sie in ihren Räumlichkeiten eingeschlossen hatte, damit sein lustvoller männlicher Blick sie nicht beflecken konnte.

In einer von dünnen Alabastersäulen getragenen Halle ruhte Narunte auf einem Diwan, die unvermeidliche Schale Bier in der Hand. Verblüfft registrierte Semerchet, dass Botschafter Menef an ihrer Seite saß und die Uräusschlange, sein Leibwächter, sich im Hintergrund gegen eine Säule lehnte. Menef stand sofort auf und bot Semerchet seinen Stuhl an.

«Hat mein Gatte Euch gebeten, seine Schwester zu finden?», fragte die Königin mit rauer Stimme, die Semerchet an zwei aufeinanderreibende Mühlsteine erinnerte. Sie hob die Schale an die Lippen und trank das ungefilterte Bier so, wie es war, ohne sich die Mühe zu machen, es durch einen Schilfhalm zu saugen. Sie war ganz offensichtlich betrunken.

«Ja, und ich habe es Seiner Majestät versprochen.»

Die Königin brach in schrilles Gelächter aus und nickte Menef zu. «Habe ich es Euch nicht gesagt?» Doch schon im nächsten Augenblick waren ihre dämonischen, silbrig funkelnden Augen wieder auf Semerchet gerichtet.

«Seit mein Mann von Eurem Kommen erfahren hat, heißt es die ganze Zeit nur noch: ‹Semerchet wird sie finden, Semerchet wird uns retten.› Da musste ich mich doch mit eigenen Augen überzeugen, ob Ihr überhaupt ein Mensch aus Fleisch und Blut seid und nicht irgendein Gott.» Sie betrachtete ihn wie jemand, der den Körper eines Sklaven mustert. «Aber jetzt, da ich Euch aus nächster Nähe sehe, kommt Ihr mir wie keines von beiden vor.»

Semerchet hörte, wie Menefs Leibwächter im hinteren Teil des Raums ein Lachen unterdrückte, und als er sich nach ihm umdrehte, bebten die Schultern des Mannes. Auch der Botschafter blickte ihn belustigt an.

Als Semerchet sich jeglichen Kommentars enthielt, bedeutete Narunde ihren Dienerinnen, ein paar silberne Krüge zu bringen. «Bier?», fragte sie. «Wein?»

«Nein danke.»

«Ihr trinkt also nicht einmal.»

«Ganz im Gegenteil: Ich trinke zu viel. Wein ist für mich zum Gift geworden.»

Die Königin verzog ihr spitzes Gesicht, als suche sie in ihrem benebelten Gedächtnis nach einer bestimmten Information. «Ach ja, da war doch was ... Ihr habt zu trinken begonnen, weil sich Eure Frau von Euch hat scheiden lassen. Aber Ihr habt sie trotzdem gerettet – treu bis ans Ende. Das klingt fast wie in ein romantisches Lied, findet Ihr nicht auch?»

Anekus Bild schwebte zwischen ihnen, doch Semerchet sah noch immer keinen Grund, die Königin zu berichtigen. «Eure Majestät ist anscheinend bestens informiert», erklärte er nur.

Verloren im Dunst ihres starken Gebräus, bohrte sich Naruntes silbriger Blick ins Leere. «Pinikir hat mich immer gehasst», erklärte sie. «Die mit ihrem schmalen Kopf und ihrer blassen, zarten Haut. Aus ihrer Sicht war ich nie gut genug für ihren Bruder, nur weil ich nicht ihre Erziehung besaß und nicht lesen konnte und lieber Bier trank als ihre edlen Weine.»

Der Mund der Königin verzog sich zu einem schiefen Lächeln und entblößte ihre spitzen Zähne. «Und wie sie mich gehasst hat. Pinikir hat alles in ihrer Macht Stehende getan, um mich loszuwerden; sie hat meinen Mann sogar von ihren Dienstmägden verführen lassen, um ihn aus meinem Bett fortzulocken.»

Ihr hartes, wildes Gelächter hallte im Raum wider und erinnerte Semerchet an die Schreie der Pfauen auf dem Dachgarten.

«Er aber hat seine anderen Frauen verschmäht, all diese hochwohlgeborenen Damen, die genauso aussahen wie sie selbst, weil ich ihm die Wahrheit über seine Familie erzählt habe und die Wahrheit über sie. Und sie hat mich gehasst, weil er mir zugehört hat.» Ihr Gesicht verzerrte sich zu einer Grimasse grenzenlosen Hasses. «Ich weiß den wahren Grund, warum sein Vater sie aus Susa hierhergeschickt hat, sie und ihren Schwächling von Mann!»

«Majestät!», unterbrach Menef sie scharf.

Narunte schreckte hoch und richtete ihren verschwommenen Blick auf ihn. Der Botschafter hatte es geschafft, sie aus ihren Träumereien zu reißen und ihren Schwall hässlicher Worte einzudämmen. Sie brauchte einen Augenblick, bis sie ihn erkannte, und lächelte dann – ein steifes, automatisches Lächeln, das man ihr offenbar am Hof beigebracht hatte.

Der Botschafter fasste sie sanft am Arm. «Solche Erinnerungen machen Euch nur krank, gnädige Frau. Ich bin mir sicher, dass nach der Tragödie auf dem Landgut jedermann nur die sichere Rückkehr von Prinzessin Pinikir wünscht. Unser ehrenwerter Semerchet wird alles in seinen Kräften Stehende tun, um sie zurückzuholen, verlasst Euch darauf.»

Menef nahm ihre Hände, zog sie vom Sofa hoch und übergab sie ihren Kammerzofen. Plötzlich stolperte sie, und die Dienerinnen mussten sie auffangen, wobei die Alabasterschale auf dem Boden zerschellte. Sie wandte Semerchet ein letztes Mal ihre blassen Augen zu.

«Meine Trauer hielt sich in Grenzen, als das Landgut überfallen worden war. Traurig macht mich allenfalls der Gedanke, dass sie noch am Leben sein könnte, so wie Eure Frau.»

Nachdem ihre Zofen die Königin in ihr Schlafgemach gebracht hatten, wechselten Semerchet, Menef und die Uräusschlange verlegene Blicke. Menef legte einen Finger auf den Mund und schlug mit einer Handbewegung vor, sich in den äußeren Hof zurückzuziehen, wo die drei sich flüsternd unter einer flackernden Fackel unterhielten.

«Tut mir leid, dass Ihr Euch das anhören musstet», erklärte Menef mit seiner hohen, salbungsvollen Stimme.

«Mir nicht. Ich hätte gern noch viel mehr gehört», entgegnete Semerchet, «aber das wusstet Ihr ja geschickt zu verhindern. Was eigentlich gar nicht so recht passen will zu jemandem, der ansonsten so sehr darauf erpicht ist, Informationen in alle Welt hinauszuposaunen.»

Menef war nicht ganz sicher, was Semerchet damit sagen wollte. «Wie soll ich das verstehen, mein Herr ...?»

Semerchet starrte ihn an. «Wo ich auch hingehe hier in Babylon, ob in Bel-Marduks Tempel oder in den Palast, muss ich feststellen, dass jeder über die persönlichen Wünsche des Pharaos Bescheid weiß – und zwar dank Eurer Auskunftsfreudigkeit.»

Auf diesen direkten Angriff war der kleine, untersetzte Botschafter nicht gefasst. Dennoch verstand er sofort, worum es Semerchet ging. «Ihr seid erst seit kurzem in Babylon, ehrenwerter Semerchet, und deshalb natürlich noch nicht mit den politischen Gegebenheiten hier vertraut. Seit der Invasion der Elamer hat sich vieles verändert», erklärte er. «Wenn ich gewisse hochgestellte Persönlichkeiten über den Wunsch des Pharaos informiert habe, das Standbild leihweise nach Ägypten zu bringen, dann nur, um Euch die Arbeit zu erleichtern. Falls ich Euch die Situation erklären darf ...?»

Auf der Stelle begannen Semerchets schwarze Augen zu

funkeln. «Dürft Ihr nicht. Aber dafür werde ich jetzt *Euch* etwas erklären, Herr Botschafter.»

Menef hob abrupt den Kopf. Er war es nicht gewohnt, als Untergebener behandelt zu werden.

«Eure erste und einzige Aufgabe besteht darin, die Interessen Ägyptens zu wahren und den guten Namen des Pharaos zu schützen –»

«Das habe ich immer getan», murmelte Menef. «Es überrascht mich, dass Ihr offenbar etwas anderes annehmt.»

«Und dennoch ist mittlerweile die Gesundheit des Pharaos in vermutlich allen Königshöfen zwischen Keftiu und Indien Gesprächsthema geworden.»

Auf Menefs Oberlippe bildeten sich kleine Schweißperlen. «Es wäre sicherlich naiv anzunehmen, dass so etwas über längere Zeit geheim gehalten werden kann.»

«Das stimmt. Schon gar nicht, solange geschwätzige Gesandte wie Ihr in den Diensten des Pharaos stehen.»

Semerchet glaubte einen Anflug von Bestürzung in Menefs aalglatter Miene zu erkennen, während die Hand der Uräusschlange zum Heft ihres Schwertes ging.

Ohne den finster dreinschauenden Leibwächter eines Blickes zu würdigen, fuhr Semerchet fort. «Ich sage es Euch klipp und klar, Menef: Ob ich dem Pharao von Eurem Verrat berichte, hängt voll und ganz von dem Maß an Unterstützung ab, das Ihr mir von nun an gewährt.»

Menef krümmte die Schultern, dass er wie eine Schildkröte wirkte, die sich vor den Fängen eines Löwen zu schützen trachtet. «Was kann ich tun, um Euch von meiner Loyalität zu überzeugen, ehrenwerter Semerchet?», fragte er kleinlaut.

«Entscheidet Euch erst einmal, wem Ihr dienen wollt – dem Pharao oder den Elamern.»

Menef sah aus, als wolle er jeden Augenblick vor Semerchet auf die Knie fallen. «Ehrenwerter Herr, ich bitte vielmals um Entschuldigung, falls ich einen Fehler begangen haben sollte, aber was konnte ich schon tun? Der König persönlich hat mich gebeten, mich um Königin Narunte zu kümmern. Ihr habt ja gesehen, wie sie sein kann, wenn sie …» Er winkte ab, als brächte er das Wort nicht über die Lippen.

«Wenn sie betrunken ist?», führte Semerchet den Satz für ihn zu Ende.

Menef zuckte zusammen und sah verschreckt in die finsteren Ecken des Hofes, bevor er nickte. «Es gäbe so manches zu sagen, mein Herr, aber dies hier ist vielleicht nicht der geeignete Ort dafür.»

«Aber *ich* habe noch etwas zu sagen, Menef», erwiderte Semerchet in einem Tonfall, der schneidender war als der Winterwind. «Ich werde Euch nie vergeben, dass Ihr meine Frau auf dieses Landgut geschickt habt. Niemals.»

Semerchet entging nicht der schnelle Blick, den Menef und die Uräusschlange austauschten. «Auch in diesem Fall blieb mir leider gar nichts anderes übrig. Der Prinz und die Prinzessin waren gerade angekommen und benötigten dringend Dienstpersonal. Da hat mich die Königin gebeten, ihnen ein paar von meinen Leuten zu schicken –»

«Die Königin?» Semerchet konnte es nicht glauben. «Sie klang nicht unbedingt so, als würde sie für ihre Schwägerin auch nur einen Finger rühren.»

«Dann muss es wohl der König gewesen sein. Nach so vielen Wochen kann ich mich nicht mehr so genau erinnern», entgegnete der Botschafter mit verschlagener Miene. «Aber was spielt das jetzt noch für eine Rolle, nachdem Ihr Eure Frau wiedergefunden habt?»

Diese verdammte Aneku mit ihren Lügen! Dennoch schwieg Semerchet weiter, um die frühere Ischtaritu nicht erneut in Gefahr zu bringen.

Menef spürte, dass Semerchet einen inneren Kampf ausfocht, und versuchte sich einzuschmeicheln. «Ich habe das Gefühl, dass unsere Begegnungen von Anfang an irgendwie unglücklich verlaufen sind. Erst vor der Botschaft – wo Ihr Euch wirklich hättet zu erkennen geben müssen – und jetzt im Palast. Falls Ihr es mir erlaubt, würde ich das gern wiedergutmachen. Würdet Ihr mir die Ehre erweisen, heute Nacht bei einem Fest mein Gast zu sein?»

«Ich bin nicht in der Stimmung –»

«Aber es ist wirklich etwas ganz Außergewöhnliches: die Sängerin Nidaba. Vielleicht habt Ihr ja schon von ihr gehört …?»

Semerchet horchte plötzlich auf. «Nidaba?»

«Ja, mein Herr, eine ganz außerordentliche Frau und eine großartige Sängerin noch dazu. Sie soll die schönste Stimme der Welt haben. Kann ich auf Euch zählen? Darf ich meinen hochverehrten Gast verwöhnen?»

Semerchet zögerte. Er hatte die Sängerin ohnehin schon aufsuchen wollen, seit Senmut und Wia sie ihm gegenüber erwähnt hatten. «Also gut», sagte er unvermittelt. «Ich komme.»

«Dann biete ich Euch selbstverständlich meine Sänfte an», sagte Menef mit einem breiten Grinsen.

Als Semerchet an das angeberische Gestell mit seinen vierzig livrierten Trägern denken musste, lief ihm ein Schauder über den Rücken.

«Wenn's sein muss», willigte er dennoch ein.

Nidabas Haus befand sich unweit der Altstadt von Babylon. Ihr Hausdiener, ein im überladenen Stil seines Volkes gekleideter Syrer, öffnete schwungvoll das Tor und eilte dienstfertig zu der grotesken Sänfte mit ihren vierzig Trägern hinüber. Er und Menef fielen sich sogleich in die Arme, bevor der Blick des Syrers beinahe unmerklich zu Semerchet wanderte. «Ach du meine Güte – tragt Ihr eine Landkarte des Nils im Gesicht?»

Menef stellte sie einander vor.

«Sondergesandter des Pharaos?», murmelte der Mann und befingerte Semerchets Amtszeichen. «Da wird die Gute aber staunen, wenn sie das zu sehen bekommt.» Er ließ den Blick über den Innenhof schweifen, um zu prüfen, ob genügend Sitzplätze vorhanden waren. «Ich denke, wir verstecken Euch lieber irgendwo im Hintergrund, was meint Ihr? Sonst landet dieses Kleinod noch in ihrem Schatzkästlein, bevor die Nacht vorüber ist.»

Der Hausdiener nahm ein großzügiges Trinkgeld von Menef entgegen und führte sie zu einer Gruppe von Liegen am Rand des Hofes. Die Uräusschlange zog sich diskret zurück, behielt sie aber im Auge. Kaum hatten Semerchet und Menef es sich bequem gemacht, pirschte sich ein dünnes, gekrümmtes Männlein in einem viel zu großen Umhang an ihren Diwan heran.

«Vergebt mir, hohe Herren», sagte der Fremde und öffnete dabei seinen Mantel ein Stück weit. Die Innentaschen waren vollgestopft mit Lehmtafeln und Papyri. «Wären die Herren vielleicht an einem Passierschein nach Ninive interessiert, unterzeichnet vom Wesir höchstpersönlich?»

«Sehe ich etwa aus, als wäre ich auf der Flucht?», fragte Menef verärgert.

«Oder vielleicht nach Joppa? Oder Ilium?»

«Verschwinde, alter Gauner.»

«Oder habt Ihr vielleicht einen zu verkaufen? Ich zahle gutes Gold dafür.» Er ließ seinen ledernen Geldbeutel vielsagend klingeln.

Das plötzliche Auftauchen der Uräusschlange bereitete den Versuchen des Mannes, ins Geschäft zu kommen, ein Ende. Schon nach einem kurzen Blick auf die gebleckten gelben Zähne des Leibwächters machte er sich eilig über den Hof davon. Semerchet fiel auf, dass viele solche Händler zugegen waren, aber Wia hatte ja bereits angedeutet, dass man in Nidabas Haus so ziemlich alles bekam, was es auf dem normalen Markt nicht zu kaufen gab.

Semerchet wandte sich abrupt Menef zu. «Wie schafft Nidaba es nur, so gute Geschäfte zu machen? Gehört sie vielleicht diesem Gagu an, von dem man mir schon so viel erzählt hat?»

Menef betrachtete ihn mit ungläubigem Blick. «Sagen wir's mal so: Sie ist nicht gerade der Typ Frau, der im Gagu Aufnahme fände.»

Doch Semerchet gab sich mit dieser Andeutung nicht zufrieden und wollte gerade nachfragen, als auf der oberen Galerie eine nicht zu überhörende Stimme ertönte: «Hallo, meine Lieben!»

Hinter der Balustrade stand Nidaba, die Arme grüßend ausgebreitet. Augenblicklich ließen die Männer von ihren Glücksspielen in den Hinterzimmern ab und kamen in den Hof gelaufen, während die auf den Diwanen Sitzenden sich erhoben, frenetisch Beifall klatschten und laut Nidabas Namen riefen, als blickten sie zu einer Göttin auf.

Die Sängerin schritt langsam die Treppe hinab und begrüßte dabei herzlich ihre Lieblingsgäste. «Wie geht's, Süßer? Na wunderbar! … Da bist du ja wieder, mein Tapferer! Ich habe mir solche Sorgen um dich gemacht!» Ihre Sprechstimme – ein tiefer, erotischer Alt – war in der Tat faszinierend, wie Semerchet einräumen musste. Als Nidaba auf der untersten Stufe stehenblieb, drückte eine ihrer Bediensteten ihr die Leine eines zahmen Geparden in die Hand. Nidaba war nun bereit für ihre Runde.

Semerchet lehnte sich auf dem Diwan zurück, während eine Dienerin seine Bierschale nachfüllte. Amüsiert ließ er den Blick bis in die hintersten Räume der Villa schweifen. Er sah zu, wie Dokumente hervorgeholt und begutachtet wurden, Gold und Silber den Besitzer wechselten und Verträge durch Bruderküsse besiegelt wurden.

Als Semerchet sich wieder zum Hof umdrehte, blickte er dem Geparden direkt ins Gesicht. Mit einem erstickten Schrei ließ er sich in die Kissen zurückfallen. Die verunsicherte Raubkatze trat ein paar Schritte zurück und versuchte, sich hinter den Röcken ihrer Herrin zu verstecken.

Nachdem Semerchet sich vom ersten Schock erholt hatte, hob er den Kopf und schaute Nidaba in die Augen.

«Vor Inanna braucht Ihr keine Angst zu haben», beruhigte sie ihn mit ihrer tiefen, inbrünstigen Stimme. «Sie ist lammfromm.»

«Ich … ich war nur überrascht.» Semerchet stand auf.

Nidaba war keineswegs die üppige Odaliske, wie sie aus der Ferne wirkte, sondern durchaus schlank und für eine Frau außergewöhnlich groß. Ihre Kleider aus feinster Seide betonten ihre kantige Figur. Ihr Gesicht war geschminkt, als wäre es nicht von dieser Welt – ein Meisterwerk subtiler Schattierungen von Ockergelb und Koschenillerot mit glänzenden Überhöhungen aus Fischschuppenpulver.

«So schwarze Augen habe ich noch nie gesehen», stellte Nidaba in übertrieben schmachtendem Tonfall fest. «Sieht es in Eurem Herzen auch so düster aus?»

Schlagfertige Antworten waren noch nie Semerchets Stärke gewesen. «Ich … ich weiß nicht», stammelte er verlegen.

Wie schon ihr Hausdiener griff auch Nidaba nach seinem Amtszeichen mit dem Falken, und sofort nahmen ihre Augen einen gierigen, besitzergreifenden Ausdruck an. «Ich würde alles tun, um das zu bekommen», erklärte sie einschmeichelnd. «Wollt Ihr es mir nicht schenken? Um unsere Freundschaft zu besiegeln?»

«Nein.»

Nidaba lachte bedauernd. Sie ließ das Amtszeichen los, das ihm hart gegen die Brust schlug, und wandte sich zu seiner Erleichterung ab. Dann aber hielt sie mitten in der Bewegung inne und sagte über eine nackte Schulter hinweg: «Ihr seid nach wie vor willkommen in meinem Hause, Semerchet, auch wenn Ihr soeben schrecklich grausam zu mir wart. Aber ich habe andere nur Gutes über Euch sagen hören und will deshalb nicht nachtragend sein.»

Laute Stimmen aus den Gärten hinderten Semerchet daran nachzufragen, wer sich denn positiv über ihn geäußert habe. Der Hausdiener bahnte sich einen Weg durch die Horde von Männern um Nidaba und flüsterte ihr nachdrücklich etwas ins Ohr. Aus dem anschließenden Gemurmel hörte Semerchet das Wort «Elamer!» heraus, und Nidaba schleuderte warnende Blicke in alle Richtungen.

Die Schwarzköpfe in den Hinterzimmern und im Hof waren in Sekundenschnelle verschwunden; einige kletterten sogar über die Mauern und sprangen in die Straßen hinter der Villa hinab. Semerchet sah sich in seinem Verdacht bestätigt, dass Nidabas Haus ein Hort des Widerstands gegen die elamische Herrschaft war.

Eine Gruppe betrunkener elamischer Offiziere kam plötzlich unter lautem Gejohle in den Hof getorkelt. Nidaba schritt mit einem verführerischen Lächeln auf sie zu, das Halsband der Gepardin in der Hand. Mit Genugtuung verfolgte Semerchet, wie einige der Offiziere vor der Raubkatze zurückwichen.

«Hauptmann Chutran!», flötete Nidaba zu ihrem Anführer, der eine glitzernde Panzerung aus einander überlappenden Metallscheiben trug. «Das ist aber eine Überraschung.»

«Hoffentlich keine unangenehme!», lallte der Angesprochene laut. Er war so betrunken, dass er kaum mehr stehen konnte und sich an den Schultern seiner Kameraden festhalten musste.

«Ihr scheint heute Abend ja sehr zufrieden mit euch», schnurrte Nidaba die Offiziere an. «Ich nehme an, ihr habt einen Grund zum Feiern?»

«Chutran ist befördert worden!», erklärte einer der Offiziere. «Und zwar vom König persönlich! Er ist jetzt Oberbefehlshaber der Streitkräfte in der Festung!»

Aha, dachte Semerchet zufrieden, Kutir hat also Schepak bereits durch einen anderen ersetzt. Er fragte sich, ob man seinem Freund den Grund für seine Versetzung genannt hatte, und hoffte, Schepak würde begreifen, dass seine Überlebenschancen dadurch erheblich gestiegen waren.

«Also dachten wir uns, pfeif auf die Angriffe der Isin!», rief Chutran. «Pfeif auf die Babylonier! Gehen wir rüber zu Nidaba und hören wir uns ein paar Liebeslieder an, denn wir sind heute alle in Liebeslaune!» Er streckte die Hand aus, um Nidaba zu sich heranzuziehen, doch die wich seinem unsicheren Griff geschickt aus, während aus der Kehle der Gepardin ein warnendes Knurren drang.

«Ich hatte eigentlich an ein anderes Lied gedacht», antwortete Nidaba. «Eines zu Ehren der Beförderung meines lieben Chutran.»

Der Hausdiener begleitete die Elamer zu ihren Sitzplätzen. Unter lautem Geklapper ihrer Rüstungen nahmen die Soldaten Platz. In der Menge war es still geworden, während in der ganzen Villa Diener unterwegs waren, um Öllampen zu löschen und den in den Hinterzimmern Verborgenen die Möglichkeit zum Verschwinden zu geben. Nur das Podium in der Mitte des Hofes war weiter von Laternen erhellt, die auf ein leuchtend purpurrotes Kissen herabschienen.

Die Aufregung in der Menge schien fast greifbar, als eine Bedienstete Nidaba eine Lyra brachte. Während die Zuhörer allmählich leiser wurden, stimmte Nidaba die Saiten ihres Instruments und setzte sich. Dann zupfte sie einen wilden, lauten Ton und ließ ihre Stimme in der Nachtluft erklingen – eine so kräftige und vor Vitalität strotzende Stimme, dass es Semerchet beinahe schien, als könne sie nicht von einem menschlichen Wesen stammen.

Die Herrin des Heiligen Ur bin ich –
Dies ist mein Haus!
Wo kein gutes Essen mehr verzehrt
Und nichts Gutes mehr getrunken wird …

Menef rang nach Luft. «Die traut sich was – sie singt doch tatsächlich ‹Die Klage›!»

Semerchet hatte keine Ahnung, wovon der Botschafter sprach, doch schon bald wurde ihm klar, wie gewagt es war, ausgerechnet dieses Lied anzustimmen, zumal Nidaba ihre ablehnende Haltung gegenüber der Herrschaft der Elamer auch noch elamischen Offizieren direkt ins Gesicht sang.

Mein Haus,
Wo man nicht mehr auf guten Stühlen sitzt
Mein Haus,
Wo man nicht mehr in guten Betten liegt
Mein Haus,
In dem ich, seine Herrin, nicht mehr zu Hause bin …

Nidabas Stimme bebte vor Gram.

Lasst mich in mein Haus, lasst mich hinein,
auf dass ich mich niederlegen kann!
Sein Schlaf war süß,
Seine Betten weich,
Seine Mauern stark,
Lasst mich in mein Haus!

Als von den anderen Stühlen und Liegen das nur mühsam unterdrückte Schluchzen der Zuhörer zu Semerchet drang, drehte er sich zu den Elamern um. Auch ihre Mienen verdüsterten sich, und sie wischten sich Tränen aus den Augen. Bald schon heulten sie nicht weniger laut als die übrigen Gäste. Selbst bei Semerchet bewirkte Nidabas unglaubliche Stimme, dass ihm die Augen überquollen.

Nachdem sie zahlreiche Strophen vorgetragen hatte, steigerte sie sich zu einer noch intensiveren Klage, deren Wehmut die Nacht durchschnitt.

Ach, mein Haus! Ach, meine Stadt!
Bitterlich wehklaget Ur,
Das geschändet worden,
Seine Bewohner versprengt.

Nidaba brachte die Saiten mit den Handflächen zum Schweigen, und mit ihnen erstarb auch ihre Stimme. Sie ließ den Kopf sinken, als habe sie nicht mehr die Kraft, ihn aufrecht zu halten. Dann erhob sie sich lautlos und stieg vom Podest, um sich in eines der Hinterzimmer zurückzuziehen.

Ein paar Augenblicke lang regte sich niemand, bis Diener die Lampen wieder anzündeten und Wein brachten. Die Gäste wechselten verlegene Blicke, noch immer von ihren Gefühlen übermannt, bevor sie sich allmählich in kleine Gruppen aufteilten. Dann hörte Semerchet Menefs glucksende Stimme: «Ist denn das zu glauben? ‹Die Klage›! Damit haben sie bestimmt nicht gerechnet!»

Semerchet nutzte die Gelegenheit, sich aus dem Hof in die Gärten davonzustehlen. Die Geräusche der Nacht umgaben ihn; Grillen zirpten, in einer hohen Palme schrie eine Eule, und im Efeu zu seinen Füßen brachte sich eine Wühlmaus in Sicherheit. Dann aber drangen vom hinteren Teil der Villa ganz andere Laute zu ihm. Ein Tor wurde geöffnet, und er hörte das leise Gemurmel weiblicher Stimmen. Eine davon war die von Nidaba; nach der heutigen Vorstellung war Semerchet sich da ganz sicher.

Behutsam tastete er sich durch die Dunkelheit, um nicht über die Schlingpflanzen auf seinem Weg zu stolpern, und folgte den Stimmen zu einem Innenhof im hinteren Bereich des Gebäudes. Als er näher kam, stieg ihm der Ammoniak-Geruch von Packtieren in die Nase. Soeben war eine kleine Karawane von Eseln eingetroffen, denen man ihre Glocken abgenommen hatte. Ihre Hufe waren mit dicken Wolllappen umwickelt, damit sie auf der Straße nicht zu hören waren.

Unter Nidabas Anleitung nahmen Frauen – Angehörige des Gagu, wie Semerchet vermutete – den Eseln ihre Ladung ab. Leise wies Nidaba sie an, die Säcke in den Küchenkeller zu bringen. Eine von ihnen, kleiner als die anderen, geriet unter dem Gewicht einer Packtasche ins Straucheln und stieß einen leisen Schrei aus, als der Sack zu Boden fiel. Glänzende Stücke schwarzen Erdpechs kullerten scheppernd über die steinernen Bodenplatten des Hofes. Die Frau entschuldigte sich mit verzweifeltem Geflüster, während ihr Blick nervös von Nidaba zu einer hochgewachsenen älteren Frau wanderte, die gerade aus der Dunkelheit in einen Lichtstreifen getreten war. Semerchet hatte sie vorher gar nicht bemerkt, und so wirkte ihr plötzliches Erscheinen fast wie ein Schock auf ihn. Ihre dunklen Gewänder waren mit mystischen Symbolen bestickt, und auf dem Kopf trug sie eine hohe, kunstvoll gearbeitete Krone, die ihre ohnehin schon beeindruckende Statur noch größer erscheinen ließ.

Nidaba bückte sich, um das Erdpech aufzuheben, warf sich den Sack beinahe mühelos über die Schulter und stieg die Kellertreppe hinab. Als sie wieder ins schwache Licht der Fackeln trat, führte sie die ältere Frau zum Brunnen, wo sie sich leise mit ihr unterhielt. Sie redeten so schnell, dass Semerchet nur einen Bruchteil davon verstehen konnte, doch ein Wort war nicht zu überhören – sein Name.

Ihr Getuschel wurde immer heftiger, bis sie plötzlich verstummten. Er beugte sich vor, um mehr zu hören, doch in diesem Augenblick zogen die Frauen des Gagu ab. Kurz darauf trat Semerchet aus seinem Versteck. Falls Nidaba überrascht war, als sie ihm so plötzlich gegenüberstand, ließ sie es sich nicht anmerken.

«Ihr habt mir doch wohl nicht nachspioniert?», fragte sie.

Semerchet gab zunächst keine Antwort, bis Nidabas gespielte Gleichgültigkeit unter dem Eindruck seines beharrlichen Schweigens in sich zusammenbrach und ihre Miene einen Augenblick lang sogar nackte Angst spiegelte.

«Werdet Ihr es den Elamern erzählen?», fragte sie atemlos.

«Was sollte ich ihnen denn erzählen? Dass Ihr vom Gagu Erdpech bezieht? Ich nehme an, die haben zurzeit ganz andere Sorgen.»

Nidabas Gesichtszüge entspannten sich merklich, doch nur bis zu seinen nächsten Worten.

«Ich muss mit dem Erben der Isin sprechen», erklärte er unverblümt.

Sie erstarrte. «Wie kommt Ihr dazu anzunehmen, dass ich ihn kenne?»

Er bedachte sie mit einem spöttischen Blick. «Glaubt Ihr allen Ernstes, ich könnte mir nicht denken, was hier abläuft? Dass dieses Haus – und Ihr – zur Widerstandsbewegung gehört?»

Sie schüttelte den Kopf und senkte den Blick. «Ihr irrt. Ich kann Euch nicht helfen.»

«Ich irre mich nicht. Warum könnt Ihr mir nicht helfen? Hat diese Frau es Euch soeben verboten?»

Ihre Augen blitzten in der Dunkelheit auf. «Ihr habt mir also tatsächlich nachspioniert.»

«Ich habe gehört, wie sie meinen Namen genannt hat, und dabei klang sie nicht gerade besonders freundlich.»

«Ihr solltet jetzt besser mein Haus verlassen», erwiderte

Nidaba mit einer unbestimmten Geste. «Es tut mir aufrichtig leid.»

Er schwieg. Die Haltung ihres Kinns überzeugte ihn davon, dass er nichts mehr aus ihr herausbekommen würde. Er verneigte sich und küsste ihre Fingerspitzen. «Jedenfalls danke ich Euch für Eure Gastfreundschaft», erklärte er. «Jetzt kann ich mich für den Rest meines Lebens rühmen, die große Nidaba singen gehört zu haben.»

Semerchet fand Menef im Hof und teilte ihm mit, dass er nun gehen müsse. Der Botschafter drückte auf übertriebene Weise sein Bedauern aus, bot ihm aber seltsamerweise nicht seine Sänfte an und auch keinen seiner Männer, der Semerchet zu dessen Schutz in seine Herberge hätte begleiten können. Sein Leibwächter, die Uräusschlange, war nirgendwo zu sehen. Semerchet blieb also nichts anderes übrig, als sich allein aufzumachen in der Hoffnung, den Weg zu seiner Herberge zurück zu finden.

Mit den Flammen auf den Mauern des Etemenanki als Orientierungshilfe ging er in westlicher Richtung auf den Fluss zu, wo er auf die Prozessionsstraße zu treffen hoffte, die geradewegs auf seine Herberge zuführte. Doch zum wiederholten Male verirrte er sich in den gewundenen Straßen und der fast vollständigen Dunkelheit hoffnungslos. Trotz der kühlen Luft begann er schon bald zu schwitzen. Er hatte keine Ahnung, wo er sich befand, und versuchte verzweifelt, Ruhe zu bewahren. Was konnte ihm schon passieren? Schlimmstenfalls musste er eben auf irgendeinem Platz den Sonnenaufgang abwarten …

Dann erspähte er im spärlichen Sternenlicht einen Brunnen. Er verspürte plötzlich furchtbaren Durst, nahm den Eimer und warf ihn in die Tiefe. Sein Aufplatschen im Wasser hallte so laut auf dem menschenleeren Platz wider, dass Semerchet unwillkürlich zusammenzuckte. Nachdem er den Eimer hochgezogen hatte, wollte er trinken, doch sein Amtszeichen schlug klirrend gegen den Eimerrand.

Als er in der Ferne Schritte zu hören glaubte, hob er den Kopf und drehte sich in die Richtung, aus der das Geräusch kam. Sein Herz pochte so laut, dass er zunächst nichts anderes hören konnte. Er versuchte angestrengt, in der Dunkelheit etwas erkennen zu können.

Dann sah er sie: die Umrisse zweier dunkler Gestalten, die in der schmalen Gasse lautlos auf ihn zukamen.

«Wer seid ihr?», rief er. «Was wollt ihr von mir?»

Die Gestalten blieben stehen. Wären sie weitergegangen oder hätten sie ihm geantwortet, wäre er am Brunnen geblieben; die Tatsache aber, dass sie wie erstarrt stehenblieben, verriet ihre finsteren Absichten.

Semerchet schleuderte ihnen den Eimer entgegen und rannte los. Er hörte, wie einer seiner Verfolger über den Eimer stolperte und sich fluchend wieder aufrappelte. Semerchet rannte weiter durch die Gasse und versuchte, nicht gegen irgendeine Mauer oder Treppe zu laufen.

Die Männer hinter ihm bemühten sich nun nicht mehr, ihre Schritte zu dämpfen. Er hörte, wie sie sich trennten; während der eine ihm weiter folgte, bog der andere in eine Seitengasse ein. Semerchet lief nun trotz der Dunkelheit so schnell er konnte, ohne sich um mögliche Stolperfallen zu kümmern. Trotzdem hörte er den Atem seines Verfolgers schnell näher kommen. Wie konnten sie ihm nur in dieser Finsternis so gut folgen? Plötzlich wurde ihm klar, dass sein neues Leinengewand selbst bei diesen Lichtverhältnissen noch gut sichtbar sein musste. Er konnte sich nicht einmal in einen Hauseingang drücken und hoffen, dass sie an ihm vorbeirennen würden. Seine einzige Chance war, immer weiter zu laufen.

Zweimal schrammte er mit der Schulter schmerzhaft gegen hervorstehende Mauerteile, und einmal stieß er mit dem Fuß gegen einen Tontopf. Der Schmerz war gewaltig, denn Semerchet trug nur die leichten Sandalen aus Ziegenleder, die der Großkämmerer ihm gegeben hatte – und die eigneten sich zwar bestens für eine Audienz im Dachgarten des Königs, nicht aber für die Flucht vor gedungenen Mördern.

Semerchet hatte noch immer keine Ahnung, wohin er rannte, doch in seiner Panik war ihm das längst egal. Platschend tappte er in stinkende Abflussrinnen, während er mit vorgestreckten Händen den Kurven der Gasse folgte. Von seinem Verfolger war nichts mehr zu hören, sosehr Semerchet auch lauschte.

Er drehte sich um und starrte in die Dunkelheit hinter ihm, während er langsam rückwärts weiterging. Plötzlich stieß er mit dem Rücken gegen etwas Hartes. Es war sein zweiter Verfolger, der hier auf ihn gewartet hatte. Kräftige Arme packten ihn und hielten ihn fest wie eiserne Handfesseln, denen er sich vergeblich zu entwinden versuchte.

«Ich hab ihn!», rief der Mann auf Babylonisch, aber mit einem seltsamen Akzent.

«Dann schneid ihm die Kehle durch! Beeil dich!», rief der andere zurück.

Semerchet zerrte an dem eisenharten Arm, der ihn umklammerte, während er spürte, wie die andere Hand des Angreifers nach dem Dolch an dessen Gürtel griff. Dann sah er die bronzene Klinge in der Dunkelheit aufblitzen.

Er stieß einen lautlosen Schrei aus. Kurz bevor die Klinge ihm die Kehle aufschlitzte, flehte er lautlos sämtliche Götter

Ägyptens um Hilfe an. Er glaubte schon zu spüren, wie die kalte bronzene Schneide in seinen Hals drang und sich warmes Blut über seine Brust ergoss. Dann aber hörte er, wie das Messer über die ausgebreiteten Schwingen seines falkenförmigen Brustschmucks schrammte. Sein Amtszeichen war im Gerangel vom Arm des Mannes nach oben geschoben worden und lag nun wie ein Schutzschild vor seiner Kehle.

Semerchet spürte, wie sich der Griff seines Gegners lockerte, und glitt mit einer raschen Bewegung unter den Armen des Mannes hindurch. Blitzartig rollte er sich zur Seite und versuchte, wieder aufzustehen, doch seine Beine fühlten sich an wie Blei. Jeden Augenblick konnte der andere Verfolger auftauchen und mit ihm Schluss machen.

Und tatsächlich hörte er plötzlich in der Dunkelheit Schritte auf ihn zukommen. Das ist das Ende, schoss es ihm durch den Kopf. Der zweite Angreifer hatte zu ihm aufgeschlossen, und nun waren sie zwei gegen einen. Ein weiteres Mal bereitete sich Semerchet innerlich auf den schrecklichen Kuss der eiskalten Klinge an seiner Kehle vor. Er schloss die Augen.

Doch die Schritte gingen rechts und links an ihm vorbei auf seinen Gegner von eben zu. Semerchet hörte den schweren Atem eines Mannes, der wie ein durchlöcherter Blasebalg klang. Es kam zu einem heftigen, unsichtbaren Handgemenge, bis in der Dunkelheit ein einzelner erstickter Schrei ertönte, gefolgt von einem gespenstischen Röcheln.

Der noch immer auf der Straße liegende Semerchet nahm die Erschütterung wahr, als dicht neben ihm ein Körper auf dem Boden aufschlug. Dann spürte er einen Luftzug, und Tropfen einer warmen Flüssigkeit spritzten ihm ins Gesicht. Er war viel zu benommen, um zu merken, worum es sich handelte. Schließlich wurde er von unsichtbaren, nicht allzu sanften Händen hochgezogen, und merkwürdig vertraute Stimmen redeten beruhigend auf ihn ein.

«Versteht Ihr jetzt, mein Herr, warum Ihr uns zu Eurer Bewachung braucht? Haben wir Euch nicht gleich gesagt, dass wir hier in Babylon in unsicheren Zeiten leben?»

«Atmet er noch?», fragte Semerchet mit rauer Stimme seine beiden Schwarzkopf-Spitzel, während er eine Hand gegen den Hals drückte, um den Blutfluss aus seiner Wunde zu stoppen.

Einer der Spitzel beugte sich zu dem am Boden liegenden Meuchelmörder hinunter und legte ihm ein Ohr auf die Brust. «Noch lebt er», sagte der dickere der beiden Brüder, und das vertraute Pfeifen seines Atems hallte in der leeren Gasse wider. «Aber nicht mehr lange.»

«Ich habe ihn erstochen, Herr», erklärte von links die Stimme des Schmächtigen. «War ein guter Stoß – in den Rücken, glaube ich.»

Unscharf erkannte Semerchet die Silhouette des dünneren Spitzels, während dieser sich über den Körper des Attentäters beugte. Semerchet hörte das hochtönige Geräusch von Metall, das durch Fleisch geht, und dann das gurgelnde Geräusch ausströmender Luft, als der Mann seinen Dolch herauszog.

«Was machen wir jetzt mit ihm, Herr?», fragte der Dünne. «Sollen wir ihn in den Kanal werfen?»

Semerchet versuchte nachzudenken, doch der Angriff auf sein Leben hatte ihn zu sehr mitgenommen. «In welchem Teil der Stadt sind wir überhaupt?», fragte er.

«Gar nicht weit vom Hauptplatz des Ägypterviertels entfernt, Herr.»

Dank dieses glücklichen Zufalls konnten sie zu Kem-weset

gehen, der sich um sie beide kümmern würde. Semerchet wies die Spitzel an, den Mann auf die Beine zu stellen.

«Der macht's aber nicht mehr lange, Herr», keuchte der Dicke.

«Kem-weset wird schon wissen, was zu tun ist.»

Sie brauchten einige Zeit, bis sie das Haus fanden, in dem Kem-weset wohnte. Semerchet musste all seine Kräfte zusammennehmen, um die drei Stockwerke zur Wohnung das Arztes hochzusteigen. Zu seiner Verblüffung öffnete eine junge Frau die Tür. Sie war in eine dünne Decke gehüllt und trug eine Öllampe in der Hand. Ihre dunklen Augen weiteten sich vor Schreck, als sie ihn erblickte, und ein schriller Schrei hallte im Treppenhaus wider.

«Kemi!», rief sie auf Ägyptisch. «Kemi, komm schnell!»

Als Semerchet im flackernden Licht der Lampe an sich hinabblickte, begriff er, warum sie so erschrocken war: Die plissierte Vorderseite seines Gewands war durch und durch mit Blut getränkt. Als Semerchet das sah, wurde ihm mit einem Mal schwindlig, und er drängte sich an ihr vorbei, um sich an der Lehne eines wackeligen Stuhls festzuhalten.

Der Arzt kleidete sich bereits im Schlafzimmer an, ohne dass ihn die Gegenwart der jungen Frau in Verlegenheit zu bringen schien. Semerchet hatte befürchtet, der alte Mann könnte vom vielen Wein vielleicht nur noch verschwommen sehen, doch kaum hatte Kem-weset die Wunde an seinem Hals erblickt, wirkte er schlagartig stocknüchtern.

«Und ich dachte schon, Ihr wolltet mich nur wegen Eurer Kopfschmerzen aufsuchen», sagte er lächelnd, bevor er sich mit sanfter Stimme an die junge Frau wandte. «Bring mir doch bitte meinen Arzneikasten, meine Liebste.»

Mit einem entsetzten Seitenblick auf Semerchet verließ die

junge Frau den Raum. Kem-weset wies seinen Patienten an, sich zu setzen, und sah sich Semerchets Hals an.

«Der Mann, der mich angegriffen hat, liegt unten», erklärte Semerchet. «Lungendurchstich, nehme ich an.»

«Stellt Ihr jetzt die Diagnosen?», fragte Kem-weset, während er Semerchets Kinn in die Hand nahm und seinen Kopf langsam hin und her drehte. Semerchet zuckte zusammen, doch der befürchtete Schmerz blieb aus.

Die junge Frau kam mit einer Zedernholzkiste aus dem Nebenraum zurück. Kem-weset öffnete den Kasten und beäugte die chaotische Ansammlung unterschiedlichster Fläschchen und Krüge. Dann nahm er einen kleinen Tonkrug und zog den Stopfen heraus. Semerchet stach der scharfe Geruch von Wacholdergeist in die Nase.

«Ein Tuch bitte, mein Kind.»

Die Frau beugte sich zu der Kiste hinab und holte ein gefaltetes Leinentuch heraus.

«Ein paar Tropfen dürften genügen», erklärte er ihr und reichte ihr den winzigen Krug.

Während der Arzt die Wunde reinigte, stellte er die beiden einander vor. «Sitamun, das hier ist Semerchet, ein Sondergesandter unseres geliebten Pharaos. Und ganz offensichtlich ein Mann, der Feinde hat.»

Sitamun nickte schüchtern.

«Eure Helferin?», murmelte Semerchet.

Kem-weset hustete. «Ich habe ihr vor einigen Wochen ein paar ziemlich scheußliche Muttermale am Hinterteil entfernt, und Sitamun bezahlt mich nun auf ihre Art.»

«Kem-weset ist der beste Arzt von ganz Babylonien», erklärte die Frau mit ehrfürchtigem Blick auf den Alten.

«Und jetzt bitte eine Schale Wein, Sitamun», wies Kem-weset sie an. Während das Mädchen eingoss, kritzelte der Alte rasch mit roter Tinte ein Gebet auf einen Streifen Papyrus. Er stellte die Schale vor sich auf den Boden und tauchte den Papyrus hinein. Als sich die Schriftzeichen in der Flüssigkeit aufzulösen begannen, fügte er ein paar Tropfen eines übelriechenden Elixiers hinzu. Dann reichte er Semerchet die Schale.

«Ihr wisst doch, dass ich keinen Wein trinke –»

«Ihr trinkt das jetzt.»

Semerchet schüttete den Wein schnell in sich hinein, damit sein Geschmack ihn nicht zu lange quälte. Als das Getränk in seinem Magen angekommen war, spürte Semerchet, wie dessen wohlige, vertraute Ausstrahlung in alle seine Gliedmaßen strömte. Es fühlte sich sehr angenehm an …, viel zu angenehm.

«Eure Wunde ist nur oberflächlicher Natur», verkündete Kem-weset.

«Oberflächlich?», brauste Semerchet auf. «Der Mann wollte mir die Kehle durchschneiden!»

«Tut mir leid, wenn ich Euch enttäuschen muss, aber die Verletzung stammt nicht einmal von einem Messer.»

Semerchet konnte es kaum glauben. «Was soll mich denn dann geschnitten haben?»

«Hier haben wir den Schuldigen.» Kem-weset deutete auf das Amtszeichen an Semerchets Brust. «Die Spitze dieser Falkenschwinge hier hat sich irgendwie in Euren Hals gebohrt und ein Blutgefäß beschädigt. Seht Ihr, wie verbogen sie ist? Und hier, das Blut?»

Semerchet nahm seinen Brustschmuck ab und hielt ihn an die Öllampe. Sofort fiel sein Blick auf die Kerbe im Gold, wo die Schneide des Meuchelmörders über den Flügel gezogen worden war.

Semerchet schluckte, als er sich die Szene erneut vor Augen führte. «Heute Nacht haben die Götter mich beschützt», erklärte er.

Kem-weset bereitete einen Umschlag aus Honig und Kräutern, drückte ihn auf die Wunde und befestigte ihn mit einem dünnen Streifen Gaze um Semerchets Hals. Dann lehnte er sich zufrieden zurück. «Und nun kümmern wir uns um den Angreifer», verkündete er. «Draußen, sagtet Ihr?»

«Ja, im Treppenhaus mit –», Semerchet zögerte. Er wusste nicht einmal, wie die beiden Schwarzköpfe hießen. «Mit meinen Freunden.»

Während Kem-weset weg war, bat Semerchet Sitamun um etwas Wasser und einen Schwamm. Als sie beides holte, zog er sein ehemals prächtiges Palastgewand aus, das nun in blutgetränkten Schichten auf seiner Haut klebte. Sitamun brachte ihm einen Wasserkrug, und er begann sich zu waschen.

Er sah wieder halbwegs vorzeigbar aus, als Kem-weset die Tür öffnete. Die beiden Schwarzköpfe kamen ins spärliche Licht gewankt, den Schwerverletzten halb tragend, halb hinter sich herziehend. Auf Kem-wesets Anweisung hin legten sie den Mann neben dem Arzneikasten auf den Boden. Die Augen des Meuchelmörders waren geschlossen, und der alte Arzt fühlte seinen Puls. Als er keinen fand, drückte er mit dem Daumen auf das rechte Auge des Mannes. Keine Reaktion.

«Ich fürchte, der ist hinüber, Semerchet», stellte Kem-weset nüchtern fest.

Semerchet entfuhr ein Fluch.

Kem-weset hielt die Öllampe dicht an das Gesicht des Mannes. Der Attentäter trug einen Bart, konnte also kein Ägypter sein. Mit seinem schlanken Körperbau und seinem langen, geflochtenen Haar, das an den Enden mit Bernsteinperlen zusammengehalten wurde, sah er aber auch nicht wie ein Babylonier aus.

«Ist er Elamer?», fragte Semerchet.

«Nein, der ist aus den Bergen nordöstlich von Elam», erklärte der Schwarzkopf mit dem pfeifenden Atem. «Das ist ihre typische Haartracht.»

Auf einen spontanen Impuls hin öffnete Semerchet ein Auge seines Angreifers. Es glänzte ebenso silbrig wie die Augen von Königin Narunte. Semerchet lief es eiskalt den Rücken hinunter. Hatte sie diesen Mann auf ihn angesetzt, um die Rettung ihrer verhassten Schwägerin zu vereiteln? Unmöglich, bremste er sich sogleich; das schien ihm dann doch zu weit hergeholt. In ihrem betrunkenen Zustand wäre sie nicht mehr in der Lage gewesen, irgendetwas in die Wege zu leiten, geschweige denn die Ermordung eines ausländischen Würdenträgers, der soeben erst in die Dienste ihres Gatten getreten war.

«Moment mal, den Mann kenne ich doch!», sagte Kem-weset plötzlich. «Ich bin mir fast sicher!» Er reichte Sitamun die Öllampe und holte dann eine Lanzette aus seinem Arzneikasten. Dann schnitt er den Ärmel des Mannes an und riss den Stoff bis zum Ellbogen auf. Über den Unterarm des Toten zog sich eine lange, leuchtend rote Narbe mit Spuren zahlreicher Stiche.

Kem-weset nickte. «Ich habe die Wunde genäht. Er kam eines Nachts mit sechs anderen zu mir, alle verletzt und blutend. Angeblich eine Rauferei in einer Taverne. Ich weiß noch genau, dass mir ihre Geschichte von Anfang an nicht ganz geheuer vorkam.»

«Und warum nicht?», fragte Semerchet.

«Weil sie alle nach Ruß und Feuer stanken, und in jener

Nacht gab es in Babylon weder einen Brand noch eine Wirtshausschlägerei.»

Semerchet horchte auf. «Wann ist das gewesen?»

«Schon vor etlichen Wochen. Anfang des Winters. Etwa um die Zeit, als Eure Frau verschwunden ist …» Kem-weset hielt inne. Er sah Semerchet betroffen an.

«Stammten die anderen Männer, die Ihr damals behandelt habt, ebenfalls aus den Bergen?», fragte Semerchet leise.

«Nein, das waren Schwarzköpfe. Zumindest waren sie wie solche gekleidet.» Kem-wesets Tonfall verriet seine Unschlüssigkeit.

«Ihr habt also Zweifel?»

Widerwillig nickte Kem-weset.

«Und weshalb?»

«Weil sie hervorragend Ägyptisch sprachen.»

Irgendwann vor Sonnenaufgang schafften Semerchet und seine beiden Spitzel den Leichnam des Mannes, der ihn hatte töten wollen, zu einem in der Nähe vorbeifließenden Kanal. In ein altes Gewand gehüllt, das er sich von Kem-weset ausgeliehen hatte, sah Semerchet zu, wie die beiden den Toten lautlos ins Wasser gleiten ließen.

Semerchet war fast sicher, dass der Mann in der Nacht des Überfalls auf dem elamischen Landgut gewesen war, und er bedauerte zutiefst, dass er ihm kein Geständnis hatte abringen können. Alles schien darauf hinzudeuten, dass die Behauptung der Isin, mit dem Verbrechen nichts zu tun zu haben, der Wahrheit entsprach. Zumal die Helfershelfer des Mannes, wie Kem-weset behauptete, «hervorragend Ägyptisch gesprochen» hatten. Waren sie vielleicht auch mit ägyptischen Pfeilen bewaffnet gewesen?

Semerchet musste sich zusammennehmen, um seine plötzliche Wut zu unterdrücken. Dieser Mann, der gerade im Kanal versank, war womöglich derjenige, den er so oft in seinen Albträumen gesehen hatte – derjenige, welcher triumphierend über der am Boden liegenden Naia gestanden hatte.

«Könntest du nur zweimal sterben …», murmelte er dem Leichnam hinterher.

Dann spürte er in der Dunkelheit eine warme Brise, die aus östlicher Richtung kam und den Morgen ankündigte. Er musterte seine beiden Begleiter, deren Namen er endlich erfahren hatte; die Brüder hießen Galzu und Kuri.

«Woher wusstet ihr eigentlich heute Nacht, dass ich in Gefahr war?», fragte er flüsternd. «Warum wart ihr genau in dem Augenblick zur Stelle, als ich euch am dringendsten gebraucht habe?»

«Das war ganz einfach, Herr», erwiderte Kuri, der Dünne, beinahe fröhlich. «Wir wussten, dass Ihr uns früher oder später brauchen würdet, so wie Ihr Euch ständig in Gefahr begeben habt. Daher blieben wir immer in Sichtweite, um Euch von unseren Fähigkeiten zu überzeugen.»

Auch wenn Semerchet die Erklärung allzu glatt erschien, war sie doch nicht von der Hand zu weisen. Die beiden Schwarzköpfe hatten ihm zweifellos das Leben gerettet, und ein Geschenk der Götter stellt man nicht infrage.

«Also gut», gab Semerchet schließlich nach, wenn auch halbherzig. «Ich bezahle euch weiterhin.»

«Eine ausgesprochen kluge Entscheidung, Herr», freute sich Galzu und rieb sich die dicken Hände. «Ihr werdet es nicht bereuen.»

«Ihr wisst ja noch gar nicht, was ich mit euch vorhabe», warnte Semerchet sie mit unerbittlichem Blick.

«Natürlich wissen wir das, Herr», erwiderte Galzu selbstsicher. «Ihr wollt, dass wir genauso weitermachen wie bisher. Wir wachen über Eure Sicherheit.»

«Aber eines muss euch dabei klar sein: Sie haben schon einmal versucht, mich umzubringen, und werden es wieder tun, wenn sie erfahren, dass es ihnen beim ersten Mal nicht gelungen ist. In gewisser Weise ist das sogar eine gute Nachricht; es bedeutet nämlich, dass ich auf der richtigen Fährte bin und sie um jeden Preis verhindern wollen, dass ich etwas ganz Bestimmtes herausfinde. Die Frage ist jetzt nur noch, was ich nicht herausfinden soll. Aber das nächste Mal will ich sie lebend, verstanden?»

Die beiden Schwarzköpfe versprachen es hoch und heilig. Als Ansporn drückte Semerchet ihnen noch ein wenig Gold in die Hand. Unter dankbarem Gemurmel ließen sie ihn allein am Kanal stehen und zogen sich zurück, um ihn weiter aus der Distanz im Auge zu behalten.

Semerchet stieg der Geruch von Dungfeuern in die Nase. In Babylon war ein neuer Tag angebrochen, und das Indigoblau des Himmels ging fast unmerklich in ein tiefes Karmesinrot über. Entschlossen zog Semerchet sein Gewand bis über den Hals hoch, um seinen Verband zu verbergen, und machte sich auf den Weg durch die nächste Gasse.

«Du musst endlich aufhören, allen Leuten zu erzählen, du wärst meine Frau.»

Semerchet saß neben Aneku im kleinen Hof des ägyptischen Tempels. Sie schlang die Arme um die Knie und stieß einen schmachtenden Seufzer aus.

«Findest du mich denn so hässlich, dass du nicht einmal so tun möchtest, als wärst du mit mir verheiratet?»

Falls Semerchet diese Frage hätte beantworten wollen, hätte er Punkt für Punkt Anekus Vorzüge aufzählen müssen, um ihr zu versichern, dass sie alles andere als hässlich oder gar abstoßend war – etwas, das sie nur allzu gut selbst wusste. Warum muss man Frauen eigentlich immer solche Dinge erklären, fragte er sich und wurde immer gereizter. Um das Thema zu wechseln, deutete er auf den Hof.

«So sauber war es hier ja noch nie. Wia muss froh sein, dich hier zu haben.»

«Sie hasst mich wie die Pest.»

«Das kann ich mir nicht vorstellen», widersprach Semerchet, wenn auch nicht sonderlich überzeugend.

Aneku verzog den Mund zu einem schiefen Lächeln, und ihre Augen funkelten schalkhaft. «Ist ja auch egal. Ich mag die Art, wie sie mich beschimpft; das erinnert mich an meine Mutter. ‹Aus einem so wilden Mädchen kann ja nichts werden›, hat sie immer gesagt.» Plötzlich war Anekus Heiterkeit wie weggeblasen, und ihre grünen Augen wurden ausdruckslos. «Und damit hat sie ja wohl recht gehabt.»

«Soll das heißen, dass deine Wildheit dich hierhergebracht hat?»

«Möchtest du jetzt doch wissen, warum ich aus Ägypten verbannt wurde?», fragte Aneku verschmitzt.

«Nur, wenn du es mir erzählen willst.»

«Man hat mich in die Verbannung geschickt, weil ich es wagte, jemanden zu lieben, der gesellschaftlich weit über mir stand.»

Das war nicht die Antwort, die Semerchet erwartet hatte. Er betrachtete sie mit unverhüllter Neugierde.

«Er war ein Adliger», erklärte sie, «und ich nur ein kleines Schankmädchen in einer Taverne. Nacht für Nacht kam er, um mich zu sehen. Wir verliebten uns ineinander. Sobald er von seiner Frau geschieden sei, versprach er, würden wir gemeinsam den Krug zerbrechen. Damals wusste ich noch nicht, dass Menef sein Schwager war.»

Semerchet blinzelte. «Menef? Der Botschafter?»

«Genau, Menef. Er verklagte mich wegen Ehebruchs, um den Ruf seiner Schwester zu retten. Ein paar Schmiergelder taten ihr Übriges, und schon wurde ich als Ehebrecherin aus Ägypten verbannt.»

«Aber wenn dein Geliebter so einflussreich war, hätte er doch verhindern können, dass es zum Prozess kam?»

«Menef drohte ihm, alles publik zu machen, und da traute er sich nicht mehr.»

Semerchet schüttelte verwirrt den Kopf. «Was denn publik zu machen? Ehebruch ist in Adelskreisen doch alles andere als unüblich.»

«Da muss noch etwas anderes gewesen sein. Ich habe keine Ahnung, was es war, aber Menef wusste davon, und kaum hatte das Verfahren gegen mich begonnen, sah ich meinen Geliebten nie wieder.» Sie wandte sich ab und zupfte ein vertrocknetes Blatt vom Feigenbaum neben ihr. «Naia kannte den Mann übrigens auch. Er war ein Freund ihres Mannes gewesen.»

Semerchet riss die schwarzen Augen auf. «Nacht war der Freund deines Geliebten? *Nacht?* Dann kann ich dir ganz genau sagen, worin dein Liebhaber verstrickt war und was er nicht an die Öffentlichkeit dringen lassen wollte – das Mordkomplott gegen Ramses III.! Kein Wunder, dass der Mann vor Menef Angst hatte.»

«Nein», widersprach Aneku, «du irrst dich. In so etwas hätte er sich nie hineinziehen lassen. Er war ein guter Mensch.»

«Du kannst von Glück reden, dass du ihn los bist», entgegnete Semerchet herzlos mit einer wegwerfenden Handbewegung. «Eure Ehe hätte von Anfang an unter einem schlechten Stern gestanden. ‹Gute Menschen› wie er haben Ägypten an den Rand des Abgrunds gebracht.»

Ihre grünen Augen wirkten plötzlich hart wie Smaragde. «Ägypten? Ägypten kann mich mal! Was hat Ägypten je für mich getan – außer alles kaputt zu machen, was ich jemals wollte, und mich dann auch noch hinauszuwerfen! Ich habe eure ägyptische Scheinheiligkeit satt, und du bist der Schlimmste von allen, Semerchet! Immer so edel, immer so aufrecht! Der Sondergesandte des Pharaos, der einer toten Frau hinterherrennt –»

Ihr Mund war von Hass verzerrt, und ihre Worte hallten in seinem Kopf wider: «Tote Frau, tote Frau!» Semerchet wollte ihr schon eine wütende Erwiderung entgegenschleudern, als Wias scharfe Stimme über den Hof drang.

«Aneku! Semerchet!»

Die beiden wirbelten schuldbewusst herum wie zankende Kinder, während die alte Priesterin ihnen vom Eingang des Tempels finstere Blicke zuwarf. «Senmut braucht deine Hilfe beim Morgenopfer, Mädchen», sagte sie zu Aneku.

Während Aneku trotzig durch den kleinen Hof zum Altar ging, warf sie Semerchet noch einen letzten hasserfüllten Blick zu. Semerchet starrte ihr schwer atmend nach.

«Habt Ihr mitbekommen, worum es ging?», fragte er Wia schließlich.

«Mehr als genug.»

Semerchet wandte sich ab. «Tut mir leid, dass ich das gesagt habe.»

Wia seufzte traurig. «Das sollte Euch auch leid tun. Was

kümmert es Euch, wenn ihr Geliebter ein Schuft war? Er ist schon lange aus ihrem Leben verschwunden, und ihr ist nur die Erinnerung an ihn geblieben.»

Er schob starrsinnig seine Unterlippe vor. «Sie kann doch nicht in einem Traum leben.»

Dennoch hatten Wias Worte ihn beschämt. Das Einzige, was ihm durch die letzten paar Jahre geholfen hatte, war die Erinnerung an Naias Liebe gewesen. Trotz allem, was zwischen ihnen vorgefallen war – sein Unvermögen, ein Kind zu zeugen, ihre Ehe mit einem anderen –, hatte er doch immer gewusst, dass sie ihn nach wie vor liebte. Der armen Aneku dagegen blieb nicht einmal dieser Trost.

Er blickte in den Tempeleingang, in den sich Aneku geflüchtet hatte. «Ich sollte mich wohl bei ihr entschuldigen.»

«Lasst sie besser in Ruhe, Semerchet. Ihr würdet euch jetzt sowieso nur streiten. Kommt morgen wieder, dann könnt Ihr die Sache bereinigen.» Sie klopfte ihm aufmunternd auf die Schulter. «Ich rede vorher schon mal mit ihr.»

Semerchet nickte, murmelte einen Abschiedsgruß und trat durch das Tempeltor auf die Straße. Als er sich noch einmal umdrehte, stand Wia noch immer vor der Miniatur-Pylone und winkte ihm nach.

Während er sich durch die Straßen schleppte, wichen seine Schuldgefühle allmählich ängstlichem Grübeln. Wenn Aneku die Wahrheit gesagt und Menef ihrem Liebhaber mit der Enthüllung eines Verbrechens gedroht hatte – und wenn Semerchet richtig vermutete, um welches Verbrechen es sich dabei handelte –, dann musste Menef schon im Vorhinein vom Mordkomplott gegen Ramses gewusst haben. Somit musste er zumindest am Rande an der Verschwörung beteiligt gewesen sein oder jedenfalls nichts gegen sie unternommen haben.

Trotz der brütenden Hitze bekam Semerchet plötzlich eine Gänsehaut. Hatten die letzten Verschwörer sich hierher nach Babylon zurückgezogen? Hatten die Götter ihn deshalb in diese Stadt in der Ebene geschickt – um ein weiteres Mal dieselben Dämonen zu bekämpfen, die er bereits besiegt zu haben glaubte?

Und warum schien Menef, wo er sich auch befand, immer an der Quelle allen Übels zu sitzen? Die Frage drängte sich geradezu auf: War der weltentrückte, feiste Botschafter womöglich auch für den Angriff auf Naia und Rami verantwortlich?

Semerchet schüttelte den Kopf, um in dem Durcheinander widersprüchlicher Fakten und Verdachtsmomente wieder klarer zu sehen. Es hatte schließlich keinen Sinn, sich verrückt zu machen und sich Dinge einzureden, die sich am Ende als Hirngespinste erwiesen; die Zeit, sagte sich Semerchet, würde die Wahrheit schon an den Tag bringen.

Während er seine Schritte beschleunigte, dachte er bereits nicht mehr daran, dass er vergessen hatte, Aneku vor Fremden zu warnen.

Auf dem Weg zu seinem morgendlichen Treffen mit Schepak stieg Semerchet ein schwacher, besorgniserregender Geruch nach Feuer in die Nase. Weit vor ihm wälzte sich eine flache Rauchwolke langsam über die Prozessionsstraße auf ihn zu und versperrte ihm die Sicht auf den Königspalast. Er rannte los.

Am Tor der Festung lichtete sich der graue Schleier ein wenig, und Semerchet gelang es, einen Blick auf die hektische Betriebsamkeit hinter dem Qualm zu werfen. Dutzende elamischer Soldaten lagen reglos am Boden oder stöhnten im Todeskampf. Andere riefen sich mit heiseren Stimmen etwas zu und versuchten verzweifelt, mit Wassereimern die Flammen zu ersticken, die schnell die einst so ordentlichen Reihen von Zelten verschlangen. Von den meisten waren nur noch schwelende Fetzen übrig, doch Schepaks größeres Zelt stand noch immer in Flammen.

In dem Chaos stellte niemand Semerchets Anwesenheit infrage, als er über das Festungsgelände stürzte. An Schepaks Zelt war der Rauch so dicht, dass er sich den Umhang vors Gesicht halten musste, um überhaupt atmen zu können. Während er sich mit zusammengekniffenen Augen umsah, fiel sein Blick auf eine glänzende Rüstung, aus der ein nackter Arm ragte. Er lag in einer großen Lache schwarz werdenden Blutes. Das Gesicht des Mannes war hinter einem Büschel blutgetränkter Haare verborgen.

«Schepak?»

Fast hätte Semerchet sich ohne zu überlegen in das Zelt gestürzt, wäre ihm nicht plötzlich eingefallen, dass er diese goldene Rüstung schon einmal gesehen hatte, nämlich in der Nacht zuvor bei Nidaba. Sie gehörte dem frisch zum Kommandeur der Garnison beförderten Chutran, der im Rausch von Nidaba verlangt hatte, ihm Liebeslieder vorzusingen.

Trotz der enormen Hitze trat Semerchet ein paar Schritte näher. Ein mit Steinen bestückter Streitkolben hatte dem Mann den Schädel zertrümmert. Mittlerweile stand auch das Dach des Zeltes in Flammen, und Semerchet zog sich in den Hof zurück. Er bekam kaum Luft, und die Augen tränten ihm so sehr, dass er den Mann, der sich ihm von hinten genähert hatte, erst bemerkte, als er mit ihm zusammenstieß.

«Schepak!», hustete er verblüfft. «Den Göttern sei Dank, Ihr lebt. Und ich dachte schon, Ihr steckt da drin.»

«Habt Ihr nicht gehört, wie ich Euch gerufen habe?»

In dem beißenden Rauch, der in seinen Lungen brannte, konnte Semerchet nur den Kopf schütteln. Schepak zog ihn vom Zelt weg und gab ihm Brunnenwasser zu trinken. «Was ist hier geschehen?», stieß Semerchet schließlich zwischen Hustenkrämpfen hervor.

«Die Isin haben uns kurz nach Tagesanbruch angegriffen», berichtete Schepak entsetzt. «Über zweihundert Tote, dazu zwanzig Pferde.»

«Und wie viele Opfer bei den Isin?»

Schepak wagte kaum, Semerchet in die Augen zu schauen. «Kein einziges», gestand er. «Sie kamen aus dem Nichts, wie Dschinns in der Wüste. Bevor wir uns versahen, hatten sie auch schon die Wachen an den oberen Wällen ausgeschaltet und ihre Plätze eingenommen. Uns blieb nicht einmal Zeit, Alarm zu schlagen. Sie feuerten Brandpfeile in die Heuballen bei den Stallungen und dann auf die Zelte. Ihre Bogenschützen hatten unsere Leute vor sich wie eingepferchte Schafe. Dann rissen sie die Tore nieder und stürmten geradewegs auf die noch lebenden Offiziere zu.»

«Ihr wart gar nicht hier?», wunderte sich Semerchet.

«Nein.» Schepak zitterte. «Ich war im Palast, um meine neuen Befehle entgegenzunehmen. Als ich zurückkam, war alles schon vorbei. Die Isin brauchten nur ein paar Minuten, um das hier anzurichten, und verschwanden dann so schnell, wie sie gekommen waren.»

Semerchet kratzte sich die Stirn. «Wie viele waren es?»

«Sechzig oder siebzig, heißt es.»

«Aber ich war heute Morgen auf der Straße unterwegs», erklärte Semerchet verblüfft. «Da hätte mir doch etwas auffallen müssen. Eine so große Streitmacht kann sich doch nicht einfach in Luft auflösen. Sie müssen sich getrennt und einzeln irgendwo versteckt haben –»

«Schon möglich. Aber die Schwarzköpfe meinen, die Isin könnten sich durch Zauberei unsichtbar machen und unsere Pfeile seien deshalb wirkungslos gegen sie.»

«Glaubt Ihr das auch?»

Schepak schüttelte den Kopf. «Ich weiß schon lange nicht mehr, was ich glauben soll.»

Als Semerchet den Blick über die abgebrannten Zelte schweifen ließ, musste er mit einem Mal daran denken, dass er davor gewarnt worden war, an diesem Tag hierherzukommen …

Beim Anblick des fassungslosen Schepak überlegte Semerchet, ob er dem Elamer von der Botschaft erzählen sollte, die der Mann vom Siechenplatz ihm hatte zukommen lassen. Er entschied sich jedoch dagegen, die Mahnung hatte nur ihm allein gegolten. In einer Stadt, in der ihm schon einmal gedungene Mörder nach dem Leben getrachtet hatten und in der er sich nur jenen verpflichtet fühlte, die ihm bei seiner Mission behilflich waren, wäre es unklug gewesen, Leuten auf die Füße zu treten, die ihn womöglich auf Schritt und Tritt beobachteten.

Semerchet trank noch einen Schluck, bevor er sich an Schepak wandte. «Kommt, lassen wir Gestank und Tod hinter uns. Ihr seid jetzt nicht mehr an diesen Ort gebunden. Wir müssen eine Prinzessin finden – und meine Frau.»

«Aber ich kann jetzt nicht einfach weg! Was soll aus meinen Männern werden? Ich werde hier gebraucht.» Verzweifelt blickte Schepak sich auf dem von Leichen übersäten Hof der Festung um.

«Das sind nicht mehr Eure Männer, Ihr seid jetzt mir zugeteilt. Seht es doch so: Das Beste, was Ihr jetzt noch für sie tun könnt, ist, die Prinzessin zu finden, bevor Kutir in seinem Zorn auch noch die Überlebenden dieses Angriffs in die Insektenkammer werfen lässt.»

Schepak sah ein, dass Semerchet recht hatte. Er nickte widerwillig. «Und wo gehen wir jetzt hin?»

«Wir müssen herausfinden, was die Menschen in unmittelbarer Nähe des Landguts über diese Nacht wissen.»

Schepaks Lippen verzogen sich zu einem spöttischen Lächeln. «Diese Bauern? Die haben wir schon befragt. Das war, als spräche man mit Rindviechern.»

Semerchet warf ihm einen skeptischen Blick zu. «Habt Ihr bei Eurer Befragung zufällig Uniform getragen – und diesen Helm da?»

«Klar, ich war schließlich in offiziellem Auftrag unterwegs.»

Semerchet ersparte sich jeglichen Kommentar.

«Was ist?»

«Ach, nichts weiter. Mir ist nur gerade ein nubisches Sprichwort eingefallen, das mein Freund Qar in solchen Fällen zu zitieren pflegt. ‹Wenn der große Herr vorbeikommt, wird ein kluger Bauer sich verbeugen und lautlos furzen.›»

Semerchet tat so, als bemerke er nicht, wie Schepak rot wurde. Stattdessen überredete er ihn, seine Rüstung abzulegen und Zivilkleidung anzuziehen. Das Letzte, was er bei der Befragung der Dorfbewohner brauchen konnte, war die einschüchternde Gegenwart eines elamischen Soldaten an seiner Seite.

«Aber Euer Schwert solltet Ihr vielleicht vorsichtshalber mitnehmen», fügte Semerchet hinzu und griff sich an den Verband an seinem Hals.

Sie mussten drei verschiedene Dörfer aufsuchen, bevor sie etwas herausfanden. Als Semerchet in den ersten beiden erwähnte, dass sie nach einer elamischen Prinzessin suchten, gaben die Bewohner plötzlich vor, ihn nicht zu verstehen, und zogen sich in ihre verräucherten, pilzförmigen Hütten zurück. Ihr Verhalten schien Schepaks Einschätzung zu bestätigen, dass die Bauern nicht viel klüger waren als ihr Vieh.

Im dritten Dorf versuchte Semerchet es mit einer anderen Taktik. Er verlor kein Wort über die elamische Prinzessin und gab sich lediglich als Ägypter aus, der nach seiner Frau und einem jungen Freund suche, die, wie er befürchte, bei dem Massaker auf dem Landgut unter den Opfern gewesen sein könnten. Die Dorfbewohner – beinahe zu Tränen gerührt angesichts der Tatsache, dass er einen so weiten und beschwerlichen Weg auf sich genommen hatte, um seine Lieben zu suchen – hießen Semerchet und Schepak daraufhin in ihrem Ort willkommen.

Sie brachten die beiden Männer zu einem runden Lehmziegelbau, durch dessen niedrige Tür Semerchet und Schepak kriechend ins finstere Innere gelangten. Als seine Augen sich an die Dunkelheit gewöhnt hatten, erkannte Semerchet, dass viele der Dorfbewohner sie bereits erwarteten. Eine Frau nahm ein Stück Glut aus einer Kohlenpfanne und zündete eine Laterne an.

Semerchet war überrascht von der Größe des Raumes, dessen Wände dick mit dem öligen Ruß von Generationen von Erdpechlampen bedeckt waren. Als er zu dem hohen, kegelförmigen Schilfdach über sich hinaufschaute, hörte er ein leises Rascheln von Ratten und Vögeln.

Eine Frau gab ihnen zu verstehen, dass er und Schepak es sich doch auf den Kissen bequem machen sollten, die sie ihnen gebracht hatte. Danach trat ein zahnloser alter Mann ins schwache Licht der Laterne in der Mitte des Raumes.

«Ist das hier der Ortsvorsteher?», fragte Semerchet ungeduldig.

Doch bevor ihm jemand antworten konnte, stimmte der Alte auch schon seine Litanei an. «Sie kam zu uns in jener Nacht», sang er laut. «Ringe aus Lapislazuli steckten an ihren Fingern, kostbare Perlen hingen um ihren Hals. Ein goldenes Band bedeckte ...»

Während der alte Mann mit seiner Leier fortfuhr, wurde Semerchet immer unruhiger. Er befürchtete, dass zur Gastfreundschaft der Dörfler auch langatmige Vorträge von Gedichten gehörten, die man über sich ergehen lassen musste, bevor man endlich zur Sache kommen konnte. Er räusperte sich laut und fuhr dem Alten ins Wort.

«Es tut mir wirklich leid», erklärte er so ernst wie möglich, «aber wir haben keine Zeit für Unterhaltungseinlagen, so schön sie auch sein mögen. Wir sind gekommen, um Euch zu fragen, was Ihr von dem Überfall wisst.»

Der Alte blickte Semerchet leicht irritiert an, und seine Zunge schoss zwischen seinen ledrigen Lippen hin und her. «Jaja, das ist mir klar», zischte er.

Dann begann er erneut zu singen, diesmal ein wenig lauter. «Sie kam zu uns in jener Nacht. Ringe aus Lapislazuli steckten an ihren Fingern, kostbare Perlen hingen um ihren Hals. Ein goldenes Band bedeckte ihre Stirn. Sie kam zu diesem Haus hier, eingehüllt vom Geruch des Todes, ein unsterblicher Geist aus dem Fluss. Sie kam zu uns in jener Nacht, kam in dieses Haus und ersuchte uns um Hilfe. Dämonen der Wüste hätten sie bedrängt, erklärte sie, hätten sich aus der Dunkelheit der Nacht erhoben –»

«Was soll das heißen?», fragte diesmal Schepak. «Wollt Ihr damit sagen, dass eine Frau den Überfall überlebt hat und *hierher*gekommen ist?»

Diesmal quittierten die Dorfbewohner die Unterbrechung mit unüberhörbarem Stöhnen und missbilligendem Getuschel.

«Still», murmelte Semerchet Schepak zu. «Wenn Ihr ihn unterbrecht, muss er immer wieder von vorne anfangen.»

«Aber was hat das alles zu bedeuten?»

«Sie kam zu uns in jener Nacht!» Der alte Mann warf Schepak finstere Blicke zu, als wolle er ihn warnen, noch einmal den Mund zu öffnen. Schepak verstummte auf der Stelle.

Beim Zuhören wurde Semerchet klar, dass die Dorfbewohner nicht nur von dem Überfall wussten; sie hatten das Ereignis sogar schon in die blumige, monotone Bildersprache ihrer mündlichen Überlieferung aufgenommen. In ihrer Rezitation waren allerdings auch verstörende, unsinnig erscheinende Elemente enthalten. Fasziniert betrachtete Semerchet, wie verzückt die Bauern dem Vortrag des Alten lauschten. Selbst als der Gesang ins Reich des Phantastischen abdriftete, wagte niemand zu spotten oder auch nur eine skeptische Miene aufzusetzen. Sie schienen fest zu glauben, dass in jener Nacht ein übernatürliches Wesen aus dem Fluss gestiegen und ihnen erschienen war.

«Und obwohl sie nur die Sprache von Geistern sprach und nicht die von Sterblichen», gelangte der alte Mann endlich ans Ende seines Liedes, «haben wir sie verstanden und ihr Zuflucht gewährt.»

Nachdem er verstummt war, atmeten die Dorfbewohner wie mit einem Körper aus, bevor sie dem Alten für seinen gelungenen Vortrag laut Beifall spendeten. Semerchet wartete mit seinen Fragen, bis es wieder völlig ruhig wurde.

«Was ihr uns da erzählt habt – ist das alles tatsächlich so geschehen in jener Nacht? Genau so, wie der alte Mann es vorgetragen hat?»

Zahlreiche Stimmen schworen gleichzeitig beim Leben ihrer Kinder, dass die Geschichte der Wahrheit entspreche.

«Und die Frau, die zu euch kam – wie kommt ihr darauf, dass es sich bei ihr um einen Flussgeist handelte?»

«Ganz einfach – sie war tropfnass, als wäre sie soeben aus dem Fluss gestiegen», erklärten die Dorfbewohner lautstark. «Und außerdem schön wie eine Göttin!» – «In seidenen Kleidern, mit Schmuck behängt!» – «Was soll sie denn sonst gewesen sein, wenn nicht eine Flussnymphe!»

Semerchet blickte Schepak verwirrt an.

Schepak dagegen wirkte ungeduldig, ja geradezu angewidert. Aus seiner Sicht vergeudeten sie bei diesen primitiven, abergläubischen Menschen nur ihre Zeit. Semerchet ließ sich jedoch nicht von seiner Überzeugung abbringen, dass sich der Dichtung der Dorfbewohner wertvolle Informationen entnehmen ließen.

«Wie lange nach dem Überfall kam sie zu euch?»

Nach einigem Hin und Her einigten sich die Dorfbewohner darauf, dass die Frau sechs oder sieben Maßeinheiten auf der Wasseruhr nach dem Angriff der Wüstendämonen auf das Landgut gekommen sein musste, also kurz vor Tagesanbruch.

«War ein Junge namens Rami bei ihr? Er muss eine Kopfwunde gehabt haben –»

Die Bauern aber verneinten entschieden, dass ein Junge mit der Göttin unterwegs gewesen sei.

«Habt ihr diese Wüstendämonen mit eigenen Augen gesehen?» Schepak, der bis dahin geschwiegen hatte, stellte die Frage unvermittelt.

Die Dorfbewohner reagierten mit Kopfschütteln. Man habe sie ausdrücklich davor gewarnt, in jener Nacht ihre Hütten zu verlassen.

«Gewarnt?», fuhr Semerchet auf. «Wer hat euch gewarnt?»

Die Bauern starrten einander unschlüssig an, als wüssten sie nicht recht, wie viel sie den Fremden erzählen sollten. Schließlich brach die Frau des Ortsvorstehers das angespannte Schweigen. «Mutter Mylitta ist an jenem Abend in unser Dorf gekommen. Sie hat uns gesagt, sie wolle in das Landgut, um die Elamer zu warnen, und dass wir uns verstecken sollten –»

«Blut steht am Himmel, hat sie uns erklärt!», unterbrach der Ortsvorsteher seine Frau. «Und dass es zu gefährlich wäre, unsere Hütten zu verlassen. Bleibt zu Hause, hat sie gesagt, Blut steht am Himmel!»

«Und wer ist Mutter Mylitta?», fragte Semerchet und blickte sich im Raum um. «Noch so eine Gottheit aus dem Fluss?»

Überraschenderweise kam die Antwort von Schepak. «Mylitta ist ein Mensch wie wir beide, Semerchet. Sie ist die Vorsteherin von Babylons Gagu.»

Semerchet riss die Augen auf. «Vom Gagu?»

Schon wieder die mysteriösen Frauen dieses seltsamen Ordens, überlegte Semerchet. Bereits an seinem ersten Tag in Babylon hatte er sie am Flussufer gesehen, dann ein zweites Mal vergangene Nacht in Nidabas Haus. Und jetzt schienen sie sogar mit dem Überfall selbst etwas zu tun zu haben – auch wenn sie dabei wohl eher eine positive Rolle gespielt hatten, falls diese Mutter Mylitta tatsächlich die Elamer hatte warnen wollen. Doch selbst in diesem Fall stellte sich die Frage: Woher wusste Mutter Mylitta von dem bevorstehenden Überfall?

Semerchet wandte sich erneut den Dorfbewohnern zu. «Wie lange ist diese Frau – dieser ‹Flussgeist› – bei euch geblieben?»

«Einen Tag. Dann hat sie uns gesagt, wir müssten sie zu Mutter Mylitta bringen. Also haben wir sie in einem mit Stroh beladenen Karren versteckt und an den elamischen Wachtposten vorbei nach Babylon geschmuggelt.»

Semerchets Herz begann zu rasen. Die Frau – wer auch immer sie war, Mensch oder Göttin – war im Gagu! Ohne sich anmerken zu lassen, wie eilig er es hatte, nickte Semerchet den Bauern dankend zu und begab sich zum Ausgang, gefolgt von Schepak. Dann gingen sie gemeinsam zum Kanal, wo sie ihre Pferde angebunden hatten.

«Was haltet Ihr von der ganzen Geschichte?», fragte Schepak schließlich.

«Sie haben uns die Wahrheit erzählt», entgegnete Semerchet schlicht.

Schepak musterte ihn geringschätzig. «Ihr glaubt also allen Ernstes, dass ihnen in jener Nacht eine Nymphe aus dem Fluss erschienen ist? Und dass die zuvor von Wüstendämonen angegriffen worden war?» Als Semerchet nickte, schnaubte er verächtlich. «Ich hätte nie gedacht, dass ihr Ägypter so leichtgläubig seid!»

Semerchet blickte ihn von der Seite an. «Wenn Ihr glauben könnt, dass ganze Armeen von Isin sich in Luft auflösen, warum glaubt Ihr dann nicht auch an Flussnymphen?» Semerchet baute sich vor ihm auf. «Versteht Ihr nicht, was ich meine? Sie haben uns auf ihre Art zu verstehen gegeben, dass die Prinzessin überlebt hat und sich jetzt im Gagu befindet.»

«Euch hat wohl wieder mal das Flussfieber gepackt?»

«Womit fing das Lied der Bauern an? Mit der prächtigen Kleidung der Frau – Ringe an den Fingern, Halsketten … Und was trug sie auf dem Kopf?»

«Ein goldenes Band», zitierte Schepak spöttisch. «Na und?»

«Denkt Ihr da nicht auch gleich an ein königliches Diadem?»

Schepak schien erste Zweifel zu hegen.

«Wenn zu diesen Menschen mitten in der Nacht eine Frau getaumelt kommt, gekleidet wie eine Königin», fuhr Semerchet fort, «ist es dann nicht nachvollziehbar, dass ihnen diese Frau wie eine Göttin oder wie ein Geist erscheint?»

«Aber diese Frau soll tropfnass gewesen sein. Wie erklärt Ihr Euch das?»

Semerchet zuckte mit den Schultern. «Vielleicht hat sie sich in einem Fluss oder Kanal versteckt.» Plötzlich lächelte er. «Das ist es! So ist sie ihnen entkommen!»

«Glaubt Ihr wirklich, dass es Pinikir war? Vielleicht war es ja auch Eure Frau.»

Für einen Augenblick entmutigt, seufzte Semerchet und starrte zu Boden. «Nein. Naia war nur eine Dienstmagd. Sie trug sicher keine seidenen Kleider und keinen Schmuck.» Dann blickte er wieder auf. «Es muss die Prinzessin gewesen sein. Und die Dämonen in ihrem Lied waren offenbar die Banditen. Außerdem sagen sie, die Frau habe nur in der Sprache von Geistern mit ihnen gesprochen. Ich wette, Pinikir sprach kein Babylonisch, sondern Elamisch. Und wenn ich recht habe, versteckt sie sich jetzt im Gagu.»

«Aber wozu sollte sie sich verstecken? Das ergibt doch keinen Sinn!»

«Vielleicht gab es ja eine Verschwörung, und Pinikir hatte Wind davon bekommen. Ganz offensichtlich wusste diese Mutter Mylitta irgendetwas; warum hätte sie sonst an jenem Abend das Landgut aufsuchen sollen?»

«Aber Pinikir hätte Kutir doch bestimmt gesagt, dass sie im Gagu ist – er ist schließlich ihr Bruder!»

Semerchet blickte seinen Freund ganz direkt an. «Nicht, wenn sie vermutet hat, dass ihr Bruder hinter dem Überfall steckt», entgegnete er ruhig. «Jedenfalls weiß ich, dass Königin Narunte die Prinzessin gehasst hat.»

Schepak fuhr auf, doch bevor er etwas sagen konnte, rief ihnen eine Frauenstimme von hinten etwas zu.

«Ägypter!»

Sie drehten sich um und blickten ins Dorf zurück. Als die Frau des Ortsvorstehers Semerchet zu sich heranwinkte, spiegelte sich die rote Abendsonne in ihren Augen, die so schwarz waren wie seine eigenen.

«Der Junge, nach dem Ihr sucht ...», begann sie.

«Was ist mit ihm?», fragte Semerchet so laut und nachdrücklich, dass die Frau vor ihm zurückschreckte. Als sie nicht weitersprach, wiederholte er eindringlich: «Was ist mit dem Jungen?»

Sie schluckte ihre Angst hinunter. «In der Nacht des Überfalls war eine Karawane an der Oase ...»

«An welcher Oase?»

Schepak nahm ihr die Antwort ab. «Ich kenne sie. Sie liegt nur ein paar Meilen nördlich von hier, direkt am Fluss.»

Beide wandten sich erneut der Frau zu. Sie zupfte nervös an Haarsträhnen, die aus ihrem Kopftuch hingen. «Einige der

Kaufleute aus der Karawane sind zum Landgut gegangen, nachdem die Dämonen geflohen waren. Sie haben gesehen, was geschehen war.»

«Woher wisst Ihr das?»

«Die Kaufleute treiben manchmal Handel mit uns, wenn sie hier durchkommen. Und Frauen schwatzen eben gern.»

Semerchet nickte.

«Alle waren tot, haben sie gesagt. Zusammengebunden und alle auf einmal abgeschlachtet.»

Semerchet musste an den blutbefleckten Hof im hinteren Bereich des Landguts denken. Ihre Aussage bestätigte ihm, dass sie die Wahrheit sprach. Er nickte noch einmal, um sie zu ermutigen, mit ihrer Geschichte fortzufahren.

«Aber als sie sich umsahen, stöhnte plötzlich einer der Toten. Er war gar nicht tot – es war der, den Ihr sucht, der ägyptische Junge! Er lag unter den Leichen und machte sie auf sich aufmerksam.»

«Sprecht weiter.»

«Die Kaufleute verbanden ihn und nahmen ihn mit in ihr Lager.»

«Was geschah dann mit ihm? Wo ist er jetzt?»

Die Frau zuckte nur mit den Achseln.

Als Semerchet einen goldenen Ring aus seinem Gürtel zog und ihn der Frau gab, rang sie vor Freude nach Luft und küsste ihm die Hände. Dann blickte sie sich verstohlen um, um sicherzugehen, dass keiner der Dorfbewohner sie beobachtet hatte, und ließ das Gold rasch in den Falten ihres Kopftuchs verschwinden, bevor sie zu ihrer Rundhütte zurückrannte.

Semerchet und Schepak beschlossen, sich zu trennen. «Ihr reitet zur Oase», meinte Semerchet, «denn Ihr kennt sie. Fragt alle, die Ihr dort findet, was aus Rami geworden ist und wo er jetzt sein könnte, falls er noch am Leben ist. Aber denkt daran, dass Ihr kein elamischer Offizier mehr seid. Wenn Ihr ihnen Angst einjagt, bekommt Ihr gar nichts aus ihnen heraus.»

Bevor sie losritten, verabredeten sie noch, sich später in Semerchets Herberge zu treffen. Dann lenkte Semerchet sein Pferd nach Süden und ritt schnell nach Babylon zurück. Unterwegs traf er auf zahlreiche elamische Soldaten, die ebenfalls auf dem Weg in die Stadt waren – die letzten Streitkräfte, die sich aus dem Nordteil des Landes zurückzogen. Sie hielten ihn an, wie sie es mit jedem verdächtig schnell reitenden Fremden getan hätten, ließen ihn aber unbehelligt, als er ihnen seinen von Kutir ausgestellten Pass zeigte.

Als Semerchet sein Pferd zurückbrachte, erklärte ihm der Stallknecht, wo sich der Gagu befand – im Tempelkomplex des Etemenanki.

«Aber Ihr werdet heute Abend nicht mehr dorthin kommen, falls Ihr das vorhabt», fügte er hinzu.

Semerchet zog die Augenbrauen hoch. «Ich habe einen Passierschein.»

Der Mann schaute ihn an, als habe er einen Verrückten vor sich. «Ihr wisst wohl nicht, was in Babylon heute los war, oder?»

Semerchet musste einräumen, dass das stimmte.

Der Stallknecht erzählte ihm, dass die Elamer – mögen sie alle in der Hölle schmoren! – sich umgehend für den Überfall der Isin im Morgengrauen gerächt hatten. Da sie den Verdacht hegten, die Bevölkerung Babylons gewähre den Aufständischen Unterschlupf, hatten die Elamer zahlreiche Hausdurchsuchungen durchgeführt, ohne dabei jedoch einen einzigen

Isin zu finden, auch nicht in Zivilkleidung. In ihrem Zorn hatten sie viele Bürger Babylons abgeschlachtet.

«Aber das hat diesen verdammten Mordgesellen noch nicht genügt», klagte der Stallknecht. «Sie haben sogar die Kornspeicher der Stadt geschlossen, und jetzt könnt Ihr überall unsere hungrigen Kinder weinen hören. Die Götter allein wissen, wie es meiner Frau jetzt geht oder ob sie überhaupt noch am Leben ist!»

Semerchet fragte sich ernsthaft, ob er sich in dieser Nacht auf die Straße wagen sollte. Es ließ ihm jedoch keine Ruhe, herauszufinden, ob sich Prinzessin Pinikir im Gagu befand, und so machte er sich auf den Weg. Nur durch eine Reihe glücklicher Umstände gelang es ihm, sämtlichen elamischen Patrouillen aus dem Weg zu gehen.

Der Gagu erwies sich als großes Gebäude im hinteren Bereich des Etemenanki-Tempelkomplexes, verborgen hinter einer eigenen Mauer und zusätzlich geschützt durch einen Graben. Überragt wurde er von einem hohen, zylindrischen Turm aus Lehmziegeln, um den sich eine Treppe wand. Semerchet hatte diesen Turm bei seinen Erkundungsgängen durch die Stadt schon oft aus der Ferne gesehen, ohne zu wissen, worum es sich bei ihm handelte oder welchem Zweck er diente.

Das Tor des Gagu war fest verschlossen und die Brücke, die über den Graben führte, hochgezogen. Hinter den Mauern jedoch flackerten Fackeln, und Semerchet konnte das Gemurmel vieler Frauenstimmen hören. Als er näher kam, wurde der schweflige Geruch brennenden Erdpechs immer stärker. Über den Mauern des Gagu stieg dichter schwarzer Rauch in den Nachthimmel. Während des Tages hatte Semerchet keine solchen Rauchwolken gesehen; was also machten diese Frauen mit dem Erdpech, das sie nur im Schutz der Dunkelheit tun konnten?

Semerchet ging auf den Rand des Grabens zu. «Hallo!», rief er in die Nacht, und noch einmal, als keine Antwort kam. «Mein Name ist Semerchet, ich komme aus Ägypten. Sagt Mutter Mylitta, dass ich mit ihr sprechen möchte!»

Eine schroffe, aber eindeutig weibliche Stimme antwortete ihm. «Verschwinde, Ägypter! Mutter Mylitta entscheidet, mit wem sie spricht, und niemand anders!»

Er blieb trotzig stehen, die Hände in die Hüften gestemmt. «Erklärt ihr, dass es um Prinzessin Pinikir geht. Ich weiß, dass Mutter Mylitta in jener Nacht auf dem Landgut war. Wenn sie mich nicht empfängt, gehe ich zu Kutir.»

Die behelmten Frauenköpfe auf dem Wachturm verschwanden. Semerchet nahm an, dass sie Mutter Mylitta ausrichteten, wer sie sprechen wollte. Gelassen setzte er sich mit übereinandergeschlagenen Beinen vor den Graben.

Mutter Mylittas Antwort ließ nicht lange auf sich warten. Unter lautem Kettengerassel wurde die Zugbrücke heruntergelassen, und Semerchet trat in den Hof des Gagu. Als er im hellen Licht der Fackeln die Augen zusammenkniff, fiel das Tor hinter ihm wieder ins Schloss, und die Brücke wurde erneut hochgezogen. Er war eingeschlossen. Vergebens suchte er nach Ausgängen. Das Einzige, was er sah, waren zusammengebundene Esel, wie immer mit schwarzem Erdpech beladen. Während er darauf wartete, abgeholt zu werden, ging er zu einem der Esel, um das Erdpech näher in Augenschein zu nehmen.

Wie aus Langeweile zog er ein glänzendes schwarzes Stück aus einem der Packsäcke und warf es in die Luft. Es war verblüffend schwer für seine Größe und ausgesprochen merkwürdig geformt – gleichmäßig wie ein Quader, sodass es beinahe wirkte wie von Menschenhand gemacht. Als das Fackellicht darauf fiel, erkannte er den verräterischen Glanz von Metall. Semerchet fing das Stück wieder auf und erblasste, als er sich zu den Wachen umdrehte.

Zwei Lanzen waren drohend auf seine Brust gerichtet.

«Leg das zurück», forderte eine der Wächterinnen mit ruhiger Stimme.

Behutsam steckte Semerchet das Stück Erdpech wieder in den Sack.

«Weg vom Esel», befahl sie.

«Tut mir leid, falls ich etwas Falsches gemacht habe», entschuldigte er sich mit Büßermiene. Dabei tat es ihm kein bisschen leid, denn endlich hatte er herausgefunden, wozu die Frauen vom Gagu den Rohstoff benutzten.

Die beiden Wächterinnen führten ihn zu dem zylindrischen Turm aus Lehmziegeln, den er aus der Ferne gesehen hatte, und blieben an dessen Fuß stehen. Der Turm war an der Basis sehr breit – fast dreißig Ellen, wie er schätzte – und verjüngte sich nach oben immer mehr.

«Dahinauf», wies ihn eine seiner Begleiterinnen mit einer Kopfbewegung zum Turm an, während sie mit ihrer Lanze auf die Außentreppe deutete. «Mutter Mylitta ist in ihrem Observatorium.»

«*Dahinauf?*», stieß er hervor.

«Ihr wolltet doch mit ihr sprechen, oder etwa nicht?»

Heilige Isis! Wie sollte er jemals da hochkommen? Die Treppe stand höchstens eine Elle breit vom Turm ab und verfügte über keinerlei Geländer. Semerchet zitterten die Knie.

«Kann sie nicht hier unten mit mir sprechen?», fragte er matt und versuchte dabei, nicht allzu flehend zu klingen.

«Kann sie nicht. Das neue Jahr steht bevor, und sie sucht den Himmel nach Vorzeichen ab.»

So blieb ihm keine andere Wahl, als einen Fuß vorsichtig auf die erste Stufe zu setzen. Als er merkte, dass er die Luft anhielt, befahl er sich, etwas mehr Mut zu zeigen. Er atmete tief durch, trat auf die zweite Stufe und wagte sich schließlich sogar auf die dritte.

Die gewundene Treppe war sehr steil, und Semerchet zwang sich, nicht nach unten zu blicken, sondern sich stattdessen immer nur auf die jeweils nächste Stufe zu konzentrieren. Obwohl die Frauen unter ihm tuschelnd über seine Langsamkeit spotteten, hörte er nur das panische Pochen seines Herzens.

Semerchet schien es, als sei er schon eine Ewigkeit unterwegs, als er endlich auf der obersten Ebene ankam. Diese war im Durchmesser nur etwa halb so groß wie die Basis und mit bronzenen und kupfernen Instrumenten zur Himmelsbeobachtung vollgestellt. Erleichtert registrierte Semerchet, dass die Plattform von einer hüfthohen Mauer umgeben war.

Eine großgewachsene Frau schaute durch ein langes, auf einem Dreifuß befestigtes Rohr aus Bronze. Als er die Plattform betrat, drehte sie sich zu ihm um und durchbohrte ihn förmlich mit ihrem Blick. Semerchet war sprachlos. «Ihr seid das!»

«Kennen wir uns?», fragte Mutter Mylitta misstrauisch.

Semerchet schüttelte den Kopf. «So kann man das nicht sagen. Aber ich habe Euch erst gestern Nacht im Haus der Sängerin Nidaba gesehen.»

Mutter Mylitta war die ältere Frau, die die Eselskarawane in Nidabas Hinterhof begleitet und in so unfreundlichem Tonfall seinen Namen ausgesprochen hatte. Sie ließ sich nicht anmerken, wie überrascht sie war; aus ihren kalten, dunklen Augen sprach pure Verachtung. Sie beugte sich vor, um etwas auf eine Lehmtafel zu notieren. Semerchet nahm in der Zwischenzeit all seinen Mut zusammen und riskierte einen Blick über die Brüstung. Er stand so weit oberhalb des Rauchs der Herdfeuer, dass sich in der trockenen, klaren Luft die wüstenähnliche Ebene jenseits der Stadt silbrig glänzend unter dem Sternhimmel abzeichnete. Als er noch einen weiteren Schritt vortrat und einen Blick auf die dicken Stadtmauern warf, war er beinahe enttäuscht, keine vier Streitwagen nebeneinander auf ihnen fahren zu sehen.

Ohne von ihren Aufzeichnungen aufzublicken, sprach die Frau Semerchet an. «Wie man mir berichtet hat, seid Ihr gekommen, um schwere Vorwürfe gegen mich zu erheben.»

Er beschloss, gleich zur Sache zu kommen. «Ich bin Semerchet, Gesandter des Pharaos –»

«Ich weiß, wer Ihr seid.»

Er verstummte irritiert, holte noch einmal Luft und fuhr fort. «Aufgrund der Freundschaft zwischen unseren Nationen hat König Kutir mich gebeten –»

«Seine Schwester zu suchen, ich weiß», unterbrach Mutter Mylitta ihn erneut. «Kommt endlich zur Sache.»

Zähneknirschend entschied Semerchet, es an Direktheit mit ihr aufzunehmen. «Ich weiß, dass Prinzessin Pinikir das Massaker überlebt hat und hierhergebracht wurde.»

Mutter Mylitta blickte nun doch von ihren Notizen auf und spitzte ihre schmalen, faltigen Lippen. Sie legte ihren Griffel weg, steckte die Hände in die Ärmel ihres Gewands und fixierte Semerchet mit durchdringendem Blick. «Es war nicht die Prinzessin, die uns in jener Nacht um Aufnahme ersuchte.»

«Wer war es dann?»

«Eine Frau, die unsere Hilfe brauchte.»

«Und wie hieß sie?»

Mutter Mylitta schwieg mit versteinerter Miene.

«Ihr wollt es mir nicht sagen?», seufzte er.

Mylitta schüttelte stolz den Kopf. «Ich darf es nicht. Unsere Regeln verbieten es, die Namen unserer Mitglieder zu nennen. Nicht einmal der Ehemann einer Frau, die in den Gagu eingetreten ist, hat mehr Anspruch auf sie.»

«Und wenn ich dem König von meiner Vermutung erzähle, dass sich womöglich seine Schwester hinter diesen Mauern aufhält ...?»

Ein halb belustigtes, halb nachsichtiges Lächeln überzog das Gesicht der alten Frau. «Tut das ruhig, Semerchet, und Ihr werdet schon sehen, was geschieht. Es gibt nämlich in ganz Mesopotamien keinen einzigen Herrscher, der seinen Thron nicht dem Gold verdankt, das wir ihm leihen. Auch Kutir bildet da keine Ausnahme.»

«Wenn Ihr sowieso keine meiner Fragen beantworten wollt, warum habt Ihr mich dann überhaupt eingelassen? Ihr hättet mich doch ebenso gut wegjagen oder einfach nicht beachten können.»

Sie antwortete ihm nicht sofort, sondern fixierte ihn weiter mit demselben harten, gnadenlosen Blick. Dann drehte sie sich unversehens um, als sei sie gerade zu einer Entscheidung gelangt, und schaute in das bronzene Rohr. Mutter Mylitta richtete es knapp über den Horizont aus und suchte intensiv den Nachthimmel ab. Als sie ihr Ziel gefunden hatte, hielt sie inne und winkte ihn zu sich.

«Ich habe Euch nur hier hochsteigen lassen, um Euch das zu zeigen. Schaut durch das Rohr.»

Immer darauf bedacht, nicht zu weit an den Rand des Turms zu kommen, trat er näher und hielt ein Auge an das Rohr. Er hatte keine Ahnung, was ihn erwartete. Das Rohr war nichts weiter als ein hohles Stück gegossenen Metalls, das es dem Benutzer ermöglichte, einen einzelnen Stern zu betrachten.

«Und?», fragte er.

«Das ist der Stern von Ägypten – der Seschat-Stern, wie ihr Ägypter ihn zu nennen pflegt.»

Semerchet blickte erneut durch das Rohr. Der Seschat-Stern kam ihm wie all die anderen anonymen Lichter am Himmel vor, wenn auch vielleicht ein wenig rötlicher. Dann fiel ihm wieder ein, was die Dorfbewohner gesagt hatten.

«Blut am Himmel», murmelte er.

«Richtig», bestätigte Mutter Mylitta, keineswegs überrascht von seinen Worten. «Und das ist auch der Grund dafür, warum ich Euch nicht helfen kann.»

Sie zeigte auf den Seschat-Stern und fuhr fort: «Noch nie war der Stern von Ägypten an unserem Firmament zu sehen, und nie zuvor leuchtete er in einem so unheilverkündenden Farbton. Und was noch schlimmer ist: Wir mussten feststellen, dass er seinen Kurs geändert hat. Ein eindeutigeres Vorzeichen ist nicht denkbar. Ein großes, bedrohliches Übel ist aus Ägypten zu uns gekommen. Die Götter selbst haben entschieden, dass wir keinem Ägypter unsere Hilfe zuteil werden lassen dürfen.»

«Aber dieses Übel bin doch nicht ich!»

«Solange wir keine klarere Botschaft erhalten, ist für uns erst einmal jeder Ägypter verdächtig. Das gilt auch für Euch, Semerchet. Oder vielleicht sollte ich besser sagen: für Euch ganz besonders.»

Bevor er die Möglichkeit hatte, etwas zu entgegnen, winkte Mutter Mylitta die beiden Wächterinnen herbei. Sie packten ihn am Arm und führten ihn aus dem Observatorium. Das einzig Gute an alldem war, dass Mylitta ihn mit ihrem Gerede von unheilverkündenden Sternen so durcheinandergebracht hatte, dass er reichlich benommen den Abstieg bewältigte, ohne allzu sehr auf die schwindelerregende Höhe des Turms zu achten – auch wenn das ein schwacher Trost dafür war, dass er Pinikirs Spur wieder verloren hatte.

Semerchet machte sich auf den Rückweg zu seiner Herberge. Die tiefe Stille in den menschenleeren Straßen beunruhigte ihn, denn sie erinnerte ihn zu sehr an die Nacht zuvor, als die Attentäter aus der Dunkelheit über ihn hergefallen waren. Er fragte sich, ob Galzu und Kuri wie versprochen über ihn wachten. Semerchet bezweifelte es, denn die elamischen Patrouillen würden wohl nicht allzu viele Schwarzköpfe auf die Straßen lassen. Zugleich aber schöpfte er Zuversicht aus der Überlegung, dass die Gegenwart so vieler Soldaten auch die Bewegungsfreiheit möglicher Attentäter stark einschränken würde. Von diesem Gedanken ein wenig beruhigt, hielt er an einem Brunnen an, um sich einen Schluck Wasser zu gönnen.

«Ehrenwerter Semerchet!», flüsterte ihm eine seltsam vertraute Stimme zu.

Er fuhr so erschrocken hoch, dass er den ausgehöhlten Flaschenkürbis, den er in der Hand hielt, in den Brunnen fallen ließ. Aber es war nur der Mann vom Siechenplatz.

«Tut mir leid, wenn ich Euch erschreckt habe», sagte er. «Aber ich habe eine Botschaft –»

«Schon wieder?»

«Ihr solltet den Hafen diesen Abend meiden, mein Herr.

Vor allem den Bereich, wo die elamische Flotte vor Anker liegt.»

Die Isin planten nun also auch noch einen Angriff auf Kutirs Schiffe. Selbst Semerchet, alles andere als ein Militärstratege, erkannte sofort die Absicht hinter dieser Maßnahme: Die Isin wollten den Elamern die einzige Möglichkeit zum Rückzug nehmen. Der Krieg um Babylon sollte ein Kampf auf Leben und Tod werden.

«Und von wem kommt diese Warnung?», fragte Semerchet, auch wenn er die Antwort schon kannte.

«Das weiß ich leider selbst nicht, mein Herr.»

Semerchet erreichte zur gleichen Zeit wie Schepak die Herberge, wo sie sich in Semerchets Räumlichkeiten flüsternd austauschten. Semerchet musste zugeben, dass er von Mutter Mylitta lediglich in Erfahrung gebracht hatte, dass sich die Prinzessin nicht im Gagu befand.

«Und das glaubt Ihr?», fragte Schepak.

Semerchet nickte resigniert. «Ja, ich glaube ihr – obwohl sie bestimmt nicht zögern würde, mich anzulügen, wenn sie es für erforderlich hielte.»

Er informierte Schepak nicht über das «große Übel», das nach Mutter Mylittas Überzeugung aus Ägypten über das Land kommen werde, und schon gar nicht über den bevorstehenden Angriff der Isin auf den Hafen. Der Bürgerkrieg in Babylon ging ihn nichts an, sagte er sich wieder und wieder, und die Warnung galt nur ihm allein. Allerdings würde er zu verhindern versuchen, dass Schepak in dieser Nacht zum Hafen ging.

Im Gegensatz zu Semerchet konnte Schepak einen Erfolg vermelden. «Der Junge lebt», erklärte er entschieden.

«Der Göttern sei Dank!», rief Semerchet aus. «Los, erzählt schon!»

«An der Oase hat man mir erklärt, dass der Junge zu einem Bauern nur wenige Meilen entfernt gebracht wurde. Ich kam dort kurz vor Einbruch der Dunkelheit an. Anscheinend war dieser Rami so schwer verletzt, dass die Kaufleute der Karawane ihn nicht auf ihre Reise mitnehmen wollten, weil sie befürchteten, sein Tod würde einen Fluch über ihre Unternehmung bringen. Zu diesem Zeitpunkt hatte Rami bereits seine Botschaft an Euch verfasst und sie den Führern der Karawane mitgegeben.»

Semerchet warf sich sofort seinen Umhang über die Schultern. «Bringt mich zu ihm! Es wird nicht leicht sein, die Stadt zu verlassen, aber vielleicht hilft uns ja Kutirs Passierschein –»

«Nicht so hastig», unterbrach ihn Schepak mit einem warnenden Funkeln in den Augen. «Rami ist nicht mehr bei dem Bauern. Vor einer knappen Woche kam eine Isin-Bande und hat ihn mitgenommen. Als der Bauer den Jungen zum letzten Mal sah, hatten sie ihn über einen Sattel geworfen und waren auf dem Weg nach Norden.»

Das alles war zu viel für Semerchet. Er fluchte so heftig, dass sogar Schepak sich beeindruckt zeigte.

Nachdem er seiner Enttäuschung freien Lauf gelassen hatte, nahm Semerchet sich wieder zusammen, auch wenn er noch eine ganze Weile lang keuchend und niedergeschlagen an die Wand gelehnt dastand. «Was zum Teufel sollen wir jetzt tun?», fragte er schließlich Schepak.

«Wir schlafen erst mal drüber», antwortete dieser knapp, zog ein Kissen aus dem Bett und warf es auf den Boden.

In jener Nacht griffen die Isin die elamische Flotte an, deren Schiffe samt und sonders in Flammen aufgingen. Als die elamischen Verbände am Hafen eintrafen, waren die Isin erneut wie vom Erdboden verschluckt, aber nur, um wenig später bei den Kornspeichern der Stadt wieder aufzutauchen. Während die Elamer noch verzweifelt versuchten, ihre Schiffe zu retten, leerten die Isin ihre Speicher. Somit nagten von nun an auch die Elamer am Hungertuch.

Der letzte Ort, den die Aufständischen in jener Nacht angriffen, war ein kleines Gebäude unweit der Herberge, in der Semerchet und Schepak schliefen. Die Banditen brachen das Tor des ägyptischen Tempels auf und steckten ihn in Brand. Die drei Bewohner – ein älteres Ehepaar und eine schöne junge Frau mit schrägstehenden grünen Augen – fielen den Schwertern der Angreifer zum Opfer, während sie ihre Götter anflehten, sie zu retten.

Buch drei

Abstieg in die Unterwelt

Erschüttert und sprachlos irrte Semerchet durch die Ruinen des ägyptischen Tempels. Das Dach war unter der Hitze der Flammen eingestürzt, und er musste über Berge von Ziegelsteinen und Gipsmörtel steigen. Überall lagen bunte Bruchstücke der ehemaligen Wandgemälde verstreut – das Lächeln einer Göttin, die grüne Hand des Osiris an seiner Geißel, blaue Wellenlinien, die den Nil darstellen sollten …

Die babylonischen Ordnungshüter – deren Aufgabe ausschließlich darin bestand, Asche und Blut zu beseitigen – sprachen ihn an, während er an ihnen vorüberging, doch ihre Worte klangen in seinen Ohren wie das Geschnatter unbekannter Vögel. Semerchet verstand in diesem Augenblick kein Wort Babylonisch mehr. Auf die Fragen der Beamten hin wandte er lediglich den Blick ab, stapfte weiter durch die Ruinen und war taub für alles außer dem Schrei, der in seinem Kopf widerhallte.

Zum Glück war Schepak zur Stelle. Die Arbeiter hörten auf ihn, da sie wussten, dass er ein hochrangiger elamischer Offizier war. Energisch stellte er den Augenzeugen all die Fragen, die zu stellen Semerchet zu erschöpft und zu bedrückt war.

Semerchet überließ Schepak die Vernehmungen und ging zum Altar aus Granit hinüber, auf dem noch immer Vasen mit Wildblumen standen. Der Altar war glitschig vom schwarzen Opferblut, doch waren auf ihm keine Färse und kein Schaf geschlachtet worden. Drei reglose Gestalten lagen zugedeckt vor ihm: Senmut, Wia und Aneku.

Wer von ihnen war wohl als Erster gestorben?

Ein plötzlicher Windstoß hob das Leichentuch ein wenig an, und ein Lichtstrahl fiel auf eine dünne, verwelkte Hand – die Hand Senmuts, des alten Priesters, der zu stolz gewesen war, auf der Straße um Almosen zu betteln. Die tiefen Schnitte in der Handfläche verrieten Semerchet, dass der Priester noch versucht hatte, die Klinge seines Mörders abzuwehren.

Semerchet zog das dünne Tuch wieder über die Hand und berührte dabei versehentlich die Haut des Priesters. Ihre Kälte war wie ein Schock für ihn. Selbst die sengende babylonische Sonne konnte ihr keine Wärme einhauchen.

Als der Wind das Tuch noch einmal anhob, wandte Semerchet sich ab. Er wollte ihre Leichen nicht sehen, seine Freunde nicht in diesem Zustand in Erinnerung behalten. Er verfluchte sich selbst dafür, dass er vergessen hatte, Aneku vor einem möglichen Anschlag zu warnen – auch wenn er sich eingestehen musste, dass eine solche Warnung den dreien wohl wenig genützt hätte.

Semerchet stand noch immer bei den Leichen, als Schepak zu ihm kam. «Ich habe jeden befragt, der vom Überfall etwas gesehen oder gehört hat», verkündete er. «Es waren Isin, etwa zehn Mann.»

Semerchet runzelte die Stirn. «Schon wieder Isin?», fragte er trocken. «Dann sind sie vermutlich wie immer ganz plötzlich aus dem Nichts aufgetaucht, um diesen kleinen ägyptischen Tempel anzugreifen und dann ebenso schnell wieder zu verschwinden, was?»

Schepak ging auf den sarkastischen Ton nicht weiter ein. «Sie kamen zu Fuß, etwa um Mitternacht, schreiend und fluchend. Wie es scheint, haben sie das ganze Viertel aufgeweckt. Jede Menge Zeugen haben sie gesehen – und zwar nicht nur

Ägypter aus der Nachbarschaft, sondern auch Schwarzköpfe.»

«Oder glaubten sie zu sehen», murmelte Semerchet. Dann stand er auf und wandte sich Schepak zu. «Würdet Ihr mir einen Gefallen tun?»

«Selbstverständlich. Was immer Ihr wollt.»

Semerchet holte ein paar goldene und silberne Ringe aus seinem Gürtel und gab sie Schepak. «Sorgt bitte dafür, dass meine Freunde zum Haus der Reinigung gebracht werden. Die Einheimischen werden wissen, wo es ist. Gebt den Priestern dieses Geld und erklärt ihnen, dass die Toten dafür die bestmögliche Einbalsamierung erhalten sollen.»

Schepak schien nicht begeistert, nickte aber trotzdem; er wusste, wie wichtig die Ägypter diese Dinge nahmen.

«Und wenn Ihr schon mal dort seid, könnt Ihr gleich noch etwas für mich tun.» Semerchet schluckte und senkte den Blick.

Schepak rechnete schon mit dem Schlimmsten. «Was denn?»

«Bittet sie, ihre Aufzeichnungen vom letzten Winter durchzusehen. Fragt sie, ob sie eine Frau namens Naia einbalsamiert haben.»

«Wäre das nicht eher Eure Aufgabe?», wandte Schepak entsetzt ein. «Ihr könnt sie wenigstens beschreiben, ich nicht.»

«Erzählt ihnen, dass sie sehr schön war und dreiundzwanzig Jahre alt. Ihre Haut hatte die Farbe von Asche, und ihre Augen waren wie der Nil bei Hochwasser.»

Er brachte kein Wort mehr heraus und wandte sich abrupt um. Dann stürmte er die Treppe zu dem geheimen Tunnel unter dem Tempel hinunter.

«Wo wollt Ihr denn hin?», rief Schepak ihm nach.

Doch er bekam keine Antwort. Semerchet war bereits verschwunden.

«Ich muss sie unbedingt sehen», drängte Semerchet und drückte gegen das Tor.

Der Syrer stemmte sich dagegen. «Mein Herr, seid bitte vernünftig. Ich habe Euch doch schon gesagt, dass Nidaba schläft –»

Semerchet warf sich mit aller Kraft gegen das Tor, das jetzt aufflog und gegen die Wand knallte. Er ging in den Garten. Der Hausdiener rannte unterdessen die Außentreppe zum zweiten Stock der Villa hinauf und warf dabei immer wieder ängstliche Blicke über die Schulter, als habe er es mit einem Barbaren zu tun, der seiner Herrin Gewalt antun wollte.

Aus dem Garten wechselte Semerchet in den Hof, wo er auf der Veranda wartete. Im grellen Sonnenlicht wirkten die blühenden Schlingpflanzen weit weniger eindrucksvoll als bei Nacht, und die seidenen Kissen auf den Liegen waren ausgebleicht und voller Weinflecken. Ohne das weiche Licht der Öllampen ähnelte die Villa dem Palast eines toten Zauberers in einem alten Märchen, dessen Magie längst geschwunden war.

Es dauerte nicht lange, bis Semerchet ein Geräusch über sich hörte. Auf der Balustrade stand ein junger Mann, der ins Sonnenlicht blinzelte und sich die Augen rieb. Der Hausdiener hielt ihm ein flatterndes Gewand hin, das der Jüngling anlegte, während er die Treppe herabstieg.

«Semerchet? Was macht Ihr denn hier?», fragte er erstaunt.

Semerchet trat auf ihn zu. Der junge Mann war sehr blass,

und auf seinem Kinn zeichnete sich der blauschwarze Schatten seines Bartwuchses ab.

«Ich muss Nidaba sprechen», erklärte Semerchet entschieden. «Es ist wichtig. Bringt mich zu ihr.»

Der junge Mann wirkte für einen Augenblick reichlich erstaunt. Dann hielt er sich mit einem vielsagenden Seitenblick auf den Hausdiener die Hände vors Gesicht, um sein Schmunzeln zu verbergen. «Ach du meine Güte. Ich hatte ganz vergessen, wie naiv Ägypter in solchen Dingen sind.»

Erst jetzt fiel Semerchets Blick auf die mit Goldstaub lackierten Nägel des Mannes und die Spuren von Antimon in seinen Augenwinkeln. Endlich dämmerte es ihm.

«*Ihr* seid Nidaba?», fragte Semerchet, der Ohnmacht nahe.

Der junge Mann nickte und lachte leise. Sein tiefer, sinnlicher Tenor überzeugte Semerchet davon, dass er die Wahrheit sprach. Kein Wunder, dass Nidabas Stimme so kraftvoll klang; schließlich wurde sie von der Lunge eines Mannes versorgt.

«Ihr habt doch sicher schon gehört, dass Ischtar männlich und weiblich zugleich ist», erklärte Nidaba mit einem Anflug von Trotz. «Der Gott des Krieges und die Göttin der Liebe in einer Person. Und ich habe mein Leben nun einmal beiden Erscheinungen der Gottheit gewidmet.»

Semerchet nickte wie ein Mann von Welt. Heiliger Osiris, dachte er gleichzeitig, ist in Babylon überhaupt etwas so, wie es scheint?

«So, jetzt habe ich Euch in mein kleines Geheimnis eingeweiht», fuhr Nidaba fort. «Nun müsst Ihr mir aber auch sagen, aus welchem Grund Ihr zu mir gekommen seid.»

«Freunde von mir wurden letzte Nacht ermordet.»

«Waren sie im Hafen?»

Semerchet schaute Nidaba direkt in die Augen. «Woher wisst Ihr, was im Hafen geschehen ist?»

Nidaba zupfte an einem nicht vorhandenen Faden. «Ich habe heute Morgen davon gehört. Mein Hausdiener hat es mir erzählt.»

«Meine Freunde wurden im ägyptischen Tempel umgebracht», sagte Semerchet. «Wie es heißt, sollen Isin hinter der Sache stecken.»

Nidabas Augen funkelten. «Es tut mir leid, aber ich wüsste nicht, was ich in der Angelegenheit für Euch tun könnte.»

«Genau das, worum ich Euch schon einmal gebeten habe. Bringt mich zum Erben der Isin. Ich möchte ihm persönlich Fragen zu dem Überfall stellen.»

«Das ist unmöglich. Ich habe Euch doch schon gesagt, dass ich ihn nicht einmal kenne.»

«Ich glaube, Ihr kennt ihn sehr wohl», erwiderte Semerchet nur, während sich seine schwarzen Augen in die Nidabas bohrten.

«Habt Ihr vergessen, dass es mir nicht gestattet ist, einem Ägypter zu helfen?»

«Keineswegs. Ich weiß sogar, dass dieses Verbot von Mutter Mylitta stammt. Des Weiteren weiß ich, dass sie letzte Nacht hier war – und auch, was sich in diesen Packsäcken auf den Eseln befand.»

Nidaba schreckte hoch, und vorbei war es mit ihren anmutigen Bewegungen und ihrem gleichgültigen Lächeln.

«Und jetzt denkt mal scharf nach», sagte Semerchet ruhig und beugte sich zu Nidaba vor. «Was geschähe, wenn Kutir wüsste, dass die Frauen vom Gagu den aufständischen Isin ihr Gold bringen, versteckt in geschmolzenem Erdpech?»

Nidaba rang nach Luft. «Wie habt Ihr das herausgefunden?»

«Ich habe das Gold mit eigenen Augen gesehen. Und was die Empfänger des Goldes anbelangt – das war nur eine Vermutung, die Ihr mir allerdings soeben bestätigt habt.»

Nidaba, die gerade auf den ältesten Trick im Repertoire eines jeden Ermittlers hereingefallen war, warf Semerchet finstere Blicke zu. «Die Sterne hatten recht», erklärte sie. «Ihr seid wirklich ein Schweinehund.»

«Wie sollen wir bloß an den Straßensperren der Elamer vorbeikommen?», flüsterte Nidaba ihm zu.

«Ganz einfach – Ihr müsst nur ein bisschen mit den Wimpern klimpern.»

«Ich meine es ernst!»

Semerchet erklärte, dass er eine Ausgangserlaubnis vom König besaß, mit der sie ohne Schwierigkeiten durch alle Kontrollen kommen dürften.

«Wir Glückspilze», entgegnete Nidaba naserümpfend, ohne sich weiter die Mühe zu machen, ihren Hass auf die Elamer zu verbergen.

Sie gingen durch eine schmale, verwinkelte Seitengasse mitten in der Altstadt. Nidaba, feinstens herausgeputzt, schritt mit ihrer gewohnten Anmut einher, was nicht zuletzt auf ihre edelsteinbesetzten Holzschuhe zurückzuführen war, auf die sie nicht hatte verzichten wollen. Als Semerchet sich darüber beklagt hatte, dass sie so lange für ihre Toilette benötigte, hatte sie ihm frisch rasiert und geschminkt erwidert, dass sie nicht als Vogelscheuche aufgefunden werden wolle, falls man sie ermordete.

Die schmale Gasse endete abrupt am vergitterten Eingang

einer großen Zisterne. Als Semerchet sie fragend ansah, lehnte sich Nidaba nur lässig gegen das Gitter und ließ den Blick unauffällig über die Dächer und Hauseingänge schweifen – offenbar um sicherzustellen, dass niemand sie beobachtete. Als ihr nichts Verdächtiges auffiel, griff sie unversehens durch die Gitterstäbe. Semerchet hörte, wie ein Riegel aufging.

«Schnell!», zischte Nidaba ihm zu. Weit müheloser als jede gewöhnliche Frau hatte sie das Gitter hochgehoben. «Los, rein mit Euch!»

Ohne Fragen zu stellen, kroch Semerchet unter der Öffnung hindurch. Dann stemmte er sich mit dem Rücken gegen das Gitter, damit Nidaba ihm folgen konnte. Als sie beide in der Zisterne waren, geleitete sie ihn an der Hand durch die Dunkelheit. Nach etwa zwanzig Schritten erreichten sie eine Wendeltreppe, die zu einer tieferen Ebene hinabführte.

Nidaba griff sich eine Fackel von der Wand; offenbar wusste sie sehr genau, wo diese zu finden war. Dann zog sie einen Feuerstein aus ihrer vergoldeten Lederschärpe und zündete die Fackel an. Als sie die niedrigere Ebene erreichten, öffnete sich vor ihnen im hellen Licht ein langer Gang, neben dem ein unterirdischer Wasserlauf dahinplätscherte.

«Was ist das hier?», fragte Semerchet verwundert. «Ein Abwasserkanal?» Es roch aber ganz und gar nicht so, denn die Luft war zwar feucht, aber keineswegs faulig.

Nidaba führte ihn weiter. «Das ist so eine Art unterirdische Straße», klärte Nidaba ihn auf. «Ganz Babylon ist vollständig untertunnelt. Eine Königin hat dieses Labyrinth vor Hunderten von Jahren anlegen lassen, um ihre Soldaten im Fall eines Aufstands schnell an jeden beliebigen Punkt der Stadt schaffen zu können.»

«Faszinierend», staunte Semerchet voller Ehrfurcht vor der Leistung der unbekannten Baumeister. Die Wände des Tunnels waren mit teuren glasierten Ziegelsteinen verkleidet. Im Lauf der Jahrhunderte jedoch waren von der darüber liegenden Straße dünne Wurzeln in die Tiefe gewachsen und bis in den Kanal vorgedrungen, was Nidabas und Semerchets Vorwärtskommen beträchtlich erschwerte. Ihre Füße verhedderten sich immer wieder im Wurzelwerk.

«Warum nutzen eigentlich die Elamer diese Tunnel nicht?»

«Wie ich schon sagte: Diese Gänge sind sehr alt. Die meisten Menschen wissen nicht einmal, dass es sie überhaupt gibt.»

«Die Isin aber schon», erwiderte Semerchet, dem nun endlich klarwurde, wie deren Truppen so urplötzlich auftauchen und ebenso rasch wieder verschwinden konnten. Es war tatsächlich eine Art Hexerei, wenn auch nicht so, wie die Elamer sich das vorstellten.

Nidaba und er gelangten zu einem Lichtstrahl, der von der Straße über ihnen durch einen senkrechten Schacht herabfiel. Wie aus großer Ferne hörten sie einen elamischen Hauptmann seinen Männern Befehle zurufen. Mit einem warnenden Blick auf Semerchet hielt Nidaba einen Zeigefinger an die Lippen, und sie gingen schweigend weiter.

Den Elamern wäre es sehr viel leichter gefallen, die Stadt unter ihre Kontrolle zu bringen, wenn sie diese unterirdischen Gänge gekannt hätten, dachte Semerchet. Doch sie waren mit der typischen Arroganz vermeintlich hochüberlegener Streitkräfte in Babylon einmarschiert, in dem festen Glauben, ein so korruptes und verweichlichtes Volk mit Leichtigkeit unterwerfen zu können. Hätten die Elamer nur ein wenig militärische Aufklärung betrieben, sinnierte Semerchet, oder sich zumindest mit der Geschichte der Stadt befasst, stünden sie jetzt nicht mit dem Rücken zur Wand.

Schon ein merkwürdiges Volk, diese Babylonier, dachte er. Und das seltsamste Wesen von allen war die Frau – oder besser der Mann – neben ihm. In diesem Augenblick blickte Nidaba zu ihm herüber. «Warum starrt Ihr mich so an?»

«Für einen Freiheitskämpfer hätte ich Euch nie im Leben gehalten», erwiderte Semerchet.

«Warum solltet Ihr auch? Von einer Ischtaritu erwartet man allenfalls, dass sie amüsant ist, nicht aber tapfer oder wagemutig – oder gar patriotisch.» In ihrer liebreizenden Stimme lag eine Spur von Verbitterung.

Sie hatten eine weitere Öffnung der Zisterne erreicht, und Nidaba mahnte Semerchet erneut zur Stille. Während die Minuten verrannen und die Dunkelheit immer schwärzer wurde, kam er sich zunehmend vor wie lebendig begraben. Unwillkürlich musste er daran denken, wie er einst am Großen Ort in einem Pharaonengrab eingeschlossen gewesen war. Er geriet ins Schwitzen, als die lange verdrängte Panik zurückkehrte. Bevor sie ihn jedoch ganz in ihren Bann ziehen konnte, blieb Nidaba abrupt stehen.

«Wir sind da.»

Sie standen vor einem Metallgitter, das mit Ketten verschlossen war. Weiter konnten sie nicht gehen.

«Wo sind wir?», flüsterte Semerchet.

«Unter dem Königspalast.»

Semerchet konnte sich ein bewunderndes Lächeln nicht verkneifen. «Wollt Ihr damit sagen, der Erbe der Isin hält sich nur wenige Ellen unterhalb von Kutir auf?»

«Ganz genau.»

Nidaba fuhr mit den Fingerspitzen am Fuß der Wand entlang. Einen Augenblick später stand sie wieder auf, einen kurzen kupfernen Stift in der Hand, mit dem sie auf dem Gitter ein Erkennungssignal klopfte. Aus der Tiefe des finsteren Tunnels drang die entsprechende Antwort zu ihnen. Dann näherte sich aus der Ferne eine Fackel, getragen von einem großgewachsenen bärtigen Mann.

Semerchet musste sich zusammennehmen, um nicht davonzurennen, denn in der Finsternis wirkte der Mann wie ein Dämon aus der Hölle, der gekommen war, um ihn zu sich zu holen. Halb unbewusst hörte er, wie Nidaba ihn als Freund von Pharao Ramses vorstellte.

«Wir kennen uns schon», rief der Mann fröhlich zurück.

Schockiert erkannte Semerchet den Mann als einen der Isin, den er in Is getroffen hatte – der, der ihm als Erster erklärt hatte, dass die Isin niemals das elamische Landgut angegriffen hätten. Damals war der Mann nicht übermäßig freundlich gewesen; nun aber lächelte er im Fackellicht übers ganze Gesicht und legte Semerchet so herzlich den Arm um die Schulter, als wären sie alte Freunde.

«Ihr wollt also den Erben sehen? Nun ja, ist ja auch ein paar Tage her, seit Ihr das letzte Mal miteinander geredet habt, was? Schätze, da gibt es eine Menge nachzuholen.»

«Wie bitte?» Semerchet hatte kein Wort verstanden. Verwechselten sie ihn etwa mit jemand anderem?

Doch der Mann war bereits an Nidabas Seite im Tunnel verschwunden, und Semerchet musste sich beeilen, um mit ihnen Schritt zu halten. Sie kamen an eine Stelle, wo sich vier der Zisternen zusammen mit ihren jeweiligen Kanälen in einen großen Hohlraum mit einer Gewölbedecke ergossen. Die mehrere Stockwerke tiefe Kammer hallte vom Tosen des

Wassers wider. Erst allmählich wurde Semerchet bewusst, dass Hunderte von Isin hier ihr Lager aufgeschlagen hatten. Sie warfen ihm misstrauische Blicke zu, während er von oben auf sie herabschaute.

Nach einer weiteren plötzlichen Krümmung des Tunnels wurde Semerchet in einen kleinen, von Öllampen erhellten Raum geführt. Nach dem langen Gang durch die Dunkelheit vom Lampenlicht geblendet, erkannte er zunächst nur die Umrisse mehrerer Personen.

Dann hörte er die schroffe Stimme seines Führers. «Hier ist Euer ägyptischer Freund, mein Herr.»

Mit ausgestreckten Armen trat eine Silhouette auf ihn zu, und Semerchet fand sich in den Armen eines Mannes wieder.

«Habt Ihr mich also endlich gefunden!», sagte die Gestalt in perfektem Ägyptisch, wenn auch mit leichtem unterägyptischem Akzent.

Erst jetzt, nachdem seine Augen sich an das helle Licht gewöhnt hatten, wurde Semerchet klar, dass er diesen Erben der Isin – den Prinzen, der am Hof von Ramses III. erzogen worden war – tatsächlich schon einmal gesehen hatte.

Vor ihm stand sein einstiger Sklave Marduk.

Zunächst war Semerchet nur wütend, wenn auch mehr auf sich selbst, weil er sich von seinem früheren Diener so hatte zum Narren halten lassen.

«Ihr habt mich im Stich gelassen», knurrte er Marduk an.

Marduks Lächeln erstarb.

«Was habt Ihr denn erwartet?», knurrte er zurück. «Dass ich Euch händchenhaltend durch die Stadt führe und die Sehenswürdigkeiten zeige? Ich musste schließlich zu meinen Männern!»

«Wie sollte ich das wissen? Ihr habt mir nie gesagt, wer Ihr seid oder was Ihr hier vorhabt –»

«Das konnte ich doch nicht! Hätte ich Euch erzählt, dass ich der Erbe der Isin bin, wäre Euer Leben in Gefahr gewesen!»

«Ich wollte doch nur ein wenig Hilfe bei meiner Suche nach meiner Frau und meinem Freund. Außerdem hatte ich Euch das Leben gerettet!»

«Habe ich etwa nicht auf Euch aufgepasst? Habe ich Euch nicht diese Botschaften geschickt, in denen ich Euch davor warnte, in die Festung und in den Hafen zu gehen?»

«Wie sollte ich wissen, von wem sie stammten?»

«Ich dachte, wenn einer es herausfinden kann, dann der große Ermittler aus Ägypten. Aber anscheinend überstieg das Eure beschränkten geistigen Möglichkeiten.»

«Am meisten kränkt mich, dass Ihr mir nie genügend Vertrauen entgegengebracht habt, um mich über Eure wahre Identität aufzuklären.»

«Ich habe Euch sehr wohl vertraut.»

«Ach ja, natürlich», höhnte Semerchet, «als Ihr Euch in die Stadt schleichen musstet und Euch wie ein Schwachsinniger benommen habt, dem der Speichel aus dem Mund läuft –»

«Ich musste doch irgendwie an den Elamern vorbeikommen, Semerchet. Das müsstet eigentlich sogar Ihr begreifen. Sie hatten Wind davon bekommen, dass ich nach Babylon wollte. Und wie Ihr zugeben müsst, wirft keiner freiwillig mehr als einen flüchtigen Blick auf die Schwachen im Geiste.»

Semerchet aber war immer noch wütend auf Marduk. «Ich vermute mal, dieser gütige ältere Herr, dem Ihr in Ägypten gedient habt, war kein anderer als Ramses III.?»

Marduk nickte. «Er nahm mich an seinem Hof auf, um mir eine Erziehung in Frieden und Sicherheit zu bieten. Er wollte damit meinem Vater einen Gefallen tun. Als die kassitischen Könige zu unterliegen drohten, schickte er mich zurück, damit ich um meinen Thron kämpfen konnte. Dummerweise entschlossen sich die Elamer ausgerechnet zu diesem Zeitpunkt zur Invasion.»

Sie starrten einander einen Augenblick lang an. Nun, da Semerchet seinem Groll Luft gemacht hatte, blieb ihm nichts weiter zu sagen. «Trotz allem freut es mich, Euch wieder zu sehen, Marduk», räumte er schließlich widerwillig ein. «Irgendwie habt Ihr mir sogar gefehlt.»

Die Anspannung in dem kleinen unterirdischen Raum löste sich. Marduks Soldaten, die das Wortgefecht vom Tunnel aus verfolgt hatten, kamen plötzlich erleichtert lachend in die Kammer zurück.

«Ach, Semerchet», sagte Marduk und setzte sich auf eine Bank, die aus Ziegelsteinen gemauert war. «Jetzt müsst Ihr mir aber erzählen, wie es Euch geht und wie Eure Ermittlungen voranschreiten.»

Semerchet zuckte bei Marduks Bemerkung zusammen, hatte er doch selbst ein paar quälende Fragen an seinen Freund zu stellen. Er setzte sich neben Marduk und begann, ihm seine Geschichte zu erzählen. Er dachte keine Sekunde daran, dass Marduk der nächste König von Babylon werden könnte und er selbst deshalb in seiner Gegenwart besser stehen bleiben sollte; für Semerchet war Marduk immer noch der Gefangene, den er vor den Elamern gerettet hatte, sein einstiger Sklave. Marduk störte sich offenbar nicht daran und hörte aufmerksam zu, als Semerchet von den Ereignissen der vergangenen Woche berichtete.

Semerchet erzählte Marduk, wie er erfahren hatte, dass Naia und Rami auf dem Landgut gearbeitet hatten, auf dem der elamische Prinz und die elamische Prinzessin überfallen worden waren. Marduk war dies nicht neu; er nickte nur und fragte, wie es kam, dass Kutir Semerchet mit der Suche nach seiner vermissten Schwester beauftragt hatte.

Daraufhin erklärte Semerchet seinem Freund auf Ägyptisch, weshalb Ramses so sehr auf einen Besuch des Standbilds von Bel-Marduk in Ägypten hoffte. Marduk, der von der Krankheit des Pharaos nichts gewusst hatte, war bestürzt. Für ihn sei Ramses IV. wie ein älterer Bruder, beteuerte er.

Semerchet berichtete auch von Königin Naruntes Hass auf ihre Schwägerin, Prinzessin Pinikir, sowie von dem Überfall auf ihn, begangen durch jemanden, der seiner Vermutung nach mit ihr in Verbindung gestanden haben musste. Auch das überraschte Marduk nicht besonders; wie es schien, verfügte der Erbe der Isin in der Stadt über eine große Zahl von Informanten, die ihn über alles auf dem Laufenden hielten, insbesondere über das, was seinen ägyptischen «Herrn» betraf.

Dann verstummte Semerchet und biss sich auf die Lippe. Sein wachsendes Unbehagen war unübersehbar. Marduk legte eine Hand auf Semerchets Arm und zwang ihn, ihm ins Gesicht zu schauen. «Euch liegt doch etwas auf dem Herzen, nicht wahr?»

Semerchet hatte sich noch nie verstellen können, und so schluckte er nur kurz und fragte: «Marduk, habt Ihr das Massaker im ägyptischen Tempel angeordnet? Falls ja, seid Ihr verantwortlich für den Tod dreier Menschen, die für mich wie Freunde waren.»

Marduk schreckte hoch, und im ganzen Raum machte sich

Empörung breit. «Wir Isin greifen keine zivilen Ziele an, Semerchet», erklärte er eisig. «Und schon gar keine Behausungen der Götter.»

«Vielleicht eine Bande betrunkener Randalierer...?»

«Ausgeschlossen.»

Semerchet kam zu dem Schluss, dass es Marduk keinerlei Vorteile bringen würde, ihn in diesem Punkt anzulügen. «Ich glaube Euch. Aber wenn Eure Isin nichts damit zu tun hatten, müsst Ihr wissen, dass irgendjemand – oder irgendeine Gruppe von Leuten – möchte, dass alle glauben, Ihr wärt es gewesen. Ebenso, wie sie jeden glauben machen möchten, dass Ihr das Landgut angegriffen habt.»

Noch bevor Marduk reagieren konnte, trat der große Isin aus Is vor und baute sich wenige Zentimeter vor Semerchet auf.

«Ich habe Euch doch schon in Is erklärt, dass wir dieses verdammte Landgut nicht überfallen haben! Was ist eigentlich los mit Euch Ägyptern? Der andere hat auch schon versucht, uns diese Sache in die Schuhe zu schieben!»

Vielleicht lag es am Rauschen des Wassers im nahen Kanal, dass Semerchet ihn nicht deutlich hörte; in jedem Fall dauerte es einen Augenblick, bis zu ihm durchdrang, was der Mann soeben gesagt hatte.

«Welcher andere?»

Marduk drehte sich um und nickte einem am Eingang stehenden Soldaten zu. Der Mann entfernte sich rasch durch den Gang, bis das Echo seiner Schritte verhallte.

Als sich erneut Schritte näherten, erklärte Marduk: «Und jetzt, Semerchet, werdet Ihr sehen, wie gut ich mich Eurer Sache angenommen habe. Als Ihr mir die Geschichte vom angeblichen Isin-Überfall auf das Landgut erzählt habt, habe ich in Is ein paar Männer auf die Angelegenheit angesetzt. Dabei fanden wir ein paar Dinge heraus, von denen Euch eine Sache sehr interessieren dürfte –»

Marduk wurde von einer Bewegung an der Tür unterbrochen. Der Soldat war wieder zurück, und die Krieger der Isin traten schwerfällig beiseite, um ihn einzulassen. Hinter dem Soldaten bemerkte Semerchet eine zweite Person.

Semerchet blinzelte ungläubig, stand langsam auf und starrte in Richtung Tür.

Er ist kein Kind mehr, dachte er; er ist kräftiger geworden und hat jetzt breitere Schultern.

«Rami?», brachte er schließlich leise hervor.

Der Junge starrte ihn mit undurchdringlicher Miene an. Semerchet war der Hauptverantwortliche für Ramis Verbannung aus Ägypten gewesen, nachdem er entdeckt hatte, dass Ramis Eltern an dem Grabraub am Großen Ort beteiligt gewesen waren. Obgleich es ihm gelungen war, Rami vor dem Henker zu bewahren, woraufhin der Junge stattdessen mit der Verbannung ins Exil bestraft worden war, hatte Rami ihm vorgeworfen, sein bisheriges Leben zerstört zu haben. Semerchet wusste deshalb nicht, wie der junge Mann ihn aufnehmen würde.

Vielleicht war Rami ja doch noch nicht ganz erwachsen, denn als er Semerchet erkannte, verzog sich sein Gesicht wie das eines Kindes, bevor er sich in Semerchets Arme warf. «Ich wusste, dass Ihr kommen würdet», sagte er auf Ägyptisch. «Naia hat es immer gesagt.»

Bei der Erwähnung des Namens seiner Frau begann Semerchets Herz zu pochen. Rami allein wusste, was in jener Nacht geschehen war. Aber der Junge war eindeutig noch nicht in einer Verfassung, in der er entsprechende Fragen hätte beantworten können, und vielleicht war Semerchet zum ersten Mal auch nicht besonders erpicht auf die Antworten.

«Natürlich bin ich gekommen», sagte Semerchet. «Schließlich habe ich dich ja in diese Situation gebracht.» Er entwand sich Ramis Umarmung und hielt ihn auf Armlänge vor sich hin. Der Junge war abgemagert und blass und hatte dunkle Ringe unter den Augen. Semerchet fiel auf, dass er sich nur mühsam auf den Beinen halten konnte. Rami hatte sich eindeutig noch nicht von seiner Verwundung erholt und brauchte dringend einen guten Arzt.

«Rami, ich kenne einen ägyptischen Arzt hier in Babylon», sagte Semerchet. «Ich lasse ihn herbringen.»

Bevor er zu Ende sprechen konnte, wurde Rami noch blasser und hielt sich die Hand ans Ohr. «Tut mir leid ... Manchmal, wenn ich zu lange stehen muss –»

Ramis Augen begannen zu zucken und rollten gleich darauf nach oben. Lautlos sackte er zu Boden.

«Ich muss deinen Schädel öffnen», erklärte Kem-weset dem Jungen.

Auf Semerchets Bitte hin hatte Marduk einen seiner Männer durch das Tunnelsystem geschickt mit dem Auftrag, den Arzt zu holen. Kem-weset schien kein bisschen überrascht, Semerchet inmitten der Isin-Rebellen anzutreffen und darüber hinaus auch noch eine männliche Ischtaritu; er hatte längst akzeptiert, dass Semerchet ein Jünger des Seth war und als solcher die Gefahr und das Chaos geradezu magisch anzog. Rami hatte mittlerweile das Bewusstsein wiedererlangt und sich gegen Kem-wesets erste Versuche gewehrt, ihn zu untersuchen. Es gehe ihm gut, beteuerte der Junge beharrlich. Er brauche lediglich Schlaf. Rami versuchte, die Hände des Arztes abzuschütteln, die sanft auf seinen Schädel drückten, bis er unvermittelt laut aufschrie.

Kem-weset holte aus seinem Arzneikasten ein Rasiermesser hervor und schabte behutsam das Haar über dem linken Ohr des Jungen weg. Selbst Semerchet sah, dass der Schädel unter der verheilten Wunde an dieser Stelle nicht mehr gerundet, sondern eingedellt war. Kem-weset meinte, er müsse den Eingriff auf der Stelle vornehmen.

«Nein!», schrie Rami spontan.

«Dann wirst du nie wieder gesund», erklärte ihm Kem-weset ruhig. «Deine Anfälle werden dann immer häufiger auftreten, bis du schließlich an ihnen stirbst.»

«Ich sterbe an der Operation!»

«Gut möglich», räumte Kem-weset ein. «Aber du hast immerhin eine Überlebenschance von eins zu drei. Tun wir nichts, hast du gar keine.»

«Das wird aber wehtun!»

«Ich habe Arzneien gegen den Schmerz. Du wirst kaum etwas spüren.»

Rami blieb nichts weiter übrig, als dem Eingriff zuzustimmen. Kem-weset rasierte ihm den Schädel vollständig kahl und trug auf die Stelle, an der er ihn aufschneiden wollte, eine Salbe auf. Dann rief der Arzt nach Wein.

«Findet Ihr das vernünftig?», fragte Semerchet besorgt. «Eure Hände wären ohne Wein bestimmt ruhiger.»

«Der ist für Rami, du Schwachkopf», antwortete Kem-weset barsch. «Ich mische die Mohnpaste hinein.»

Der Wein wurde gebracht, und Kem-weset rührte eine dickflüssige braune Masse hinein, bis sie sich vollständig aufgelöst hatte. Dann schrieb er nach alter Sitte, so wie er es auch für Semerchet getan hatte, ein Bittgebet auf einen Streifen Papyrus und zog ihn durch die Flüssigkeit. Nachdem die Schriftzeichen sich aufgelöst hatten, hielt er Rami die Trinkschale an die Lippen.

«Alles muss runter», kommandierte er.

Kem-weset bat Semerchet in eine Ecke des Raumes, wo er leise auf ihn einredete. «Wenn Ihr ihn etwas fragen wollt, solltet Ihr das besser jetzt tun, Semerchet.»

Doch Semerchet schüttelte den Kopf. «Falls das seine letzten Augenblicke sind, will ich ihn lieber nicht mit sinnlosen Fragen quälen. Es gibt Wichtigeres.» Zu sich selbst aber sagte er: Du Feigling!

Kem-weset gab ihm einen unsanften Klaps auf den Arm. Dann ging er wieder zu seiner Arzneikiste und bat einen der Isin, ihm eine Flamme zu bringen, in der er seine Instrumente reinigen konnte. Des Weiteren bat er Semerchet um ein Silberstück. Semerchet stellte keine Fragen. Marduk bot seine eigene Matratze an und half Semerchet, Rami in einen anderen kleinen Raum zu bringen, wo sie den Jungen hinlegten. Die Soldaten brachten sämtliche Öllampen in die Zisterne, bis der Raum fast taghell erleuchtet war.

Rami versuchte, ruhig zu liegen, während die Arznei ihre Wirkung entfaltete, doch offenbar bewirkte das Beruhigungsmittel das genaue Gegenteil dessen, was der Arzt beabsichtigt hatte. «Semerchet», fragte er aufgewühlt, «Semerchet, für mich ist der Tag des Schmerzes gekommen, nicht wahr?»

«Unsinn, natürlich nicht», erwiderte Semerchet reflexartig.

«Ich habe mitbekommen, was der alte Mann zu Euch gesagt hat – dass Ihr mich besser jetzt gleich nach Naia fragen solltet, solange ich noch am Leben bin.»

«Nicht nötig, das kann warten», entgegnete Semerchet viel zu schnell. «Vielleicht morgen, wenn es dir gut genug geht.» Oder wenn ich es ertragen kann, dachte er.

Doch der Junge hörte gar nicht zu. Kaum hatte er zu sprechen begonnen, brachen seine Worte in einem wahren Schwall von Selbstvorwürfen aus ihm heraus. «Ich weiß, dass ich heute sterben werde», erklärte er mit bebender Stimme. «Ich durfte wohl gerade lange genug am Leben bleiben, um Euch um Vergebung zu bitten …, weil Ihr sie so sehr geliebt habt.»

Wie ein eisiger Wind wehte die Angst in Semerchets Seele. Er wusste, dass er Rami nicht unter solchen Seelenqualen sterben lassen konnte, und versuchte, die Furcht aus seiner Stimme herauszuhalten, als er antwortete: «Was hast du mir zu sagen, Rami?»

Rami riss die Augen auf. «Semerchet, ich bin schuld daran, dass Naia sterben musste!»

Semerchet starrte ihn an. Das war sie also – die endgültige Bestätigung dafür, dass Naia tatsächlich tot war. Seltsam, dass er dabei gar nichts empfand oder allenfalls Erleichterung darüber, weil es endlich laut ausgesprochen worden war. Keine Hoffnung mehr. Alles aus. Merkwürdigerweise war es ein unerwartet angenehmes Gefühl – das fast schon heitere Empfinden vollkommener innerer Leere.

«So war das ganz bestimmt nicht», erwiderte Semerchet kraftlos.

Aber der Junge war nicht mehr zu bremsen. «Doch, genau so war es! Ich hätte sie retten müssen! Ich hätte es gekonnt, wenn ich nur verstanden hätte, was sie sagten. Aber diese Sprache ist so schwierig, selbst Naia hatte damit ihre Probleme. Als wir noch beim Botschafter waren, spielte das keine Rolle, da sprachen alle Ägyptisch. Trotzdem hat Naia immer gesagt, wir müssten die Landessprache lernen, weil Babylon jetzt unsere Heimat sei, aber ich war einfach zu dumm –»

Wenn die Droge überhaupt wirkte, ließ sie den Jungen nur noch aufgedrehter werden. Semerchet blickte sich nach Kemweset um, doch der alte Arzt war im Gang gerade damit beschäftigt, in einem Mörser etwas zu zerstoßen. Semerchet wischte Rami den Schweiß von der Stirn. «Das spielt jetzt keine Rolle mehr», sagte er.

«Wir waren glücklich und zufrieden an der Botschaft.» Rami achtete nicht auf ihn und redete immer schneller. «Aber als Prinz Majatum kam, wurde auf einmal alles anders. Warum nur? Wir hatten doch nichts Böses getan! Warum hat Menef uns weggeschickt?»

Semerchet hob langsam den Kopf. «*Wer* ist in die Botschaft gekommen?»

Der Junge wand sich plötzlich in seinem Schmerz und wiederholte keuchend den Namen. «Prinz Majatum!»

Semerchet war wie vor den Kopf geschlagen. Er musste sich an der Wand festhalten. Prinz Majatum war in Babylon gewesen! Aber wozu sollte er den weiten Weg zurücklegen, nur um Menef zu sprechen? Das Bündnis zwischen Ägypten und Babylon existierte schon seit Jahrhunderten; somit bestand keinerlei Notwendigkeit, ein Mitglied der Königsfamilie hierher zu entsenden. Dann erinnerte er sich wieder an Majatums eigene Worte an jenem Tag im Djeme-Tempel. Der Prinz hatte Semerchet erklärt, er sei soeben erst von einem Treffen mit Ägyptens asiatischen Verbündeten zurückgekehrt. Damals wäre es für den Prinzen kein Problem gewesen, einen heimlichen Abstecher nach Babylon zu unternehmen. Semerchet kämpfte vergeblich gegen den schrecklichen Verdacht an, der sich in ihm regte.

«Weißt du auch, warum er gekommen ist, Rami?»

Als seine krampfartigen Schmerzen nachließen, schüttelte Rami leicht den Kopf. «Nein ..., keine Ahnung. Ich weiß nur, dass Naia und ich in jener Nacht ausgewählt wurden, ihn bei dem Fest zu bedienen. Unter all seinen Bediensteten hat Menef ausgerechnet uns ausgewählt.»

Schon wieder Menef! Steckte der Mann eigentlich hinter jedem Übel in dieser verdammten Stadt?

«Während des ganzen Banketts ließ der Prinz die Augen nicht von Naia, und ständig ließ er Bemerkungen darüber fallen, was für ein Held Ihr in Ägypten seid. Aber so, wie er das sagte, klang es eher wie eine Beleidigung. Sie wurde so nervös, dass sie ihr ganzes Tablett über ihn geschüttet hat.» Das Sprechen fiel dem Jungen immer schwerer, denn die Arznei trocknete ihm den Mund aus. Semerchet tauchte den Lappen in einen Wasserkrug und drückte ihn über Ramis Lippen aus.

«Was geschah dann?»

«Am nächsten Tag hat man uns zu dem elamischen Landgut geschickt. Aber Naia ist vorher noch zu Menef gegangen, um ihm zu erklären, dass wir nicht dorthin wollten. Menef schlug ihr ins Gesicht und sagte, wir hätten keine Wahl. Er sei berechtigt, mit uns tun, was immer er wolle.»

Semerchets Stimme wurde ausdruckslos. «Geschlagen hat er sie?»

Doch Rami ignorierte die Frage. «Auf dem Landgut hat es mir gar nicht gefallen», fuhr er fort. «Ich konnte ja niemanden verstehen. Aber Naia und die Prinzessin kamen gut miteinander aus. Naia fand heraus, aus welchem Grund sie nach Babylon gekommen war ... aus einem geheimen Grund ...»

«Aus welchem Grund, Rami? Hat sie es dir erzählt?»

Rami schüttelte den Kopf. Ihm fielen die Lider zu.

«Rami!» Semerchets Stimme knallte wie eine Peitsche. «Sag mir, was in jener Nacht geschehen ist!»

Rami verzog das Gesicht, als hätte man ihn geschlagen. Dann versuchte er, sich zu erinnern. «Eine alte Frau kam nach Sonnenuntergang zu uns, um uns zu sagen, dass ... dass etwas am Himmel war ... Blut ... eine Warnung, sagte sie.»

Mutter Mylitta. Semerchet sah ihre hochgewachsene Gestalt vor sich, wie sie ans Tor des Gutes hämmerte und Einlass begehrte. Er schloss die Augen, um seinen Ka aus seinem Körper entweichen zu lassen. Während Rami weitersprach, verließ er das unterirdische Labyrinth, erhob sich zu den darüber liegenden Straßen und entschwebte durch das Ischtar-Tor aus der Stadt. Bald schon flog er über die Hügel, die Weizenfelder und Flussdämme mühelos nach Norden.

Semerchet war nun am Landgut angekommen und stand vor dessen hohen Mauern. Die Wachen schlossen die Tore, Naia trug gerade einen Korb Wäsche ins Haus. Wie immer in seinen Albträumen versuchte er, sie zu rufen, doch seine Stimme war wie in seiner Kehle verkeilt.

Er packte Rami bei der Schulter.

«Mutter Mylitta ist gerade angekommen», flüsterte er Rami leise ins Ohr. «Sie ist durch das Tor gekommen. Und wo bist du, Rami?»

«Draußen, in der Küche, mit dem Koch ...»

Semerchets Lider zuckten. Er versuchte, sie zu öffnen, doch sein Ka war ausgeflogen und wollte nicht zurückkommen. Erneut fand Semerchet sich in seinen Albträumen wieder.

«Wo warst du, als die alte Frau kam, Rami?»

«In der Küche. Ich habe dem Koch geholfen, das Abendessen zuzubereiten. Dann hat er mich nach oben in den Garten geschickt, damit ich es zusammen mit Naia servierte. Die alte Frau war bereits da. Sie fuchtelte mit den Armen herum und zeigte auf einen Stern am Himmel. Ich dachte, sie wäre verrückt, aber Naia erklärte mir, dass sie eine Art Zauberin sei und ein großes Übel entdeckt habe, das aus Ägypten zu uns unterwegs sei.»

So weit stimmte Ramis Geschichte mit Mylittas Bericht überein. «Erzähl weiter, Rami. Was geschah dann?»

«Alle drehten sich zu Naia und mir um, weil wir unter allen Anwesenden die einzigen Ägypter waren. Aber die Frau stellte uns Fragen –»

«Was für Fragen?»

«Wann wir geboren wurden – an welchem Tag, zu welcher Stunde und wo –»

«Weiter.»

«Dann hat sie gesagt, das Böse gehe nicht von uns aus und dass wir alle mit ihr nach Babylon gehen sollten. Sie meinte, sie könnte uns dort beschützen.»

Rami zufolge traute der Prinz Mylitta jedoch nicht und befürchtete stattdessen, sie wolle ihn und seine Frau in eine Falle der Schwarzköpfe locken. Er habe genügend Wachen im Gutshof, um sich zu schützen, erklärte er ihr, und würde weder seiner Frau noch seinen Dienern erlauben, mit ihr zu gehen. Als Mutter Mylitta merkte, dass ihre Bemühungen vergeblich waren, verabschiedete sie sich.

«Wir ließen alle Feuer die ganze Nacht über brennen», erzählte Rami. «Aber es war so ruhig wie immer. Der Prinz meinte, die alte Frau sei verrückt und wir sollten besser über sie lachen. Wir aber hatten Angst. Alle Bediensteten hatten schreckliche Angst.»

«Und wo war Naia die ganze Zeit über, Rami?»

«Oben bei Prinzessin Pinikir. Auch die Prinzessin war verängstigt, und deshalb kam Naia in die Küche, um ihr einen Schlaftrunk zu bereiten. Sie erklärte mir, die Prinzessin mache sich große Sorgen.»

Als die Stunden vergingen, ohne dass etwas geschah, hätten sich die Menschen allmählich beruhigt, erklärte Rami weiter. Der Koch habe etwas Wein für die Wachtposten erwärmt, und er selbst habe ihn zum Wachturm gebracht. Als er die Leiter hochgeklettert sei, um die Tonbecher unter den Männern zu verteilen, habe er einen kurzen Blick über die Mauern geworfen. Dabei sei es ihm plötzlich vorgekommen, als habe er den schnell fließenden Euphrat im Sternenlicht glitzern sehen – bis ihm klarwurde, dass der Fluss ja hinter dem Landgut vorbeifloss, im Westen. Er habe geglaubt, sich die Bewegung in der Dunkelheit nur eingebildet zu haben, und sei wieder in den Hof hinabgestiegen.

Unten habe er sich dann zum Wachturm umgedreht.

«Aber da stimmte etwas nicht! Die Wachen stürzten plötzlich nieder, sie waren von Pfeilen durchbohrt!»

Ab da sei es ihm vorgekommen, als laufe alles übertrieben langsam ab. Erst als einer der Soldaten im Turm auf die Alarmglocke gefallen sei und er gehört habe, wie der Sterbende nach Luft rang, habe sich seine Zunge gelöst und er konnte endlich Alarm schlagen: «Hilfe! Mörder!»

Als Prinz Nugasch im Hof Ramis Schreie hörte, schleuderten die Angreifer bereits Enterhaken über die Mauer. Kurz darauf erschienen auf der Mauer schemenhafte Gestalten, deren Köpfe, laut Rami, in schwarze Tücher gehüllt waren, weshalb jedem klar war, dass es sich nur um Isin handeln konnte.

«Prinz Nugasch ging mit der Streitaxt auf einen von ihnen

los, aber ihre Bogenschützen erwischten ihn, bevor er zuschlagen konnte. Dann stießen sie ihm noch eine Lanze in den Leib, um ganz sicherzugehen, dass er tot war. Und ich stand die ganze Zeit über wie angewurzelt da!»

Die Isin trieben alle Bediensteten zusammen und fesselten sie im Hof aneinander, während Rami noch immer unbemerkt mit dem Tablett in der Hand in einer dunklen Ecke stand. Als alle die Gebäude verlassen hatten, schleuderten die Angreifer Fackeln in die Häuser, deren Schilfdächer augenblicklich Feuer fingen.

«Da musste ich plötzlich an Naia denken. Ich weiß noch, wie ich laut ihren Namen gerufen habe», erklärte Rami und blickte zu Semerchet hoch. «Ich hätte nach ihr suchen sollen. Ich hätte sie retten können, wenn ich nur nicht so dumm gewesen wäre!»

«Dann hast du gesehen, wie sie aus dem Haus gekommen ist», sagte Semerchet mit geschlossenen Augen, während die Szene aus seinen eigenen Albträumen an ihm vorüberzog. «Und dann trat sie in den Hof.»

Rami nickte. «Ich sah sie in der Tür, während hinter ihr alles brannte. Ich wusste, dass es Naia war, denn sie trug das Halstuch, das Ihr ihr mitgegeben hattet, das blaue mit den Sternen.»

«Was geschah dann? Sie stand in der Tür und –»

«Sie haben sie umzingelt und von den anderen ferngehalten.» Der Junge weinte jetzt hemmungslos und warf sich auf der Matratze hin und her, sodass Semerchet ihn am Arm packen musste, um ihn zu beruhigen.

«Es waren Reiter», ergänzte Rami. «Einer von ihnen – der Anführer, nehme ich an – ritt zu ihr hinüber. Das Feuer war so laut wie ein Schmelzofen, aber ich habe trotzdem gehört, wie er zu ihr gesagt hat: ‹Bist du die Ägypterin? Bist du Naia?›»

«Hat er das wirklich so gesagt, Rami? Genau so?»

«Ja, ich habe es doch gehört! Naia hat nicht geantwortet. Ich konnte ihr Gesicht nicht sehen, aber sie blickte zu ihm auf. Dann nickte sie. Und dann hat er seine Lanze genommen und sie ihr in den Leib gerammt! Ich habe es gesehen! Er hat sie getötet!»

Rami hielt sich weinend die Hände vor seine Wangen. «Ich weiß noch, wie ich auf ihn zugerannt bin. Ich habe das Tablett fallen lassen und bin auf den Reiter losgerannt.

Ich habe ihn angebrüllt, habe ihn verflucht. Das Pferd bäumte sich auf, und der Mann fiel zu Boden. Dann saß ich plötzlich auf ihm und habe ihn geschlagen und ihm die Kehle zugedrückt. Ich versuchte, ihm die schwarze Kapuze abzureißen, um sein Gesicht sehen zu können. Für den Fall, dass sie mich töteten, wollte ich ihn wenigstens als Geist heimsuchen. Dann hatte ich auf einmal die Kapuze in der Hand. Und ich sah – ich vergesse das nie –»

«Was, Rami? Was vergisst du nie?»

«Sein Gesicht war wie ein Totenschädel, mit schrecklichen gelben Zähnen und diesem Zeichen an seinem Auge.»

Semerchet stieß die Luft aus. «War es eine Uräusschlange, so klein wie eine Träne?»

Rami nickte und sah ihn mit weit aufgerissenen Augen an.

«Und dann haben sie dir den Schlag versetzt.»

«Ich weiß nicht mehr, wann es passiert ist; ich erinnere mich nur noch an den Schlag auf den Kopf und dass ich auf den Mann gefallen bin. ‹Holt ihn von mir runter!›, schrie er immer wieder. ‹Holt ihn von mir runter!› Und das Witzige daran war …»

Ramis Worte waren nun kaum mehr zu hören und so undeutlich ausgesprochen, dass Semerchet ein Ohr an seine Lippen halten musste.

«Was war daran so witzig, Rami?»

«... Ich konnte alles verstehen, was sie sagten ... Auf einmal verstand ich Babylonisch.»

«Nein, Rami, so war das nicht», widersprach Semerchet. «Du konntest sie verstehen, weil sie Ägyptisch sprachen.»

Rami war mittlerweile ausreichend betäubt, und Kem-weset konnte sich an die Operation wagen. Der alte Arzt legte allerdings größten Wert darauf, dass Rami sich dabei nicht das geringste bisschen bewegte. «Ihr beide haltet ihn an den Armen fest», wies er Semerchet und Marduk an.

Obwohl von seiner Aufgabe alles andere als begeistert, war Semerchet als ehemaliger Schüler im Haus der Reinigung mit dem Anblick des Aufschneidens und Zunähens eines Körpers gut vertraut. Marduk dagegen wurde sofort leichenblass und wies einen seiner Männer an, seinen Platz an Ramis Seite einzunehmen. Der Mann aber fiel heulend vor Angst auf die Knie. Es sei Gotteslästerung, meinte er, einen menschlichen Körper mit einem Messer zu öffnen – aus dem Mund eines Kriegers, der wahrscheinlich im Kampf schon Hunderte von Feinden abgeschlachtet hatte, klang das erstaunlich.

Marduk war schon fast so weit, Lose ziehen zu lassen, als eine tiefe Stimme von außerhalb des Raumes zu ihnen drang. «Ich mache das schon», erklärte Nidaba und zwängte sich zwischen den Kriegern zu dem Krankenlager durch. Semerchet platzierte sich bewusst an der Seite, wo der Einschnitt angesetzt werden würde, um ihr wenigstens diesen Anblick zu ersparen. Sie ließ sich auf den Boden sinken, nahm Ramis

Kopf in den Schoß und legte ihre Finger mit den golden lackierten Nägeln fest um ihn.

Kem-weset forderte die Isin auf, ihm einen Blutstiller zu bringen. Die Isin blickten einander verwirrt an, von einer solchen Person hatten sie noch nie gehört. Unter empörtem Gemurmel angesichts der Rückständigkeit dieser Leute nahm Kem-weset sein Skalpell und brachte sich einen Schnitt quer über den Oberschenkel bei, sodass ihm das Blut übers Bein hinablief.

«Eure Männer kommen jetzt einzeln hier vorbei», wies Kem-weset Marduk an. «Aber schnell, bevor es anfängt zu gerinnen.»

Mindestens zwanzig Soldaten traten in den Raum, bevor Kem-weset seinen Blutstiller fand – einen jungen Isin, der einstmals Bauer gewesen war. Als er sich dem Alten näherte, hörte die Wunde auf Kem-wesets Bein sofort zu bluten auf.

«Der ist der Richtige!», erklärte Kem-weset. «Bringt ihn herein.»

Die beunruhigten Isin-Krieger starrten den Bauern an, als habe er sich plötzlich als Dämon erwiesen. Geduldig erklärte Kem-weset, dass die medizinisch fortschrittlicheren Ägypter schon lange von Menschen wüssten, die durch ihre bloße Gegenwart Blutungen zu stillen vermochten – eine Fähigkeit, über die etwa jede zehnte Person verfüge.

«Natürlich haben die Betreffenden meist keine Ahnung von ihrem Talent», fuhr er fort, während er den Bauern zu sich heranwinkte und neben Ramis Kopf platzierte.

Kem-weset war bereit. Rasch setzte er den halbkreisförmigen Schnitt über Ramis Ohr. Der Junge stöhnte, wachte aber nicht auf. Behutsam legte Kem-weset den Knochen frei. Blut strömte aus der Wunde und ergoss sich über Nidabas Schoß.

Die Sängerin aber gab keinen Laut von sich und behielt ihre stoische Miene bei.

«Wo steckt denn dieser verdammte Blutstiller?», fragte Kem-weset verärgert.

Der Mann hatte sich unbemerkt in die Ecke der Kammer verdrückt. Marduk zerrte ihn wieder herbei, und sofort versiegte der Blutfluss.

«Du bleibst jetzt da!», knurrte Marduk.

Kem-weset nahm Meißel und Schlegel und hämmerte auf Ramis Schädel ein. Dann führte er einen Bohrer in die Wunde ein. Ein paar Schläge mit dem Holzhammer, eine Drehung, und schon zog er ein Stück Knochen aus der Schädeldecke ab, unter dem das graurosa Gehirn sichtbar wurde. Es pulsierte im Lampenlicht, und selbst Semerchet fielen die schwarzen Blutklumpen und die Knochenstücke auf, die auf das Gehirn drückten.

«So, jetzt muss ich nur noch diese Knochenplatte entfernen und dann die alten Blutgerinnsel», erklärte Kem-weset weiter. «Na also, geht doch.» Dann verschloss er die Öffnung in Ramis Schädeldecke geschickt mit der Scheibe aus poliertem Silber, die er vorher zurechtgeschnitten hatte, und versiegelte die Stelle mit Mastixharz.

«Das Gehirn wird immer für ein wertloses Organ gehalten», brummte Kem-weset, während er die Sehne eines Lamms in eine Nadel einfädelte. «Aber seht ihr jetzt, was dieses winzige Knochenstückchen dem armen Jungen angetan hat?» Er hielt den blutigen Splitter ins Lampenlicht, damit alle ihn betrachten konnten. Entsetzt wandten sich die Isin-Krieger ab und rangen nach Luft. Kem-weset aber setzte fasziniert seinen Vortrag fort. «Das heißt ja wohl, dass das Gehirn doch für irgendetwas nütze sein muss, oder?»

Als niemand ihm antwortete, zuckte Kem-weset mit den Achseln und begann, den Hautlappen wieder anzunähen. Dann bereitete er eine Paste aus Honig und Kräutern zu, strich sie auf einen Verband und drückte diesen gegen die Wunde. Schließlich wickelte er ein Tuch fest um Ramis Kopf.

Erst als Kem-weset aufstand und erklärte, er brauche jetzt dringend Wein, wurde jedem klar, dass die Operation beendet war. Ein einziger Seufzer der Erleichterung hallte im Raum wider.

Semerchet merkte erst jetzt, dass er schweißgebadet war und der Schmerz in seiner Stirn wieder eingesetzt hatte. Kem-weset gegenüber erwähnte er jedoch nichts von seinem Kopfweh, damit der alte Arzt in seiner Begeisterung nicht gleich noch eine Operation vorschlug.

«Und wann könnt Ihr sagen, ob der Junge überleben wird?», fragte ihn Semerchet.

«Das entscheidet sich während der nächsten zehn Einheiten der Wasseruhr», erwiderte Kem-weset. «Bekommt er in dieser Zeit Wundfieber, stirbt er.»

Zehn Stunden. Er konnte keine zehn Stunden warten. Er würde verrückt werden an diesem Ort, der ihn an ein Grab erinnerte. Er musste herumlaufen, und zwar an der frischen Luft. Und auf einmal wusste er, was er in diesem Augenblick dringender brauchte als alles andere auf der Welt. Ein Dämon hatte Besitz von ihm ergriffen – er brauchte Wein.

«Ich muss jetzt gehen», erklärte Semerchet unvermittelt. «Ich komme später wieder. Ich habe in der Stadt noch etwas zu erledigen.»

Kem-weset versicherte ihm, nicht von der Seite des Jungen zu weichen, bis sich herausstellte, ob die Operation erfolgreich verlaufen war.

Ohne ein weiteres Wort – nicht einmal Marduk und Nidaba gegenüber – hatte Semerchet sich bereits umgewandt und war in dem Tunnel davongestürzt. Marduk rief ihm nach, er solle warten, damit er ihm einen Mann hinterherschicken könne, um ihn hinauszulassen. Auch Nidaba bot ihm an, ihn durch das Gewirr der Zisternen zu geleiten, doch Semerchet rannte nur immer weiter.

Ohne Fackel hatte er keine Ahnung, wohin er lief. Mehrfach blieb er an Wurzeln oder zerbrochenen Bodenplatten hängen und stürzte. Irgendwann zeichnete sich in der Ferne ein schwacher Lichtschein ab, der durch das Gitter einer Zisterne hereinfiel, und er rannte darauf zu. Er stieg eine Wendeltreppe hoch, die am Gitter endete. Dort brauchte er eine Weile, bis es ihm gelang, es zu entriegeln. Dann endlich konnte er sich nach Luft ringend ins abendliche Babylon zu stürzen.

Semerchet lehnte sich an eine Mauer. Er kannte die Straße nicht. Wie immer versuchte er, sich am Etemenanki zu orientieren, doch die Gebäude der Umgebung gaben den Blick auf den Turm nicht frei. Als er jedoch am Ende der Straße das Giebelfeld des Ischtar-Tempels entdeckte, wusste er, dass er nicht weit vom Ägypterviertel entfernt war. Aus der Tiefe der Zisterne hörte er leise Nidaba nach ihm rufen. Semerchet aber fühlte sich nicht in der Lage, ihr – oder sonst jemandem – in die Augen zu schauen. Er rannte los.

«Wein», sagte er. «Roten.»

«Ihr wollt ihn diesmal doch nicht etwa trinken?», fragte der Wirt, ohne aus seiner Verachtung für Semerchet einen Hehl zu machen.

«Was geht Euch das an?», entgegnete Semerchet mit einem bedrohlichen Funkeln in seinen schwarzen Augen.

Der Wirt sparte sich die unverschämte Erwiderung, die ihm schon auf den Lippen gelegen hatte, denn Semerchet kam ihm wie eine zusammengerollte Schlange vor, die man besser nicht allzu sehr reizte.

Semerchet saß im hintersten Winkel der Taverne abseits des Laternenlichts. Obgleich die Elamer durch die Stadt patrouillierten, um die Einhaltung der nächtlichen Ausgangssperre durchzusetzen, schienen sie das ägyptische Viertel dabei unbeachtet zu lassen. Semerchet hatte irgendwie gespürt, dass in dieser Taverne, in der er Kem-weset kennengelernt hatte, ungeachtet aller kriegerischen Auseinandersetzungen Wein ausgeschenkt würde.

«Habt Ihr vor, länger zu bleiben?», fragte der Wirt.

«Was geht Euch das an?»

«Gar nichts, gar nichts – war nur eine Frage.»

«Bringt mir endlich den Wein.»

Achselzuckend ging der Wirt zu seinen Weinkrügen und goss ihm eine Schale voll ein. Semerchet beobachtete ihn und sah, wie er seinem Bediensteten – einem einfältig wirkenden Jungen, der die in dem unordentlichen Lokal verstreuten leeren Schalen einsammelte – mit einer Kopfbewegung in Semerchets Richtung etwas zuflüsterte.

Jetzt sagt er ihm, er soll von mir das Doppelte verlangen, dachte Semerchet finster. Doch es war ihm egal, und er senkte resigniert den Blick, ganz erschlagen vor Müdigkeit und Kummer. Die Schale wurde vor ihn hingestellt, aber nicht von dem Jungen, sondern vom Wirt persönlich. Semerchet blickte sich verblüfft um und sah, dass der junge Bedienstete verschwunden war. Er holte ein Goldstück aus der Tasche und warf es hoch. «Sorgt dafür, dass die Schale nicht lange leer bleibt», sagte er nur.

Der Wirt fing den Ring in der Luft auf, grüßte dienstbeflissen und kehrte zu seinen Krügen zurück.

Semerchet führte die Schale an die Lippen und ließ den Roten in seine Kehle fließen. Ein ganzes Jahr lang hatte er keinen Tropfen angerührt, abgesehen von dem Becher, den Kem-weset ihm zusammen mit der Medizin eingeflößt hatte. Am Hafen von Theben, von wo aus Naia Ägypten für immer hatte verlassen müssen, hatte er ihr hoch und heilig versprochen, nie wieder zu trinken. Sie hatte ihm ihren Sohn in die Arme gelegt und erklärt, der Junge würde niemals glücklich werden und sie müsste um sie beide trauern, falls Semerchet je wieder dem Wein zuspräche.

Ein ganzes Jahr lang hatte er sein Versprechen gehalten.

Aber jetzt war Naia tot. Sie hatte ihn für immer verlassen. Somit galt sein Schwur nicht mehr.

Ein Anfall von Schmerz erschütterte ihn, ausgehend vom kalten, sauren Wein in seinem Magen, der sich weigerte, seine Wirkung zu tun. Er rief nach einer weiteren Schale, die ihm prompt gebracht wurde. Dann noch eine. Er half ihm nicht, dieser Wein. Was für eine Pissbrühe schenkten sie hier eigentlich aus? Auf einmal packte ihn die Wut, und er schleuderte die Schale durch den Raum.

«Ich spüre immer noch was! Noch eine Schale!»

«Soll ich Euch nicht einfach einen ganzen Krug von meinem besten bringen?», schlug der Wirt vor.

Der beste Wein des Lokals schmeckte verdächtig ähnlich wie der, den Semerchet schon die ganze Zeit über getrunken hatte. Als der Krug jedoch zur Neige ging, war ihm das egal. Endlich hatte der Wein sein aufgewühltes Gemüt besänftigt. Nun erst konnte er den schrecklichen Tatsachen ins Auge blicken, die Ramis Beichte ans Licht gebracht hatte.

Er starrte ins Leere, bis vor seinem inneren Auge Prinz Majatum erschien. Endlich konnte Semerchet sich eingestehen, was er bis dahin zu verdrängen gesucht hatte: dass der Prinz weder in diplomatischer Mission noch zu seinem Vergnügen nach Babylon gekommen war.

Der Prinz war nur zu einem einzigen Zweck gekommen: um den Mord an Naia und Rami zu arrangieren.

Es kam ihm fast schon lächerlich vor. Warum nur hatte der Prinz einen solchen Aufwand betrieben, um sich an ihm zu rächen? Semerchet war ein Niemand, und so war es unter Majatums Würde, ihm überhaupt Beachtung zu schenken. Während Majatum und seine Brüder als Prinzen des Blutes ihren Stammbaum bis auf den großen Gott Amun zurückführten, waren Semerchets Vorfahren kleine Bauern gewesen.

Semerchet hatte noch nie eine allzu hohe Meinung von sich gehabt und sich immer gewundert, wenn andere mehr von ihm zu halten schienen. Deshalb hatte er auch schnell sein Herz an Naia verloren, als diese ihn allen ihren übrigen Verehrern vorgezogen hatte.

Dann fiel ihm noch etwas ein, und seine Tränen trockneten rasch.

Menef hatte sie geschlagen!

Eiskalte Wut durchströmte ihn, und plötzlich kam ihm ein Gedanke. Ich bringe ihn um. Gleich heute Nacht. Noch vor Tagesanbruch muss er sterben.

Seine Wut richtete sich nicht gegen den Leibwächter des Botschafters, die Uräusschlange – den Mann, der Naia mit seiner Lanze durchbohrt hatte. Der Kerl war im Grunde nicht viel mehr als ein Tier; ein Unmensch, der es genoss, andere leiden zu sehen. Semerchet hatte ihn schon von dem Augenblick an durchschaut, als er erstmals sein dämonisches Lächeln und seine gelben Zähne gesehen hatte. Konnte man von einer solchen Bestie etwas anderes erwarten? Nein, Menef war derjenige gewesen, der «Fass!» gesagt und ihn zum Töten aufgefordert hatte; die Bestie dagegen hatte nur willfährig die Befehle ihres Herrn ausgeführt.

Er war nun fest davon überzeugt, dass Menef an Königin Tijas Verschwörung teilgehabt hatte. Prinz Majatums geheimer Besuch in Babylon war der Beweis. Auch wenn die schreckliche Intrige damals hatte aufgedeckt werden können, waren einige der Beteiligten noch sehr aktiv, und einer ihrer Drahtzieher hatte sich sogar eigens nach Mesopotamien begeben, um sich an ihm zu rächen. Er, Semerchet, hatte ihre Pläne durchkreuzt und sie gedemütigt, indem er bei den Prozessen gegen sie ausgesagt hatte. Wie dumm von ihm, zu glauben, ihre Verschwörung sei längst vergessen und vorbei! Obwohl die Königin auf mysteriöse Weise verschwunden war und das Gerücht umging, sie sei der geheimen Rache ihres Gatten zum Opfer gefallen, würde das Komplott nie zu Ende sein, solange noch Söhne von ihr am Leben waren. Und durch den Mord an Naia hatten sie die gemeinste und schmerzhafteste Möglichkeit gefunden, auch ihn zu töten.

Aber noch war er nicht tot.

Er würde noch in dieser Nacht zu Kutir gehen, um seine Anklage gegen die Verschwörer vorzubringen. Sie hatten das Massaker in dem Landgut so inszeniert, dass der Mord an Rami und Naia wie das Werk aufständischer Isin aussehen musste. Doch dann schüttelte Semerchet den Kopf; irgendwie konnten ihn seine eigenen Schlussfolgerungen nicht recht überzeugen. War es nicht merkwürdig, dass man so weit von Ägypten entfernt dreißig Mesopotamier massakrierte, nur um zwei gewöhnliche Ägypter zu töten?

Er betrachtete den leeren Weinkrug vor sich. Vielleicht würde ihm ja ein weiterer Krug helfen herauszufinden, warum so viele Menschen hatten sterben müssen. Als er den Kopf hob, um zu bestellen, merkte Semerchet, dass sich heimlich eine Gruppe von Männern um ihn versammelt hatte.

Unvermittelt zerrten ihn grobe Hände hoch. «Nicht doch, mein Herr!», sprach eine misstönende Stimme ihn so laut an, dass alle es hören konnten. «Ihr habt wie immer zu viel getrunken. Ihr wollt Euch doch wohl nicht zum Gespött der Leute machen! Am Ende fallt Ihr noch finsteren Gestalten in die Hände!»

Die Uräusschlange grinste ihn an. Semerchet wirbelte herum, um zu sehen, wer ihn da an der Schulter packte. Der junge Mann kam ihm irgendwie bekannt vor. Dann fiel es ihm ein: Es war der Wachtposten aus der Botschaft, dem er die neue Lanze geschenkt hatte.

«Was macht Ihr denn hier?», murmelte Semerchet vor sich hin. «Ich dachte, wir wären Freunde ...»

Der junge Mann warf der Uräusschlange einen ängstlichen Seitenblick zu und packte Semerchet noch fester am Arm. «Kommt jetzt bitte mit, ohne Aufsehen zu erregen, Herr», drängte er.

Doch genau das hatte Semerchet nicht vor. Er wehrte sich nach Kräften und schrie um Hilfe, aber keiner der Anwesenden rührte einen Finger für ihn. Aus ihrer Sicht war er nur ein lärmender Trunkenbold, der das Glück hatte, dass sich jemand um ihn kümmerte, bevor er sich bewusstlos soff. Als sie ihn aus dem Lokal auf die finstere Gasse zerrten, sah Semerchet noch, wie die Uräusschlange dem Wirt und seinem jungen Angestellten ein paar Goldstücke zuwarf. Auf einmal war ihm klar, wohin der Junge zuvor verschwunden war: Der Wirt hatte ihn angewiesen, die Uräusschlange zu holen.

In den menschenleeren Straßen hallten Semerchets Schreie von den Lehmmauern der Häuser wider, deren Fenster mit Läden verschlossen waren. Als er ein paar Köpfe sah, die über die Balustraden zu ihm herabschauten, schrie er erneut um Hilfe, doch die Köpfe zogen sich rasch in die Dunkelheit zurück; in Zeiten des Krieges verließ niemand freiwillig mitten in der Nacht das Haus, um einem wildfremden Menschen beizustehen.

Trotz seiner Panik registrierte Semerchet noch, dass seine Entführer ihn über die Prozessionsstraße in Richtung des Königspalastes schleppten. Eigentlich müssten doch elamische Soldaten auf den Straßen unterwegs sein, dachte er und hielt verzweifelt nach ihnen Ausschau. Die Dunkelheit aber war mittlerweile so undurchdringlich, dass er nicht einmal die Gesichter seiner Entführer erkennen konnte.

«Ich weiß, dass ihr das Landgut angegriffen habt», zischte er in die Richtung, wo er die Uräusschlange vermutete.

«Das dachten wir uns schon», kam die gleichgültige Antwort.

«Kutir weiß es auch», log Semerchet. «Ich habe es ihm gesagt.»

«Gar nichts weiß er.»

«Seine Männer suchen schon nach euch.»

«Tun sie nicht.»

«Woher wollt ihr das wissen? Wo, glaubt ihr wohl, habe ich den ganzen Tag gesteckt? Im Palast! Ich habe Kutir alles erzählt – wie ihr euch als Isin verkleidet und dann seinen Schwager getötet habt. Ich habe ihm den ägyptischen Pfeil gezeigt, den ich gefunden hatte!»

«Tatsächlich? Dann wüsste ich gern, was Botschafter Menef dazu zu sagen hatte. Er hielt sich nämlich ebenfalls den ganzen Tag bei Hofe auf. Ihr hattet doch sicher Gelegenheit, Euch mit ihm zu unterhalten?»

Semerchet verfluchte insgeheim seinen Fehler, hörte jedoch nicht auf, seinem Entführer Anschuldigungen an den Kopf zu schleudern. «Ich habe ihm erzählt, dass ihr auch den ägyptischen Tempel überfallen habt, weil ihr dachtet, meine Frau wäre dort –»

«Nein. Wir wussten, dass Eure Frau nicht dort war.»

Der Leibwächter und seine Leute blieben stehen, und das gespenstische gelbe Lächeln des Mannes blitzte in der Dunkelheit auf, als er dicht an Semerchet herantrat. «Wir wussten, dass Eure Frau tot war. Weil ich sie eigenhändig getötet habe. Nur schade, dass mir keine Zeit blieb, mich vorher noch mit ihr zu vergnügen, sie schien wie dafür geschaffen», erklärte er unter dem höhnischen Gelächter seiner Helfershelfer.

Mit toten Augen hing Semerchet zwischen den beiden Männern, die ihn festhielten. Dann spuckte er der Uräusschlange plötzlich mitten ins Gesicht. Obgleich der Mann sein starres, eiskaltes Lächeln beibehielt, blieb Semerchet das tödliche Funkeln in seinen Augen nicht verborgen.

«Gib mir doch mal die Lanze, ja?», sagte die Uräusschlange ruhig zu dem jungen Wachtposten aus der Botschaft.

Der junge Mann schluckte nur und schwieg.

Semerchet wusste, dass er gleich von der Lanze durchbohrt würde wie Naia. Er schloss die Augen und bereitete sich auf den tödlichen Stoß vor. Doch statt kaltes Metall in seinen Eingeweiden zu spüren, sah er plötzlich Sternchen. Die Uräusschlange hatte ihm mit dem Ende des Lanzenschafts einen brutalen Schlag auf den Kopf verpasst. Ein metallischer Geschmack erfüllte Semerchets Mund, bevor ihm schwarz vor Augen wurde. Sein Gehör verließ ihn als Letztes.

«Das dürfte ihm erst mal das Maul stopfen», meinte die Uräusschlange.

Sie trugen ihn noch immer, als er erwachte. Das laute Echo der Schritte seiner Entführer ließ ihn zunächst vermuten, dass er sich erneut in den Zisternen unter der Stadt befand. Er vermisste jedoch das Rauschen fließenden Wassers, und als er vorsichtig die Augen einen Spalt weit öffnete, sah er auch keine Wurzeln am Boden und an den Wänden. In regelmäßigen Abständen erhellten Fackeln den langen Gang. Der Ort, an den sie ihn gebracht hatten, war offensichtlich unbewohnt.

Sein Schädel dröhnte, und in seinem Mund befand sich der Geschmack nach Blut, aber er war nicht mehr betrunken. Entweder der Lanzenhieb oder das blanke Entsetzen hatte ihn schlagartig nüchtern werden lassen. Semerchet kalkulierte, dass er sich nur weiterhin reglos in ihren Armen hängen zu lassen brauchte, bis die Männer ihn unweigerlich erschöpft absetzen mussten; sobald sie das taten, wollte er aufspringen und das Weite suchen.

Die Männer blieben an einer Tür stehen. Semerchet machte sich bereit. Hier würde er die Flucht wagen müssen. Dann aber hörte er, wie ein Riegel aufgeschoben wurde und eine schwere Tür sich öffnete.

Sie hatten ihn offenbar in eine Art Zelle gebracht. Semerchet überkamen zugleich Erleichterung und Angst; sie wollten ihn offenbar nicht sofort töten, aber eine Flucht war nun ausgeschlossen. Die Männer trugen ihn hinein und ließen ihn unsanft auf den mit Ziegelsteinen ausgelegten Fußboden fallen. Der schwache Lichtschein, den er durch seine geschlossenen Lider sah, ließ ihn vermuten, dass sie eine Fackel dabeihatten.

Als er spürte, wie grobe Hände ihn auszuziehen begannen, gab er den Versuch auf, sich bewusstlos zu stellen. Semerchet schrie laut auf, schlug nach ihnen und entwand sich ihrem Griff.

«Er ist aufgewacht!», rief einer der Wächter.

«Na wunderbar», antwortete die Uräusschlange von außerhalb der Zelle. «Das macht die Angelegenheit für ihn nur noch interessanter.»

Ohne größere Schwierigkeiten gelang es den Männern, ihn wieder einzufangen und weiter zu entkleiden. Dabei fiel ihm auf, wie sie ständig nervöse Blicke über die Schulter auf die Rückwand der Zelle warfen. Schließlich war er splitternackt, nachdem sie ihm sogar seine Sandalen weggenommen hatten. Sie stießen ihn grob gegen die Wand und verließen mit gezückten Schwertern rückwärts den Raum, um jeden Fluchtversuch im Keim zu ersticken.

Als Letzter ging der junge Wachtposten hinaus, dem er die Lanze geschenkt hatte. Der Junge sagte nichts, doch sein Blick strahlte eine ganz besondere Intensität aus. Er schaute von Semerchet zur Wand und bedeutete Semerchet dabei mit den Augen, es ihm gleichzutun. Semerchet drehte sich um und sah, dass der junge Mann die Fackel in ihrer Halterung gelassen hatte.

Was wollte ihm der Junge sagen? Was brachte es ihm schon, wenn er in der Zelle, in der er eingesperrt war, Licht hatte?

Als die Wachen die Tür schlossen, warf er sich dagegen, doch schon war der Riegel vorgeschoben. Dann öffnete sich ein kleines vergittertes Guckloch hoch oben in der Tür, und die dunkelbraunen Augen der Uräusschlange starrten ihn an.

«Lasst mich hier raus», flehte Semerchet. «Ich habe Gold. Ich mache Euch reich.»

«Gold habe ich schon genug», erklärte die Uräusschlange. Seine Gleichgültigkeit war angsteinflößend. Wie viele Menschen ihm wohl schon Gold dafür geboten hatten, dass er sie am Leben ließ? Semerchet sah ein, dass seine Lage hoffnungslos war. Dieser Mann wollte kein Gold – er wollte ihn leiden sehen.

Semerchet hörte Schritte auf seine Zelle zukommen, bevor er Menefs hohe, wiehernde Stimme vernahm. «Ist er da drinnen?»

«Ja», bestätigte die Uräusschlange.

«Lass mich sehen!»

Der Botschafter war so klein, dass er Mühe hatte, durch das Gitter zu schauen.

«Für das, was Ihr hier mit mir macht, werdet Ihr dem Pharao Rede und Antwort stehen müssen, Menef! Dann könnt Ihr von Glück reden, wenn Ihr dafür nicht verbrannt werdet! Ich weiß, dass Ihr an Tijas Verschwörung beteiligt wart –»

Menef drehte sich nicht sonderlich besorgt zu der unsichtbaren Uräusschlange um. «Ich habe dir doch gleich gesagt, dass diese Aneku alles ausplappern würde.»

«Was spielt das schon für eine Rolle?», murmelte der Leibwächter. «Die sagt nichts mehr.»

Semerchet trommelte in seiner Wut auf den Fußboden. «Wenn ich hier herauskomme, Menef, erzähle ich Kutir, dass Ihr den Überfall auf das Landgut angeordnet habt, dass Eure eigenen Männer es getan haben –»

«Ich habe das nicht angeordnet», unterbrach der Botschafter ihn unbekümmert.

Semerchet verstummte. Selbst in diesem Augenblick äußerster Anspannung versuchte er noch, einen Ausweg zu finden. Plötzlich stieß eine andere Person Menef vom Durchguck weg. Ein Paar silbriger Augen ersetzten die des Botschafters.

«Ich habe es angeordnet», sagte eine Stimme mit starkem Akzent. Diesmal aber lag es nicht am Bier, dass die Stimme der Königin so undeutlich klang. «Aber das konntet Ihr Euch mittlerweile wohl denken.»

Semerchet schüttelte langsam den Kopf.

Naruntes Gelächter war eher ein vulgäres Gackern. «Und mein Gatte hielt Euch für einen so brillanten Ermittler!» Hinter ihr kicherte Menef pausenlos vor sich hin.

«Aber wozu das alles?», fragte Semerchet mit matter Stimme.

Narunte seufzte, verdrehte ihre dämonischen Augen und redete auf ihn ein wie auf ein begriffsstutziges Kind. «Weil Nugasch und Pinikir geschickt worden waren, um die Position meines Mannes zu schwächen. Schutruk, sein eigener Vater, hatte sie nach Babylon beordert; er konnte es nicht ertragen, dass einer seiner Söhne auf dem besten Weg war, ihn zu übertreffen. Nicht einmal sein eigen Fleisch und Blut durfte es wagen, dieses Ungeheuer in den Schatten zu stellen. Das konnte ich natürlich nicht untätig mit ansehen.»

Was hatte Rami wohl gemeint, als er gesagt hatte, dass Naia Pinikirs geheimen Grund für ihre Reise nach Babylon gekannt hatte?

«Menef und ich, wir steckten die Köpfe zusammen», fuhr die Königin fort, «und fanden die perfekte Lösung für unser jeweiliges Problem. Wir konnten unsere sämtlichen Feinde mit einem einzigen Schlag ausschalten und dafür sorgen, dass alle dachten, die Isin hätten es getan.» Ihre Stimme nahm einen verdrießlichen Beiklang an. «Der Plan war perfekt – bis Ihr hier aufgekreuzt seid. Ihr habt sogar den Auftragsmörder gefoppt, den wir auf Euch angesetzt hatten. Habt Ihr ihn getötet, Semerchet?»

«Ja.»

Er sah, wie ihre silbrigen Augen sich verfinsterten. «Er war ein Verwandter von mir. Die Uräusschlange behauptet allerdings, Eure Leute hätten es getan.»

«Ich war in jener Nacht dabei, Semerchet», erklärte der Leibwächter.

Also war er der zweite Mann gewesen!

Menefs Stimme hinter der Tür klang beschwichtigend. «Grämt Euch nicht länger, Majestät. In wenigen Augenblicken wird Semerchet sterben, und der König wird nie davon erfahren. Dann habt Ihr Euren Verwandten gerächt und nichts mehr zu befürchten.»

Semerchet schlug gegen die Tür. «Der Pharao wird das ganze Land nach mir absuchen lassen, Menef!»

«Bis dahin seid Ihr längst verschwunden, Semerchet – so vollständig, wie man nur verschwinden kann. Nicht einmal ein Fingernagel wird übrig bleiben, um Euch identifizieren zu können.»

Im Gang hing an einer Kette ein bronzener Steigbügel. Bevor sie das vergitterte Guckloch schlossen, sah Semerchet gerade noch, wie die Uräusschlange mit seinem Totenkopflächeln im Gesicht nach dem Bügel griff.

«Auf Nimmerwiedersehen, Semerchet», drang Menefs dünne Stimme durch die Tür. «Wir würden nur zu gerne zuschauen, aber der König fragt sich bestimmt schon, wo wir bleiben. Und einen König lässt man nicht warten.» Nach einer kurzen Pause sagte Menef: «Leg den Hebel um.» Dann hörte Semerchet nur noch das allmählich verklingende Echo ihrer Schritte, als sie sich rasch entfernten.

Unter lautem Kettengerassel drangen von der Decke die Geräusche einer soeben in Gang gesetzten Maschinerie zu ihm herab. Ein Räderwerk drehte sich, Schnappriegel klinkten sich ein, verborgene Türen gingen auf. Dann hörte er hinter sich in der Zelle ein weiteres Geräusch und wandte sich rasch um. Eine kleine Klappe in der hinteren Wand öffnete sich. Sie war ihm vorher noch nicht aufgefallen, weil sie sich im dunklen Bereich knapp über dem Fußboden befand. Daneben sah er noch zwei weitere Türen, die jedoch geschlossen blieben.

Semerchet nahm eine Bewegung hinter der Tür wahr. Dann kroch etwas auf das Licht zu, das Semerchet zunächst für eine Ratte hielt. Doch das Ding war nicht grau, sondern schillerte, als sei es aus Metall. Er schaute genauer hin, während es auf ihn zukrabbelte. Seine flachen, glänzenden Augen leuchteten im flackernden Licht der Fackel, und in seinem Kopf bewegten sich die Kiefer. Dann breiteten sich auf dem langen Rücken zwei Flügel aus, und der riesige schwarze Käfer hob vom Boden ab und kam geradewegs auf ihn zugeflogen.

Mit einem Aufschrei des Entsetzens wurde Semerchet klar, wo er sich befand …

Er trommelte gegen die Tür der Kammer, schrammte mit den Fingernägeln über das Holz und schrie nach Hilfe. Er spürte, wie das Ding auf seinem Rücken landete. Von seinem Nacken breitete sich ein stechender Schmerz aus. Der Käfer hatte bereits mit seinem Festmahl begonnen. Die Beine hatte er so fest um Semerchets Schultern geschlungen, dass er sich auf beinahe innige Weise an ihn drückte. Semerchet stieg ein galliger Geschmack in den Mund.

Er griff nach hinten, um das Insekt zu verscheuchen. Der Käfer gab einen zischenden Laut von sich und krabbelte ihm auf der Flucht vor seinen Händen über den Rücken. Als Semerchet ihn einfach nicht zu fassen bekam, drehte er sich rasch um und rammte den Rücken gegen die Wand. Nach einem beruhigenden Knacken fiel der Käfer zu Boden, wo er auf dem Rücken liegen blieb, während sich Beine und Kiefer noch immer krampfartig bewegten.

Derweil drängten sich weitere Käfer aus der Tür in der Wand, alle so groß wie das Monstrum, das er soeben getötet hatte. Er sah, wie sie am ganzen Körper bebten, als sie ihren Rückenschild öffneten, um die Flügel auszubreiten. Obwohl Semerchet es fast nicht über sich brachte, das tote Insekt zu berühren, beförderte er es mit einem Fußtritt hinüber zu den anderen. Sie fielen auf der Stelle über ihren Artgenossen her und begannen, ihn aufzufressen. Selbst von der gegenüberliegenden Wand der Zelle aus konnte er das mahlende Geräusch ihrer Kiefer hören.

Erneut schlug er gegen die Tür und schrie verzweifelt nach Hilfe. «Helft mir doch! Bitte! Macht endlich die Tür auf!»

Semerchet drückte das Ohr gegen das Holz, um zu hören, ob sich im Gang etwas tat, vernahm aber nur ein weiteres klickendes Geräusch im verborgenen Mechanismus über ihm. Er drehte sich nach Luft ringend um und sah, wie sich in der Wand gegenüber die zweite Klappe öffnete.

Ein Skorpion kam langsam herein und kroch träge ins Licht. Während er die Kammer in Augenschein nahm, hielt er sich in der Nähe der Tür. Als er seinen Greifarm hob, hörte Semerchet das Klicken seiner Schere, die so groß war wie eine

Kinderfaust. Voller Entsetzen und mit offenem Mund starrte er das Wesen an.

Semerchet lachte beinahe laut auf bei dem Gedanken, dass ihm die Skorpione, die er damals am Flussufer bei Is gesehen hatte, schon groß vorgekommen waren. Das Exemplar, dem er sich jetzt gegenübersah, war mindestens so groß wie sein Fuß, und der tödliche Stachel bog sich über seinen Rücken wie ein kleiner Krummsäbel.

Semerchet erinnerte sich daran, wie die Nomaden der Wüste ihm erklärt hatten, dass die größeren Skorpione weniger giftig seien und der Stich der kleineren weit mehr Menschenleben koste und auch weitaus größere Schmerzen verursache. Schepak aber hatte ihm erzählt, dass die Insekten in der Kammer nur aufgrund der Tatsache, dass sie regelmäßig mit Menschenfleisch gefüttert wurden, ihre abnorme Größe erreicht hätten; somit konnte es sich also auch um ursprünglich kleinere Tiere handeln, die erst durch ihre üppige Ernährung so groß geworden waren.

Semerchet hörte das trockene Schaben unzähliger Artgenossen des Riesenskorpions, als sie versuchten, sich durch die Tür zu zwängen. Da aber das Monstrum sich nicht von der Stelle rührte, konnten die anderen hinter ihm nicht in den Raum gelangen. Es war, als wolle der erste Skorpion die Gefährlichkeit seines Gegners abschätzen, bevor er diesen attackierte. Zum Glück gelangte er offenbar zu dem Schluss, dass es im Raum leichtere Beute gab, und so drehte er sich um und rannte in atemberaubendem Tempo zum Kadaver des Käfers. Dessen Artgenossen, die sich noch an ihm gütlich taten, zogen sich rasch zurück und überließen dem Skorpion ihre Beute. Es konnte kein Zweifel daran bestehen, welches das dominante Insekt in der Kammer war – bis zu diesem Zeitpunkt jedenfalls. Mit einem flauen Gefühl im Magen sah Semerchet zu, wie die Greifscheren des Skorpions Stücke vom Fleisch des toten Käfers abschnitten und seinen emsig mahlenden Kiefern zuführten.

Weitere Skorpione und Käfer strömten nun aus ihren verborgenen Löchern herbei. Wieder trommelte Semerchet schreiend gegen die Tür. Als sich die Insekten näher an ihn heranwagten, sprang er drohend auf sie zu. Befriedigt beobachtete er, wie sie zurückwichen, aber nur für einen Augenblick.

Heilige Isis, was sollte er nur tun?

Dann, als habe Isis ihm persönlich den Gedanken eingegeben, erinnerte er sich auf einmal an den jungen Wachtposten.

Die Fackel!

Jetzt erst wurde ihm klar, warum der Junge die Fackel so vielsagend angestarrt hatte, bevor er gegangen war – und Semerchet erbat voller Dankbarkeit den Segen der Götter für ihn, der sie ihm zu seiner Verteidigung dagelassen hatte. Was für ein kluger Junge!

Mit einem Satz hatte Semerchet die Fackel gepackt.

Er schwenkte sie in einem Halbkreis vor sich hin und her und stellte zu seiner Erleichterung fest, dass die Insekten panikartig die Flucht ergriffen, hysterisch übereinanderkrabbelten und zum Teil sogar versuchten, durch die Gänge, durch die sie gekommen waren, wieder zu verschwinden. Wild entschlossen hielt er die Fackel mitten in sie hinein und sah genüsslich zu, wie sie zusammenschrumpften und jämmerlich verendeten. Der Gestank ihrer berstenden Kadaver war wie Parfüm für ihn.

Dann hörte Semerchet erneut den Mechanismus über sich, und diesmal ergossen sich alle Arten von Maden aus der dritten und letzten Klappe in den Raum – fette, sich windende, schleimfarbene Scheußlichkeiten von der Größe eines Männerdaumens. Ihre Aufgabe sollte es sein, Semerchets Skelett von all den Überresten zu befreien, die die anderen übrig gelassen hatten. Er verbrannte sie, noch während sie aus der Tür krochen, und ergötzte sich an den Geräuschen, die ihre schrumpfenden Körper dabei von sich gaben wie leise Schreie.

Ich könnte das vielleicht sogar überleben, dachte er schon.

Doch die Hoffnung erstarb schnell wieder, als die Fackel plötzlich zu knistern begann und zu erlöschen drohte.

O nein, geliebte Isis! Die Fackel durfte nicht ausgehen, jetzt noch nicht! Bitte, bitte, flehte er lautlos die Fackel an und versuchte, mehr geschmolzenes Wachs aus ihrem Kegel in die Flamme zu schütteln. Doch ihr Licht war unwiederbringlich am Erlöschen, und im Raum wurde es dunkel.

Noch einmal schlug er schreiend gegen die Tür. Die Fackel in seiner Hand flackerte ein letztes Mal auf, und zu seinem Entsetzen sah er, wie sich das Licht in den flachen Augen der Insekten spiegelte, die sich nun wieder aus ihren Löchern wagten. Zahllose Fühler bewegten sich, als nähmen sie seine Witterung auf.

Semerchet sank zu Boden, den Rücken gegen die Tür gelehnt, und heulte vor Verzweiflung. Er hatte dem Tod schon viele Male ins Auge gesehen, doch hatte ihm dieser bislang immer von Menschenhand gedroht und nicht von Tausenden schneidender Scheren und mahlender Kiefer. Am schlimmsten aber war, dass am Ende von seinem Körper nichts übrig bleiben und sein Ka dazu verdammt sein würde, für immer auf der Suche nach diesem Körper ruhelos die Welt zu durchstreifen. Menef hatte ihn sogar seines ewigen Lebens beraubt.

Die Kammer hallte von seinem Schluchzen wider, als die

Fackel nach einem letzten spärlichen Aufflackern endgültig erlosch. Nun dauert es nicht mehr lange, dachte er und begann, das rituelle Gebet für die Toten zu sprechen. «Osiris, der du mich erschaffen hast, erhebe erneut meine Arme und erfülle meine Lungen mit deinem Odem. Lass mich an deiner Seite stehen ...»

Von der anderen Seite der Kammer hörte er scharrende Geräusche näher kommen.

Er holte tief Luft, um sein Gebet rasch zu Ende sprechen zu können. «In den Gefilden von Iaru ...» Aber das blanke Entsetzen hatte sein Gedächtnis blockiert, und die Worte wollten ihm nicht mehr einfallen. «In den Gefilden von Iaru ...», stammelte er wieder und wieder, «von Iaru ...»

Semerchet schloss die Augen und hielt sich die Ohren zu. Er wollte nicht merken, wie die Insekten auf ihn zukrabbelten. Er versuchte, sich innerlich gegen ihren Angriff zu wappnen.

Mit den Händen über den Ohren hatte er nicht hören können, wie der Riegel der Tür zurückgeschoben worden war. Bevor er wusste, wie ihm geschah, wurde er auch schon aus der Zelle gezerrt. Er bekam noch mit, wie die Tür der Kammer zugeschlagen wurde und Sekundenbruchteile später unzählige chitingepanzerte Körper gegen sie prallten. Dann sah er das auf dem Kopf stehende Gesicht Schepaks über sich.

«Semerchet!», flüsterte Schepak. «Den Göttern sei Dank! Ihr seid nicht verletzt?»

Er brachte kein Wort heraus und war ganz starr. Ich bin gestorben, dachte er, bin durch das Tor der Finsternis getreten – und so sieht nun der Himmel aus.

Semerchet schaffte es nicht, aufzustehen. Wie benommen blieb er auf dem Boden liegen und starrte nach oben.

«Wie habt Ihr erfahren, dass ich hier bin?»

«Eure Diener haben mich gefunden», erklärte Schepak.

Diener? Semerchet hob den Kopf und sah, wie die Brüder Kuri und Galzu ihm freundlich zunickten. Schockiert erblickte er auch Nidaba, die ein Stück abseits der anderen stand.

«Schaut mich nicht so an», sagte sie erschöpft. «Ich bin nicht Eure Dienerin.»

«Aber wie habt ihr mich hier gefunden? Woher wusstet ihr, dass ich hier war?»

«Wir haben Euch fast den ganzen Tag über nicht aus den Augen gelassen, mein Herr», erklärte Galzu, noch immer außer Atem. «Hatten wir Euch das nicht versprochen? Wobei ich allerdings zugeben muss, dass wir Eure Spur verloren, nachdem Ihr das Haus dieser Dame verlassen hattet. Es schien, als hättet ihr euch beide am Ende der Straße plötzlich in Luft aufgelöst. Zum Glück haben wir uns dann bei Sonnenuntergang in den Wirtshäusern umgesehen – als letzte Möglichkeit, wenn Ihr versteht – und Euch dort gefunden.»

«Ich war Euch gefolgt von ...», begann Nidaba, wandte sich dann aber ab und biss sich auf die Lippen, als sie ihren elamischen Feind Schepak sah; in seiner Gegenwart konnte sie ja schlecht die Zisternen erwähnen. «Ich bin Euch zum Ägypterviertel gefolgt. Dort brauchte ich eine Weile, bis ich herausgefunden hatte, wohin Ihr gegangen wart, doch dann habe ich Eure Rufe gehört und die Männer gesehen, die Euch in ihre Mitte genommen hatten.»

«Da wussten wir, dass Ihr in Schwierigkeiten wart», fuhr Kuri fort. «Die Dame hier schloss sich uns an, als sie sah, dass wir Euch ebenfalls folgten. Sie war äußerst besorgt und wollte, dass wir die Männer angriffen. Wir mussten sie davon überzeugen, dass dies keine Arbeit für eine Dame ist. Also hat sie sich hier in den Gängen versteckt, während wir Hauptmann Schepak aus der Festung holten.»

Semerchet blinzelte und unterbrach sie, noch immer benommen: «Aber wo ist ‹hier›? Wo bin ich eigentlich?»

«Im Kerker des Palasts, Semerchet», erklärte Nidaba.

Der Kerker, natürlich. Deshalb war auch Königin Narunte hier gewesen. Und wenn sie im Kerker waren, dann –

Schepak riss ihn aus seinen fieberhaften Gedanken. «Als ich hier ankam, versuchte diese Dame, die Tür aus den Angeln zu heben. Und ich wage zu behaupten, dass sie es auch geschafft hätte.» Er warf Nidaba bewundernde Blicke zu. «Ich habe noch nie eine so tapfere – geschweige denn eine so starke – Frau gesehen.»

Und obwohl Schepak für sie der verhasste Eindringling war, konnte sich Nidaba ein geschmeicheltes Lächeln nicht verkneifen.

Ihr Blick verunsicherte Schepak so sehr, dass er schluckte, bevor er fortfahren konnte. «Ich muss zugeben, Semerchet, dass wir nicht wussten, was wir hier vorfinden würden.»

«Noch ein paar Sekunden, und ihr hättet gar nichts mehr gefunden», erwiderte Semerchet und setzte sich auf, nach wie vor zitternd. Erst jetzt wurde ihm bewusst, dass er noch immer nackt war. Hastig bedeckte er seine Scham mit den Händen und warf dabei einen verstohlenen Seitenblick auf Nidaba, doch die hatte nur Augen für Schepak. Und Schepak erwiderte ihren Blick.

«Haben sie meine Kleider hier irgendwo hingeworfen?», fragte Semerchet.

Gemeinsam mit Kuri und Galzu machten sich Schepak und Nidaba im finsteren Gang auf die Suche. Schon bald fanden sie seine Sachen auf einem nahen Abfallhaufen. Die Entführer waren sich seines Todes so sicher gewesen, dass sie sich nicht einmal die Mühe gemacht hatten, sie verschwinden zu lassen. Schepak und Nidaba halfen ihm beim Anziehen, denn er war immer noch so klapprig, dass er es allein kaum geschafft hätte. Semerchet erzählte seinen Freunden, dass Menef und die Uräusschlange für die Überfälle auf das Landgut wie auch auf den ägyptischen Tempel verantwortlich waren und die Königin sie dabei unterstützt hatte.

Als er endlich wieder bekleidet war, besprachen sie eng zusammengedrängt leise ihr weiteres Vorgehen. «Wir gehen in die Festung und lassen Euch streng bewachen», schlug Schepak vor. «Dann ersuchen wir um eine Audienz beim König. Ihr müsst ihm unbedingt erzählen, was Ihr in Erfahrung gebracht habt.»

«Jetzt noch nicht», widersprach Semerchet nach kurzer Bedenkzeit. «Ich habe vorher noch etwas anderes zu erledigen – meine letzte Aufgabe hier.»

«Was soll das denn sein?», fragte Schepak verblüfft. «Ihr habt das Rätsel doch gelöst – zumindest so weit, dass Ihr Kutir die Schuldigen nennen könnt. Was gäbe es sonst noch für Euch zu tun?»

«Wenn wir uns tatsächlich im Kerker des Palasts befinden, müssten wir doch ganz in der Nähe der Grabgewölbe sein …?»

Nidaba und die beiden Schwarzköpfe schauten ihn verständnislos an, während Schepak sofort wusste, worauf er hinauswollte. Semerchet sah, wie sich die Miene des Elamers verhärtete. «Das ist unmöglich», beschied ihn der Offizier kategorisch.

«Ich muss es aber tun.»

«Ich habe es Euch bereits erklärt – das ist ein Sakrileg!»

«Schepak, bitte hört mir zu. Naias Leichnam ist in einem dieser Krüge. Ich weiß es jetzt. Und das Letzte, was ich noch für sie tun kann, ist, sie nach Ägypten zurückzuholen. Der einzige Trost, der mir noch bleibt, ist die Hoffnung, einst im Grab mit ihr vereint zu sein.»

Schepak aber blieb unnachgiebig. «Wie würde es Euch wohl gefallen, wenn ich nach Ägypten käme und die Totenruhe Eurer Verstorbenen störte? Ihr braucht einen Priester, der die entsprechenden Gebete und Zaubersprüche spricht, bevor Ihr eine Gruft betreten könnt. Für uns ist das nicht nur irgendeine Grabkammer, sondern die Unterwelt selbst. Dort lauern Geister und Dämonen!»

Bevor Semerchet antworten konnte, warf Nidaba nach kurzem Hüsteln mit leiser Stimme ein: «Ich bin Priester», um sich nach einem besorgten Blick auf Schepak sofort zu korrigieren: «Priesterin, meine ich. Ich diene Ischtar.»

Semerchet blickte Schepak tief in die Augen und flehte wortlos um seine Zustimmung.

Mit einem resignierten Fluch zog Schepak eine Fackel aus ihrer Halterung.

Die Kellergewölbe des Palasts waren auf mehreren Ebenen angeordnet. Im Lauf der Generationen hatten sich die babylonischen Könige immer tiefer in den weichen Schwemmlandboden vorarbeiten müssen, um neue Räumlichkeiten zu schaffen, in denen sie nicht mehr benötigte Dinge verstauen konnten – unerwünschte Geschenke ausländischer Würdenträger, alte Möbel oder zerschlissene Wandbehänge. Immer wieder tauchten Statuen aus fernen Ländern, exotisch gestaltet und in seltsamen Farben, im Schein von Schepaks Fackel aus der

Dunkelheit auf. Sobald Licht auf sie fiel, wirkte es tatsächlich, als wollten sie sich jeden Augenblick auf die Eindringlinge stürzen – genau wie die Dämonen der Unterwelt, die Schepak so sehr fürchtete.

Nach einiger Zeit erreichten Semerchet und seine Begleiter eine zweiflügelige, mit Kupfer beschlagene Tür in einer blutrot gestrichenen Wand. Nidaba intonierte in ihrem lieblichsten Tonfall ein Gebet, während Galzu mit seinem Dolch vortrat, um das Blei zu entfernen, das in flüssigem Zustand in die Ritze zwischen den beiden Türflügeln gegossen worden war. Erst als Nidaba mit ihrem Singsang fertig war und dem elamischen Offizier erklärte, er dürfe die Tür nun öffnen, tat Schepak dies auch.

Als Erstes fiel Semerchet der überwältigende Duft nach Honig auf, überlagert von dem süßlicheren Verwesungsgeruch. Behutsam setzte er einen Fuß in das Grabgewölbe. Nidabas Gebete zeigten offenbar Wirkung, denn keinerlei Dämonen oder Geister fielen über ihn her. Mit einem Nicken zu den anderen griff Semerchet nach der Fackel in Schepaks Hand.

«Ich komme mit», erklärte Schepak.

«Das müsst Ihr nicht.»

«Ihr werdet aber jemanden brauchen, der für Euch die Fackel hält.»

Semerchet nickte. Im Grunde war er dankbar, dass er das, was er nun zu tun hatte, nicht ganz allein tun musste.

«Ich komme ebenfalls mit», schloss Nidaba sich an. «Ich muss über den Krügen, deren Siegel Ihr aufbrecht, das Totengebet sprechen.»

Schepak schüttelte verwundert den Kopf; er konnte es nicht fassen, dass ein so zartes Wesen so viel Mut aufbrachte. Kuri und Galzu blieben am Eingang des Grabgewölbes zurück, während die drei sich schweigend auf den Weg machten. Semerchet fühlte sich durch den Raum an eines der riesigen thebanischen Lagerhäuser am Nil erinnert, wo Tausende von Tonkrügen mit Getreide oder Oliven standen. Doch die Krüge, die er nun vor sich hatte, enthielten einen anderen Schatz – die konservierten Leichname babylonischer Könige, ihrer Frauen und Angehörigen sowie die von Adligen und Bediensteten bei Hofe.

Semerchet hatte keine Ahnung, wie er unter all den Krügen jemals den von Naia finden sollte. Dann aber erklärte Schepak, der Leichnam von Kutirs Schwager müsse irgendwo am hinteren Ende der Gruft abgestellt sein, wo die neuesten Kammern ausgeschachtet worden waren. Bei ihrem weiteren Weg durch die Gewölbe fiel Semerchet auf, dass jeder Krug mit dem Namen des Verstorbenen beschriftet und mit dem Lehmsiegel des Königs oder der Königin verschlossen war, denen die jeweilige Person gedient hatte. Am meisten überraschte ihn die Tatsache, dass Könige und Diener in genau derselben Art von Krug bestattet waren. Anders als in Ägypten galten Könige in Babylonien nicht als Götter; hier waren im Tod alle Menschen gleich.

Als sie in die hintersten Bereiche der Grabstätte vordrangen, wirkten die Krüge neuer, weil sie nicht vom Staub der Jahrhunderte bedeckt waren. Zudem roch der Honig hier frischer. An einigen der braunglasierten Gefäße klebte sogar noch welcher.

«Hier sind sie», flüsterte Schepak und zeigte auf das Siegel auf dem Krug vor ihm. Es war Kutirs Siegel, und der Name darunter zeigte ihnen, dass in ihm der Leichnam von Nugasch, dem Ehemann Prinzessin Pinikirs, bestattet war. Enttäuscht registrierte Semerchet, dass viele der Krüge lediglich die Aufschrift «Diener von Nugasch» oder «Dienerin von Pinikir» trugen. Da niemand übrig geblieben war, der die einzelnen Bediensteten hätte identifizieren können, hatte man, wie Schepak erklärte, die entsprechenden Krüge nicht mit Namen versehen. Semerchet stöhnte laut auf, als ihm bewusst wurde, was dies für ihn bedeutete: Er musste jeden einzelnen Krug mit der Aufschrift «Dienerin von Pinikir» durchsuchen. Sechs davon zählte er allein in der Reihe vor ihm, in der dahinter mochten es noch mehr sein.

Er ging zum ersten der betreffenden Krüge. Nidaba trat mit blutleeren Lippen vor, um zu beten und die Bewohnerin des Kruges um Vergebung zu bitten. Dann nickte sie Semerchet zu. Mit zittrigen Händen erbrach er das Siegel aus getrocknetem Lehm. Augenblicklich breitete sich fauliger Verwesungsgeruch im Raum aus.

Schepak hielt die Fackel näher an den Krug, damit Semerchet hineinschauen konnte. Es war schlimmer, als er befürchtet hatte, denn über dem Honig befand sich eine schaumige Masse aus verwesten Teilen. Anders als die Ägypter entfernten die Babylonier vor der Einbalsamierung nicht die weichen inneren Organe, sodass während des Verwesungsprozesses sämtliche in ihnen entstehenden Gase und Flüssigkeiten aufstiegen und sich oben im Krug sammelten.

Semerchet spürte, wie sich ihm der Magen umdrehte und ein säuerlicher Geruch in seiner Kehle aufstieg. Er zwang sich, seine Übelkeit zu ignorieren, und griff mit angehaltenem Atem in die ekelerregende Brühe. Dann schloss er die Augen und tastete sich weiter vor, bis er eine Nase und bald darauf ein Ohr fühlte.

Er atmete schnell noch einmal durch und hielt erneut die Luft an. Nach kurzer Suche in dem zähflüssigen Honig bekam er die Haare der Frau zu fassen und zog daran. Der Leichnam wirkte weit schwerer, als er vermutet hatte, da der Honig ihn nicht so leicht freigeben wollte. Plötzlich löste sich mit einem Ruck die Kopfhaut vom Schädel, und Semerchet taumelte nach hinten.

Er stand nun mitten in der Grabkammer, in der Hand ein Büschel Haare, von dem der Honig tropfte. Schepak war das blanke Entsetzen ins Gesicht geschrieben, und Nidaba wandte sich mit einem seltsamen Geräusch ab. Semerchet blickte auf den grausigen Inhalt seiner Hand hinab. Das Haar war weiß; die Frau musste schon ziemlich alt gewesen sein.

In diesem Krug war Naia nicht.

Zusammen mit Nidaba trat er an den nächsten infrage kommenden Krug heran. Wieder sprach sie ein Gebet, und wieder stieg ihm nach dem Aufbrechen des Siegels der ekelhafte Gestank in die Nase. Erneut tauchte er die Hand in die Brühe, doch diesmal griff er tiefer als nur bis an den Kopf des Leichnams, in der Hoffnung, einen Arm zu fassen zu bekommen. Zu seiner Überraschung stieß er auf ein Stück Stoff um die Schultern der Toten. Unbewusst war er davon ausgegangen, dass die Verstorbenen unbekleidet bestattet würden. Dies machte ihm die Arbeit ein wenig leichter, denn ein Gewand oder Umhang würde weitaus besser zu packen sein als ein glitschiges Stück Fleisch.

Er stemmte sich gegen die Seite des Krugs und zerrte an dem Stoff. Langsam, aber sicher bewegte sich der Leichnam nach oben, bis der Kopf zum Vorschein kam. Die Tote hatte schwarzes Haar, und so mühte Semerchet sich ab, um den Rest der Verstorbenen ans Licht zu zerren.

«Haltet die Fackel näher heran», bat er schwer atmend.

Schepak hielt das Licht an das Gesicht, und beide zuckten

zusammen bei dem Anblick, der sich ihnen bot. Semerchet konnte sich nicht erinnern, jemals etwas Vergleichbares gesehen zu haben. Die Frau hatte schwerste Verbrennungen erlitten, eine Seite ihres Gesichts war praktisch nicht mehr vorhanden. Die verbliebenen Züge waren auf schreckliche Weise verzerrt, der zerfetzte Mund nur noch eine hässliche Grimasse.

Aber die Frau war nicht Naia.

Semerchet ließ den Leichnam wieder in die dunkle, goldfarbene Flüssigkeit sinken. Von seinem Arm tropfte Honig, als er zum nächsten Krug ging. Er wusste nicht, wie viel von diesem Horror er noch ertragen konnte. Doch als er das Siegel aufbrach, war ihm sofort klar, dass seine Suche ein Ende hatte.

Auf der nach Fäulnis stinkenden Flüssigkeit schwamm Naias Halstuch, das er ihr bei ihrer Abreise nach Babylonien im Hafen von Theben geschenkt hatte. Es war in der Farbe des ägyptischen Himmels gehalten und mit fünfzackigen Sternen aus Goldfaden bestickt.

Die Tränen rannen ihm über das Gesicht, als er den Arm in den Krug tauchte. Er begann zu schluchzen, und Schepak musste sich abwenden, weil er das Leid seines Freundes nicht mehr ertragen konnte. Nidaba senkte den Kopf und starrte auf die Bodenplatten. Im dickflüssigen Honig strich Semerchet über das Gesicht seiner geliebten Frau, betastete die Lippen, die er so zärtlich geküsst hatte, die Nase und die geschlossenen Augen mit ihren schwarzen Wimpern. Dann nahm er all seine Entschlossenheit zusammen, griff nach dem groben Stoff ihres Dienerinnenkleides und zog den Körper behutsam heraus.

Ihr Kopf kam zum Vorschein, und der Honig lief ihr über die Stirn, während ihr schwarzes Haar am schmalen Schädel klebte. Der Honig hatte jedoch ihre anmutigen dunklen Züge verändert, ihre Haut war viel zu blass …

Dann sah Semerchet genauer hin.

«Das ist nicht Naia», flüsterte er.

Nidaba und Schepak drehten sich ruckartig zu dem Leichnam um.

«Nein, das ist sie nicht», bestätigte Schepak leise, nachdem ihm die Stimme für einen Augenblick ihren Dienst versagt hatte. «Das ist Prinzessin Pinikir.»

Buch vier

Der Tag des Narrenkönigs

Auf den Feldern Babyloniens spross bereits der erste Weizen. Über Nacht bedeckten seine frischen Triebe die mit Spuren von Wagenrädern durchfurchte Erde, welche die elamischen Streitkräfte bei ihrem Rückzug hinterlassen hatten. Nach der Befragung zahlreicher Schafslebern zogen die Priester Bel-Marduks durch die Städte des Landes, um den Beginn des neuen Jahres auszurufen. Als sie die sechzigtausend Gottheiten Babyloniens mit den üblichen Ritualen, Opferungen und Gebeten besänftigt hatten, verkündeten die Priester, dass nun endlich der Tag des Narrenkönigs gekommen sei.

Die eintönigen, aus Lehmziegeln erbauten Städte des Zweistromlands verwandelten sich über Nacht in fröhliche Rummelplätze. Bunte Wimpel flatterten auf den Dächern, und nirgendwo ging es lauter und ausgelassener zu als in Babylon selbst. Auf dem Euphrat versammelten sich die vergoldeten Barken der Götter zu einer prächtigen Prozession, die den Tausenden von Zuschauern am Ufer zeigte, dass die Gottheiten von ihrem alljährlich aufgesuchten Rückzugsort im Gebirge zurückgekehrt waren, um den Menschen für ein weiteres Jahr ihren Segen zu erteilen.

Der Tag des Narrenkönigs war vor allen Dingen ein Tag totaler Ausgelassenheit, an dem sämtliche Regeln der Gesellschaft auf den Kopf gestellt wurden. In Privathaushalten warteten die Herren ihren Dienern auf, während auf den Straßen die Händler bereitwillig ihre Läden für Plünderer öffneten. Der wichtigste Teil des Fests aber war die Krönung des Narrenkönigs. Jahr für Jahr gingen die Priester des Marduk in der ganzen Stadt auf die Suche nach dem närrischsten Mann des Königreichs, um ihn für einen Tag zum König von Babylon auszurufen.

Also waren am Morgen jenes Tages die Priester durch die Stadt gezogen, um in den Häusern von Arm und Reich gleichermaßen die traditionellen Worte zu rufen: «Wo ist der König? Bringt ihn zu uns! Er muss in seine königlichen Gewänder gekleidet werden und Zepter und Ring empfangen, damit er seinem Volk Gerechtigkeit widerfahren lassen kann! Zeigt uns, wo er sich aufhält, denn wir haben ihn aus den Augen verloren!» Und die Menschen rannten in gespielter Bestürzung aufgeregt durcheinander und riefen: «Wo ist unser König? Er ist verschwunden! Wir müssen ihn auf der Stelle finden!»

Natürlich war jedermann klar, dass der wahre König sich in seinem Palast in Sicherheit befand und längst den närrischsten Mann des Reiches ausgewählt hatte, der für diesen einen Tag an seine Stelle treten würde. Das Fest dieses Jahres sollte sich als eines der denkwürdigsten in der langen Geschichte Babylons erweisen, denn es gab nicht nur einen, sondern gleich zwei Narrenkönige, die nebeneinander im weiten Hof des Etemenanki auf dem Thron saßen. Einer von ihnen war ein kleiner, rundlicher Mann, der ganz erbärmlich heulte, obwohl die Elitesoldaten des Palasts ihn wiederholt mit ihren Lanzen piksten, um ihn zu zwingen, vor der Menschenmenge ein etwas würdevolleres Gesicht aufzusetzen. Der andere, ein furchterregender Bursche mit einem makabren Lächeln und einer Tätowierung am einen Augenwinkel, ließ die Babylonier mit seinem finsteren Blick und seiner trotzigen Haltung erschaudern. Obgleich die Humorlosigkeit der beiden die

Schaulustigen ein wenig enttäuschte, waren sie doch fest davon überzeugt, dass ihr neuer König eine gute Wahl getroffen hatte.

Der neue König Babyloniens erfreute sich beim Volk so großer Beliebtheit, dass er aus der Sicht seiner Untertanen ohnehin nichts falsch machen konnte. Er sei so schön und so klug, prahlten sie, dass die Menschen darum wetteiferten, wie sie ihn am besten preisen konnten. Manche sagten Babylon sogar ein neues goldenes Zeitalter voraus.

Wie sie darauf kamen?

Immerhin hatte der neue König das Land fast ohne Blutvergießen von der verhassten Fremdherrschaft befreit. Einen solchen Helden hatte Babylon seit Gilgamesch nicht mehr zu Gesicht bekommen.

Während die Menschen freudetrunken durch die Straßen zogen, war ihnen nicht bewusst, wem sie in Wahrheit ihr Glück zu verdanken hatten – dem schwarzäugigen, schlanken und hochaufgeschossenen Ägypter, der sich am Rand der Menge herumdrückte. Einige der mutigeren Schwarzköpfe versuchten zwar, ihn dazu zu ermuntern, sich ihren ausgelassenen Tänzen anzuschließen, doch er entglitt ihnen wieder und wieder, ganz auf sein eigenes Anliegen bedacht. Seine Zurückhaltung kränkte sie jedoch nicht, denn sie fanden schnell andere Formen der Ablenkung.

Als er den Vorhof des Etemenanki betrat, bahnte sich Semerchet langsam seinen Weg durch die Menge zu der Stelle, wo die beiden Narrenkönige auf ihren Podesten zur Schau gestellt wurden. Menef vergoss bittere Tränen, die seine «Untertanen» offenbar nur zu weiteren Grausamkeiten verleiteten, denn sie erwarteten von ihren Narrenkönigen närrisches und lachhaftes Verhalten, nicht aber Niedergeschlagenheit.

Die Menge bewarf ihn mit Abfall, bespuckte ihn und forderte ihn auf, zu lachen und mit ihnen zu scherzen, wie es sich für einen rechten Narrenkönig gehörte. Menef tat sein Möglichstes, um die Babylonier mit halbherzig vorgetragenen Mätzchen zu besänftigen, doch die enttäuschten Menschen bewarfen ihn weiterhin mit Müll.

Als erheblich befriedigender empfanden die Menschen die Aggressivität der Uräusschlange, da es in ihren Augen weitaus königlicher wirkte, wenn er sie anbrüllte und mit den Füßen aufstampfte, sobald ihm jemand zu nahe kam. Obwohl die Narrenkönige mit Ketten an ihren jeweiligen Thron gefesselt waren, genügte die finstere Miene der Uräusschlange, um die Schaulustigen davon abzuhalten, ihn ebenso schamlos zu necken, wie sie es mit Menef taten. Als dann aber Semerchet aus der Menge trat, sich vor ihnen aufbaute und nichts weiter tat, als sie schweigend anzustarren, änderte sich das Verhalten der beiden Narrenkönige schlagartig.

Menef quollen fast die Augen aus dem Kopf, und er stimmte ein fürchterliches Gezeter an. Er versuchte verzweifelt, sich abzuwenden, und plapperte vor sich hin, als sei er soeben dem Wahnsinn anheimgefallen. Selbst die Uräusschlange zuckte zusammen und flehte die Götter Ägyptens an, ihn vor der Heimsuchung durch rachsüchtige Geister zu bewahren. Die Menge schrie begeistert auf, als sie sah, wie verängstigt sich die beiden Narrenkönige gebärdeten.

Das war schon eher nach ihrem Geschmack!

Semerchet sah die beiden Narrenkönige nur an, ein spöttisches Lächeln auf den Lippen. Niemand hatte Menef und der Uräusschlange mitgeteilt, dass er die Insektenkammer überlebt hatte, und so gingen sie zweifellos davon aus, dass er aus dem Reich der Finsternis gekommen war, um sie beide in die

Hölle zu holen. Überraschend tat Semerchet so, als wolle er auf sie zuspringen, und die Menge brüllte vor Lachen, als die beiden Narrenkönige zurückzuckten und schreiend vor Entsetzen an ihren Ketten zerrten.

Schnell gelangweilt von diesem Spielchen, zog sich Semerchet zurück. Als Menef und sein Helfershelfer es wagten, wieder aufzublicken, war er bereits verschwunden, was nur ihre Vermutung bestätigte, dass ihnen ein auf Vergeltung sinnender Geist erschienen war.

Semerchet hielt sich nicht mit den Ringkämpfern und Jongleuren auf, welche die einfachen Leute begeisterten. Er war zu sehr auf seine letzte Aufgabe bedacht, um sich von solchen Nebensächlichkeiten ablenken zu lassen. Im Allgemeinen konnte er derartige Festlichkeiten ohnehin nicht ausstehen, da er noch nie ein Freund lärmender Massen gewesen war. An jenem Tag aber hatte Mutter Mylitta ihn gebeten, an der Zugbrücke zum Gagu zu erscheinen, und nichts auf der Welt, kein Aufruhr oder Krieg oder nicht einmal ein Volksfest, konnte ihn davon abhalten.

Semerchet rief nach seinem Eintreffen am vereinbarten Punkt nicht nach den weiblichen Wachen, da Mutter Mylitta ihn davon in Kenntnis gesetzt hatte, dass der Gagu seine eigenen Rituale zu verrichten habe und er sie dabei nicht stören dürfe. Also schloss er sich einfach jenen an, die es sich am Graben des Gagu bequem gemacht hatten, und tat, wie ihm geheißen: Er wartete und übte sich in Geduld.

Die babylonische Sonne brannte wie immer, und Semerchet wünschte sich schon, er hätte einen jener breitkrempigen Strohhüte gekauft, die die Korbflechter auf den Straßen feilboten. Er zog seine Sandalen aus und tauchte die Füße in das kühlende Wasser des Grabens. Die Geräusche der fröhlichen

Menge um ihn herum und das angenehme Gefühl, das er empfand, als ein winziges Fischlein an seinen Zehen nagte, trugen ihren Teil dazu bei, dass er bald von einer angenehmen Schläfrigkeit befallen wurde.

Doch Semerchet schlief nicht wirklich ein. Dafür hatte er nun endlich die Muße, sich alles noch einmal vor Augen zu führen, was ihm seit der Entdeckung des Leichnams von Prinzessin Pinikir widerfahren war. Wieweit er sich aus alldem einen Reim machen konnte, stand auf einem ganz anderen Blatt …

Unten in der Grabkammer waren er und Schepak zu dem Schluss gelangt, dass es für Semerchet zu gefährlich wäre, sich gleich im Palast zu zeigen. Falls Königin Narunte oder Menef ihn sahen, so fürchteten sie, könnten die beiden einen letzten verzweifelten Versuch unternehmen, ihn aus dem Weg zu räumen. Aus diesem Grund suchte Schepak allein König Kutir auf und führte ihn heimlich in die Grabkammer. Schepak erzählte Semerchet später, er habe den einsamen König reichlich blass und nervös in einem Raum angetroffen, wo der Monarch gerade die neuesten Depeschen aus Susa, der Hauptstadt seines Vaters, las.

«Eure Majestät», sagte Schepak, «wir haben Eure Schwester gefunden.»

Kutir schreckte hoch und stand sofort auf. «Lebendig?»

Schepak senkte den Blick und starrte auf den Boden. Der König hatte seine Antwort.

«Dann haben die Isin sie also getötet …»

«Nein, Majestät.»

Kutir blickte scharf zu Schepak auf.

«Semerchet ist gerade im Grabgewölbe unter dem Palast,

wo wir den Leichnam der Prinzessin gefunden haben. Er wird Euch erklären können –»

«In der Grabkammer?», fragte Kutir entsetzt.

«Kommt Ihr mit, Majestät?»

Kutir, der es nicht gewohnt war, unterbrochen zu werden, warf Schepak finstere Blicke zu. «Ja – damit meine Leibwächter ihn wegen Grabschänderei verhaften können. Ich habe ihm ausdrücklich untersagt, die Ruhe unserer Toten zu stören.»

«Ich halte es für besser, wenn Ihr Euch zunächst ohne Eure Leibwächter anhört, was er zu sagen hat. Danach könnt Ihr Euch selbst ein Urteil darüber bilden, wer die Wahrheit erfahren darf und wer nicht.»

Kutir begriff sofort, was Schepak damit sagen wollte. «Eine Verschwörung?»

Wieder verweigerte Schepak die Antwort, während Kutir sein Schwert anlegte und sich einen Dolch in den Gürtel steckte. Obwohl er Vertrauen zu Semerchet und Schepak hatte, wollte er nicht blindlings in eine Falle tappen. Oft genug schon waren elamische Könige von vermeintlich loyalen Untertanen ermordet worden.

Im Keller des Palasts gelangten sie zu der roten Wand, die diese Welt von der jenseitigen trennte. Nidaba und die beiden Schwarzköpfe waren mittlerweile von Semerchet weggeschickt worden, da ihre Gegenwart den elamischen König nur beunruhigt hätte.

Schepak und Kutir fanden Semerchet verschwitzt und verschmutzt am hinteren Ende der Grabstätte. Als Kutir die Scherben der aufgebrochenen Siegel am Boden liegen sah, flammte in seinen Augen Entrüstung auf.

Semerchet aber kam den Beschimpfungen zuvor, die der

König schon auf der Zunge hatte. «Ich kann Euch beruhigen, Majestät», erklärte er. «Bevor ich mit meiner Suche begann, hat eine Priesterin sämtliche erforderlichen Gebete gesprochen.»

Als Kutir schwieg, fuhr Semerchet behutsam fort. «Wir haben Grund zu der Annahme, dass Eure Schwester irrtümlich als Bedienstete identifiziert und in diesen Krug gesteckt wurde. Wollt Ihr Euch mit eigenen Augen überzeugen?»

Kutir stieß die Luft aus und nickte kurz.

Semerchet griff erneut in den Tonkrug und zog vorsichtig den Kopf der Prinzessin in das Licht der Fackel. In zähen Strömen floss ihr Honig über Nase und Stirn, bis ihre Gesichtszüge als vage Umrisse erkennbar wurden.

«Ist das Eure Schwester, Majestät?», fragte Semerchet.

Der König wandte sich ab und nickte. «Wer hat ihr das angetan?», murmelte Kutir finster.

«Zu meiner Beschämung muss ich eingestehen, dass Ägypter dieses Verbrechen verübt haben. Menef hat die Mörder zum Haus Eurer Schwester geschickt, und sein Leibwächter, der mit der Tätowierung am Auge, hat die Morde ausgeführt.»

Semerchet berichtete, wie er entdeckt hatte, dass Menef Teil derjenigen Verschwörung gewesen war, die den großen Ramses III. das Leben gekostet hatte, und dass der Botschafter auch weiterhin seine Beziehungen zu den verbliebenen Verschwörern in Ägypten, insbesondere zu Prinz Majatum, gepflegt hatte. Dieser habe Menef persönlich befohlen, Naia und Rami zu ermorden.

«Wollt Ihr damit sagen, dass meine Schwester und ihr Mann getötet wurden, weil dieser ägyptische Prinz sich an *Euch* rächen wollte?»

«Nein, Majestät. Nicht Menef, sondern Eure Gattin hat die Ermordung Eurer Schwester angeordnet. Sämtliche Morde wurden ganz bewusst auf dem Landgut verübt, um es so aussehen zu lassen, als hätten Isin sie begangen. Die Königin selbst hat dies mir gegenüber eingeräumt.»

Kutir, der vom Hass seiner Frau auf seine Schwester wusste, schlug sich mit der Hand gegen die Stirn. Er schwankte, und Schepak führte ihn zu einer Bank. An die Wand gelehnt, hörte sich der König voll Staunen Semerchets Bericht an, wie er von Narunte und dem Intriganten Menef in die Insektenkammer gesperrt worden war.

Kutir schüttelte ungläubig den Kopf. «Die Insektenkammer? Aber das ist unmöglich. Niemand hat sie je überlebt –»

«Schepak hat mich buchstäblich in letzter Sekunde gerettet. Falls Ihr mir nicht glaubt – hier ist der Beweis.» Ohne Kutirs Zustimmung abzuwarten, drehte Semerchet sich um und öffnete sein Gewand. Die Wunde an der Stelle, wo die Kiefer des Käfers sich in sein Fleisch gegraben hatten, war angeschwollen und verfärbt.

Der Anblick der noch immer blutenden Wunde überzeugte Kutir schließlich davon, dass Semerchet die Wahrheit gesagt hatte. «Aber wozu?», fragte er niedergeschlagen. «Warum hat sie das nur getan?»

«Königin Narunte fand heraus, dass Eure Schwester und ihr Mann mit geheimen Befehlen Eures Vaters hierhergekommen waren. König Schutruk empfand Eure Siege in Babylonien als Bedrohung und beauftragte deshalb Pinikir und ihren Mann, Eure Erfolge zu hintertreiben, wo immer sie konnten.»

«Erfolge!», wiederholte Kutir verbittert und hielt sich die

Hände vors Gesicht, während seine Schultern in stiller Trauer bebten. Doch schnell fand er die Fassung wieder und erklärte, den Blick in die Dunkelheit gerichtet: «Narunte ist nur die Tochter des Häuptlings eines Bergstammes und nicht sonderlich gebildet, aber sie liebt mich abgöttisch. Zugegeben, mitunter kann sie ziemlich grobschlächtig sein ...»

In diesem Augenblick wurde Semerchet klar, dass Kutir die Königin niemals für das, was sie ihm angetan hatte, zur Rechenschaft ziehen würde. Er zuckte gleichmütig die Achseln und schlug vor: «Dann macht Ihr eben ganz allein Menef und seinen Henkersknecht für alles verantwortlich, Majestät. Sie stammen schließlich aus einem zivilisierten Volk und hätten es deshalb besser wissen müssen.»

Kutir warf ihm einen dankbaren Blick zu. «Ihr habt Eurem Ruf alle Ehre gemacht, Semerchet. Ihr habt meine Schwester gefunden, wie ich es von Euch nicht anders erwartet hatte, und wart ehrlich genug, die Beteiligung Eurer Landsleute an ihrer Ermordung einzuräumen. Manch anderer hätte nicht den Mut aufgebracht, die Wahrheit zu sagen. Ich werde sogleich die Verhaftung des ägyptischen Botschafters und seiner Männer anordnen. Ihre Bestrafung aber überlasse ich Euch. Was meinen Teil unserer Abmachung anbelangt», fügte er beschämt hinzu, «so erlaubt es mir meine gegenwärtige Position leider nicht, in die Reise von Bel-Marduks Standbild nach Ägypten einzuwilligen. Die Magi des Gottes würden mir ins Gesicht lachen, wenn ich entsprechende Befehle gäbe. Sie rechnen fest damit, dass in Babylon bald ein neuer König regieren wird, und ich wünsche Euch von Herzen, dass Ihr bei ihm mehr Glück habt.»

«Ich verstehe, Majestät.» Dass er mit Kutirs wahrscheinlichem Nachfolger bereits in bestem Einvernehmen stand, verschwieg Semerchet lieber. Warum hätte er den armen Mann auch mit solchen Nebensächlichkeiten belasten sollen?

Der Morgen dämmerte bereits, als sie aus dem Keller des Palasts traten. Semerchet, der schon den Vortag zu einem großen Teil im Tunnelsystem unter Babylon und die langen Nachtstunden im Grabgewölbe des Palasts verbracht hatte, kam es vor, als habe er längere Zeit in ewiger Dunkelheit zugebracht. Endlich die aufgehende Sonne zu erblicken war für ihn daher ein Erlebnis der besonderen Art.

Kutir erklärte Semerchet und Schepak, sie sollten in der Festung warten, bis die beiden Verbrecher verhaftet waren. Dann könne Semerchet wieder auftauchen, ohne um sein Leben fürchten zu müssen. Doch die Stunden verstrichen, ohne dass sie etwas von Kutir hörten. Besorgt begaben sich Semerchet und Schepak zu einem Nebeneingang des Palastes, der Lieferanten und Bediensteten vorbehalten war, um vom Personal vielleicht Näheres in Erfahrung zu bringen. Aber die Angestellten wussten auch nicht mehr als sie.

Semerchet überkam ein ungutes Gefühl. Im Palast lief etwas Merkwürdiges ab, das spürte er. Sein Unbehagen steigerte sich noch, als mehrere Kuriere aus dem Süden eintrafen. Sie kamen auf dampfenden Pferden in vollem Galopp in den Innenhof des Palasts geritten und sprangen bereits ab, noch bevor ihre Reittiere zum Stillstand gekommen waren. Fest ihre eindrucksvoll wirkenden Ledertaschen umklammernd, rannten sie hastig in den Palast, ohne sich auch nur die Zeit zu nehmen, sich den Staub aus dem Gesicht zu wischen.

«Sie kommen von König Schutruk», erkannte Schepak anhand ihrer Uniformen. Er versuchte, den am nächsten an ihm vorbeieilenden Elamer anzusprechen, doch der Mann ließ ihn einfach links liegen und rannte in den Palast.

Semerchet, der aus gutem Grund nicht länger bleiben wollte, war schon kurz davor, Schepak vorzuschlagen, dieser möge doch allein auf Kutir warten. Er musste schließlich nicht unbedingt dabei sein, wenn man Menef und die Uräusschlange einsperrte. Als ehemaliger Festungskommandant kannte sich Schepak zweifellos bestens aus, wenn es um die sichere Verwahrung von Gefangenen ging. Genau in diesem Augenblick aber trat ein Palastkämmerer auf sie zu und erklärte ihnen, dass Kutir sie sprechen wolle.

Zusammen betraten sie den Thronsaal, in dem auf dicken viereckigen Säulen riesige geschnitzte Stierköpfe ruhten. Der Greifenthron selbst stand auf einem Podest aus kunstvoll gearbeiteten Elfenbeinschnitzereien. Kutir aber saß nicht auf ihm. Er stand in einer Ecke des Raumes, vertieft in ein intensives Gespräch mit Königin Narunte. Beide starrten Semerchet an, als er näher trat.

Semerchet bekam es mit der Angst zu tun – vor allem, als Schepak vom Kämmerer am Eingang der Halle zurückgehalten wurde. Semerchet blinzelte ins dämmrige Licht, um Naruntes Gesichtsausdruck zu erkennen. Er erwartete Wut, Schuldbewusstsein oder Erschrecken darüber, dass er die Insektenkammer überlebt hatte, doch sie gab sich so vollkommen gleichgültig, als stünde jemand vor ihr, dem sie noch nie im Leben begegnet war.

Höflinge machten Semerchet Platz, als dieser allein vortrat, während seine Schritte auf den Bodenplatten aus Malachit widerhallten. War das eine Falle? Sollte er womöglich erneut in die Insektenkammer geworfen werden für das, was er herausgefunden hatte?

Er verbeugte sich vor dem Königspaar.

«Semerchet», erklärte Kutir ruhig, «ich muss Euch als Vertreter von Ägyptens Falkenthron mitteilen, dass König Schutruk von Elam, mein Vater, seinen goldenen Streitwagen bestiegen hat.»

Semerchet blickte verständnislos auf. «Wie bitte?»

«Er ist tot, Semerchet», antwortete Kutir knapp. «Kuriere haben mir soeben die Nachricht überbracht. Nach einer Mahlzeit mit Taubenpastete und Feigen bekam er plötzlich innere Blutungen und konnte nicht mehr sprechen. Er starb vor wenigen Stunden.» Kutir versagte die Stimme, und er begann zu weinen, auch wenn Semerchet den Verdacht hegte, dass seine Tränen nicht ganz echt waren. «Meine Spione meinen, dass er möglicherweise vergiftet wurde. Ist das zu glauben? Wer könnte auf den Gedanken kommen, ein so furchtbares Verbrechen gegen Elams größten König zu begehen?»

Unwillkürlich fixierte Semerchet Königin Narunte, die seinen Blick furchtlos erwiderte. Ihre silbrigen Augen waren kein bisschen feucht, und Semerchet konnte nichts aus ihnen ablesen, nicht einmal Genugtuung. Dennoch war ihm klar, dass die Antwort auf Kutirs Frage an dessen Seite stand. Was für eine Karriere mochte wohl vor Narunte liegen, überlegte er – sofern sie nur das starke Gebräu mied, das sie zu unbedachten Äußerungen verleitete.

«Ich leide mit Euch, Majestät», murmelte Semerchet. «Und dem Pharao wird es zweifellos ebenso ergehen, wenn er die schreckliche Nachricht erfährt», fügte er in der Hoffnung hinzu, die angemessenen Worte gefunden zu haben. In Wahrheit aber dachte er, dass die ganze Welt – und insbesondere Schutruks eigener Sohn – aufatmen würde, da der alte Tyrann endlich das Zeitliche gesegnet hatte.

«Was habt Ihr jetzt vor, Majestät?»

«Ich muss auf dem schnellsten Weg zurück nach Susa, bevor mein Bruder eigene Streitkräfte aufstellen und Ansprüche auf den Thron erheben kann. Aber …»

Der König verstummte und blickte Semerchet hilflos an.

Genau, aber! Semerchet war klar, dass Kutir angesichts der zahlreichen Isin-Krieger in der Stadt, des Mangels an Nahrungsmitteln und der Tatsache, dass die elamische Flotte vernichtet war, praktisch keine Chance hatte, mit seinen verbliebenen Streitkräften unbeschadet die Grenze zu erreichen. Natürlich konnte der König heimlich die Stadt verlassen, doch was hätte er schon davon, ohne seine Soldaten nach Elam zurückzukehren? Bei einem derart übereilten Schritt würden seine Tage zweifellos gezählt sein.

Nun ja, dachte Semerchet, das war eben das Berufsrisiko von Leuten, die in ein fremdes Land einfielen. Das alles ging weder ihn noch Ägypten etwas an. Kutir war zwar nicht der blutrünstige Despot, den Semerchet erwartet hatte, aber allzu viel Mitleid brachte er für ihn auch nicht auf – ganz abgesehen davon, dass er sehr viel lieber seinen Freund Marduk auf Babylons Thron gesehen hätte. In dieser Frage konnte er sich die offizielle Neutralität seines Landes beim besten Willen nicht zu eigen machen.

Da kam ihm plötzlich ein Gedanke. Er hüstelte höflich und sprach ihn aus.

«Ihr meint, er will einfach so abziehen?», fragte Marduk vollkommen erstaunt.

«Genau das meine ich.»

Semerchet befand sich wieder im Tunnelsystem unter der Stadt in dem kleinen, schlecht erleuchteten Raum hinter der Zisterne, den Marduk und seine Offiziere zu ihrem Hauptquartier gemacht hatten.

Der große Isin aus Is reagierte mit einer wegwerfenden Handbewegung. «Glaubt ihm kein Wort, Herr. Der elamische König hat diesen Ägypter doch nur geschickt, um Euch in eine Falle zu locken.»

Semerchet verdrehte die Augen. «Wie kann es eine Falle von Kutir sein, du Trottel, wenn es meine eigene Idee war?»

Der Isin suchte nach Gründen, ihm zu widersprechen, konnte aber schließlich nur murmeln: «Weil jedermann weiß, dass man Ägyptern nicht trauen kann.»

«Semerchet traue ich schon», erklärte Marduk verunsichert. «Aber dass Kutir die Wahrheit sagt, fällt mir schwer zu glauben. Ich meine, nachdem er so viele Soldaten verloren hat und dann auch noch die Vorräte ... dass er diesen für ihn so unglücklich verlaufenden Krieg so einfach beenden will ...»

«Er weiß ganz genau, dass er im Palast in der Falle sitzt, Marduk. Und dass er da nur wieder herauskommt, wenn Ihr sein Angebot zu einem Waffenstillstand annehmt. Weigert Ihr Euch, steht Euch eine monatelange, wenn nicht gar jahrelange Belagerung bevor. Dann besteigt Kutirs Bruder den Thron von Elam, und das Einzige, was von Kutirs Reich bleibt, ist das bisschen, was er hier noch verteidigen kann. Ist es da nicht besser, ihn jetzt abziehen zu lassen, solange er noch ein Königreich hat, als sich einen Feind zu schaffen, der zu allem entschlossen ist, weil er sowieso nichts mehr zu verlieren hat?»

Lautstark forderten die Isin, Kutir für seinen Überfall auf Babylonien büßen zu lassen. «Jetzt haben wir die Möglichkeit, ihn zu töten», erklärte der großgewachsene Isin und schlug mit der Faust in seine Handfläche. «Und dann drehen wir den Spieß um und marschieren selber in Elam ein! Nachdem wir Kutir und seine Truppen vernichtet haben, fällt Elam uns in den Schoß wie eine reife Feige!»

«Und dann fängt alles wieder von vorne an ...», murmelte Semerchet finster.

«Semerchet hat recht», erklärte Marduk. «Zum ersten Mal seit beinahe drei Jahrhunderten wird wieder ein echter Schwarzkopf auf dem Greifenthron sitzen. Wir haben alles erreicht, was wir wollten, und sollten jetzt nicht riskieren, die Götter dadurch zu verärgern, dass wir nicht genug bekommen können. Wir lassen dem elamischen Eindringling und seine Truppen unbehelligt abziehen. Außerdem», fuhr er grinsend fort, «haben die Elamer einen langen, blutigen Bürgerkrieg vor sich, der sie sehr schwächen wird. Dann ist der Zeitpunkt gekommen, diese reife Feige zu pflücken. Die Zeit ist auf unserer Seite, und somit können wir es uns leisten, ausnahmsweise einmal großzügig zu sein.»

Mesopotamien wird sich wohl nie ändern, dachte Semerchet entrüstet. So war es immer schon gewesen, und so würde es immer sein – eine Abfolge «starker Männer», die einander die Macht abjagten. Er nutzte die Gelegenheit, sich in den kleinen Raum davonzustehlen, wo Kem-weset und Rami auf ihn warteten. Die Augen des Jungen waren aufgeschlagen und leuchteten bei seinem Anblick sichtlich auf.

«Kein Fieber?», fragte Semerchet Kem-weset.

«Doch nicht unter meiner Aufsicht!», erwiderte Kem-weset entrüstet, nur um im nächsten Augenblick bescheidener hinzuzufügen: «Die Götter meinten es gut mit ihm.»

«Mit uns allen», korrigierte ihn Semerchet mit ungewohnter Begeisterung, bevor er seine schwarzen Augen Rami zuwandte. «Wie geht es dir, Junge?»

«Ich habe Kopfweh.»

«Kopfweh hin oder her, jedenfalls wirst du in absehbarer Zeit nicht vor Osiris treten. Du hättest mich also nicht um Vergebung zu bitten brauchen.»

Er tätschelte zum Abschied Ramis Hand und trat dann auf den Gang hinaus. Kurz darauf kam Marduk hinzu.

«Was macht Ihr denn für ein Gesicht?», fragte Semerchet lachend. «So, wie die Dinge gelaufen sind, müsstet Ihr doch eigentlich bester Laune sein! Passt bloß auf, sonst verwechselt man Euch noch mit mir!»

Marduk seufzte, bevor er antwortete. «Mein ganzes Leben lang wurde ich nur auf eine einzige Sache vorbereitet – auf den Kampf um mein Erbe. Ich war bereit, dafür zu sterben, wie mein Vater es getan hat. Doch dank Eurer Hilfe ist mein Kampf jetzt zu Ende.»

«Und das macht Euch traurig?»

«Das Leben hat mich nur auf den Kampf vorbereitet, nicht auf den Sieg.» Er schüttelte den Kopf, ungeduldig mit sich selbst. «Ich rede Unsinn. Ihr könnt unmöglich verstehen, was ich meine.»

Semerchet lächelte. «Vielleicht bin ich auf der ganzen Welt der Einzige, der das versteht.»

Nachdem Semerchet als Unterhändler mehrfach zwischen den verschiedenen Ebenen der Stadt gewechselt war, wurde ein Waffenstillstand zwischen den beiden Rivalen im Kampf um Babylons Thron verkündet. Man entsandte Herolde in die Städte des Zweistromlands, um einen Erlass von König Marduk-kabit-ahhešu, dem ersten Herrscher der zweiten Isin-Dynastie, zu verkünden, dem zufolge die Elamer Babylonien unbehelligt verlassen durften. Marduk wies die Truppen der Isin an, die elamischen Streitkräfte auf ihrem Rückzug zur Grenze zu begleiten – nicht nur, um sie vor spontanen Gewalttätigkeiten vonseiten des Volkes zu bewahren, das so sehr unter ihnen gelitten hatte, sondern auch, um sicherzustellen, dass sie tatsächlich aus seinem Land abzogen.

Während die Elamer sich auf ihren Rückzug vorbereiteten, suchte Semerchet Schepak im Hof der Festung auf.

«Ihr habt mir das Leben gerettet», erklärte Schepak schlicht.

«Ihr mir auch.»

Einen Augenblick lang blickten die beiden Männer verlegen zu Boden, bevor sie gleichzeitig zu sprechen begannen.

«Falls du jemals nach Elam kommst ...»

«Falls du je nach Ägypten kommst ...»

Lachend fielen sie einander in die Arme.

«Richte deiner göttlichen Freundin einen letzten Gruß von mir aus», bat Schepak. «Sag ihr, dass sie zu einer anderen Zeit und unter anderen Umständen womöglich die Frau gewesen wäre, die ich mit nach Elam genommen hätte.»

Semerchet hütete sich, Schepak über Nidabas wahre Identität aufzuklären, und versprach, ihr die Botschaft zu übermitteln. Dann stieg Schepak auf sein Pferd, setzte seinen Helm auf, von dem er vorsichtshalber die grausigen Trophäen abgenommen hatte, um nicht irgendwelche Schwarzköpfe zu Racheakten zu provozieren, und ritt an Kutirs Seite durch das Ischtar-Tor.

Jetzt konnte sich Semerchet endlich der letzten Aufgabe widmen, die noch auf ihn wartete. Nun galt es nicht mehr, irgendwelche Streitigkeiten zwischen Ländern zu schlichten, Grabgewölbe zu durchsuchen oder aus Insektenkammern zu entkommen. Mit leichtem, entschlossenem Schritt machte sich Semerchet zum zweiten Mal zum Gagu auf.

Trotz all seiner Zielstrebigkeit war sein kurzer Weg nicht ohne Hindernisse. Als die Menschen hörten, dass die Elamer das Land verlassen wollten, kam es auf den Straßen Babylons in jener Nacht zu spontanen Siegesfeiern. Zum ersten Mal seit zwei Tagen verließen die Leute wieder ihre Häuser und trafen sich vor den Tempeln und Palästen, um den Göttern zu huldigen und womöglich sogar einen Blick auf ihren strahlenden neuen König Marduk werfen zu können.

Als Semerchet sich endlich bis zum Gagu durchgekämpft hatte, war es längst dunkel. Die Zugbrücke war herabgelassen, und Semerchet trat über sie in den Hof ein, ohne zuvor um Erlaubnis zu fragen. Diesmal war keine der Frauen damit beschäftigt, Eselskarawanen zu beladen, und es stieg auch kein Rauch von schmelzendem Erdpech in den Nachthimmel.

Doch wie schon bei seinem ersten Besuch traten auch diesmal wieder weibliche Wachen mit gezückten Lanzen auf ihn zu. Wie es schien, legten die Frauen des Gagu selbst bei festlichen Anlässen ihr Misstrauen Männern gegenüber nicht ab.

«Was wollt Ihr, Semerchet?», fragte eine der Wachen.

Überrascht zog er die Brauen hoch; zumindest erkannten sie ihn. «Ich würde gerne Mutter Mylitta sprechen.»

Diesmal liefen sie nicht zu Mutter Mylitta, um zu fragen, ob sie ihn empfangen wolle. Stattdessen brachten sie ihn direkt in den Gagu, und zwar wieder an den Fuß von Mylittas hoch aufragendem Beobachtungsturm.

«Kommt sie eigentlich jemals von da oben runter?», fragte Semerchet resigniert, als er widerwillig den Fuß auf die erste Stufe setzte.

Langsam stieg er hoch, immer dicht an den Turm gepresst und den Blick zur Innenseite gerichtet. Oben schaute Mutter

Mylitta wie immer durch ihre bronzenen Röhren und machte sich Notizen auf Lehmtafeln. Sie blickte nicht einmal auf, als Semerchet die Plattform betrat.

«Gute Nachrichten», sagte sie in ihrer tiefen, männlichen Stimme. «Der Seschat-Stern bewegt sich in die richtige Richtung und wird bald wieder an seinem angestammten Platz über Ägypten stehen. Wie es scheint, wart nicht Ihr das prophezeite Übel, Semerchet. Ganz im Gegenteil: Langsam habe ich den Eindruck, dass Ihr Babylon großes Glück gebracht habt.»

«Wenn Ihr Euch die Mühe gemacht hättet, mein Horoskop zu lesen, wärt Ihr vielleicht schon früher darauf gekommen.»

«Was für ein Narr Ihr doch seid», erwiderte sie, aber keineswegs unfreundlich. «Glaubt Ihr ernsthaft, ich hätte das versäumt?»

Er blickte sie an, und seine schwarzen Augen flammten auf wie geschmolzenes Erdpech. «Warum habt Ihr mir dann nicht gleich gesagt, wer die Frau wirklich war?», flüsterte er ihr barsch zu, unfähig, mit seinen Gefühlen hinter dem Berg zu halten.

«Ich nehme an, Ihr meint die Frau, die nach dem Überfall hierherkam?»

«Ihr wisst genau, wen ich meine. Die Frau, die wie eine Prinzessin gekleidet war.»

«Ihr müsst wissen, Semerchet, dass der Hauptzweck des Gagu nicht etwa der Handel ist, wie die meisten Menschen annehmen, sondern der Schutz aller Frauen, die unter der Gewalt von Männern zu leiden haben. Warum, glaubt Ihr wohl, bin ich in jener Nacht zu dem Landgut gefahren? Nach allem, was ich von den Sternen wusste, spielte es keine Rolle, ob die Prinzessin Elamerin war oder eine Schwarzkopf-Frau – oder meinetwegen auch Ägypterin. Eine Frau in Not wird bei uns immer Unterschlupf finden.»

«Aber es war furchtbar grausam von Euch, mich in jener Nacht wegzuschicken, ohne mir die Wahrheit zu sagen. Wenn Ihr mein Horoskop gelesen habt, müsst Ihr doch auch meine Liebe zu ihr gesehen haben!»

«Ja, das habe ich, und noch nie habe ich am Himmel Vergleichbares erblickt. Eure Liebe zu ihr ist beinahe so stark wie Eure Liebe zur Wahrheit, Euer Verlangen, alles klar zu sehen. Beide Charakterzüge geleiten Euch gleichermaßen durchs Leben.»

«Wieso habt Ihr mich dann gehen lassen? Ich wäre fast gestorben! Um ein Haar hätte ich sie nie wiedergesehen!»

Ihre Stimme war rau und emotionslos. «Gerade wegen der Dinge, die ich in Euren Sternen gesehen habe, konnte ich Euch nicht sagen, wer sie war.»

Semerchet verspürte ein Prickeln auf der Kopfhaut; mit dieser Möglichkeit hatte er nicht gerechnet. «Was habt Ihr sonst noch am Himmel gesehen, Mutter Mylitta?», fragte er ruhig.

«Ich habe gesehen, dass Ihr die Menschen vernichtet, die Euch lieben. Dass der Tod auf Schritt und Tritt Euer Begleiter ist. Ihr seid ein Unglück für alle, die sich an Euch hängen, denn Ihr bringt ihnen derartigen Schmerz, dass ihr ihnen im Nu jegliche Lebensfreude rauben könnt.»

Semerchet hielt ihrem unverstellten Blick nicht mehr stand. Alles, was sie gesagt hatte, entsprach der Wahrheit.

«Jetzt wisst Ihr, warum ich sie nicht zu Euch gehen lassen oder Euch auch nur sagen konnte, dass sie hier war – nicht, bevor ich ihr selbst zeigte, was die Sterne für Euch bereithalten.»

«Und habt Ihr es ihr gesagt?»

«Das werde ich heute Nacht tun. Dann kann sie selbst über ihre Zukunft entscheiden. Wir haben ihr einen Platz angeboten, wie wir es bei allen Frauen tun, die uns um Hilfe ersuchen. Kein Mann kann sie hier ohne ihre Zustimmung herausholen.»

Er schluckte. «Wann erfahre ich, wie sie sich entschieden hat?»

«Wartet morgen früh vor dem Tor, dann bekommt Ihr ihre Antwort. Aber schreit nicht vor unserem Tor herum, denn es ist der Tag des Narrenkönigs, und da begehen wir unsere eigenen Rituale.»

So kam es, dass Semerchet am Tag des Narrenkönigs in der brennenden Sonne saß und die Füße in den Wassergraben des Gagu hängen ließ, hin und her gerissen zwischen Hoffen und Bangen. Wie würde sie entscheiden, wenn sie sich bewusst wurde, dass der Tod ihr ständiger Begleiter sein würde? Im Grunde hatte Mutter Mylitta nur das bestätigt, was jeder in Ägypten bereits wusste – dass Semerchet ein Jünger des Seth war, ein Mann der Unordnung und der Gefahr.

Als er im nahen Hof Schreie hörte, blieb ihm fast das Herz stehen. Er drehte sich ruckartig um, doch die Menge ergötzte sich lediglich an den Kunststücken einer Seiltänzertruppe; einer von ihnen hatte gerade so getan, als stürze er ab, um sich im letzten Augenblick doch noch zu fangen.

Semerchet atmete tief durch und versuchte, sich zu beruhigen.

Die unterschiedlichsten Gerüche hingen in der Luft: In Bratpfannen brutzelten Fische aus dem Fluss, frisch gebackenes Brot wurde in Honig getunkt und kostenlos an die Kinder verteilt (Semerchet drehte sich der Magen um, denn nach seinen Erlebnissen in der Grabkammer bezweifelte er, dass es ihn je wieder nach Honig gelüsten würde), und die Haut von Wasservögeln, die auf Drehspießen gebraten wurden, knisterten in der Hitze der Flammen, während das Fett zischend auf die glühenden Kohlen tropfte.

Dennoch erkannte er sofort ihren vertrauten Duft nach Zitrusöl, der alle anderen Aromen verdrängte.

Er wandte sich um.

«Mein Liebster», sagte sie nur.

Und schon lag sie in seinen Armen.

In späteren Jahren sollten Semerchet diese wenigen Wochen nach dem Tag des Narrenkönigs als die schönsten seines Lebens erscheinen. Er und Naia waren Ehrengäste im Heiligtum von Bel-Marduk, als sein einstiger Sklave zum König von Babylonien gekrönt wurde. Sie zuckten zusammen, als der Großmagus Adad Marduk leicht ins Gesicht schlug, bevor er ihm die mitraförmige Krone aufsetzte. Kurz und bündig erinnerte Adad sowohl Marduk als auch die übrigen Anwesenden in dem überfüllten Raum daran, dass die babylonischen Könige auch nur Sterbliche seien und das Königsamt eine schwere Bürde darstelle. Trotz dieses kurzen, schockierenden Augenblicks erwies sich die gesamte Zeremonie als so langatmig, dass Semerchet und Naia zwischendurch gegen die Langeweile anzukämpfen hatten. Dann aber beugten sie sich fasziniert vor, als Marduk die ausgestreckte goldene Hand der Statue des Bel-Marduk ergriff. Semerchet erwartete schon beinahe, dass ein Blitz einschlagen oder die Quellen des heiligen Wassers zu brodeln beginnen würden, doch nichts dergleichen geschah. Erst später wurde ihm klar, dass dennoch etwas Heiliges, Mystisches geschehen war: das stille Wunder, das darin bestand, dass ein Volk sich nach dreihundertjähriger

Fremdherrschaft endlich wieder selbst regierte. Und das vielleicht Wunderbarste daran war, dass er selbst dabei eine nicht ganz unwesentliche Rolle gespielt hatte.

Bei den Festlichkeiten jener Nacht stimmte Nidaba ein besonderes Loblied auf Semerchet an, der jedoch, neben Naia auf dem königlichen Podium sitzend, eher verlegen als geschmeichelt reagierte. Naia kicherte hinter vorgehaltener Hand, als er rot anlief und krampfhaft versuchte, sich würdevoll zu gebärden, während Nidaba die Dankbarkeit des Volkes besang. Ihre Stimme klang faszinierend wie immer, doch der Text war gespickt mit Anspielungen auf alte Geschichten, die er und Naia nicht kannten. So stahlen sich die beiden von den Feierlichkeiten davon, sobald sie glaubten, den Geboten des Anstands Genüge getan zu haben.

Mehr als die Ehrungen und Geschenke, mit denen Marduk sie überhäufte, beglückten Semerchet die Nächte, die sie flüsternd zu zweit im Bett ihrer Herberge verbrachten. Während sie in seinen Armen lag, enthüllte Naia ihm die restlichen Einzelheiten ihrer Geschichte.

«Wann ist dir eigentlich klargeworden, dass ich noch am Leben war?», fragte sie, während sie über die Narbe auf seiner Stirn strich.

«In dem Augenblick, als ich die Prinzessin Pinikir in diesem schrecklichen Krug sah, mit dem Halstuch, das ich dir gegeben hatte. Da wusste ich sofort, was du getan hattest, du Dummerchen –»

«Wie hast du mich eben genannt?»

«Du hast mit ihr die Kleider getauscht, nicht wahr? Um ihr das Leben zu retten.»

«Und wennschon?», räumte sie widerwillig, aber noch immer trotzig ein.

«Das war wirklich unglaublich dumm.»

«Aber ich dachte doch nicht, dass sie hinter einer Dienstmagd her wären, Semerchet. Sie hatte ein Kind, das auf sie wartete –»

«Du etwa nicht?»

«Schon, aber ich hatte doch sowieso keine Hoffnung, es je wiederzusehen.» Naias Augen wurden feucht. «Die Arme. Ich dachte, sie hätte vielleicht eine Chance, zu ihm zurückzukehren, wenn sie wie eine Bedienstete gekleidet war. Wie hätte ich wissen sollen, dass meine armselige Kleidung sie zur Zielscheibe machte?»

«Ebenso wie ihre Kleider dich.»

«Schon, aber da stand das ganze Haus bereits in Flammen, und niemand hat gesehen, wie ich durch die Hintertür entwischt bin.»

Er drückte sie fest an sich. «Und dann hast du dich im Fluss versteckt.»

«Ich?», fragte sie überrascht. «Nein, habe ich nicht.»

«Aber du warst tropfnass, als du in das Dorf kamst, und hast wie verrückt auf Ägyptisch drauflosgeplappert. Wusstest du eigentlich, dass die Dorfbewohner dich für eine Flussnymphe gehalten haben, die die Sprache der Unsterblichen spricht?»

«Tatsächlich?», fragte sie, einen Moment lang sichtlich angetan von der Vorstellung. «Nein, aber als die Angreifer den Gutshof in Brand steckten, bin ich durch die Flammen aus der Hintertür geflohen. Der Umhang der Prinzessin hatte schon Feuer gefangen, und so sprang ich in den Brunnen. Zum Fluss wäre es viel zu weit gewesen, und außerdem hätten sie mich im Feuerschein bestimmt entdeckt. Ich habe die ganze Nacht gebraucht, um an diesem Seil wieder hochzuklettern.»

«Kluges Mädchen.»

«Ach, jetzt bin ich auf einmal wieder klug!»

«Zugegeben. Und wunderschön noch dazu.»

Sie küssten sich – wie lange, wusste Semerchet später nicht mehr.

«Und nachdem du dich im Dorf versteckt hattest, bist du zum Gagu gegangen.»

«Wohin hätte ich sonst gehen sollen? Mutter Mylitta hatte uns kurz davor schon ihren Schutz angeboten, Rami war tot – zumindest musste ich davon ausgehen –, und du warst nicht da, um mich zu retten. Mir blieb also gar keine andere Möglichkeit.»

Plötzlich kam ihm ein schrecklicher Gedanke. «Welche Pflichten hattest du eigentlich im Gagu zu erfüllen?»

«Sie haben mich manchmal mit den Eselskarawanen hinausgeschickt, um dabei zu helfen, das Gold zu transportieren, das sie im Erdpech versteckt hatten. Warum fragst du?»

Er musste wieder an den Augenblick denken, als er in Babylon angekommen war und zum ersten Mal die Frauen vom Gagu gesehen hatte. Damals hatte Semerchet fast einer von ihnen etwas zugerufen, weil ihre Art, sich zu bewegen, ihn an Naia erinnerte.

Heilige Isis, dachte er – wenn die Frau nun tatsächlich Naia gewesen war?

Naia sah, wie er grübelnd die Stirn in Falten legte. «Was ist denn, Ketti?»

«Nichts», erwiderte er rasch und verdrängte schnell den Gedanken. Schließlich war am Ende alles gutgegangen, und so hatte es wenig Sinn, sich im Nachhinein wegen möglicher Versäumnisse Vorwürfe zu machen.

«Warst du glücklich im Gagu?», fragte er.

«Ich denke schon.»

«Und warum bist du dann nicht geblieben?»

«Was soll die Frage? Ich hatte nie die Absicht, für immer zu bleiben. Ich bin nicht dafür geschaffen, mein ganzes Leben nur unter Frauen zu verbringen. Du solltest mich inzwischen gut genug kennen, um das zu wissen.» Sie schmiegte sich fest an ihn.

«Und du hast selbst dann deine Meinung nicht geändert, als Mutter Mylitta dir meine Zukunft vorhergesagt hat? Trotz der Gefahren, die auf mich lauern?»

«Selbst dann nicht.»

«Was hat dich davon überzeugt, dass ich das Risiko wert bin?»

«Als ob sie mir irgendetwas gesagt hätte, was ich nicht schon längst wusste! Diese Astrologen sagen doch immer nur voraus, was ohnehin offensichtlich ist, und erwarten dann, dass alle vor Ehrfurcht erstarren, wenn sich ihre Prophezeiung bewahrheitet. Ketti, mir war immer schon klar, dass du einen gefährlichen Beruf ausübst. Und auch, dass du das Risiko wert bist. Und falls wirklich alle möglichen Gefahren vor uns liegen sollten, dann treten wir ihnen eben gemeinsam entgegen, oder?»

«Küss mich», sagte er.

«Habe ich doch eben erst.»

«Nochmal.»

Gegen Ende des Festtags brachten Wachen die beiden Narrenkönige in einen nahen Tempel. Dort rezitierten Magi und Schamanen aus Gebetbüchern, während sie ihre Handrasseln schüttelten und in schrille Pfeifen bliesen.

«Was haben diese Schwachköpfe mit uns vor?», murmelte die Uräusschlange.

«Keine Ahnung», zischte Menef in seinem Elend, zerschunden und stinkend von all dem Abfall und den Tonscherben, die während des Festes auf ihn geschleudert worden waren.

Die beiden ahnten noch nicht, dass ihnen ihre wichtigste Aufgabe in der Rolle der Narrenkönige noch bevorstand. Mit Hilfe von Zaubersprüchen sorgten die Priester dafür, dass sämtliche im Verlauf des vergangenen Jahres von König Marduk begangenen Sünden auf sie übergingen. Auch wussten sie nicht, dass am Ende eines jeden derartigen Fests der Narrenkönig getötet wurde, um die Sünden des wahren Königs in die Unterwelt mitzunehmen. In früheren Zeiten, als das Land noch arm gewesen war, hatte man für diese Zeremonie eine Ziege benutzt, bevor man im wohlhabender gewordenen Babylon Menschen diese Ehre hatte zuteil werden lassen.

Es war das Vorrecht des herrschenden Königs, bei der Wahl der Todesart Gnade walten zu lassen. Da Menef ein hoher Würdenträger und sein Leibwächter Soldat gewesen war, beschloss Marduk nach Absprache mit Semerchet, ihnen einen mit einem Schlafmittel versetzten Wein zu verabreichen. Kurz darauf verloren sie das Bewusstsein.

Es war jedoch kein tiefer Schlaf, denn das Mittel war nicht allzu stark. Als sie fast gleichzeitig wieder erwachten, fanden sie sich unbekleidet in einer aus Lehmziegeln gemauerten Zelle wieder. Sie hatten keine Ahnung, wo sie waren, und sahen sich verwirrt um.

Plötzlich fiel ein kleines Fenster in einer nahen Tür zu.

Dann hörten sie einen gedämpften Befehl aus dem Korridor. Doch erst als Menef das Knirschen des Räderwerks über sich vernahm, wusste er, wo er war. In diesem Augenblick schrie er ebenso entsetzt auf, wie Semerchet es getan hatte.

Sein Leibwächter hingegen hielt sich nicht mit Schreien auf. Er packte den ehemaligen ägyptischen Botschafter an den Schultern und schleuderte ihn den Insekten entgegen. Sie fielen sofort über Menef her, bis sein Körper eine unförmige Masse aus flatternden Flügeln, krabbelnden Beinen und mahlenden Kiefern war. Selbst als der Botschafter schon tot war, schien sein Körper sich noch immer unter dem Ansturm der Insekten zu winden.

Doch falls der Mann mit der Uräusschlange gehofft haben sollte, dass die Tiere sich mit Menef zufriedengeben würden, hatte er sich geirrt. Als die Insekten vom Botschafter nur einen strahlend weißen Haufen Knochen übrig gelassen hatten, wandten sie sich unter Zisch- und Klicklauten mit ihren flachen, glänzenden Augen dem zweiten Narrenkönig zu.

Nun schrie auch die Uräusschlange auf, wenn auch nur kurz.

Einige Wochen später brachten die Priester an einem von den Magi dafür bestimmten Tag das Standbild des Bel-Marduk in sein Heiligtum aus geschnitztem und vergoldetem Holz, um es anschließend mit unzähligen Riemen auf einem von hundert Ochsen gezogenen Wagen festzubinden. Das Gefährt besaß zwölf hölzerne Räder; es war mit Einlegearbeiten aus Elfenbein versehen und wurde von zwei geschnitzten, geflügelten Drachen überragt. Zudem hatte es einen frischen Anstrich bekommen, und seine Verzierungen aus Gold und Edelsteinen glitzerten in der grellen Sonne. Die silbernen Glöckchen, mit denen es behängt war, bimmelten fröhlich in der Morgenluft und verscheuchten alle bösen Geister. Die Ochsentreiber lenkten den gewaltigen Wagen auf die Landstraße nach Nordwesten, und während das Gefährt sich langsam vorwärts bewegte, wirkte es in der Tat wie eine Kutsche, die für die himmlischen Straßen gebaut worden war.

Es folgte ein zweiter Wagen, auf dem Semerchet neben dem Großmagus Adad saß. Semerchet trug ein schlichtes weißes Gewand sowie das reichlich zerkratzte und verbeulte Amtszeichen, das der Pharao ihm mit auf den Weg gegeben hatte. Nie wieder wollte er ohne das kostbare Teil auf Reisen gehen; seit das falkenförmige Schmuckstück ihm das Leben gerettet hatte, betrachtete er es mit ganz anderen, beinahe abergläubischen Augen.

Als der zweite Wagen hinter dem der Gottheit in Position gebracht wurde, beugte sich der Großmagus zu Semerchet und flüsterte ihm ins Ohr: «Mir war schon immer klar, dass wir gemeinsam nach Ägypten fahren würden. Eine Schafsleber hat es mir verraten.»

Semerchet lächelte nur, enthielt sich aber jeglichen Kommentars und drehte sich zum Gefolge der Gottheit hinter ihnen um.

Eine stattliche Reihe von Lastkarren und Streitwagen bildete den Rest des Zuges. Auf ihnen befanden sich die niedrigeren Magi des Bel-Marduk und seine Sänger sowie eine Schar schöner Jungfrauen, die ihm in den Nächten Gesellschaft leisten sollten. Neben ihnen marschierte eine lange Reihe von Isin-Soldaten, um den Wagenzug sicher nach Ägypten zu geleiten.

Am hinteren Ende des Zuges befand sich ein kleiner Karren mit drei auf ägyptische Art gefertigten Särgen, welche die frisch mumifizierten Leichen von Senmut, Wia und Aneku enthielten. Semerchet wollte persönlich dafür sorgen, dass ihnen in Thebens Totenstadt eine würdige Grabstätte zuteil wurde. Aus seiner Sicht war es das wenigste, was er für sie tun konnte.

Hinter dem Karren kam die Bahre mit Rami. Obgleich der Junge immer wieder beteuert hatte, er fühle sich wohl genug, um ganz vorne in der Prozession neben Semerchet zu sitzen, sprachen sich sowohl Naia als auch sein Arzt Kem-weset entschieden dagegen aus. Trotz seiner Strenge konnte der alte Arzt an jenem Morgen gar nicht mehr aufhören zu lächeln, nachdem er keinen Augenblick gezögert hatte, Semerchets Einladung anzunehmen, sie auf ihrer mühseligen und gefährlichen Reise zu begleiten. So verlor Babylon seinen bedeutendsten Arzt und die Tavernen der Stadt ihren treuesten Kunden. Naia und Kem-weset ritten auf kleinen weißen Eseln neben Ramis Bahre und wachten über den Jungen wie ein Adlerpaar über ihr Küken.

Jubelnde Massen von Schwarzköpfen säumten die Straße, um ihrem Gott eine sichere Reise zu wünschen. Aus der Menge ragten die Brüder Galzu und Kuri heraus, die anfangs auf Semerchet angesetzten Spitzel. Am Vorabend hatte Semerchet ihnen einen Sack voll mit dem Gold des Pharaos geschenkt (schließlich hatten sie dem Gesandten des Pharaos zweimal das Leben gerettet), und so zählten sie nun zu den wohlhabendsten Bewohnern Babylons. In prächtigen Gewändern und mit federgeschmückten Turbanen verbeugten sich die beiden tief, als Semerchet vorbeifuhr. Er nickte ihnen ernst zu und grüßte sie zum Abschied auf ägyptische Art.

An der Kreuzung wartete Marduk auf seinem Pferd. «Semerchet!», rief er in seinem klanglosen nordägyptischen Dialekt. «Ich fürchte, ich halte es ohne dein sauertöpfisches Gesicht und deinen traurigen Blick nicht lange aus. Wann besuchst du uns wieder?»

Semerchet konnte dem neuen König von Babylon schlecht sagen, dass er hoffte, nie wieder seinen Fuß auf den Boden dieses verfluchten Königreichs zu setzen, und so schüttelte er lediglich den Kopf. «Da müsst Ihr meine Frau fragen, Majestät», erwiderte er, «sie hat nun über mein Kommen und Gehen zu bestimmen.»

Marduk ritt zu Semerchet und beugte sich im Sattel vor, um Semerchet die Hand auf den Arm zu legen. Sichtlich bewegt legte ihm der König ein kleines, mit Leder umhülltes Päckchen in die Hand, bevor er ohne sich umzusehen schnell durch das Ischtar-Tor in seine Hauptstadt zurückritt. Erst einige Stunden später sah Semerchet nach, was sich in dem Päckchen befand: Es waren fünf Goldstücke. Semerchet lachte laut auf – der König von Babylon hatte ihm den Kaufpreis zurückerstattet, den er damals in Mari den Elamern für ihn bezahlt hatte.

Semerchet hob den Kopf. Er stand vor einer in jeder Hinsicht triumphalen Rückkehr nach Ägypten. Er hatte die Frau seines Lebens wiedergefunden und den Jungen gerettet, der ihn aus so großer Ferne zu Hilfe gerufen hatte. Und er brachte seinem König wie versprochen das heilige Standbild. Dennoch war er nicht vollkommen sorgenfrei. Er hatte erfahren, dass manche in Ägypten ihm noch immer nach dem Leben trachteten und die schreckliche Königin Tija persönlich durch die Tore der Finsternis versucht hatte, sich an den Menschen zu rächen, die ihm etwas bedeuteten. Schlimmer noch: Er war sich ganz sicher, dass ihr ruheloser Geist es erneut versuchen würde. Doch mit Naia an seiner Seite würde ihm nie wieder vor der Zukunft bange werden. Obgleich Mutter Mylittas Sterne prophezeit hatten, dass schreckliche Zeiten vor ihm lagen, würde er ihnen furchtlos ins Gesicht blicken.

Welche andere Wahl hatte er auch?

Gegen Nachmittag blies ein westlicher Wind über die Flussebene. Semerchet hob den Kopf und sog die Luft tief ein. In ihr lag der Geruch Ägyptens – der Geruch von zu Hause.

Epilog

Prinz Majatums Haushofmeister hüstelte diskret an der Tür zum Schlafgemach, eine Laterne aus Ton in der Hand. Als der Prinz ungerührt weiterschnarchte, zischte der Mann das Dienstmädchen an, das neben seinem Herrn lag: «Weck ihn auf, aber schnell! Die Soldaten seines Bruders sind schon in der Eingangshalle!»

Das Mädchen öffnete blitzartig die Augen. Wann immer der Prinz für die Nacht nach ihr verlangte, vermied sie tunlichst, ihn im Schlaf zu stören; nicht einmal zum Urinieren wagte sie den Raum zu verlassen. In den wenigen Wochen, die sie in seinem Hause diente, hatte sie ihn schon ein paarmal versehentlich geweckt und dafür entweder einen harten Schlag ins Gesicht oder – schlimmer noch – eine weiteres brutales Liebesspiel ertragen müssen. Die Druckstellen an ihrer Kehle, die der Prinz ihr auf dem Höhepunkt seiner Lust beigebracht hatte, wurden bereits dunkler.

Die weit aufgerissenen Augen der jungen Frau nahmen einen flehenden Ausdruck an. Ihr kaum wahrnehmbares Kopfschütteln wirkte wie ein Zittern. «Kommt gar nicht infrage!», schien sie sagen zu wollen. «Macht es doch selber!»

Behutsam näherte sich der Mann dem Prinzen. «Eure Hoheit», flüsterte er ins königliche Ohr hinab. «Hoheit, so wacht doch bitte auf...»

Auf dem Bett regte sich etwas, doch der Prinz brauchte einen Augenblick, bis er erkannte, wer ihn da im Schlaf zu stören wagte. Majatum zwickte seinen Haushofmeister schmerzhaft in den fleischigen Oberarm. «Ich habe dir doch gesagt, dass ich nicht vor Mittag geweckt werden will!»

Der Mann unterdrückte einen Schmerzensschrei und redete beruhigend auf seinen Herrn ein. «Ich hätte nie gewagt, Euren Schlummer zu stören, Großer Prinz, hätte nicht der Pharao höchstpersönlich seine Boten nach Euch geschickt.»

Prinz Majatum fuhr ruckartig hoch und setzte die Füße auf den Boden. Es war mitten in der Nacht. «Was haben die um diese Zeit hier zu suchen?», fragte er verdrießlich.

«Sie haben keinen Grund für ihr Kommen genannt, Hoheit, sondern nur gemeint, Ihr müsstet Euch auf der Stelle zum Djeme-Tempel begeben.»

Während der Unterredung zwischen dem Prinzen und seinem Diener glitt das Mädchen lautlos aus dem Bett und drückte sich an den anderen Bediensteten vorbei, die bereits unterwürfig vor der Tür darauf warteten, ihren Herrn ankleiden und rasieren zu dürfen. Der Haushofmeister selbst breitete rasch die Kleider aus, die Majatum anlegen sollte.

Splitternackt tappte der Prinz in sein gekacheltes Badezimmer, wo er sich gähnend auf der Bank niederließ. Die Vorladung in den Palast bereitete ihm nicht allzu viel Kopfzerbrechen, denn er war fest davon überzeugt, bislang mit vollem Erfolg die Rolle des loyalen Bruders und Patrioten gespielt zu haben. Während sein Kammerdiener ihm parfümiertes Wasser über die Schultern goss, grübelte er träge darüber nach, warum Ramses ihn wohl um diese ungewöhnliche Zeit zu sich hatte rufen lassen.

Plötzlich breitete sich ein Lächeln über seine Lippen aus. Vielleicht lag sein Bruder ja endlich im Sterben! Die wenigen Male, die Majatum ihn in den letzten paar Monaten zu Gesicht bekommen hatte, war Ramses alles andere als gesund gewesen. Und nun, da Semerchet im fernen Mesopotamien von dem loyalen Menef getötet worden war, würde auch kein fremdländisches Götterstandbild mehr die angegriffenen Lungen seines Bruders heilen. Dann erinnerte Majatum sich stirnrunzelnd daran, dass er schon seit sechs Monaten nichts mehr von Menef gehört hatte und im Grunde nicht einmal sicher sein konnte, dass Semerchet tatsächlich tot war. Doch schließlich hatte in Babylon soeben erst ein Machtwechsel stattgefunden, was zweifellos die Verzögerung bei der Nachrichtenübermittlung erklärte.

Dann kam dem Prinzen ein angenehmer Gedanke. Vielleicht hatte man ihn ja gerufen, um ihn zum offiziellen Regenten für Ramses' jungen Sohn, seinen Neffen, zu ernennen. Sein Lächeln wurde noch breiter, als er sich vor Augen führte, wie bedauerlich bald schon sein junger Schützling am Großen Ort unweit seines Vaters im Grab liegen würde – einer jener schnell vergessenen kindlichen Könige, die Ägypten immer wieder einmal hervorbrachte.

Plötzlich schob sich ein Schatten über Majatums attraktives Gesicht. An die raschen Stimmungswechsel seines Herrn gewöhnt, trat der Barbier rasch einen Schritt zurück, um dessen kneifenden Fingern zu entgehen. Majatum aber dachte nicht an den, der ihn gerade rasierte, sondern an seine Mutter Tija.

Eigentlich sollte Tija diejenige sein, die zum Djeme-Tempel gerufen wurde, dachte er verbittert. Wie sehr hätte sie ihn genossen, diesen Triumph über die kanaanitische Hure ihres Gatten, die Mutter von Ramses IV. Bei diesem Gedanken nahm Majatums Lächeln einen noch bösartigeren Ausdruck an, während sein Diener ihm das Leopardenfell um die Schultern legte, das ihn als Hohepriester von On auswies, und ihm seine förmlichste Perücke aufsetzte.

Seinen Dienern folgend, schritt Majatum zu seiner Tempelbarke, die an seiner privaten Anlegestelle auf ihn wartete. Der Prinz lebte ein paar Meilen nördlich der Stadt auf seinem eigenen weitläufigen Landgut, weitab vom Lärm und Gestank Thebens. Die beengten Privatgemächer des Djeme-Tempels, wegen ihrer Nähe zum Pharao bei anderen Adligen so begehrt, waren nichts für ihn. An einem so geschäftigen Ort hätte er keine Gelegenheit gehabt, seinen geheimen Lieblingsbeschäftigungen nachzugehen, die er vor den neugierigen Blicken seiner Verwandtschaft lieber verbarg. Er musste an das Dienstmädchen denken, das in dieser Nacht sein Bett mit ihm geteilt hatte. Er durfte auf keinen Fall vergessen, die Kleine bei nächster Gelegenheit zu fragen, ob sie noch Angehörige hatte, die sie nach ihrem Verschwinden vermissen würden.

Ein wohliges Pulsieren hatte seine Lenden erfasst. Als dann aber die vergoldete Barke die letzte Flussbiegung umrundete und Majatum den Djeme-Tempel erblickte, überkam ihn ein unbestimmtes Gefühl der Beunruhigung. Anstelle der erwarteten Klagelieder, die das Ableben seines Bruders bestätigt hätten, drangen die fröhliche Klänge von Trommeln, Flöten und Lauten über das Wasser zu ihm, während die unzähligen Lichter im Tempel von ausgelassener Feierstimmung kündeten. An den Kais lagen die Barken anderer Adliger, die ebenso wie er mitten in der Nacht gerufen worden waren.

Während Majatums Besatzung sein Schiff vertäute, ließ er angewidert den Blick über die breite Straße vor dem Tempel schweifen, die von Freudenfeuern erleuchtet war. Wolken von Weihrauch stiegen aus großen steinernen Behältern zum Himmel. Dann erst sah der Prinz den Grund für die ganze Aufregung: Ein merkwürdiger, prunkvoll ausgestatteter Wagen hatte vor den Großen Pylonen haltgemacht. Um die hundert Ochsen mussten ihn gezogen haben. Das seltsame Ding war in leuchtenden, barbarischen Farben bemalt und an den Seiten mit eingelegten Edelsteinen und Vergoldungen verziert, die im Licht der Feuer glitzerten. Auf der Ladefläche stand eine Art Heiligtum mit weit geöffneten Türen, doch was immer darin gewesen sein mochte, war verschwunden.

Als Majatum an Land ging, sah er, dass sich ein ganzer Geleitzug von Wagen den Nil entlangzog. Der Lärm und das Durcheinander um den Tempel waren unerträglich. Seine Diener ließen ihre Peitschen auf die Menschen niedersausen und forderten sie auf, zur Seite zu treten, um Prinz Majatum durch das Tor zu lassen.

Kaum hatte er die Pylonen durchschritten, schien der Boden unter seinen Füßen vom Schlagen der Trommeln zu vibrieren. Wie die übrigen verwirrten und aufgeregten Höflinge begab Majatum sich in den hinteren Bereich des Tempels, wo ein großer Pavillon aufgebaut worden war. An silbernen Ringen hängende purpurrote Vorhänge versperrten den Blick in sein Inneres, das von Laternen und Fackeln erhellt war wie ein Komet am Nachthimmel.

Am Eingang zum Pavillon wurden sie von der Leibgarde des Pharaos empfangen, die Majatum – zu einem privaten Empfang, wie es hieß – in ein kleines Nebenzelt um die Ecke verwiesen. Dort fand er seinen Bruder im Kreis seiner bevorzugten Höflinge vor. Majatum fiel auf, dass Ramses sein festlichstes Gewand aus plissiertem Leinen trug. Unter dem Gewicht der rotweißen Doppelkrone sowie des schweren Brustschmucks und der goldenen und edelsteinbesetzten Ketten schien er den Kopf nur mit Mühe aufrecht halten zu können.

Majatum sah aber auch, dass die Augen des Pharaos leuchteten (auch wenn dies auf das Fieber zurückzuführen sein mochte) und er nicht annähernd so blass wirkte wie sonst (auch wenn dies vom Rouge kommen mochte). Als Ramses den Blick in seine Richtung wandte, fiel Majatum rasch vor ihm auf die Knie.

«Bruder!», rief Ramses. «Da bist du ja endlich. Dann können wir mit dem Ritual beginnen.» Er nickte einem Diener zu, der in den Pavillon eilte. Ramses beugte sich zu Majatum hinab und zog ihn hoch. «Auf deine Anwesenheit lege ich heute Nacht besonderen Wert, damit du es mit eigenen Augen sehen kannst.»

«Aber ... was soll ich denn sehen, Majestät?»

«Etwas, wovon du auf jeden Fall meinen anderen Halbbrüdern in Pi-Ramesse berichten musst. Ich hätte sie natürlich beide gern hier gehabt, aber ich konnte nicht länger warten. Deshalb musst du ihnen ganz genau beschreiben, was du heute Nacht hier zu Gesicht bekommst.»

«Ich werde selbstverständlich dem Wunsch des Pharaos nachkommen.»

Die Trommeln im Pavillon schlugen nun noch schneller, und der Diener kam zurück und flüsterte dem Pharao etwas ins Ohr. Dieser stand rasch auf, verließ das Nebenzelt und betrat den Pavillon. Nichts Gutes ahnend, starrte Majatum ihm nach. Das merkwürdige Lächeln des Pharaos verunsicherte ihn zutiefst.

Nun verließen auch die verbliebenen Höflinge das kleine Zelt, und Majatum war allein – abgesehen von zwei anderen Personen, die der Prinz in seinem königlichen Hochmut zunächst kaum registrierte. Als er sich jedoch nach seinen eigenen Dienern umsah, fiel ihm auf, dass die beiden – ein Junge und eine schöne Frau – ihn mit durchdringenden Blicken musterten, was eindeutig gegen das Hofprotokoll verstieß.

Als Prinz von königlichem Geblüt konnte sich Majatum eine derartige Unverschämtheit nicht bieten lassen, doch bei näherer Betrachtung der Frau blieben ihm die harschen Worte, die er schon auf den Lippen hatte, im Mund stecken. Etwas an ihrem Blick, der nun ebenso geringschätzig wirkte wie sein eigener, kam ihm bekannt vor. Irgendwo hatte er sie schon einmal gesehen, diese Frau mit der rauchfarbenen Haut und Augen wie der Nil bei Hochwasser …

«Erkennt Ihr mich nicht, Großer Prinz?», murmelte die Frau, als könne sie seine Gedanken lesen.

«Sollte ich das?», erwiderte Majatum gepresst, verärgert über ihre respektlose Art. Eigentlich hätte sie warten müssen, bis er sie ansprach. Die freimütige Art, in der am Hof seines Bruders gegen das Protokoll verstoßen wurde, gefiel ihm ganz und gar nicht. Wo käme man hin, sinnierte er, wenn jeder dahergelaufene Höfling sich erlaubte, ein Mitglied der Königsfamilie einfach so anzusprechen? Wenn er erst einmal auf dem Thron saß …

«Ich dachte eigentlich, Ihr würdet Euch erinnern», fuhr die Frau unbeeindruckt fort, bevor sie sich dem Jungen an ihrer Seite zuwandte. «Mein Freund hier hat Euch übrigens bei derselben Gelegenheit kennengelernt. Vielleicht erinnert Ihr Euch ja an ihn …?» Die Miene des Jungen wirkte ausgesprochen feindselig, er verbeugte sich nicht einmal vor dem Prinzen.

«Soll ich mich an jeden erinnern, der mir irgendwann über den Weg gelaufen ist?», fragte Majatum kalt. «Ich sehe hier in Ägypten tagtäglich –»

«Ihr habt uns nicht in Ägypten getroffen, Großer Prinz»,

unterbrach ihn die Frau, «sondern bei Eurem Besuch in Babylon.»

Majatum wurde blass. Von seiner heimlichen Reise nach Mesopotamien, bei der er Menef befohlen hatte, die Frau und den Freund des verhassten Semerchet zu beseitigen, hätte eigentlich niemand wissen dürfen. «Aber ich war doch noch nie im Leben in ...», begann er zögerlich.

Wieder fiel ihm die Frau barsch ins Wort. «Ich habe ein Tablett mit Zuckerwerk über Euren Schoß gekippt. Fällt es Euch wieder ein?»

Majatum spürte, wie ihm der Schweiß auf die Oberlippe trat. Auf einmal wusste er, wen er vor sich hatte. Bei den Göttern – waren etwa ihre Geister erschienen, um sich an ihm zu rächen? Langsam tastete er mit zittrigen Händen hinter seinem Rücken nach der Zeltbahn, die vor dem Eingang hing. *Die beiden waren doch tot!*

Angesichts seiner Bestürzung konnte sich die Frau ein Lachen nicht verkneifen. «Jetzt kann ich es ja zugeben», erklärte sie gelassen. «Dass ich das Essen über Euch gekippt habe, war kein Zufall. Ich hoffe, Ihr vergebt mir, aber Ihr hattet gerade ausgesprochen unschöne Dinge über meinen Mann gesagt.»

Majatum hatte die Zeltbahn ergriffen, doch als er sich rasch umdrehte, prallte er auf einen schlanken, langgliedrigen Mann mit pechschwarzen Augen.

«Semerchet!», stieß er keuchend hervor.

«Hoheit.»

Verblüfft fragte sich Majatum, wie es möglich war, in ein einziges, noch dazu ohne jede Betonung ausgesprochenes Wort ein derartiges Maß an Feindseligkeit zu legen. Ohne den Kopf zu bewegen, warf Semerchet der Frau und dem Jungen über die Schulter des Prinzen hinweg einen Blick zu.

«Es wird Zeit», sagte er.

Majatum war nun allein im Zelt, schweißgebadet und mit unkontrolliert zitternden Händen. Wie im Fieber erkannte er, dass Semerchet entkommen war und dessen Frau und dessen junger Freund tatsächlich noch am Leben waren – was nichts anderes bedeutete, als dass der Pharao mittlerweile von seiner geheimen Reise nach Babylon sowie von seinem und Menefs Komplott wusste. Bilder seines toten Bruders Pentwere zogen an Majatums innerem Auge vorbei. Er spürte förmlich die glatte weiße Seidenschnur über seinen Kopf gleiten, wie sie damals über Pentweres Kopf gerutscht war, bevor sie sich unter seinem Kinn zusammenzog und über den Ast der Zeder geworfen und dort festgezurrt wurde. Dann stellte er sich vor, wie er von dem Schemel ins Leere trat und mit einem scharfen Knacken sein Genick brach –

Majatum schrie laut auf. Er wäre aus dem Djeme-Tempel geflohen, hätte nicht vor dem Zelt bereits die Leibgarde des Pharaos auf ihn gewartet. Die Wachen packten den schwitzenden und zitternden Prinzen und schleppten ihn in den Pavillon mit den purpurnen Vorhängen.

Was er dort zu sehen bekam, bestätigte seine finstersten Befürchtungen. Wie in Ekstase wirbelten die Magi des Bel-Marduk unter den schrillen Flötentönen von Priesterinnen und dem urtümlichen Klang ihrer Trommeln schneller und schneller vor ihrem goldenen Götzenbild hin und her. In den Händen hielten die Magi scharfe Messer, mit denen sie wie von Sinnen aufeinander einstachen, bis ihre Gliedmaßen ebenso blutbespritzt waren wie die Gesichter und Kleider der Höflinge um sie herum. Selbst der Pharao in ihrer Mitte war über und über rot vom Blut. Die Musik wurde immer eindringlicher, bis selbst Majatums Herzschlag ihrem Rhythmus folgte. Dann aber, nach einem letzten furiosen Trommelwirbel, hörten die Magi plötzlich auf herumzuwirbeln, und die Musik verstummte.

Die Hände triefend von der grünlichen Galle einer Ziege, trat der Großmagus vor. Er verneigte sich vor dem Götterbild und sprach ein kurzes Gebet in babylonischer Sprache, bevor er mit einer knappen Geste den Pharao zu sich winkte. Vor den Augen seiner gesamten Familie, seiner Höflinge und sämtlicher hochgestellter Persönlichkeiten, die stellvertretend für ganz Ägypten Augenzeugen der Szene wurden, drehte sich Ramses um und ergriff die ausgestreckte Hand des Gottes.

Mit eigenen Augen sah Majatum, wie neue Kraft in die Glieder des Pharaos zu fließen schien, seine Schultern sich strafften und sein Nacken sich unter der schweren Doppelkrone streckte. Seine ganze Körperhaltung strömte mit einem Mal Selbstsicherheit und Gesundheit aus, und in seinen plötzlich klaren Augen blitzte Triumph auf.

Majatum rannte aus dem Pavillon, doch diesmal hielt keiner der Wachen ihn auf. Keuchend hastete er zwischen den Großen Pylonen hindurch auf die Anlegestellen zu. Seine Diener waren vom Spektakel im Pavillon so gefesselt gewesen, dass sie sein Verschwinden gar nicht bemerkt hatten. Majatum sah sich gezwungen, selbst nach einem Fährmann Ausschau zu halten, der ihn über den Nil setzte. Während der Überfahrt blickte er sich wieder und wieder nach möglichen Verfolgern um, ohne jedoch welche zu entdecken.

In Ost-Theben taumelte er durch die Straße, die zum Ausländerviertel führte. Die gewundenen Gassen waren nur von einer dünnen Mondsichel erhellt. Obgleich er als Prinz so viel Gold bei sich trug, dass sich ein Überfall auf ihn durchaus gelohnt hätte, wagte keine der finsteren Gestalten, die an den

Haustüren herumlungerten, gegen ihn die Hand zu erheben. In diesem Teil der Stadt war Majatum sicher.

Bald stand er vor dem verfallenden Tor des Hyksos-Tempels, der einstigen Residenz des Königs der Bettler. Nun herrschte eine Frau über diesen Ort, der dennoch kein bisschen weniger abstoßend wirkte als zuvor. Hysterisch trommelte Majatum mit den Fäusten gegen das Tor und schrie: «Macht auf! Ich muss die Königin sprechen!»

Langsam öffnete sich das schwarze Tor. Eine alte Frau trat vor und kicherte vergnügt, als sie ihn sah. Vor langer Zeit war sie im Palast seine Amme gewesen. Rasch verriegelte sie das Tor hinter Majatum und zerrte ihn, noch immer fröhlich in sich hineinlachend, am Ärmel an der zugewucherten Oase aus Gras und Schilf vorbei, wo sich einst der heilige See des Tempels befunden hatte.

Da die labyrinthartigen Flure des eigentlichen Tempels nur von ein paar wenigen Öllampen erleuchtet waren, musste Majatum sich äußerst behutsam vorwärts tasten, denn auf dem Boden schliefen Hunderte von Bettlern. Wie in einem Bienenstock bewachten sie ihre Königin, und der Prinz wollte um jeden Preis vermeiden, einen von ihnen mit einer seiner vergoldeten Sandalen auch nur zu berühren.

Seine einstige Amme führte ihn zu einer Reihe von Räumen hoch oben im hinteren Teil des am Nilufer gelegenen Tempels. «Unser Majatum kommt Euch besuchen, Majestät», flüsterte die Alte ins Dämmerlicht.

Aus einer dunklen Nische drang ein Rascheln, und eine schwarze, gebeugte Gestalt schleppte sich ins schwache Kerzenlicht. Noch jetzt, nach so vielen Monaten, wirkte ihre äußere Erscheinung wie ein Schock auf ihn. Seine ganze Anspannung löste sich, und Tränen der Verzweiflung schossen ihm in die Augen. Sie war scheußlich anzusehen. Die Verstümmelungen, die ihr zugefügt worden waren, hatten sie fast unbeweglich werden lassen. Ihr Fleisch schien zusammengeschmort, als wäre sie nur mit knapper Not einer schrecklichen Feuersbrunst entronnen. Hautlappen hingen ihr über die Augen, sodass sie wegen ihres krummen Rückens den Kopf nach oben strecken musste, um ihren Besucher überhaupt zu sehen.

Ihre hässliche, reibeisenartige Stimme war kaum zu verstehen. «Ich nehme an, die Gerüchte haben sich bestätigt», stieß sie hervor, während sie sich langsam auf ihn zubewegte. «Dieser Semerchet ist wieder in Theben.»

«Ja, das stimmt – und er hat das Standbild mitgebracht!»

«Hat Ramses ihm die Hand gereicht?»

«Ich habe es mit eigenen Augen gesehen! Ramses zwang mich zuzuschauen!»

Die Frau stieß ein unheimliches, an eine Geröllawine erinnerndes Kreischen aus, das Majatum zusammenzucken ließ. Leicht rötlich eingefärbte Tränen der Wut rannen ihr über die runzligen Wangen, denn selbst jetzt, fast zwei Jahre nachdem der Krüppelmacher an ihr seine Kunst erprobt hatte, waren bei der Königin der Bettler noch nicht alle Wunden verheilt.

«So weit hätte es nie kommen dürfen!», tobte sie und zerrte mit klauenartigen Fingern an ihren Kleidern. «Ein König von Ägypten sucht den Schutz einer fremden Gottheit, das ist pure Ketzerei!»

Majatum war noch viel zu benommen, um dazu etwas zu sagen.

«Aber was kann man schon erwarten von einem aus dem Norden, dem Sohn einer kanaanitischen Hure!»

Majatum begann erneut zu zittern, und er jammerte mit schriller Stimme: «Darum geht es doch jetzt nicht! Semerchet hat seine Frau und seinen Freund nach Ägypten zurückgebracht. Sie leben noch. Menefs Plan ist fehlgeschlagen. Ich muss davon ausgehen, dass der Pharao von meiner heimlichen Reise nach Babylonien weiß und dass die Verschwörung noch immer in Gang ist. Man wird mich als Verräter zum Tode verurteilen und mir die weiße Schnur in die Hand drücken, wie man es mit meinem Bruder Pentwere getan hat!»

Endlich löste sich seine Anspannung, und er brach in heftiges Schluchzen aus, die Hände vor dem Gesicht. Die verkrüppelte Frau kroch unter großen Schmerzen auf ihn zu. Dann nahm sie ihn in den Arm und legte seinen Kopf auf ihre Brust.

«Hab keine Angst», krächzte sie. «Vergiss nie, dass du ein königlicher Prinz bist und Amun-Res Blut in deinen Adern fließt. Semerchet ist nicht den Staub unter deinen Füßen wert. Außerdem weißt du, dass ich und sämtliche Bettler, die mir dienen, dich immer beschützen werden.»

«Aber wie soll es denn weitergehen?»

«Du bleibst erst einmal hier. Niemand wird auf die Idee kommen, dich bei mir zu suchen, nicht einmal Semerchet. Er war ein halbes Jahr nicht mehr in Theben und hat keine Ahnung, was sich hier mittlerweile verändert hat.»

«Und was ist mit seinem Bruder? Wird der es ihm nicht erzählen?»

«Du meinst den Bürgermeister? Diesen zuckenden Halbidioten?»

«Der muss doch wissen, dass du jetzt die Königin der Bettler bist!»

«Er hat zweifellos davon gehört, dass das Reich der Bettler nun von einer Frau regiert wird, aber mehr wird er nie erfahren.»

«Aber was können wir gegen sie unternehmen?»

«Wir warten erst einmal ab. Semerchet wird um seine Frau Angst haben, was ihn entweder wild entschlossen oder zögerlich werden lässt. Wir werden ja sehen, wie er mit der Situation klarkommt. Jedenfalls bereite ich vorsichtshalber schon mal den einen oder anderen Zauber gegen ihn vor.» Sie nahm den Kopf des Prinzen in die Hände und blickte ihn unter ihrer versengten, runzligen Haut hindurch an. «Vertraust du mir nicht? Weißt du denn nicht, dass ich dich mehr liebe als alles andere?»

Majatum schluckte und nickte. Wie immer war es ihr gelungen, ihm neuen Mut zu geben. Schon in seiner Kindheit hatte sie die Gabe besessen, ihm das Gefühl zu vermitteln, dass alles möglich war. Alles würde sich zum Guten wenden, da war er sich jetzt ganz sicher.

«Ja, Mutter», seufzte er beruhigt und legte seine Wange wieder auf Tijas Brust.

Danksagung

Bei der Arbeit an diesem Buch haben mir zahlreiche Personen geholfen, die Betreffenden wissen, wer gemeint ist. Dennoch möchte ich fünf Personen besonders hervorheben.

Michael Korda, meinen Verleger, dessen Klugheit und literarisches Gespür jeder einzelnen Seite dieses Buches ihren Stempel aufgedrückt haben.

Gypsy da Silva, Königin der Lektoren, Mutter Courage und liebe Freundin.

Katie de Koster, deren Korrekturarbeit bezüglich Fakten und Grammatik nur als phänomenal bezeichnet werden kann; wenn sie mir ein Manuskript korrigiert zurückgibt, bin ich immer derart beschämt, dass ich jegliches Vertrauen in meine Geschichtskenntnisse oder meine literarischen Fähigkeiten verliere.

Und schließlich *Elizabeth Hayes* und *Deirdre Mueller,* meine PR-Agenten bei Simon & Schuster, deren erstklassige Arbeit dafür sorgt, dass meinen Büchern genügend Aufmerksamkeit zuteil wird. Sie sind meine Engel.

Ich danke euch allen.
Brad Geagley

Brad Geagley
DAS JAHR DER HYÄNEN
Kriminalroman aus dem alten Ägypten
Deutsch von Joachim Peters
Deutsche Erstausgabe
384 Seiten, Taschenbuch
€ 8,90 / sFr 16,50
rororo 24198

Mord und Harems-Verschwörung im Ägypten der Pharaonen

Der Privatdetektiv in diesem geradezu klassischen Kriminalroman trägt einen Lendenschurz. Die Geschichte ist nämlich im 13. Jahrhundert vor Christus angesiedelt. Auf der Basis historischer Fakten – tatsächlich wurde Pharao Ramses III. beinahe Opfer einer Verschwörung seines Harems – erzählt Brad Geagley eine spannende und farbenprächtige Detektivstory aus dem faszinierenden Land am Nil.